단발머리 소녀

| 일러두기 |

1. 이 책에서 번역한 작품들의 저본은 다음과 같다.
    • 『단발머리 소녀』의 저본은 『日本探偵小說全集11 名作集』(創元推理文庫, 創元社, 1996)이다.
    • 『오후미의 혼』의 저본은 『日本探偵小說全集11 名作集』(創元推理文庫, 創元社, 1996)이다.
    • 『맹인의 강』의 저본은 『怪奇探偵小說傑作選1 靑蛙堂鬼談』(筑摩書房, 2001)이다.
    • 『어머니』의 저본은 『日本探偵小說全集11 名作集』(創元推理文庫, 創元社, 1996)이다.
    • 『지문』의 저본은 『怪奇探偵小說名作選4 佐藤春夫集』(筑摩書房, 2002)이다.
    • 『무기력한 기록』의 저본은 『怪奇探偵小說名作選4 佐藤春夫集』(筑摩書房, 2002)이다.
    • 『불의 침대』의 저본은 『怪奇探偵小說名作選4 佐藤春夫集』(筑摩書房, 2002)이다.
    • 『여계선기담(女誡扇綺譚)』『怪奇探偵小說名作選4 佐藤春夫集』(筑摩書房, 2002)이다.
    • 『이상하도다』의 저본은 1960년 6월 하쿠분칸(博文館)에서 간행된 단행본을 수록한 일본
      국립국회도서관 근대디지털라이브러리의 자료이다.
2. 『이상하도다』의 경우 작품의 독특한 문체와 분위기를 살리기 위해 가능한 원문에 충실히
   번역했음을 일러둔다.
3. 인명과 지명의 경우 초출 시 괄호 안에 한자 원문을 표기하였다.
4. 고유명사의 우리말 발음은 〈일본어 외래어 표기법〉을 따랐다.
5. 각주는 기본적으로 역자주이며, 원주는 본문에 표시하였다.
6. 척(尺), 간(間), 초(町)과 같이 한국에서 현재 사용되지 않는 도량형의 경우, 알기 쉬운 도량
   형으로 환산해 본문에 표시하였다.

일본 추리소설 시리즈

②

단발머리 소녀

신주혜 옮김

오카모토 기도 · 사토 하루오 · 고다 로한

이상

차례

단발머리 소녀

오카모토 기도

I

어느 해 여름, 내가 보슈(房州)*의 여행에서 돌아와 형식뿐인 선물을 손에 들고 한시치(半七) 노인을 방문하니, 젊은 시절부터 피서여행을 한 번도 한 적이 없다는 노인은 기뻐하며 해수욕장 이야기 등을 들어주었다. 그러다 내가 노코기리야마(鋸山)산에 올라갔다가 엄청나게 많은 뱀을 만난 이야기를 하니 한시치는 얼굴을 찡그리며 웃었다.

"노코기리야마산에 나한님을 뵈러 갔다는 사람은 있었지만, 그 산에서 뱀을 만났다는 이야기는 들은 적이 없습니다. 뭐 딱히 어떻다는 건 아니지만 그다지 기분이 좋지는 않군요. 뱀이라면 언젠가 '귀신 스승님'에 관한 이야기를 한 적이 있지요. 스승을

---

* 아와노쿠니(安房国)의 별칭. 현재 지바현(千葉県)의 일부에 해당하는 지역이다.

목 졸라 죽이고 그 목에 뱀을 감아 놓았던 사건입니다. 그 외에도 내가 알고 있는 뱀에 관한 이야기가 있는데, 뱀 이야기는 이제 지겨우신가요?"

"괜찮습니다. 들려주세요."

"그럼 이야기하겠습니다. 그런데 내가 늘 그렇게 하듯 배경 설명을 좀 하겠습니다. 그렇지 않으면 요즘 사람들은 통 알아먹지를 못하니까요. 아시다시피 고이시카와(小石川)에 고비나타(小日向)라는 곳이 있습니다. 고비나타는 꽤 넓고 여러 가지 다른 이름들이 붙어 있는데, 지금부터 할 이야기는 고비나타의 스이도바타(水道端)에서 일어난 일입니다. 메이지(明治) 이후에는 스이도바타쵸 잇초메(一丁目)와 니초메(二丁目)로 나뉘어 졌습니다만, 에도(江戸)시대에는 둘을 합쳐서 스이도바타라고 불렀답니다. 그 스이도바타, 더 정확하게는 스이도바타 니초메에 니치린지(日輪寺)라는 조동종(曹洞宗)의 절이 있습니다. 그 본당의 왼쪽편에서 위로 올라가면 뒤쪽에 히카와묘진(氷川明神)이라는 신사가 있었습니다. 옛날에는 니치린지와 히카와 신사가 하나였는데, 메이지 초년에 신불 분리령*이 내려지자 히카와 신사는 핫토리자카(服部坂)의 고비나타 신사에 합사(合祀)되었고, 신전 뒤편은 얼마간 공터인 채로 남아 있었습니다. 지금은 나무들을 모두 베어버리고 도쿄부(東京府)가 사용하고 있는 것 같습니다만.

---

* 1868년 4월 21일, 일본 메이지 정부는 신도(神道)와 불교의 분리를 골자로 하는 신불 분리령을 내렸다. 이 포고령은 신사의 불상숭배 금지와 신사에 안치된 불상과 방울·범종·불구 등의 철거를 내용으로 담고 있다.

그래서 지금 그곳에는 신사가 없지만, 에도시대에는 멋진 신사가 있었답니다. 에도 명소 도감에도 나와 있습니다. 그 묘진산에 어떤 전설이 하나 전해 내려오는데, 그 산에 '단발뱀'이라는 괴물이 살고 있다는 것이었습니다. 이에 대해서는 여러 가지 설이 있는데, 그 뱀이 몸통이 푸르고 머리가 까맣기 때문에 마치 옛날 아이들의 단발머리와 비슷해서 단발뱀이라 한다고 이야기하는 이도 있습니다. 마치 보고 온 것처럼 말이죠. 또 일설에 의하면 날씨가 흐린 어두컴컴한 날에는 숲 근처에서 단발머리를 한 귀여운 여자 아이가 놀고 있는데, 그 아이는 뱀의 화신이며 그것을 본 사람은 3일 안에 죽는다고 합니다. 물론 실제로 본 사람은 거의 없지만 옛날에 스이도바타의 아라키자카(荒木坂)에서 포목점을 하던 마쓰모토야추자에몬(松本屋忠左衛門)의 아들이 이삼일간 앓다가 급사했는데, 그가 죽을 때 실은 자신이 묘진산에서 단발뱀을 보았다고 이야기했다고 합니다.

　　그 외에도 두 세 명 정도 그런 예가 있었다고 전해져 오기 때문에 밤에는 물론, 새벽이나 저녁, 날이 흐린 날에는 모두 조심하며 묘진산에는 오르지 않았습니다. 그런 곳에는 가까이 가지 않는 것이 상책이지만 히카와님은 고히나타 일대를 지키는 신이기 때문에 반드시 참배를 해야 하지요. 제례는 1월, 5월, 9월의 17일. 이 날에는 단발뱀도 모습을 감추고 나타나지 않았던 것 같습니다. 지금 당신이 이 전설이 거짓인지 사실인지 따지고 드시면 저로서는 좀 곤란합니다. 그러나 옛 사람들은 이러한 것을 믿고 있었다고 하니, 당신도 그렇게 생각하고 들어 주십시오."

1858년 7월에서 8, 9월에 걸쳐 에도에는 무시무시한 콜레라가 유행했다. 이른바 안세이(安政)* 년간 사상 최악의 콜레라이다. 엄청난 기세로 퍼져 나가는 전염병에 대한 방역 기술을 알지 못했던 그 시대의 사람들은 그저 신의 구원을 바라며 비는 수밖에 없었기 때문에 모든 신사와 절은 참배하러 온 사람들로 장사진을 이루었다. 때문에 평소에는 비교적 한산했던 고비나타의 히카와 신사에서도 이 무렵에는 때를 가리지 않고 찾아오는 참배객들의 모습을 볼 수 있었다. 전설 속의 단발뱀보다 눈앞의 콜레라가 더 무서웠던 것이다.

끔찍한 역병이 돌았던 해인만큼, 가을은 이름뿐이고 늦더위가 기승을 부렸다. 그 해 8월 말의 일이었다. 고비나타 스이도초에 위치한 담뱃가게 세키구치야(関口屋)의 딸인 오소데(お袖)가 어머니인 오코토(お琴), 하녀 오요시(お由)와 함께 히카와 신사에 참배를 하러 갔다. 세키구치야는 이 지방의 유서 깊은 가게이고, 가게 외에 세놓는 집도 가지고 있었다. 그 집에는 어린 점원 둘 외에 젊은이 셋, 하녀 셋이 같이 살고 있었다. 주인집 가족은 남편인 지헤에(次兵衛)가 41세, 부인인 오고토가 37세, 딸인 오소데가 18세이며, 지헤에의 부모님은 20년 전 거의 같은 시기에 세상을 떴다.

멀지 않은 곳이었기 때문에 오소데를 비롯한 세 명은 점심때가 지나서 가게를 나섰다. 아침에는 맑은 날씨였는데 사시(오전

---

* 일본의 연호 중 하나로 1854년~1859년에 해당하는 시기이다.

10시) 무렵부터는 살짝 흐려져 조금씩 시원한 바람이 불어오기 시작했다. 마을을 빠져나와 수로를 따라 걷는 사이에도 2번의 장례식과 마주쳤다. '모두 콜레라에 걸린 사람들일 것이다'라는 생각이 들자 여자들은 기분이 언짢아졌다.

니치린지에 도착해 뒤쪽의 묘진산을 오르자니 오늘은 이상하게도 한 명의 참배객도 보이지 않고, 빽빽한 삼나무 숲 속에서 가을 매미들만 울고 있을 뿐이었다. 묘진신사 앞에서 이마를 조아리고 예법에 따라 일가의 무사와 안녕을 비는 사이 하늘은 점점 어두워져 그렇지 않아도 어두컴컴한 나무 그늘이 마치 저녁인 것처럼 캄캄해졌다.

"왠지 날씨가 이상해졌네요."

오코토는 참배를 마치고 하늘을 올려다보았다.

"비가 내리기 전에 돌아가요."

오소데도 재촉하듯 말했다.

어느 샌가 매미 울음소리도 그치고 주위는 기분 나쁠 정도로 쥐죽은 듯 잠잠해졌다. 차갑고 무거운 공기가 세 사람의 피부를 파고들었다. 여기서 비를 만나면 큰일이라는 생각에 세 사람은 빠른 발걸음으로 산을 내려오기 시작했다. 그때 뭔가를 보았는지 오소데가 갑자기 멈춰 섰다. 그녀가 아무 말 없이 어머니의 소매를 잡아끌자 오코토도 멈춰 섰다. 이어 오요시도 가던 걸음을 멈추었다. 그들은 길 가의 커다란 삼나무 사이에 어떤 소녀가 서 있는 모습을 본 것이었다.

소녀는 열 두세 살 정도로, 창백한 낯빛을 한 청순한 얼굴이었다. 흰 바탕에 삼각형 비늘무늬가 있는 새 홑옷을 입고 물색 띠를 매고 있었다. 그건 그렇다 치고, 세 사람의 주의를 끈 것은 소녀의 검은 머리였다. 그녀는 단발머리를 하고 있었다.

앞서도 말했듯이 이 무렵 콜레라 소동 때문에 묘진신사에 참배하러 오는 사람들이 갑자기 늘었고, 그로 인해 단발뱀에 관한 무시무시한 전설은 잠시 잊혀진 것 같았지만, 이 전설이 완전히 없어진 것은 아니었다. 오늘처럼 흐리고 어두운 날, 눈앞에서 단발머리 소녀의 모습을 발견한 세 사람이 엄청난 공포에 사로잡힌 것도 무리는 아니었다. 그들의 얼굴은 소녀가 허리에 묶고 있는 띠 색과 같이 파랗게 질렸고, 그 자리에서 꼼짝도 하지 못했다.

오요시는 오소데보다 나이가 많아 19살이다. 더구나 평소에도 기승스러운 성격이기 때문에 이번에도 역시 떨고 있지만은 않았다. 그녀는 작은 목소리로 주인에게 주의를 주었다.

"들키면 큰일이에요. 도망쳐야 해요."

다행히도 소녀는 정면을 보고 있지 않았기 때문에 세 사람은 소녀의 옆모습만을 본 것이었다. 살금살금 지나가면 어쩌면 들키지 않고 도망갈 수 있을지도 모른다. 혹시 뛰면 발소리가 날 위험이 있기 때문에 오코토는 두 사람에게 주의를 주고 숨소리가 새어나가지 않도록 양 소매로 입을 막았다.

세 사람이 발소리를 죽이고 소녀가 서 있는 삼나무 앞을 지나치려는 순간이었다. 오소데가 제일 많이 무서웠는지, 얼어붙은 다리를 끌고 가다가 나무뿌리인지 돌인지에 발이 걸려 붙들 새도 없이 픽 쓰러졌다. 오코토와 오요시는 깜짝 놀랐다. 이렇게 된 마당에 발소리 따위를 걱정하고 있을 수는 없다. 두 사람은 반쯤 넋이 나간 채 오소데를 일으켜 세워 그녀의 손을 잡고 정신 없이 발을 끌며 뛰기 시작했다. 산을 내려가는 길은 돌계단으로 되어 있었다. 그 계단을 구르듯 내려와 절의 본당 앞에 도착한 세 사람은 일단 안심했다. 오소데는 얼굴색이 엉망인데다 말도 하지 못하는 상태였다.

오코토는 불목하니로부터 물을 얻어 오소데에게 먹였다. 그리고 자신들도 물을 마셨다. 산에서 내려오니 갑자기 더워진 것 같아 오코토는 수건을 적셔 얼굴과 목덜미의 땀을 닦았다. 산 속에서 수상한 소녀를 만난 사실은 불목하니에게도 말하지 않았다.

"집에 가서도 아무 말 하지 말거라. 절대 아무에게도 말해서는 안 된다."

오코토는 오요시에게 단단히 입단속을 시켰다.

세 사람은 불안한 마음으로 가게로 돌아왔다. 특히나 오소데는 정신이 멍한 상태로 저녁도 제대로 먹지 못했다.

오코토는 오늘 일어난 일을 남편인 지헤이에게도 말하지 않았다. 남편에게 괜한 걱정을 시키는 것이 걱정되기도 했지만 스스로 그 일을 입 밖으로 내는 것이 왠지 두려웠기 때문이다. 다음 날에도 다시 한 번 오요시에게 절대 말하지 말라고 주의를 주었다.

세 사람은 뒤도 돌아보지 않고 도망쳐 왔기 때문에 그 소녀가 자신들을 보았는지 어떤지는 전혀 알 수가 없었다. 오코토는 소녀가 자신들을 보지 않았기를 마음속으로 빌고 또 빌었다.

그 무렵, 누가 한 말인지는 알 수 없지만 콜레라 역병신을 쫓기 위해서는 처마에 팔손이나무 잎을 매달아 놓으면 좋다는 말이 전해지고 있었다. 팔손이나무 잎은 덴구(天狗)*의 날개를 닮았기 때문이라고 했다. 세키구치야 사람들은 그것이 사실이라고 믿지는 않았지만, 어쨌든 때가 때이니만큼 좋다고 하는 것은 모두 해보는 것이 좋다는 생각이었다. 운 좋게도 집 정원에 팔손이나무가 있어 그 잎을 꺾어 가게 처마 끝에 매달아 두었다.

다음 날 오후, 오코토가 가게에 나가 보니 처마의 매달아 놓은 팔손이나무의 잎이 이미 시들어 가을바람에 바스락거리고 있었다. 오코토는 시들어 버린 잎은 아무런 효과가 없을 것 같다는 생각에 다른 사람에게 부탁도 하지 않고 자기 손으로 정원에서 새로운 잎을 꺾어와 나뭇잎을 바꾸려 했다. 그런데 얼핏 보니 시든 나뭇잎에 벌레 먹은 자국이 있었다. 그것은 마치 갈겨 쓴 글씨처럼 보였다. 자세히 보니 나뭇잎에는 '**오소데 죽는다**'고 적혀 있는 것이 아닌가!

'**오소데 죽는다**.'

오코토는 소름이 끼쳤다.

그녀가 오요시를 조용히 불러 팔손이나무 잎을 보여주자 오요시도 벌레 먹은 자국의 글씨를 '오소데 죽는다'로 읽었다. 팔손이나무 잎이 벌레 먹는 일은 흔한 일이 아니다. 그런데 시든 나뭇잎에 '오소데 죽는다'라는 글자가 새겨져 있는 것이다.

어제 생각하던 오늘이 왔다는 생각에 오코토는 온몸의 피가

---

* 일본에 전해 내려오는 전설상의 생물. 새처럼 부리가 달린 얼굴에 검은 날개가 달려 자유롭게 하늘을 날아다닌다고 한다.

얼어붙는 것 같았다.

II

세키구치야 뒤쪽에는 세놓는 건물이 네 채 있었다. 모두 세키구치야의 소유로, 안쪽 건물에는 도시조(年造)라는 젊은 목수가 혼자 살고 있었다. 젊기 때문에 술도 마시고 밤에도 싸돌아다니다보니 너무 자신의 건강을 돌보지 않은 결과, 그에게 전염병의 신이 찾아왔다. 그는 밤부터 구토와 설사를 시작해 다음 날 오후에 죽었다.

혼자 사는 몸이기 때문에 친구들과 근처에 사는 이들이 모여 장례식을 치르게 되었다. 세키구치야도 자신의 집에 살던 사람이기에 가게 사람에게 부의를 들려 조문을 가도록 했다.

"우리 집에도 결국 콜레라가 찾아왔구나."

주인인 지혜에도 얼굴을 찌푸렸다.

콜레라가 전염병이라는 것을 알아도 그것을 예방하는 방법을 몰랐기 때문에 근처에 사는 사람들은 그저 두려움에 떨 뿐이었다. 이 무렵에는 전염이 무서워 콜레라로 죽은 사람의 집에 조문을 가거나 장례식장에서 밤을 새는 사람들이 점점 줄어들고 있었는데, 그래도 도시조의 집에서는 근처에 사는 사람들이 5, 6명이나 모여 장례를 치렀다. 도시조의 옆집에는 다이키치(大吉)라는 담배 장수가 살고 있었다. 역시 혼자 사는 젊은이였는데, 담배 장수라고는 해도 가게에서 장사를 하는 것이 아니라 잘게 다진 담배를 등에 지고 각 번(番)의 저택을 돌아다니며 무사들의 근무 교대처, 무가의 종들이 기거하는 방, 혹은 각지의 절에 담배를 팔러 다니는 것이었다. 그는 세키구치야에 세 들어 살뿐만 아니라 세키구치야로부터 담배를 매입하고 있었기 때문에 아침저녁으로 친하게 드나드는 사이였다.

다이키치와 도시조의 집은 벽 하나를 사이에 두고 있었는데 혼자 사는 사람들끼리 친하게 지내는 편이었다. 간밤에 도시조가 병에 걸리자 장사를 쉬고 간병을 했을 정도이니, 장례식에서 밤을 새는 것은 당연한 일이었다. 늦더위도 심한데다 문을 닫아 놓으면 병의 나쁜 기운이 방안에 가득 찬다 하여 집안의 문은 모두 열어 두었다.

그날 밤 9시 경의 일이다. 골목에서 개 짖는 소리가 들렸다. 다이키치가 까치발을 하고 바깥을 내다보니 우물 근처에서 하얀 그림자가 보였다. 집안의 등불이 바깥에까지 비치고 있었기 때문에 그 그림자의 정체도 대충은 알 수 있었다. 그것은 흰색 홑옷을 입은 소녀였다. 소녀는 세키구치야의 뒤쪽에서 여닫이문 사이로 안을 들여다보고 있는 것 같았다. 다이키치는 자신의 옆에 앉아 있는 옆집 신조(甚藏)의 소매를 잡아끌며 속삭였다.

"저 아이는 어느 집 아이일까?"

신조도 발돋움을 해 바깥을 내다보는데 개가 계속해서 짖어 댔다. 소녀는 개가 두려웠는지 조용히 골목 바깥쪽으로 사라졌는데, 짚신을 신었는지 발소리는 들리지 않았다.

"못 보던 아이인데……"

다이키치가 중얼거렸다.

"음…… 이 동네 아이는 아닌 것 같아."

신조는 이렇게 말을 하면서도 딱히 마음에 담아 두지는 않았다. 하지만 다이키치는 신경이 쓰이는지 급히 신발을 신고 골목 어귀까지 쫓아갔다. 하지만 이미 소녀의 모습은 보이지 않았다.

"저 아이는 어느 집 아이일까?"

다이키치는 끊임없이 생각했다. 하지만 다른 사람들은 신조와 마찬가지로 그 아이에게 딱히 흥미도 느끼지 않고 신경도 쓰지 않았기 때문에, 이 일은 없던 일이 되어버렸다. 아침 일찍 사체를 화장장으로 보내야 했지만, 이 무렵은 워낙 역병으로 죽은 사람들이 많았기 때문에 시간에 맞춰 관을 준비할 수 없었다. 하는 수없이 저녁까지 기다리기로 하고 사람들은 무시무시한 콜레라에 걸려 죽은 시신을 지키면서 하루를 보냈다.

그 날 오후였다. 서른 살 전후쯤 되어 보이는 남자가 세키구치야의 문 앞에 멈춰 섰다.

"여기에 도시조라는 사람이 살고 있나요?"

"예. 도시조는 콜레라로 죽었습니다."

가게 사람이 대답했다.

"콜레라로 죽었다고?"

남자는 조금 당황한 듯 말했다.

"말도 안 돼. 그래, 언제 죽었나요?"

"어제 오후에……"

"맙소사!"

남자는 혀를 찼다.

아직 장례식이 끝나지 않았다는 말을 듣고 남자는 급히 골목 안으로 뛰어 들어갔다. 그는 향이 자욱한 문 앞에 서서 물었다.

"혹시, 도시조는 죽었나요?"

"예. 어제 죽었습니다."

입구에 있던 다이키치가 대답했다.

"자, 이쪽으로……"

남자는 성큼성큼 안으로 들어와 방에 누워 있는 젊은 목수의 사체를 바라보았다. 그는 분한 듯이 혀를 찼다.

"제길. 운이 좋은 놈이군."

콜레라로 죽은 사람에게 운이 좋다니, 이 무슨 소리인가? 그 자리에 있던 사람들은 깜짝 놀랐다. 모두들 어리둥절해서 남자의 얼굴을 바라보자 그는 의혹을 풀어주듯 설명했다.

지금부터 나흘 전 밤, 유시마텐진(湯島天神) 밑에서 관 짜는 기술자 이타로(伊太郎)가 누군가에게 살해당했다. 앞에서도 말했듯이 이 무렵에는 콜레라로 죽는 사람이 많았기 때문에 모든 관 가게가 관을 짜기에 바빴고 자신들의 일손만으로는 부족했기 때문에 임시로 목수나 관 짜는 기술자 등을 고용해 일을 맡겼다. 제대로 된 기술자는 마구잡이로 관을 짜는 일을 꺼려했지만, 실력이 시원찮은 젊은 목수들은 수입이 짭짤한 것을 기뻐하며 여기저기로 관 짜는 일을 도와주러 다녔다. 여기 이 도시조도 그런 사람 중의 하나로, 며칠 전부터 이타로의 가게에서 일을 하고 있었던 것이다.

이타로의 돈에 눈독을 들인 누군가가 그를 살해했음이 밝혀졌다. 전염병은 관을 짜는 목수에게 복을 가져다주는 신이었다. 사업이 번창하자 이타로는 의외로 큰돈을 벌었다. 그것이 화가 되어 이타로는 살해당하고 부인은 슬픔에 빠졌다. 조사 결과 고용 목수인 도시조가 용의자라 그를 체포하러 와 보니 상황이 이 지경이었다. 체포되어 중한 벌을 받는 것보다는 콜레라로 죽는 것이 나을 것이다. 그가 "운이 좋은 녀석이군"이라고 한 것도 무리는 아니었다.

용의자를 체포하러 와서 실망한 남자는 간다(神田)에 사는 한 시치의 아들인 젠파치(善八)였다. 이렇게 된 이상 허무하게 물러나는 수밖에 없다. 하지만 일단 도시조의 평소 행동이나 사망 전의 모습 등을 조사해둘 필요가 있었기 때문에 도시조와 가장 친했다는 이웃인 다이키치가 앞으로 불려 나왔다. 젠파치는 우물가 버드나무 아래에 서서 잠시 동안 다이키치를 조사하고 돌아갔다.

"놀라운 일이군."

"사람은 겉만 보고는 모르는 거야."

"도시조가 좀 놀기는 했지만, 설마 그런 끔찍한 일을 저지를 거라고는 생각도 못했어."

콜레라로 죽은 도시조에 대한 사람들의 동정은 급격하게 식었다. 정말이지 운이 좋은 놈이라고들 했다. 그렇다고 해서 이제 와서 시체를 버리고 돌아갈 수도 없는 노릇이었기에 사람들은 내키지는 않았지만 날이 저물기를 기다리고 있었다. 오후 6시경,

관이 도착하자 얼른 사체를 넣고 관을 메고 나왔다.

세입자가 죽은 것이니 주인도 그냥 보고 있을 수만은 없다. 세키구치야에서도 누군가를 보내야 했지만 콜레라로 죽은 사람의 장례식일 뿐만 아니라 그 주인공이 끔찍한 범죄를 저지른 죄인이라는 소문을 듣고는 가게 사람들 모두 가기를 꺼렸다. 그것도 무리는 아닌지라, 세키구치야도 곤란해 하고 있던 차에 하녀인 오요시가 자신이 가겠다고 나섰다.

"너는 여자이니 관두어라."

일단 오코토가 말렸다. 하지만 누군가 꼭 가야 하니 자신이 가겠다고 하여 결국 오요시가 가게 되었다.

"오요시는 콜레라가 무섭지 않은가봐."

"뭐, 다이키치와 함께 가고 싶은 거겠지."

다른 하녀들이 수군댔다. 담배 장수인 다이키치는 스물 서너 살쯤 되었으며 얼굴이 하얗고 맵시 있는 남자였다.

가을 새벽녘, 어두운 골목에서 대여섯 개의 등롱 불빛이 쓸쓸히 흔들리는 가운데 도시조의 관이 운반되고 있었다. 아침 8시가 지났을 즈음 오요시가 돌아와 '센쥬(千住)의 화장장에는 관이 5, 60개가 쌓여 있기 때문에 도저히 금세 화장을 할 수가 없다. 오늘 밤은 그대로 두고 왔으니 이레 혹은 여드레 후에 유골을 받으러 가야 한다'고 했다. 콜레라 때문에 화장터나 절이 혼잡하다는 것은 일찍이 들어 알고 있었으나, 실제로 이런 이야기를 들으니 세키구치야 사람들의 마음은 어두워졌다.

그 중에서도 특히 오코토의 마음을 어둡게 하는 일이 있었다.

오요시가 여주인에게 은밀히 말했다.

"어젯밤 밤을 새고 있는데 흰색 기모노를 입은 여자 아이가 뒤쪽 문으로 집안을 들여다보고 있었대요."

"우리 집 뒤쪽을 들여다보고 있었다고?"

오코토의 안색이 변했다.

"담배 장수 다이키치가 봤다나 봐요. 신조도 봤다고 해요."

단발뱀, 팔손이나무 잎…… 그렇지 않아도 벌벌 떨고 있던 참에 또 다시 이런 이야기를 들으니 오코토는 눈앞이 빙빙 돌 지경이었다. 흰 천의 기모노를 입은 여자아이는 묘진산에서 내려온 듯하다. '오소데 죽는다'라는 그 저주받은 운명이 점점 다가오는 것 같은 생각이 들었다.

지금까지는 오소데와 오요시의 입을 단속하고 자기 혼자 마음속에 담아두었지만 오코토도 더 이상은 참을 수 없게 되어 남편인 지헤이에게 모든 것을 털어놓았다. 지헤이는 결코 어리석은 사람이 아니었다. 장사 수완도 꽤나 뛰어나 세키구치야의 오랜 이름에 먹칠을 하지 않을 정도의 기량을 가지고 있었지만 그는 신불(神佛)을 매우 신봉하고 있었다.

그 신봉이 너무 지나쳐 일종의 미신과도 같았다. 오코토가 묘진산의 일을 감추고 있던 것도 함부로 그것을 입 밖에 냈다가는 남편이 놀랄 것을 염려했기 때문이었다.

역시 지헤이는 놀랐다. 그는 눈물을 글썽이며 탄식했다. 단발뱀의 저주를 받은 딸의 목숨은 어차피 구할 수 없는 것이라고 포기한 것 같았다.

Ⅲ

8월 말부터 갑자기 가을바람이 불기 시작해 9월의 첫날부터 시원했다.

"역시 계절은 당할 수 없어. 이제 콜레라도 한풀 꺾이겠지."

부인인 오센(お仙)과 이야기하면서 한시치가 홑옷을 겹옷으로 갈아입고 있자니 아침 일찍 젠파치가 찾아왔다.

"갑자기 시원해졌네요."

"안 그래도 지금 막 그 이야기를 하고 있었는데, 젠파치, 콜레라는 좀 어떠니?"

오센이 물었다.

"아직 유행하고 있어요."

젠파치가 대답했다.

"시원한 바람이 분다고는 해도 금세 사라지지는 않아요. 7, 8월에 걸쳐 꽤 많은 사람이 죽었어요."

"나쁜 사람이 죽는 건 상관없지만 좋은 사람도 죽으니 곤란한 일이지."

"우리 일을 하는 입장에서 말한다면 나쁜 사람이 죽어버리는 것도 곤란해요. 겨우 용의자를 뒤쫓아 가서 이제 됐다하는 순간 상대가 콜레라로 죽어버리면 웃기지도 않아요. 일전의 유시마 사건……겨우 진상을 밝혀 고이시카와까지 갔는데 목수 녀석은 콜레라로 사망. 얼마나 맥이 풀렸는지 몰라요."

이렇게 말하고 젠파치는 다시 목소리를 낮추었다.

"그런데 말이죠, 아버지. 고이시카와 말인데요, 거기서 또 좀 이상한 소문을 들었어요."

"이상한 소문이라니, 무슨 소문?"

오센이 일어나 나간 뒤, 한시치는 젠파치와 마주앉았다.

"아시다시피, 사람을 죽인 목수는 스이도초의 담배 가게에 세 들어 살고 있었어요."

젠파치는 말을 이였다.

"그 주인집은 세키구치야라는 오래된 담배 가게로, 가산도 넉넉하고 근처의 평판도 나쁘지 않은 집입니다. 그런데 그 집의 하녀인 오요시라는 여자가 2, 3일 전에 죽었습니다."

"역시 콜레라인가?"

한시치가 물었다.

"아뇨, 콜레라가 아니라 급사인 것 같습니다. 세키구치야도 황급히 의사를 불렀지만 이미 늦었다고 합니다. 그 죽은 방식이 뭔가 이상하다고 하는데, 세키구치야는 가게 점원들과 하녀들에게 입단속을 시켜 아무 말도 못하게 합니다. 그러니 더더욱 여러 가지 소문들이 무성합니다. 세상 사람들이 이러쿵저러쿵 할뿐 아니라 오요시의 부모도 딸의 사체를 인수해가지 않습니다. 콜레라가 유행하는 시기에 언제까지고 사체를 눕혀 놓을 수는 없는 노릇이라 촌장과 고닌구미(五人組)*가 안으로 들어가 어쨌든 사체만은 인수하도록 했지만 그 후 매듭이 지어지지 않아 아직도

---

* 에도시대에 다섯 집을 한 단위로 묶어 연대책임을 지게 한 조직

어수선하다고 합니다."

"오요시라는 여자의 부모는 왜 딸의 시체를 인수하지 않는 거지? 사체에 뭔가 이상한 점이라도 있는가?"

"아무래도 그런 것 같습니다. 소문에 따르면 히카와(氷川) 묘진산 단발뱀의 저주라는데…… 그런 일이 진짜 있을까요?"

"히카와의 단발뱀이라……"

한시치도 생각했다.

"옛날부터 그런 이야기를 들은 적은 있지만 소문이 사실인지 장담할 수가 없군. 그러면 그 오요시라는 여자는 묘진산의 단발뱀을 만난 것인가?"

"세키구치야의 안주인과 딸, 그리고 오요시, 이렇게 셋이서 히카와에 참배를 하러 갔는데 돌아오는 길에 뱀을 만났다고 합니다. 뱀이 아니라 단발머리를 한 소녀라고 합니다만……"

"여자 아이라……"

한시치는 또 다시 생각했다.

"그렇다면 오요시는 뱀의 저주를 받아 급사한 것이로군. 급사에도 여러 가지가 있는데, 어떻게 죽었을까?"

"그 외에도 여러 가지 소문이 있는데, 제가 오치요(お千代)라는 하녀를 구슬려 들은 바로는 이렇습니다."

세키구치야에는 오요시, 오치요, 오쿠마(お熊)라는 세 명의 하녀를 고용하고 있는데, 오요시는 중간 잡일을, 다른 두 사람은 부엌일을 담당하고 있었다. 그날 밤은 늦더위가 심했기 때문에 뒷문 공터 쪽으로 난 덧문을 조금 열어두고, 4조 반짜리 방에 모

기장 하나를 치고 세 사람이 이부자리를 펴고 잠이 들었다. 세 사람 모두 젊은 여자들이었기 때문에 정신없이 자고 있는데 깊은 밤, 오요시가 갑자기 난리법석을 떨었다. 양 옆에서 자고 있던 오치요와 오쿠마도 깜짝 놀라 눈을 뜨니 오요시가 작은 목소리로 "뱀······"이라고 외치는 것 같았다.

오치요와 오쿠마가 모기장에서 기어 나와 부엌에서 등불을 가지고 오니 오요시는 이불 위에서 몸부림치며 괴로워하고 있었다. 당황한 두 사람이 가게 남자들을 불러 깨웠는데, 그 소란스러운 소리에 주인 부부도 일어나 나왔다. 나이 어린 점원은 단골 의사를 부르러 갔다.

아무래도 한밤중에 일어난 일이었기 때문에 의사도 금세 오지는 않았다. 오요시는 의사가 오기 전에 죽어버렸다. 의사도 사인을 정확히 몰랐지만, 오요시가 "뱀······"이라고 한 사실로 미루어보아 아마도 살모사와 같은 독뱀에게 물렸을 거라고 생각했다. 당시 그 부근에는 숲과 구릉이 많고, 무가(武家) 저택의 공터나 초원도 많았기 때문에 살모사나 뱀도 드문 것은 아니었다. 열어놓은 덧문으로 뱀이 기어 들어왔는데 운이 나쁜 오요시가 그 제물이 되었을 것이다. 어쨌든 뱀의 정체를 확인하지 않으면 안심할 수 없기 때문에 너나 할 것 없이 총동원되어 독사의 행방을 찾았지만 집안은 물론, 정원에도 뱀 같은 것은 없었다.

이렇게 하인들이 소란을 피우는 동안 주인 쪽은 비교적 차분했다. 주인인 지헤이도 부인인 오코토도 거의 아무 말이 없었다. 딸인 오소데는 안쪽에 숨은 채로 얼굴도 내밀지 않았다. 독사 사낭이 일단락된 후 지혜이는 의사를 안으로 불러들여 부인과 함께 단발뱀에 관한 이야기를 했다. 이 이야기가 가게 사람들에게 새어나가 자연스럽게 소문의 씨앗이 된 것이었다.

이 이야기를 듣고 생각해보면 주인 부부의 냉정함은 인정이 없어서라기보다는 운명이라고 생각하고 체념하고 있었기 때문인 듯하다. 오요시 뿐만이 아니라 오코토도, 오소데도 같은 운명에 빠지지 않을 거라는 보장은 없다. 오요시만이 제물이 되어 이것으로 단발뱀의 저주가 사라질 것인지, 세 사람 모두 같은 저주를 당할 것인지는 그 누구도 알 수 없는 일이었다. 주인 부부는 냉정하다기보다 강한 공포에 사로잡혀 제대로 말도 하지 못했을 것이다. 그런데 오요시의 부모는 그런 태도를 인정머리 없는 태도라고 비난했다.

"아무리 그렇다고 해도 부모가 딸의 사체를 인수하지 않는다는 것은 이해할 수 없군."

한시치가 말했다.

"세키구치야에서 죽이기라도 했다는 건가?"

"노골적으로 죽였다고는 하지 않습니다만, '잠자리에서 뱀에 물려 죽었다고 하는 것은 아무래도 믿기지 않는다. 하물며 단발뱀 따위는 지어낸 이야기인지 뭔지 알 수가 없다. 소중한 딸이 죽은 이상, 어떻게 죽었는지 확실히 알지 못한 상태에서 함부로 시신을 인수할 수는 없다'고 한다고 합니다. 세키구치야도 상당한 액수의 위로금을 줄 생각이지만, 부모 쪽은 500냥이나 1000냥 정도를 받아낼 생각인 것 같습니다."

"500냥이나 1000냥이라……"

한시치도 조금 놀란 기색이었다.

"인간의 생명에 값을 매길 수는 없다고 해도 고용인이 죽은 것 때문에 500냥, 1000냥을 내야 한다면 견디기 힘들지. 도대체 그 부모라는 사람들은 어떤 사람들이냐?"

"500냥 1000냥은 둘째 치고, 부모가 능장을 부리는 데에는 이유가 있습니다."

젠파치가 설명했다.

"이야기를 들어보니 오요시라는 여자는 하녀처럼 보이지만 실은 주인의 조카딸이라고 합니다."

"그냥 단순한 고용인이 아니라는 건가?"

"주인 형의 딸입니다. 형은 지에몬(次右衛門)이라고 하는데, 본래라면 맏아들이 집안을 물려받아야겠지만 젊을 때부터 놀기를 좋아해 선대 주인에게 의절을 당했다고 합니다. 그래서 아우인 지헤이가 세키구치야의 가문을 상속하게 된 것입니다. 선대가 돌아가실 때 사죄를 했지만 선대는 '저런 놈은 절대 세키구치야 안으로 들일 수 없다'는 유언을 했다고 합니다. 20년도 더 지난 이야기이지만 이 때문에 지에몬은 지금도 세키구치야의 가게에 얼굴을 내밀 수 없고 뒷문으로 살짝 들어온다고 합니다."

"지에몬은 무슨 일을 하지?"

"시타야(下谷)의 언덕 아래에서 작은 담배 가게를 하고 있다고 합니다. 의절은 당했지만 세키구치야의 맏아들이자 현재 주인의 형임에는 틀림이 없기 때문에 세키구치야도 어느 정도 뒤를 봐주고 있어, 팔고 있는 담배도 융통해주고 있는 것 같습니다. 그 형의 딸이 오요시인데, 대놓고 친척이라고 할 수는 없기 때문에 뭐 그냥 고용인처럼 데리고 와서 세키구치야가 돌봐주었던 겁니다. 자세한 사정은 모르지만 세키구치야가 오요시를 맡은 것은 장래에 괜찮은 사위를 찾아주고, 얼마간의 살림을 나누어주어 형에게 상속을 시킨다는 약속이 있었던 것 같습니다. 그런 오요시가 느닷없이 죽어버렸으니, 가장 곤란한 것은 형인 지에몬이지요."

"그 형은 건실하게 살고 있는가?"

"지에몬은 이미 나이가 쉰으로, 지금은 건실한 생활을 하고 있는 것 같지만 옛날 놀던 버릇이 사라지지는 않지요. 자신에게 잘못이 있다고는 해도 세키구치야의 가산을 동생에게 빼앗겼으니 속이 편치는 않을 겁니다. 게다가 돌봐준다는 약속을 하고 데려간 딸이 이유를 알 수 없는 죽음을 당했다. 이렇게 되면 어떻게든 시비를 걸고 싶은 것이 인지상정으로, 사체를 인수하느니 못하느니 떼를 쓰는 거겠죠. 지에몬 입장으로는 '어쨌든 간에 피를 나눈 조카딸을 데려다가 이유를 알 수 없이 죽게 했으면서 죽었으니 어쩔 수 없다는 식의 태도를 취하는 것은 너무나도 인정이 없는 것 아니냐, 도저히 말이 안 된다'는 거지요. 게다가 오요시의 죽음에는 석연치 않은 점이 있어 확실히 뱀에 물렸는지 어땠는지 의사도 잘 판단이 서지 않는 것 같습니다."

"역시 뱀일 것이다."

한시치가 말했다.

"역시 뱀일까요?"

젠파치도 고개를 끄덕였다.

"그럼 상대가 되지 않을 겁니다. 지에몬이 아무리 버둥거려도 어쩔 수 없는 일 아니겠습니까?"

"아니, 상대가 되지 않을 거라고 장담할 수도 없지. 그 오요시라는 여자는 어떤 여자지?"

"오요시는 열아홉 살로 세키구치야의 딸과는 한 살 차이입니다. 세키구치야의 딸은 오소데라고 하는데 올해 열여덟 살입니다. 겉으로는 주인과 고용인 사이지만 말하자면 사촌 관계이고 둘 다 얼굴이 예쁘지도 않고 못생기지도 않은, 뭐 그렇고 그런 얼굴인데, 오요시 쪽이 나이가 한 살 많은 만큼 더 되바라지고 남자를 좋아하는 것 같았습니다."

"세키구치야가 세놓고 있는 4채의 집에는 누가 살고 있지?"

"콜레라로 죽은 목수 도시조, 그리고 담배 장수 다이키치, 그 외에 재봉 기술자인 신조, 소쿠리 장사 로쿠베(六兵衛)…… 신조와 로쿠베는 부인이 있습니다."

"다이키치는 도시조 옆집에 사는 녀석이지? 어떤 놈인가?"

"스물 서넛쯤 되었고 창백하고 가냘픈 몸을 한 녀석입니다. 교토 근처에서 태어났는데 이전에는 유시마의 차야(茶屋)*에 있었다고 합니다."

"유시마의 차야에 있었다고? 남창(男娼) 출신인가?"

* 손님이 기생을 불러서 유흥하는 곳

"그런 소문이 있습니다."

"그래?"

한시치는 살짝 눈을 감고 또 다시 뭔가를 생각했다.

IV

세키구치야의 오소데는 앓아누웠다.

의사조차 그 병이 무슨 병인지 알지 못했지만 오요시의 갑작스런 죽음에 이어 딸이 앓아눕자 세키구치야의 주인 부부는 대강 그 병의 원인을 상상할 수 있었다. 다음에는 자기 차례라고 생각하자 부인도 살아도 산 것 같지 않아 밥을 먹을 수 없게 되었고 결국에는 반쯤 병자와 같은 상태가 되어버렸다. 아무리 비밀을 지키라고 해도 고용인들은 단발뱀에 대한 소문을 여기저기로 퍼다 날랐다. 콜레라도 무섭지만 단발뱀도 무서웠다. 세키구치야 일가는 이제 모두 죽임을 당할 것이라는 둥, 말도 안 되는 이야기를 퍼뜨리는 이도 있었다.

그런 와중에 그 셋집에 또 하나의 괴담이 퍼졌다. 재봉 기술자 신조의 아내가 밤 10시 무렵 근처 목욕탕에서 돌아오다가 어두컴컴한 골목에서 한 남자를 스쳐 지났는데, 그것이 죽은 목수 도시조의 모습과 똑같았기 때문에 그녀는 얼굴이 새파래져서 집 안으로 도망쳐 들어왔다.

"지금 도시조가 지나가는 것을 봤어……"

"무슨 바보 같은 소리야?"

남편인 신조가 그런 아내를 나무랐다.

콜레라로 죽은 신조는 화장터로 보내졌고, 그로부터 며칠이 지난 후 유골을 수습해 근처의 절에 납골을 하고 왔다. 그런데 이 근처를 걸어 다닐 리가 없지 않은가? 그런데 부인은 확실히 그 모습을 보았다고 한다. 그 말을 듣고 옆집 소쿠리 장수 부인도 얼굴색이 변했다.

"그건 틀림없이 도시조의 유령일 거야."

역병이 유행하고, 여기저기서 시체가 생겨나는 때에는 어쨌든 여러 가지 괴담이 생겨나게 마련이다. 소쿠리 장수 집에서는 부인뿐만이 아니라 남편도 이것을 믿고 콜레라로 죽은 도시조의 영혼이 그곳을 헤매는 것이라고 했다. 이 소문이 마을로까지 퍼졌을 때, 도시조와 벽 하나를 사이에 두고 살던 담배 장수 다이키치가 이런 말을 했다.

"사실은 나도 도시조의 모습을 봤어."

이렇게 되자 유령에 관한 소문은 점점 더 불어나 세키구치야의 셋집에 도시조의 유령이 매일 밤 나타난다는 둥, 없는 말까지 덧붙여 소문을 퍼뜨리는 이도 있었다. 그렇지 않아도 콜레라 때문에 두려운 마당에 단발뱀이니 유령이니, 이상한 소문까지 꼬리에 꼬리를 무니 이 마을은 일종의 어두운 공기에 휩싸여버렸다.

그 중에서도 가장 어두운 공기 속에 갇혀 있는 것은 세키구치야 일가였다. 딸은 앓아눕고 부인은 반 병자가 되어 있는데, 오요시의 죽음에 대한 처리가 완전히 해결되지 않았다. 마을의 고난구미가 세키구치야와 지에몬 사이에서 여러 가지로 화해를 시도하고 있지만 지에몬은 쉽게 꺾이지 않았다. 그것이 보통 고용인의 부모였다면 이쪽에서 위로금을 내고, 그것을 받아들이지 않으면 마음대로 하라고 내버려둘 수도 있었을 것이다. 하지만 아무리 의절을 했다고는 해도 지에몬은 세키구치야의 맏아들이자 당주인 지헤이의 형이다. 지헤이는 형과 싸우기를 원치 않는다. 중재인들도 차마 가혹하게 형의 입을 막을 수는 없다. 이 점을 이용해서 지에몬은 끝까지 억지를 쓰는 것이다. 요즘 말로 표현하자면 일종의 부의금으로 금 1000냥을 내놓으라고 주장하는 것이다.

확실히 1000냥은 큰돈이다. 하지만 외동딸인 오요시를 잃고 나면 자신의 노후를 돌봐줄 사람이 없기 때문에 1년에 50냥씩 20년 치, 즉 1000냥의 부의금이 필요하다는 것이 지에몬의 계산이다. 게다가 1년에 50냥씩 주는 것은 안 되고 딱 1000냥을 준비해서 한꺼번에 달라고 지에몬은 독촉했다. 말이 되는 것 같기도 하고 되지 않는 것 같기도 하여 중재하는 사람들도 어찌해야할 바를 몰랐다. 결국 300냥까지 교섭을 진행시켰지만 지에몬은 한 발자국도 양보하지 않았다.

아무리해도 안 되자 중재자들도 지쳐 손을 떼려 할 때, 지에몬은 흰머리가 섞여 있는 살쩍*을 부르르 떨며 말했다.

"지헤이는 형을 내쫓고 재산을 차지한 놈이다. 게다가 형의 딸을 15살 봄부터 19살 가을까지 거의 월급도 주지 않고 부려먹다

---

* 관자놀이와 귀 사이에 난 머리카락

가 끝내 죽이고는 늙은 형을 길거리로 내몰다니…… 나도 이제 인내의 끈이 끊어졌다. 재작년에는 마누라가 죽고 올해는 딸이 죽고, 혼자 살아남았으니 무엇 하나 낙이 없다. 목숨은 언제든지 버릴 각오가 되어 있다."

지헤이를 죽이고 자신도 죽겠다는, 일종의 협박이다. 설마 그렇게 하겠는가라는 생각이 들긴 했지만 중재하는 이들도 왠지 불안해 완전히 손을 뗄 수도 없었다. 이처럼 똑같은 입씨름을 몇 날며칠 동안 하는 사이 9월도 열흘이나 지났는데 또 하나의 난리가 일어났다. 세키구치야에 세 들어 사는 소쿠리 장수 로쿠베의 부인이 급사한 것이다.

때는 새벽녘, 남편인 로쿠베는 집에 없었다. 부인이 갑자기 꺅-하고 비명을 질러 이웃에 사는 신조 부부가 뛰어 나가보니 그녀는 부엌에 쓰러져 있었다. 급히 의사를 불러 왔지만 이 또한 무슨 병인지 알 수가 없다. 역시 뱀에게 물린 것 같다고 한다. 소쿠리 장수의 아내는 응급처치를 한 보람도 없이 다음 날 아침 죽어버렸다. 이 일에 대해 다시 여러 가지 소문이 퍼져 나갔다.

"세키구치야의 뱀이 셋집으로 기어들어간 것이다."

"아니다, 도시조의 유령이 나온 것이다."

뱀과 유령이 사람들을 집요하게 괴롭히는 사이에 제2의 콜레라 소동이 일어났다.

이 무렵에는 점점 시원한 바람이 불기 시작해 콜레라에 대한 걱정도 점점 식어가던 무렵, 세키구치야에서 일하는 이시마쓰 (石松)가 콜레라에 걸려 이틀 만에 죽었다. 아마 이것이 전염된 것 같은데, 전부터 시름시름 앓고 있던 부인 오코토도 같은 병에 걸려 그녀 또한 하룻밤 만에 죽었다. 세키구치야는 그야말로 암흑이었다. 근처 사람들의 마음도 암흑이었다.

병이 병이니만큼 세키구치야도 부인의 장례식을 간소하게 치렀다. 그 장례식이 끝난 후, 지혜이는 결심한 듯 말했다.

"이렇게 되고 보니 딸도 곧 죽을지도 모른다. 나도 어떻게 될지 모른다. 세키구치야가 망하는 시기가 온 것이겠지. 형이 원하는 대로 500냥이건 1000냥이건 다 주겠다."

하지만 1000냥은 법으로 금지되어 있다고 하니, 중재인들이 다시 교섭을 진행하여 600냥까지 가격을 조정하자 지에몬은 이제는 때라고 생각한 듯, 지혜이의 조건을 받아들였다. 그런데 워낙 큰돈이기 때문에 아무렇게나 건넬 수는 없다. 후일을 위해 앞으로 다른 말을 하지 않겠다는 각서를 받고 마을 사람들이 입회한 가운데 돈을 건네주었다.

이러한 사건들 뒤에서 젠파치의 눈이 끊임없이 빛나고 있었다. 한시치도 이에 대한 보고를 모두 듣고 있었다. 당장은 어떻게 손을 쓸 수도 없었지만 사건의 전모가 점점 밝혀지는 것 같은 생각이 들었다.

V

9월 20일 한밤중, 시타야의 담배가게 주인 지에몬이 누군가에게 살해당했다. 뭔가 이상한 소리가 나는 것을 듣고 이웃 사람들이 뛰어나갔을 때에는 범인은 이미 모습을 감추었다. 지에몬은 칼에 목과 가슴을 찔렸는데, 희미하게 남아 있는 숨을 헐떡이며 말했다.

"다이……도……도시조……"

뭔가 하고 싶은 말이 남아 있는 것 같았지만 그는 이 말만을 남긴 채 숨을 거두었다. 물론 그 길로 신고를 해서 검시를 받았지만 살인범이 원한 때문에 죽였는지, 싸움을 하다가 죽였는지, 혹은 도둑인지 알 수가 없었다. 젠파치가 이 이야기를 들은 것은 다음날 아침이고, 한시치를 안내하여 시타야에 들이닥친 것은 오전 10시 무렵이었다. 두 사람은 지신반(自身番)*에 들러 대강의 경위에 대한 보고를 들은 후 집주인의 안내를 받아 지에몬의 담뱃가게로 들어갔다. 두 칸짜리 작은 가게로, 안쪽에는 6조와 2조 짜리 방이 두 개 있고, 2층에는 4조 반 크기의 방이 하나 있었다.

부인은 죽고 딸은 일을 하러 집을 떠나 있었기 때문에 당시 지에몬은 혼자 살았다. 안쪽에는 게타 굽을 갈아 끼우는 일을 하는 사람이 살고 있었는데, 오토리(お酉)라는 이름의 노파가 아침저녁으로 집안일을 도와주러 온다고 집주인이 설명했다.

"그럼 어쨌든 그 오토리라는 사람을 불러 봅시다."

한시치 앞에 불려나온 것은 54, 5세 정도 되는 정직해 보이는

---

* 에도 시대 사거리에 두었던 자치적인 경비 초소

노파였다. 그리고 가정용 잡화상을 하며 옆집에 사는 이도 불려 나왔다. 그는 기베에(喜兵衛)라는 사람으로, 어젯밤 제일 먼저 뛰 어 나온 남자이다. 오토리와 기베에의 말에 의하면 젊은 시절 도 락가였던 만큼 지에몬은 주위 사람들에게 친절했고, 여태껏 딱 히 나쁜 소문도 없었다. 위치도 나쁘고 가게도 작아 장사가 변변 치 않은데도 불구하고 매일 술을 마셨기 때문에 살림살이는 넉 넉하지 않았다. 하지만 딸이 시집만 가면 자신은 일을 하지 않고 도 편하게 살 수 있다는 둥 큰 소리를 쳤다고 한다. 특히 얼마 전 술에 취해 오토리에게 이런 말을 했다.

"지금 내 눈 앞에 큰돈이 어른거리고 있어. 이럴 때에 콜레라 따위에 걸리면, 난 절대 못 참아."

그는 갑자기 딸이 죽어 크게 낙심을 한 듯, 매일 술을 퍼마셨 다. 그리고 위로금으로 세키구치야로부터 한 몫 단단히 챙기겠 다고 했다. 그에 대한 흥정도 잘 해결되었는지, 요 며칠간은 기 분이 좋았다.

"평소 이 집에 자주 오는 자는 없는가?"

한시치가 물었다.

"담배 장수 다이키치입니다."

오토리가 대답했다.

"얼굴이 하얗고 몸이 날씬한 사람인데, 지에몬이 말하는 것을 듣고 있으면 나중에는 사위라도 삼을 것 같은 느낌이었습니다. 그 외에 목수인 도시조라는 사람이 가끔 왔었는데, 이 사람은 콜 레라로 죽었다고 합니다."

"그렇군."

그때 기베에가 끼어들었다.

"그 도시조라는 사람은 2, 3일 전 밤에 찾아온 것 같은데…… 우리 가게 앞을 지나간 것이 아무래도 그 사람 같았는데…… 내 착각인가?"

"다이키치라는 담배 장수는 요 근래 오지 않나?"

한시치가 다시 질문을 했다.

"어제 점심 때가 지난 무렵에 왔었습니다."

오토리가 대답했다.

"저에게 잠깐 가게를 봐 달라고 하고는 지에몬과 함께 2층으로 올라가 이야기를 했습니다."

한시치가 2층에 올라가 보니 4조반짜리 작은 방은 의외로 깨끗하게 정리되어 있었다. 혹시나 해서 장롱을 열어보았지만 그 안에는 자질구레한 잡동사니만 들어 있을 뿐, 이렇다 할 물건은 없었다. 다시 부엌으로 내려가 마룻바닥의 널빤지도 들어 올려 보았지만 거기에서도 이상한 점은 발견되지 않았다.

"지에몬이 죽어가면서 무슨 말을 했다고 하던데……'

"예."

기베에가 말했다.

"그 목소리가 너무 희미해서 정확히 알아들을 수는 없었는데요…… 아무래도 '다이……도시……도시조……'라고 한 것 같았습니다."

"그렇다면 목수 도시조로군."

젠파치가 말했다.

"하지만 그 도시조라는 사람은 콜레라로 죽었다고……"

"자신의 입으로 2, 3일 전 밤에 보았다고 하지 않았는가?"

젠파치가 다시 말했다.

"제가 사람을 잘못 보았을지도 모르니, 아무래도 정확하다고는 말씀드릴 수가 없습니다."

이렇게 조사를 끝내고 한시치와 젠파치는 그곳을 떠났다.

"목수인 도시조라는 놈은 살아 있는 걸까요?"

젠파치가 걸어가면서 물었다.

"콜레라에 걸려 죽어서 화장터로 보내져 그 유골까지 수합한 놈이 살아 있다고 하는 건 이상하지만, 세키구치야의 셋집에도 도시조의 유령이 나타났다고 하니 어쩌면 살아 있을지도 모르지."

한시치가 말했다.

"지에몬이 죽어가면서 도시조라고 말한 이상, 아무래도 도시조가 죽었다고 할 수 밖에……그런데 지에몬이 말한 '다이……'가 목수를 말한 것인지 다이키치를 말하는 것인지에 대해서는 좀 더 생각해 봐야 해.* 아마도 다이키치겠지."

"그럴까요?"

"아무튼 이 사건에 다이키치가 연루되어 있음은 분명해. 나는 이미 대강 짐작이 가는군. 어서 다이키치를 체포하지. 뻔뻔스러

---

* 일본어로 목수는 다이쿠(大工)이다. 때문에 지에몬이 말한 '다이'가 다이쿠의 '다이'인지 다이키치의 '다이'인지 알 수 없는 상황이다.

운 인간이기는 하지만 남창을 하던 허약한 녀석이다. 너 혼자서도 충분하겠지. 아니, 기다려라. 자칫 놓쳐버려서 어딘가의 절로 숨어들기라도 하면 귀찮아진다. 나도 함께 가마."

두 사람이 함께 고이시카와의 스이도초로 가보니, 세키구치야의 셋집에 다이키치의 모습은 보이지 않았다. 옆집 사는 신조 부인의 말에 의하면 다이키치는 도시조의 유령이 두려운데다 세키구치야에 또 다시 콜레라 환자가 두 명이나 생기자 부들부들 떨었다고 한다. 그리고 이런 곳에는 도저히 있을 수 없다고 말하고는 대엿새 전부터 거의 집에는 돌아오지 않는다고 했다. 낮에 두어 번 돌아온 적이 있지만 밤에는 매일 다른 곳에 묵는다는 것이었다. 한시치는 속으로 웃으면서 물었다.

"그런데 도시조의 유령이 아직도 나오는가?"

"저는 딱 한 번 보았을 뿐입니다만……"

그녀는 목소리를 낮추고 말했다.

"그 후에도 유령이 나온다고 하는 사람도 있고, 나오지 않는다고 하는 사람도 있어 뭐가 진짜인지는 알 수 없지만 소쿠리 장수 집 안주인도 그렇게 되고 보니 무서워서 견딜 수가 없습니다. 그래서 저희들은 해가 저물면 거의 밖에 나가지 않습니다."

"도시조는 어느 절에 모셔졌지?"

"가이다이마치(改代町)의 만요지(万養寺)입니다."

"도시조가 다니던 절인가?"

"아뇨. 도시조는 다니던 절이 없다고 해서 다이키치가 자기가 아는 절에 유골을 모셨습니다."

"이것 참 고맙네. 우리가 이런 것을 물어보러 온 것은 모두에게 비밀로 해주게."

밖으로 나와 보니 세키구치야는 대문을 반쯤 닫아놓은 상태로 장사를 쉬고 있는 것 같았다. 안주인의 초칠일도 지났건만 콜레라 환자가 연이어 나왔기 때문에 더 이상의 전염을 막기 위해 조심한다는 의미도 있는 것 같았다. 한시치는 매우 유감스럽게 생각했다.

가이다이마치는 우시코메(牛込)에 있어 여기서 멀지 않다. 두 사람은 에도가와(江戸川)의 이시키리바시(石切橋) 다리를 건너 가이다이마치에 도착했다. 이곳은 사람들이 '4채의 절 마을'이라고 부르는 곳으로, 4채의 절 외에도 헌옷 가게가 많은 동네였다. 절들의 뒤쪽은 초원이고, 그 초원 뒤쪽으로는 밭이 펼쳐져 있다. 초원에는 키가 큰 참억새가 무성했는데, 그 하얀 이삭들이 푸른 하늘 아래 멀리서 나부끼고 있었다. 어딘가에서 때까치 우는 소리도 들려왔다.

두 사람은 만요지 앞에 섰다. 그렇게 큰 절은 아니지만 들어가면 생각보다 넓다는 소문을 들었다.

"절은 골치 아파."

한시치가 중얼거렸다.

"도시조는 유령이 아니라 진짜인 것 같군. 다이키치와 함께 이곳에 숨어들어가 있을 테지만 절에는 함부로 발을 들여놓을 수가 없지. 또 다시 절과 교섭을 해야 하나. 아, 귀찮아."

이 때, 뒤에 있는 초원에서 끊임없이 개 짖는 소리가 들려왔고 두 사람은 서로의 얼굴을 쳐다보았다. 한시치가 앞장 서 뒤쪽으로 돌아가 보니 초원은 드넓고 참억새 속에서 몇 마리의 들개들이 짖어대고 있었다. 두 사람이 억새를 가르며 개 짖는 소리가 나는 쪽으로 가고 있자니 앞 쪽에도 부스럭 부스럭 억새를 헤치며 나가는 자가 있었다. 피차간에 앞이 보이지 않는 상황이었기 때문에 그를 거의 따라잡은 순간이 되어서야 눈과 눈이 마주쳤다. 젠파치는 한시치의 옷깃을 살짝 잡아 당겼다.

"다이키치입니다."

상대방도 갑작스러운 만남에 당황한 듯 몸을 돌려 도망치려 하는 것을 곧 젠파치가 뒤쫓았다. 그는 가지고 있던 괭이를 들어 올리며 정면에서 덤벼들었다. 젠파치가 가까스로 몸을 돌려 피하는데 억새 속에서 또 한 사람, 가래를 들고 덤비는 자가 있었다.

"사람이 더 있다. 조심해!"

한시치도 젠파치에게 주의를 주면서 가래를 든 남자에게 달려들었다. 뒤쪽에 있는 적이 더 버거운 상대라고 판단했기 때문이다. 무성한 억새가 눈가를 찌르고 손발에 휘감겨 생각대로 움직일 수 없다. 젠파치도 상황은 비슷했다. 어찌어찌하여 다이키치의 팔을 붙잡았지만 억새 잎 때문에 눈을 뜨고 있기도 힘들었다. 그 점은 적도 마찬가지였지만 이런 경우에는 약한 쪽이 더 유리한 법이다. 다이키치 일당은 억새를 이용하여 필사적으로 저항했다.

서너 마리의 들개들도 달려들었다. 개들은 한시치의 편이라도 들듯 다이키치 일당을 둘러싸고 짖으며 덤벼들었다. 괭이를 든 남자가 한시치를 밀치고 6척(약 180cm)이나 앞서 도망가는 것 같더니 억새 뿌리에 발이 걸려 넘어졌다. 한시치는 그 남자 위로 몸을 던져 그를 깔고 눌렀다.

다이키치는 의외로 격렬하게 반항했지만 역시 결국에는 젠파치의 발밑에 쓰러졌다. 적, 아군 할 것 없이 모두 억새풀에 베어 뺨과 손발에 찰과상을 입었다. 범인들에게 오라를 지워 일어나자 개들은 한시치 부자를 안내라도 하듯이 짖으며 어딘가로 달려갔다. 억새풀 사이를 헤치고 도착해보니 쓰러진 억새가 마구 헝클어져 있는 한 평 정도의 공간이 나왔다. 파헤쳐진 지 얼마 되지 않았는지 흙이 부드러웠다. 그 속에 뭔가가 묻혀 있는 것 같아 괭이로 흙을 파내 보니 흙 아래에는 젊은 목수의 시체가 누워 있었다.

VI

"이것으로 체포는 끝이 났습니다."

한시치 노인이 말했다.

"체포를 하다가 상처를 입는 경우가 가끔 있긴 하지만 그때처럼 억새풀 세례를 받은 적은 없었습니다. 얼마간 얼굴과 손발이 따끔거려서 목욕하기도 힘들었답니다."

"저도 전에 이시바시야마(石橋山)산 전투에 대한 하이쿠(俳句)를 지어 달라는 부탁을 받아 '사나다와 마타노 어둠 속에서 억새

를 움켜쥐었네(真田股野くらがりの芒つかみけり)'라는 구를 지은 적이 있는데, 정말이지 억새풀 속에서 보통 일이 아니었겠습니다."

내가 말했다.

"자칫 잘못하면 눈을 찔리니까요."

노인이 웃으며 대답했다.

"그리고 사건의 자초지종 말입니다만, 뭐부터 말씀드릴까요?"

"가래를 들고 달려든 사람은 누구입니까?"

"그는 만요지에서 일하는 남자로 이름은 주베에(忠兵衛)⋯⋯우메가와(梅川)와 함께 도피라도 할 것 같은 이름이지만* 쉰 정도 되는 나이에 꽤나 다부진 놈이었습니다. 고향은 교토 부근이고 다이키치의 아버지 되는 사람입니다. 이 자 역시 젊은 시절 도락에 빠져 인물이 반반한 자신의 어린 아들을 남창 색주가에 팔아넘겼습니다. 에도의 남창 색주가는 덴포(天保) 개혁** 때 일단 폐지되기는 했지만 그 후에도 시동(侍童)이라는 명목으로 영업을 계속했습니다. 남창에 관한 이야기는 여담이므로 자세히 말씀드리지는 않겠습니다만, 아무튼 여자와는 달리 손님들이 어린 아이들만 찾기 때문에 17, 8세만 되면 일을 계속 할 수가 없습니다. 남창을 하던 이들은 단골손님⋯⋯대부분은 승려들

---

* 지카마쓰 몬자에몬의 작품 『메이도노히캬쿠(冥途の飛脚)』에 등장하는 유녀 우메가와와의 연인의 이름이 주베에이다.
** 일본의 도쿠가와 막부가 집권 초기의 봉건적인 농업사회를 복원하기 위해 1841년부터 1843년간 실시한 개혁. 덴포는 1830년~1843년에 해당하는 일본의 연호이다.

입니다만, 그들에게 얼마간의 밑천을 얻어 작은 장사를 시작하거나, 절의 주식 지분을 받거나 혹은 잡화나 담배를 팔러 돌아다니는 행상이 됩니다. 절에 옛 단골이 있으니 담배를 팔러 돌아다니는 경우가 많은 것 같습니다. 다이키치도 그런 사람 중의 하나로, 세키구치야의 셋집에 살면서 담배 장수가 되었지요. 만요지의 주지도 다이키치의 옛날 단골손님이었기 때문에 그 인연으로 다이키치의 아버지인 주베에를 자신의 절에서 일하도록 했던 것입니다."

"그렇군요. 그럼, 문제의 단발뱀 말입니다만, 그것은 다이키치와 지에몬이 꾸민 일입니까?"

"맞아요. 그렇습니다. 아시다시피 지에몬은 큰아들이면서도 세키구치야의 재산을 동생인 지헤이에게 빼앗겨버렸으니 내심 엄청나게 기분이 나빴습니다. 하지만 지헤이는 본디 사람이 좋았습니다. 그러니 형은 딸을 동생에게 보내고 모든 것을 맡겨놓았으면 좋았을 것을, 그것만으로는 성이 차지 않았지요. 또, 그의 딸인 오요시도 기승스러운 여자로, 세키구치야의 딸과는 사촌 사이임에도 불구하고 자신은 하녀처럼 일을 해야 하는 것이 억울해서 견딜 수가 없었지요. 세키구치야에서는 좋은 신랑감을 찾아주고 훗날 뒤를 봐주겠다는 생각을 하고 있었지만 지에몬 부녀는 그저 원망하고 시기하여 무슨 트집 잡을 일이 없는지 살피고 있으니, 이래서야 일이 제대로 될 리가 없지요. 아무래도 한바탕 난리가 일어날 것은 예견되어 있었습니다. 그런데 다이키치가 담배를 매입하러 매일 세키구치야에 출입하게 된 것입니다. 남창 출신에 친절하고 말재주도 좋으니 언젠가부터 오요시와 맺어지게 되었던 것입니다. 겉은 부드러워 보이지만 뱃속이 시커먼 다이키치, 그가 지에몬과 공모하여 한바탕 거짓 연극을 벌이게 된 것이지요."

"그 연극의 줄거리는 어떤 것입니까?"

"연극의 줄거리는 세키구치야의 외동딸을 죽이고 사촌언니인 오요시를 상속인으로 만들려고 하는 책략입니다. 외동딸인 오소데가 콜레라로 죽어준다면 더할 나위 없이 좋겠지만 일이 그렇게 안성맞춤으로 진행되지는 않죠. 그렇다고 독살 같은 것을 하게 되면 뒤처리가 귀찮아지니 생각해낸 것이 단발뱀입니다. 오소데 모녀가 요 근래 스이도바타의 히카와 묘진에 참배하러 가는 것을 기회로 삼아 일단 단발뱀으로 겁을 준 후 오소데를 죽이기로 했죠. 죽이는 방법은 독사에게 물리게 하는 것. 단발뱀에 대한 이야기는 모든 사람들이 알고 있으니 그 단발뱀의 저주로 죽었다고 하면 의심할 사람은 아무도 없을 겁니다. 아버지인 지헤이는 미신을 잘 믿는 사람이니 그 또한 미심쩍게 여길 리가 없고요. 지금 생각해보면 너무 꾸민 티가 나는 연극 같지만 어쨌든 단발뱀을 믿고 있던 시대이기 때문에 그것을 이용해 이런 연극도 꾸밀 수 있었던 것입니다.

그 무렵에는 유시마텐진의 경내에 연극을 공연하는 극장이 있었습니다. 다이키치가 그 연극에 출연하는 리키사부로(力三郎)라는 아역 배우를 데려 와서는 묘진산에 단발뱀이 출현하도록 한 것이지요. 아무래도 연극에 출연하는 아역배우였으니 이런 역할에는 딱 맞았겠지요. 특히나 오소데 모녀가 기도하러 갈 때에 같은 패인 오요시도 따라갔으니 괴담 느낌의 연극이 순조롭게 진척될 수 있었던 것 같습니다. 그 연극이 계획대로 맞아떨어져 딸은 앓아눕고 어머니도 거의 반 병자가 되었죠. 게다가 셋집 사는 목수가 콜레라로 사망하고 그때를 노려 오소데를 죽이려 한 겁니다. 그 뱀은 다이키치가 잡아와서 오요시에게 건네주었습니다. 지금과는 달리 그 무렵 고이시카와 주위에는 뱀과 살무사가 엄청나게 많이 살고 있었기 때문에 가까운 덤불에서 잡아온 것이겠지요. 그것을 작은 상자에 넣어 오요시에게 건넸던 것입니다.”

“살무사요?”

“예, 살무사요. 오요시는 한밤중에 그것을 꺼내 오소데의 모기장 속에 풀어놓으려고 했지만 역시 나쁜 일은 잘 되지 않는 법입니다. 그 뱀을 꺼낼 때 잘못해서 자신이 물려버린 거죠. 어디를 물렸는지는 알 수 없지만 금세 독이 퍼져 죽어버린 것입니다. 사람을 저주하면 무덤이 둘, 즉 남을 해치면 반드시 죗값을 받는다는 말은 꼭 이 일을 두고 하는 말인 듯합니다. 생각지도 못한 실패에 다이키치도 지에몬도 깜짝 놀랐지만 이제 와서 어찌할 수도 없지요. 그래서 이번에는 방법을 바꾸어 석연치 않게 죽은 딸의 시신을 인수하지 않겠다고 아버지인 지에몬이 트집을 잡아 결국 세키구치야로부터 600냥을 받아냈습니다.”

“그런데 그 600냥 때문에 지에몬은 죽임을 당한 거군요.”

“말씀하신 대로입니다.”

노인은 고개를 끄덕였다.

"그에 관한 이야기를 하려면 목수인 도시조에 관한 이야기를 해야 합니다."

"저도 그 부분이 궁금했습니다. 도시조는 어떻게 살아 있었던 겁니까?"

"자, 들어보십시오. 유시마의 관 가게를 도우러 다니던 도시조는 주인인 이타로가 콜레라로 큰돈을 번 사실을 알고는 한밤중에 몰래 숨어들어가 주인을 죽이고 부인에게 부상을 입힌 후 10냥 정도의 돈을 훔쳤습니다. 이 때, 옆집 사는 다이키치도 같이 가서 밖에서 망을 보는 역할을 했던 것입니다. 그런데 천벌이랄까요? 운이 좋다고 해야 할까요? 젠파치가 그를 체포하러 갔을 때, 도시조는 콜레라에 걸려 이미 죽어 있었습니다. 그때 젠파치가 다이키치를 좀 더 능숙하게 조사했더라면 이놈도 한패라는 것을 간파할 수 있었겠지만, 그렇게 하지 못하고 일단은 놓쳐버렸습니다.

그리고 도시조의 시신을 센쥬의 화장터로 가지고 가니 화장터는 콜레라 소동으로 대혼란이었습니다. 50, 60개나 되는 관이 쌓여 있어 당장은 화장이 불가능하다고 하여 관을 그대로 두고 귀가했습니다. 그 무렵의 화장터는 터무니없는 일이 많았고, 특히나 혼잡할 때였기 때문에 엉망진창이었습니다. 그런데 동네 사람들이 관을 두고 돌아온 후, 어찌된 일인지 도시조는 숨이 돌아와 관을 부수고 기어 나왔습니다. 밤이 깊어 주위는 캄캄했고, 당연히 아무런 방해 없이 도시조는 그곳을 빠져나왔습니다.

요즘 같으면 이렇게 끝날 일이 아니지만, 앞서 이야기했듯이 혼잡했던 때였기 때문에 아무도 신경을 쓰지 않았습니다. 며칠인가 지난 후 유골을 가지러 가서 도시조의 유골을 수합해 왔는데, 물론 이것은 다른 사람의 것으로, 누구의 뼈를 가지고 온 것인지 알 수 없습니다. 콜레라가 창궐했던 시대에는 이런 일이 얼마든지 있었답니다."

"그래서 도시조가 다시 살아 돌아온 거군요."

"예. 일단은 콜레라로 죽었다가 다시 살아 돌아왔습니다. 신기하다면 신기한 일이지요. 어쩌면 진짜 콜레라가 아니었을지도 모릅니다. 화장터를 빠져나온 도시조가 그 후 어디서 무엇을 했는지, 죽은 이는 말이 없으니 알 수 없지만, 어쨌든 유골 수합이 끝난 후 어느 날 밤 홀연히 돌아왔습니다. 그리고 옆집 다이키치의 집에 얼굴을 들이밀었던 것입니다. 그 순간 다이키치도 깜짝 놀랐지만 살아 돌아온 경위를 듣고 일단 안심했습니다. 그러나 안심할 수 없는 것은 유시마의 살인이 발각되어 젠파치가 그를 체포하러 왔다는 사실이었습니다. 죽어버렸다면 그걸로 끝이지만 살아 돌아왔으니 위험해진 것이지요. 때문에 다이키치는 도시조를 주의시키고 일단은 아무도 모르게 도시조를 만요지에 있는 아버지에게 보냈습니다.

같은 셋집에 사는 신조의 부인이 유령을 보았다고 한 것은 바로 이때입니다. 다이키치는 유령이 아니라고 하면 귀찮은 일이 생길 것이라고 생각하고 합세해서 유령에 관한 소문을 퍼뜨렸죠. 그런데 그 와중에 또 소쿠리 장수의 부인이 갑자기 죽어버립니다. 오요시를 죽인 살무사가 셋집의 뒤쪽으로 도망가 그 부근을 어슬렁거리고 있었는지, 아니면 다른 사정이 있었는지, 그 당시 의사가 잘 알지 못했기 때문에 여러 가지 소문이 퍼지게 된 것입니다. 그런데다 세키구치야에 콜레라 소동이 일어나 계속해서 변고가 이어졌는데, 부인과 하인의 콜레라는 누군가가 꾸민 일이 아니라 자연의 재난이라 어쩔 수 없는 일입니다.

다이키치는 담배 장수이고 특히 세키구치야에도 출입하고 있었기 때문에 지에몬과도 허물없이 지내고 있었지요. 그래서 도시조도 다이키치를 따라 드나들면서 지에몬과 안면을 트게 되었습니다. 하지만 유시마의 살인 사건과 세키구치야 사건은 완전히 다른 사건으로, 유시마 사건은 도시조와 다이키치 2명, 세키구치야 사건은 지에몬과 오요시, 다이키치 3명이 저지른 일입니다. 각 사건마다 역할이 다르기 때문에 두 사건에 모두 연루된 자는 다이키치 뿐입니다. 교토에서 태어난 남창 출신 인간들이란 묘하게 끈적거리고 뱃속이 시커먼 경우가 자주 있습니다."

"다이키치와 도시조가 공모해서 지에몬을 죽였습니까?"

"오요시가 죽어버리자 단발뱀 계획은 수포로 돌아갔지만 지에몬은 트집을 잡아 세키구치야로부터 돈을 뜯어냅니다. 다이키치도 이것을 노리고 있었는데, 지에몬은 600냥의 돈을 받자 모든 돈을 자신의 호주머니에 넣고 다이키치에게는 한 푼도 주지 않았죠. 오요시가 죽은 이상, 이제 다이키치 따위는 아무 소용도 없다는 얼굴이었습니다. 이래서는 다이키치도 받아들일 수 없지요. 내 몫을 주지 않으면 세키구치야에 가서 모든 것을 털어놓겠다고 협박했지만 지에몬은 콧방귀를 뀌며 마음대로 하라고 시치미를 떼죠. 그럼 100냥이라도 달라고 흥정을 했지만 그것마저 들어주지 않습니다. 끝내 겨우 10냥을 받고 쫓겨난 다이키치는 분해서 견딜 수가 없었고, 만요지에 숨어 있는 도시조와 상담하여 이른바 최후의 수단을 취하기로 했습니다.

원래 그때까지만 해도 도시조도 몰래 시타야를 방문하여 다이키치를 위한 중재를 했지만 지에몬은 전혀 듣지 않았습니다. 게다가 유시마 사건에 대해서도 어렴풋이나마 눈치를 채고 있는 것 같아 보였기 때문에 점점 더 살려 두어서는 안 되겠다는 생각을 하게 된 것입니다. 9월 20일 밤, 도시조가 뒷문으로 잠입합니다. 그 골목은 샛길이기 때문에 이럴 때에는 매우 편리하죠. 날림으로 지은 오래된 집이기 때문에 도시조는 아무런 어려움 없이 꼬챙이로 부엌의 덧문을 열고 안으로 들어갔습니다. 늘 그렇듯이 다이키치는 밖에서 망을 보고 있었습니다.

다이키치는 현장을 보지 못했다고 하니 자세한 것은 모르겠으나 도시조는 작은 칼 같은 것을 가지고 지에몬의 침실에 들어가 계획했던 대로 상대방을 찔러 죽이고 그 돈을 찾았습니다. 불단의 서랍에서 100냥, 낡아빠진 고리짝에서 100냥, 합쳐서 200냥은 찾았지만 나머지 400냥을 어디에 숨겼는지는 알 수가 없었습니다. 그러는 사이 잠에서 깬 사람들이 밖으로 나왔고, 두 사람은 그곳에서 도망쳐 무사히 우시고메로 돌아왔습니다.

아쉽게도 목표했던 600냥 중 200냥밖에 손에 넣지 못했죠. 도시조는 일단 그 돈을 정확히 반으로 나누어 다이키치에게 주었습니다. 그런데 그 아버지인 주베에 역시 악한 인간인지라 그 100냥을 도시조에게 주는 것이 아까웠던 겁니다. 그는 아들인 다이키치를 부추겨 피곤해서 자고 있던 도시조의 목을 졸라 죽이고 100냥을 빼앗았습니다. 사체는 절 뒤쪽에 있는 초원에 묻고 세간의 관심이 가실 때 쯤, 부자는 200냥을 가지고 고향인 오사카로 돌아갈 생각이었습니다.

날이 밝기 전에 사체를 묻기는 했지만 그 근처에는 들개들이 많았습니다. 그것들이 무슨 냄새라도 맡은 듯, 다음 날 들판에 모여 계속해서 짖어댔죠. 처음에는 내버려 두었지만 너무 심하게 짖어대니 다이키치 부자도 불안해졌습니다. '만에 하나 사체를 묻어놓은 곳을 파헤치기라도 하면 큰일이다. 개들이 마구 짖어대면 사람들이 이상하게 생각할지도 모른다.' 이렇게 생각한 두 사람이 가래와 괭이를 가지고 현장을 보러 갔습니다. 가 보니 사체에 별 이상은 없었습니다. 모여 있는 개들을 흩어지게 한 후 억새를 가르며 돌아오는 길에 마침 우리와 딱 마주치게 된 것입니다. 이것으로 두 사람의 운은 다한 것입니다. 그리고 아까 말씀 드린 것과 같은 상황이 벌어졌던 것입니다. 역시 나쁜 일은 잘 되지 않는 법입니다."

"400냥의 행방에 대해서는 모르십니까?"

"지에몬의 가게 마루 밑에 묻혀 있었습니다. 그 돈을 어떻게 처분했는지 정확히는 모르지만 세키구치야에 건넸다는 것 같습니다. 세키구치야의 딸인 오소데는 단발뱀의 정체를 알고 나서 건강을 되찾았지요. 완쾌하여 원래의 몸 상태가 되었습니다. 이

아가씨가 다이키치 일당이 노렸던 당사자였는데 결국은 무사히 살아남았습니다. 인간의 운명이란 참 알 수 없는 것이지요."

"팔손이나무에 '오소데 죽는다'라고 쓴 것은 오요시의 소행입니까?"

"오요시의 잔재주입니다. 저는 그 실물을 보지 못했지만 뭔가 태우는 약이나 부식하게 만드는 약으로 벌레 먹은 것처럼 쓴 것이겠지요. 신경 써서 봤다면 오요시의 필적이라는 것을 알았겠지만 비전문가의 부주의니 어쩔 수 없습니다. 아니, 우리와 같은 전문가들도 때때로 말도 안 되는 부주의로 실수를 하니 비전문가를 나무랄 수는 없습니다. 핫초보리(八丁堀)의 판관도, 범인을 수색하고 체포하는 사람들도 모두 신이 아닙니다. 때로는 사건이 자신들의 예상과 달라 나중에 크게 웃는 일도 있답니다."

이렇게 말하고 노인은 웃었다.

"크게 웃는 일이라고 하니, 이런 일이 있었습니다. 메이지 이후, 히카와묘진이 핫토리자카(服部坂) 언덕으로 옮겨진 후의 이야기인데, 엔니치(縁日)*에 단발뱀을 구경거리로 가지고 나온 자가 있었습니다. 옛날부터 히카와의 묘진산에 살고 있던 그 유명한 단발뱀이라고 하는데, 자세히 물어보니 어디에선가 커다란 구렁이를 잡아와서 그 머리에 타르를 칠하고는 머리가 까만 단발뱀이라고 떠들었다고 합니다. 메이지 초기에는 이런 사기 구경거리가 많이 남아 있었습니다. 하하하하하."

* 신불과 이 세상과의 인연이 강하다고 하는 날. 이 날에 참배하면 영검이 크다고 한다.

오후미의 혼

오카모토 기도

Ⅰ

나의 숙부는 에도(江戶) 말기에 태어났기 때문에 들어가서는 안 되는 귀신의 집, 질투 강한 여인의 생령(生靈), 집념이 깊은 남자의 영혼 등과 같은 음침하고 기괴한 전설을 많이 알고 있었다. 그 시대에 그런 것들이 많이 있었다. 그런데 숙부는 '무릇 무사란 요괴 같은 것을 믿어서는 안 된다'라는 사무라이식 교육을 받았기 때문에 이 모든 것을 부인하려고 노력한 것 같다. 이러한 기풍은 메이지 이후가 되어서도 사라지지 않았다. 우리가 어릴 때 귀신 이야기 등을 하려고 하면 숙부는 언제나 못마땅한 얼굴을 하고는 제대로 상대도 해주지 않았다.

그런 숙부가 유일하게 한 번 이런 말을 한 적이 있다.

"하지만 이 세상에는 도저히 이해할 수 없는 일도 있어. 그 오후미(お文) 사건은……"

오후미 사건이 무엇인지는 아무도 알지 못했다. 숙부도 자신의 주장에 배반되는 이 이상한 사건을 발표하는 것이 너무나도 유감스러운 듯, 그 이상은 어떤 비밀도 이야기하지 않았다. 아버지에게 물어보아도 대답해주지 않았다. 하지만 숙부의 말로 미루어 보아 그 사건의 배후에 K삼촌이 있다는 것을 알 수 있었다. 나의 호기심은 나를 부추겨 결국 K삼촌 집으로 향하게 했다. 그 때 나는 12살이었다. K삼촌은 피를 나눈 친척은 아니다. 아버지가 메이지 이전부터 알고 지냈기 때문에 나는 어릴 때부터 이 사람을 삼촌이라고 불러왔던 것이다.

내 질문에 대해 K삼촌도 만족스러운 대답을 해주지 않았다.

"뭐 그런 건 아무렴 어떠냐. 쓸데없는 귀신 이야기를 하면 아버지와 숙부님께 꾸중 듣는다."

평소 때에는 이야기하기를 좋아하는 삼촌도 이 문제에 대해서는 굳게 입을 다물었기 때문에 더 이상 알아볼 방도가 없었다. 학교에서 매일 쉴 새 없이 물리학이나 수학을 주입당하기 바쁜 내 머리에서는 오후미라는 여자의 이름마저 마치 연기처럼 점점 사라져버렸다. 그리고 2년 정도 지나, 아마도 11월 말의 일이라고 기억하고 있다. 학교에서 집으로 돌아갈 무렵부터 차가운 비가 내리기 시작해 해가 질 무렵에는 꽤 강한 비가 내렸다. K숙모는 이웃 사람들에게 이끌려 오전부터 신토미좌(新富座)를 구경하러 갔다.

"나 혼자 집을 보니까 내일 밤에 놀러 오렴."

그 전날 K삼촌이 내게 말했다. 나는 그 약속을 지키려고 밥을 먹자마자 K삼촌네 집으로 갔다. 그 집은 거리로는 우리 집에서 4초(町, 1초≒109m) 정도밖에 떨어져 있지 않았지만, 반초(番町)* 에 위치해 있었다. 그 무렵에는 에도시대의 유물인 오래된 무가 가옥들이 아직 철거되지 않고 남아 있었는데, 맑은 날에도 마을 에는 뭔가 음침하고 어두컴컴한 그림자가 드리워져 있었다. 특 히 비가 오는 날 저녁은 우울했다. K삼촌도 어느 다이묘(大名) 저택 안에 살고 있었는데, 아마도 옛날에는 가로(家老)나 요닌 (用人)**과 같은 신분의 사람이 살았을 것이다. 아무튼 단독 주택 이었고 작은 정원에는 성긴 대나무 울타리가 쳐져 있었다.

K삼촌은 일을 마치고 돌아와 이미 저녁 식사와 목욕을 마친 상태였다. 삼촌은 램프 앞에서 나를 상대로 한 시간 정도 쓸데없 는 이야기를 했다. 정원에서는 팔손이나무가 덧문을 건드리고 있었고, 그 커다란 잎에 빗방울이 부딪혀 철퍽거리는 소리가 났 다. 집밖이 얼마나 어두운지를 상상하게 만드는 밤이었다. 기둥 에 걸려 있는 시계가 7시를 치자 삼촌은 갑자기 이야기를 멈추 고 바깥의 빗소리에 귀를 기울였다.

"비가 꽤 많이 오는군."

"아주머니가 돌아오시는 데 애먹으시겠어요."

"아니, 인력거를 보냈으니 괜찮을 거야."

이렇게 말한 삼촌은 다시 입을 다물고 차를 마시다가 이윽고 조금 진지한 표정이 되었다.

---

* 도쿄 치요다구 서부 지역을 말한다.
** 에도 시대 다이묘 밑에서 서무 및 출납을 맡아 보던 사람

"언젠가 네가 물어봤던 오후미에 대해 이야기해줄까? 귀신 이야기는 이런 밤에 하는 게 좋지. 하지만 너는 겁쟁이라……"

사실 나는 겁이 많았다. 그래도 무서운 것을 보고 싶은 마음, 듣고 싶은 마음에 언제나 작은 몸을 경직시킨 채 열심히 괴담을 듣는 것을 좋아했다. 더군다나 계속 의문이었던 오후미 사건에 대한 이야기를 삼촌 쪽에서 먼저 꺼내다니! 내 눈은 반짝거렸다. 밝은 램프 아래에서라면 어떤 괴담도 무섭지 않다는 듯 일부러 어깨를 으쓱하며 순간적으로 삼촌의 얼굴을 올려다보았다. 삼촌의 눈에는 일부러 용기 있는 척하는 나의 유치한 태도가 우스워 보였던 것 같다. 그는 잠시 아무 말 없이 히죽히죽 웃고 있었다.

"그럼 이야기해주지. 그런데 너무 무서워서 집에 못 가겠다고 오늘밤은 재워주세요, 그런 소리 하면 안 돼."

일단 이렇게 겁을 주고 나서 K삼촌은 오후미 사건에 대해 조용히 이야기하기 시작했다.

"내가 20살 때의 일이니 1864년, 즉 교토에서는 하마구리고몬(蛤御門) 전투가 있었던 해의 일이야."

삼촌은 먼저 배경을 설명해주었다.

그 무렵 마쓰무라 히코타로(松村彦太郎)라는 300석의 영지를 지닌 무사가 이 반초에 집을 가지고 있었다. 마쓰무라는 상당한 학식을 가지고 있었는데, 특히 난학(蘭學)*에 강했기 때문에 외국과 관련된 방면에 출사하여 그 무렵 위세가 아주 당당했다. 그

---

* 네덜란드어를 배우고 서양 학술을 연구한 학문

의 여동생 오미치(お道)는 4년 전 고이시카와(小石川) 니시에도가와(西江戸川)의 오바타 이오리(小幡伊織) 집에 출가해 올해 3살 되는 오하루(お春)라는 이름의 딸까지 낳았다.

그러던 어느 날의 일이었다. 딸인 오하루를 데리고 오빠 집을 찾아온 오미치가 '더 이상 오바타의 집에서 살 수 없으니 이혼을 했으면 합니다'라고 갑작스러운 말을 해 오빠인 마쓰무라를 놀라게 했다. 오빠는 자세한 사정에 대해 물었지만 오미치는 창백한 낯빛을 할 뿐, 아무 말도 하지 않았다.

"말을 하지 않고 해결될 일이 아니야. 어서 자세한 사정에 대해 말을 해보렴. 여자가 일단 다른 집으로 출가를 한 이상, 함부로 이혼을 해서도 안 되고 당해서도 안 돼. 갑자기 이혼을 시켜 달라고 하면 어찌 하겠니? 그 자세한 사정에 대해 들어본 연후에 나도 '아, 그렇구나'라고 납득이 되면 또 담판을 지을 수도 있겠지. 어서 사정을 말해보렴."

이런 상황에서는 마쓰무라가 아닌 다른 누구라도 일단은 이렇게 말할 수밖에 없었을 것이다. 하지만 오미치는 고집스럽게 사정을 밝히지 않았다. 올해 21살인 무가의 여인이 더 이상은 하루도 그 집에 있을 수 없으니 이혼을 시켜 달라고, 마치 떼쟁이 아이처럼 계속 같은 말만을 반복하니 참을성 강한 오빠도 결국에는 초조해지기 시작했다.

"이 바보야. 생각을 해봐. 아무 사정도 말하지 않고 이혼을 할 수 있을 거라고 생각해? 또 그걸 그쪽이 받아들일 거라고 생각해? 어제 오늘 시집간 것도 아니고 벌써 4년이나 지난 데다 오하루도 있지 않니. 시부모를 돌봐야 하는 것도 아니고 남편인 오바타는 몸집은 작지만 정직하고 부드러운 인물. 대체 뭐가 부족해서 이혼을 하고 싶다는 게냐?"

혼을 내기도 해보고 얼러도 봤지만 묵묵부답이니 마쓰무라도 생각을 했다. 설마 하는 생각이 들긴 했지만 세상에 그런 일이 없는 것도 아니다. 오바타의 집에는 젊은 사무라이들이 있다. 가까운 곳에 차남이며 삼남으로 태어난 도락가(道樂家)들이 얼마든지 널려 있다. 동생도 젊은 몸이기 때문에 어쩌면 도리에 어긋난 짓을 하기라도 해서 스스로 물러나야만 하는 입장에 처하게 된 것은 아닐까? 이런 생각이 들자 오빠는 더욱 엄중하게 동생에게 캐물었다.

"네가 사정을 밝히지 않는다면 나에게도 생각이 있다. 너를 데리고 오바타의 집으로 가서 남편 앞에서 모든 것을 말하게 해주마. 자, 같이 가자."

오빠는 동생을 끌고 가려 했다.

오빠의 서슬 퍼런 기세에 동생인 오미치도 어찌할 바를 몰라하며 '그럼 말하겠습니다'라고 잘못을 빌며 울었다. 그녀가 울면서 하는 이야기를 들은 마쓰무라는 다시 한 번 놀랐다.

사건은 지금으로부터 7일 전, 딸 오하루가 3살이 된 것을 축하하는 히나 인형(雛人形)*을 정리한 밤의 일이었다. 오미치의 머리맡에 머리를 풀어헤친 젊은 여자가 창백한 얼굴로 나타났다.

---

* 3월 3일은 여자아이의 성장을 축하는 명절로서 히나 인형을 장식한다.

여자는 물이라도 뒤집어 쓴 것처럼 머리부터 기모노까지 흠뻑 젖어 있었다. 그 몸가짐은 무사의 집에서 일을 했던 것처럼 예의 바르게 다다미에 손을 대고 인사를 했다. 여자는 아무 말도 하지 않았다. 또 별 달리 사람을 위협하는 듯한 거동도 보이지 않았다. 그저 아무 말 없이 얌전히 웅크리고 앉아 있었는데 그 모습이 형언할 수 없을 정도로 무서웠다. 오미치가 깜짝 놀라 자기도 모르게 이불자락을 움켜쥐는 순간, 끔찍한 꿈에서 깼다.

그와 동시에 자기 옆에서 자고 있던 오하루도 똑같이 무서운 꿈을 꾼 듯 갑자기 불에 데인 것처럼 울기 시작했다. 오하루는 '후미가 왔다, 후미가 왔다'고 소리를 질렀다. 딸이 정신없이 외친 후미라는 것은 아마 그 여자의 이름일 것이라고 상상했다.

오미치는 두려운 마음으로 밤을 지새웠다. 무사의 집안에서 자라 무사의 집으로 시집온 그녀는 꿈같은 유령 이야기를 다른 사람에게 이야기하는 것을 부끄럽게 여겼기 때문에 그날 밤의 일을 남편에게도 말하지 않았다. 하지만 물에 젖은 여자는 다음 날 밤에도, 그리고 그 다음날 밤에도 그녀의 머리맡에 창백한 얼굴을 드러냈다. 그때마다 어린 오하루도 마찬가지로 '후미가 왔다'고 외쳤다. 소심한 성격의 오미치는 더 이상 참을 수 없었지만 그래도 남편에게 말할 용기는 나지 않았다.

이런 일이 나흘 밤이나 계속되자 오미치도 불안과 불면에 지쳐갔다. 수치 같은 것을 생각할 상황이 아니었다. 그녀는 결국 결심을 하고 남편에게 이 이야기를 했는데 오바타는 웃기만할 뿐 그녀를 상대해주지 않았다. 그러나 물에 젖은 여인은 그 후에도 오미치의 머리맡을 떠나지 않았다. 오미치가 아무리 말해도 남편은 받아들여주지 않았다. 그리고 결국에는 '무사의 아내답지 않다'는 의미로 불쾌한 기색을 드러냈다.

"아무리 무사라 해도 자신의 아내가 괴로워하는 것을 웃으면서 보는 법은 없다."

오미치는 남편의 냉담한 태도를 원망하게 되었다.

'이런 괴로움이 계속 이어지면 나는 언젠가는 정체를 알 수 없는 유령 때문에 죽음을 당할지도 모른다. 이렇게 된 이상 딸을 데리고 한시라도 빨리 이런 귀신 집에서 나가는 수밖에 없다.' 오미치는 남편과 자신에 대해 생각하고 있을 여유가 없었다.

"이렇게 된 일이니, 그 집에서는 도저히 살 수 없습니다. 굽어 살펴주십시오."

생각만 해도 소름이 끼치는 듯 오미치는 이 이야기를 하는 동안에도 때때로 숨을 삼키며 몸을 부들부들 떨고 있었다. 그 불안해하는 눈빛에는 일말의 거짓도 없어 보였기 때문에 오빠는 생각했다.

"그런 일이 있을 수 있는가?"

아무리 생각해도 그런 일은 있을 수 없을 것 같았다. 오바타가 상대해주지 않은 것도 무리는 아니라고 생각했다. 마쓰무라도 '바보 같은 소리 말라'고 아예 혼내버릴까?라는 생각을 안 한 것은 아니지만 동생이 이렇게 힘들어하고 있는데 덮어놓고 혼내서 쫓아버리는 것도 왠지 가엾을 것 같았다. 또 동생이 이런 말을 하는데, 이 사건의 밑바닥에 뭔가 복잡한 사정이 숨겨져 있지 않으라는 법도 없다. 어쨌든 한 번 오바타를 만나본 후 그 사정을 확인해보자고 결심했다.

"네 말만 듣고는 알 수가 없다. 어쨌든 오바타를 만나 그 쪽의 생각을 들어보자. 나에게 맡기거라."

마쓰무라는 여동생을 자신의 집에 남겨둔 채 시종 하나를 데리고 니시에도가와로 향했다.

Ⅱ

오바타의 집으로 가는 도중에 마쓰무라는 여러 가지 생각을 했다. 여동생은 소위 어린 아이 같아서 원래부터 논할 가치도 없지만, 자신은 남자, 게다가 허리에 대도(大刀)와 소도(小刀)를 차고 있는 몸이다. 무사와 무사의 대화에서 진지한 얼굴을 하고 유령 이야기를 할 수도 없는 노릇이다. 마쓰무라 히코타로, 나이도 먹을 만큼 먹었다. 상대방이 '이런 바보 같은 놈을 보았나?'라고 생각하며 자신을 얕볼 것이라고 생각하니 유감스러웠다.

'뭔가 좋은 방법이 없을까?' 궁리에 궁리를 거듭했지만 오히려 문제가 너무나 단순하기 때문에 어디서부터 이야기를 해야 할지 알 수 없었다.

니시에도가와의 집에는 마침 주인인 오바타 이오리가 있어 곧 만날 수 있었다. 형식적인 계절 인사 등을 끝냈지만 마쓰무라는 자신의 용건을 꺼낼 기회를 잡지 못해 괴로웠다. 아무리 비웃음 당할 것을 각오하고 왔다고는 해도, 막상 상대방의 얼굴을 보니 유령 이야기는 도저히 꺼내기 힘들었다. 그러는 사이 오바타 쪽에서 먼저 입을 열었다.

"오늘 오미치가 댁에 가지 않았습니까?"

왔다고 대답은 했지만 마쓰무라는 역시 다음 말을 잇지 못했다.

"그럼 오미치가 말했는지는 모르겠지만, 여자들은 참 바보 같아서, 뭐 요즘 유령이 나온다나? 그런 이야기를 합니다. 하하하."

오바타는 웃고 있었다. 마쓰무라도 어쩔 수 없이 같이 웃었다. 그러나 그저 웃고 있을 수만은 없는 상황이라 그는 이것을 기회로 과감하게 오후미 사건에 대한 이야기를 꺼냈다. 이야기를 마친 후 그는 땀을 닦았다. 이렇게 되자 오바타도 웃을 수 없게 되었다. 그는 곤란한 듯 얼굴을 찡그리고 잠시 동안 침묵했다. 단순히 유령이 나온다는 이야기라면 바보라고, 겁쟁이라고 꾸짖거나 웃어도 괜찮겠지만, 문제가 이렇게 복잡해져서 오빠가 이혼 문제에 대한 담판을 지으러 온 것이라면 오바타도 진지한 태도로 이 유령 문제를 다루지 않을 수 없다.

"어쨌든 일단 한 번 살펴봅시다."

오바타가 말했다.

그의 생각에 만약 이 집이 유령이 나오는, 소위 말하는 귀신의 집이라고 한다면, 지금까지 다른 누군가가 그 괴이한 것을 만난 적이 있을 것이다. 자기는 이 집에서 태어나 28년이라는 세월을 보냈지만 자기 자신은 물론 그 누구로부터도 그런 소문조차 들은 적이 없다. 어릴 때 세상을 떠난 할아버지, 할머니도, 8년 전에 돌아가신 아버지도, 6년 전에 돌아가신 어머니도, 일찍이 그런 이야기를 한 적이 없었다. 그런데 4년 전에 다른 집에서 시집 온 오미치에게만 보인다는 것이 이상한 점이다. 설혹 무슨 사정이 있어 오미치의 눈에만 보이는 것이라고 해도, 이곳에 온 지 4년이 지난 후에 처음으로 모습을 드러낸다는 것도 이상하다. 하지만 달리 조사해볼 방법이 없기 때문에 우선 집안의 사람들을 모아놓고 질문을 해보기로 했다.

"아무쪼록 잘 부탁드립니다."

마쓰무라도 동의했다. 오바타는 먼저 출납을 담당하는 고자에몬(五左衛門)을 불러 조사했다. 올해 41세인 그는 대를 이어 이 집을 위해 일하고 있다.

"일찍이 선대로부터 그런 소문을 들은 적은 없습니다. 부친으로부터도 아무런 이야기를 듣지 못했습니다."

그는 그 자리에서 잘라 말했다. 그리고 다른 사람들도 조사해 보았지만 그들은 새로 온 뜨내기들로, 아무것도 알지 못했다. 그 다음으로 여자 하인들을 조사했지만 그들은 그 이야기를 듣고 그 저 부들부들 떨 뿐이었다. 조사는 아무 소득 없이 끝났다.

"그럼 연못을 파내 보아라."

오바타가 명령했다. 오미치의 머리맡에 나타나는 여인이 젖어 있었다는 점에 착안해 어쩌면 연못 바닥에 무슨 비밀이 숨겨져 있는 것은 아닐까라는 생각을 했기 때문이다. 오바타의 집에는 백 평 정도 되는 오래된 연못이 있었다.

다음 날 많은 사람들을 모아 그 오래된 연못을 긁어내기 시작했다. 오바타와 마쓰무라도 입회해 감시했지만 붕어나 잉어 외에는 아무 것도 건지지 못했다. 진흙 바닥에서는 여자의 머리카락 한 올도 발견되지 않았다. 여자의 한이 서려 있을 만한 빗이나 머리 장식 같은 것도 없었다. 오바타의 제안으로 이번에는 집 안에 있는 우물을 쳐내보았지만 깊은 우물 바닥에서 붉은 미꾸라지 한 마리가 나와 모두들 신기해했을 뿐, 이것도 헛수고로 끝났다. 더 이상 조사할 단서도 없어졌다.

이번에는 마쓰무라의 제안으로 내키지 않아 하는 오미치를 억지로 이 집으로 불러 들여 오하루와 그녀가 늘 함께 자는 방에서 재워 보기로 했다. 마쓰무라와 오바타는 옆방에 숨어 밤이 깊어지기를 기다리고 있었다.

그날 밤은 달이 구름에 가려진 따뜻한 밤이었다. 신경이 극도로 예민해진 오미치는 도저히 편하게 잠을 잘 수가 없었지만, 아무것도 모르는 어린 딸이 새근거리며 겨우 잠이 들었다고 생각한 순간, 갑자기 바늘에 눈알을 찔리기라도 한 것처럼 귀를 찢는 비명 소리가 들려왔다. 그리고 '후미가 왔다, 후미가 왔다'고 낮은 소리로 신음했다.

"자, 왔다."

기다리고 있던 두 사무라이는 그 자리에서 급히 장지문을 열어젖혔다. 방 안에는 봄밤의 뜨뜻미지근한 공기가 무겁게 가라앉아 있고, 희미한 등불은 흔들림 하나 없이 모녀의 머리맡을 비추고 있었다. 밖에서 바람이 들어오는 것 같지도 않았다. 오미치는 딸을 꼭 껴안고 베개에 얼굴을 파묻고 있었다.

지금 이 생생한 증거를 보고 마쓰무라와 오바타는 서로의 얼굴을 바라보았다. 어린 오하루가 자신들의 눈에는 보이지도 않는 침입자의 이름을 어떻게 알고 있는 걸까? 이것이 첫 번째 의문이었다. 오바타는 오하루를 어르고 달래 여러 가지 질문을 해보았지만 겨울에 태어나 만으로는 3살도 되지 않은 아이는 아직 발음도 정확치 않다. 이 역시 아무런 소득이 없었다. 물에 젖은 여인은 오하루의 작은 영혼에 빙의해 숨겨져 있던 자신의 이름을 다른 사람에게 알리려는 것이 아닐까? 칼을 가지고 있던 두 사람도 왠지 으스스한 기분이 들었다.

고자에몬도 걱정이 되어 다음 날 이치가야(市ヶ谷)의 유명한 점쟁이를 찾아갔다. 점쟁이는 집의 서쪽에 있는 큰 동백나무 뿌리를 파보라고 했다. 어쨌든 그 동백나무 뿌리를 파 보았지만 그 결과는 공연히 점쟁이의 신용을 떨어뜨릴 뿐이었다.

밤에는 도저히 잠을 잘 수 없었기 때문에 오미치는 낮에 잠을 자기로 했다. 역시 오후미도 낮에는 찾아오지 않았다. 이것으로 조금은 안정되었지만 무사의 아내가 유녀처럼 밤에는 자지 않고 낮에 잠을 자는 변칙적인 생활을 계속하는 것은 너무나 폐가 되는 일이며, 또 불편하기도 했다. 어떻게 해서든 이 유령을 영원히 쫓아내지 않으면 오바타 일가의 평화를 유지하는 것은 어려울 것 같았다. 하지만 이런 일이 세상에 알려지게 되는 것은 집안의 체면과도 관계가 있는 일이기 때문에 마쓰무라도 비밀을 지키고 있었다. 오바타도 가솔들의 입을 단속했다. 그러나 누군가의 입에서 새어나간 듯, 좋지 않은 소문이 이 집에 드나드는 사람들의 귀에 들어갔다.

"오바타의 집에 귀신이 나온다. 여자 유령이라고 한다."

비록 뒤에서는 과장을 보태 여러 가지 이야기를 한다고 해도 무사와 무사 사이의 교제에서 얼굴을 맞대고 유령 이야기를 하는 자는 없었는데, 그 중에 딱 한 명, 엄청나게 제멋대로인 남자가 있었다. 그는 곧 오바타의 집 가까이에 살고 있는 K삼촌으로, 삼촌은 무사의 차남으로 태어났다. 그 소문을 들은 삼촌은 곧장 오바타의 집으로 달려가 사건의 진위를 확인했다.

삼촌과는 평소부터 특히 친하게 지내고 있었기 때문에 오바타도 숨기지 않고 비밀을 털어놓았다. 그리고 어떻게든 이 유령의 진상을 파헤칠 방법이 없을지 상담했다. 지위 고하를 막론하고 에도 시대, 사무라이의 차남, 삼남이라는 사람들은 대개 할 일이 없는 한가한 사람들이었다. 물론 장남은 그 집안을 이어받지만 차남, 삼남으로 태어난 이들은 특별한 재능이 있어 신규로 출사할 수 있는 특전을 얻거나, 혹은 다른 집안의 양자로 가거나, 이 두 가지 경우를 제외하고는 거의 출세할 가능성이 없었다. 그들 대부분은 형네 집에 신세를 지면서 아무런 일도 하지 않고 세월을 보냈다. 어떻게 보면 아주 태평스럽고 또 어떻게 보면 엄청나게 비참한 상황에 처해 있었던 것이다.

이런 어쩔 수 없는 사정은 그들을 방종하고 나태한 고등유민으로 만들었다. 그들의 대부분은 도락가였다. 지루함을 달래기 위해 '무슨 일이 일어나지 않을까?' 기다리고 있는 사람들이었다. K삼촌도 불운하게 태어난 사람으로, 이런 종류의 상담을 하기에는 딱 안성맞춤인 사람이었다. 삼촌은 물론 기꺼이 상담을 받아들였다.

그래서 삼촌은 생각했다. 옛날이야기의 쓰나(渡辺綱)*나 긴토키(坂田金時)**처럼 삼엄하게 요리미쓰(源頼光)***의 머리맡을 지키고 있는 것은 시대착오이다. 일단 그 오후미라는 여자의 신원을 밝혀서 그 여인과 이 집 사이에 어떤 연결 고리가 있는지를 찾아내야 한다고 생각했다.

"이 댁 일가나 혹은 일하는 사람들 중에 오후미라는 여자는 없었는가?"

이 질문에 대해 오바타는 전혀 짚히는 데가 없다고 대답했다. 일가 중에는 당연히 없었다. 일하는 사람들은 가끔씩 바뀌기 때문에 전부 기억하고 있지는 못하지만 최근 그런 이름을 가진 여자는 없었다고 했다. 더 조사해보니 오바타의 집에서는 예전부터 두 명의 여자를 쓰고 있었다. 한 사람은 지교쇼(知行所)****의 마을에서 온 사람이고, 또 다른 하나는 에도의 우케야도(請宿)*****로부터 임의로 고용하고 있었다는 것을 알 수 있었다. 우케야도는 대대로 오토와(音羽)의 사카이야(堺屋)라는 곳과 거래하고 있었다.

오미치의 말을 들어보면 유령은 아무래도 이 집에서 일하던

* 와타나베노 쓰나. 미나모토노 요리미쓰와 의형제를 맺은 무사
** 사카타 긴토키. 일본의 전설적인 영웅으로 미나모토노 요리미쓰의 추종자였다고 한다.
*** 미나모토노 요리미쓰. 헤이안 시대에 활동한 무사로 오에 산(大江山)에서 패악을 저지르던 악귀 슈텐도지(酒呑童子) 퇴치 전설의 주인공으로 유명하다.
**** 막부가 무사들에게 내린 토지, 특히 1만석 이하의 무사의 영지를 가리킨다.
***** 고용인이 취업이 결정될 때까지 머무는 숙소

여자라는 생각이 들었기 때문에 K삼촌은 멀리 있는 영지는 나중에 살펴보기로 하고 일단 가까이 있는 사카이야부터 조사해보기로 결심했다. 오바타가 모르는 먼 선대에 오후미라는 여자가 일했을 가능성이 없지도 않을 것이라고 생각했기 때문이다.

"그럼 모쪼록 잘 부탁드립니다. 하지만 부디 비밀리에……"

오바타가 말했다.

"알겠습니다."

두 사람은 약속을 하고 헤어졌다. 이것은 3월 말의 어느 맑은 날로 오바타 집의 벚나무에도 푸른 잎이 돋기 시작하고 있었다.

Ⅲ

K삼촌은 오토와의 사카이야로 가서 여자 하인들의 출입 기록부를 조사했다. 대대로 거래하던 곳이기 때문에 사카이야에서 오바타의 집으로 들어간 고용인의 이름은 모두 장부에 기록되어 있을 터였다.

오바타가 말한 대로 최근 장부에서는 오후미라는 이름을 찾을 수가 없었다. 3년, 5년, 10년, 점점 더 거슬러 올라가 조사해 보았지만 오후유, 오후쿠, 오후사 등 '후'자가 들어간 여자 이름은 하나도 없었다.

"그렇다면 지교쇼에서 온 여자인가?"

이렇게 생각하면서도 삼촌은 고집스럽게 옛날 장부를 한 권도 빼놓지 않고 모두 살펴보았다. 사카이야는 지금으로부터 30년 전의 화재 때 옛날 장부들이 타버려 그 이전의 장부는 한 권도 남아 있지 않았다. 가게에 남아 있는 모든 장부를 살펴본다고 해도 30년 전이 막다른 곳이었다. 삼촌은 막다른 곳에 부딪힐 때까지 끝까지 조사하겠다는 기세로 거무데데해진 종이에 남아 있는 흐린 글자들을 끈기 있게 더듬어갔다.

물론 장부는 오바타가만을 위해 만들어진 것이 아니다. 사카이야가 출입하는 모든 집의 내용을 한꺼번에 모아 두꺼운 장부에 기록해놓은 것이다. 오바타라는 이름을 하나하나 찾아내는 것만도 여간 수고스러운 일이 아니었다. 특히나 긴 세월에 걸쳐 기록된 것이기 때문에 필적도 동일하지 않다. 구부러진 못처럼 괴발개발 쓴 남자 글씨 사이에 실보무라지 같은 여자 글씨도 섞여 있다. 거의 가나로만 기록되어 있고 어린아이가 쓴 것 같은 것도 있다. 그 구부러진 못과 실보무라지 같은 혼잡한 글자들을 구분해가는 사이 머리도 눈도 캄캄해졌다.

삼촌도 슬슬 지치기 시작했다. 장난삼아 한 일인데, 얼토당토 않은 일을 맡았다는 후회도 들기 시작했다.

"아니, 에도가와의 도련님 아니십니까? 무엇을 조사하고 계십니까?"

웃으면서 가게 앞에 앉은 것은 42, 3세쯤 되어 보이는 빼빼 마른 남자였다. 줄무늬 기모노에 줄무늬 하오리를 입고 있었는데, 누가 보아도 건실해 보이는 느낌을 주는 조닌(町人)이었다. 좁고 긴 얼굴은 까무잡잡하고 코가 오똑하며 마치 예술인과 같이 표정이 풍부한 눈빛을 가진 사람. 그는 간다(神田)의 한시치(半七)라는 오캇피키(岡引)*로, 그 여동생은 간다의 묘진시타(明神下)에서 도키와즈(常磐津)를 가르치고 있다. K삼촌은 가끔씩 그 여동생 집에 놀러가곤 했기 때문에 자연스럽게 오빠인 한시치와도 친하게 되었다.

한시치는 오캇피키 사이에서도 영향력이 있는 사람이었다. 그러나 이런 일을 하는 사람치고는 보기 드물게 정직하고 담백한 에도 토박이 기질이 있는 남자로, 일찍이 자신의 권력을 등에 업고 약한 사람을 괴롭힌다는 나쁜 소문 따위는 들은 적이 없었다. 그는 누구에게나 친절한 남자였다.

"여전히 바쁘신가?"

삼촌이 물었다.

"예. 오늘도 일 때문에 왔습니다."

그리고 이것저것 세상 돌아가는 이야기를 하는 사이 삼촌은 문득 이런 생각이 들었다. 이 한시치라면 비밀을 털어놓아도 괜찮을 것이다. 차라리 다 털어놓고 그의 지혜를 빌리면 어떨까?

"바쁠텐데 미안하지만 좀 들어줬으면 하는 이야기가 있는데……"

삼촌이 좌우를 둘러보며 말하자 한시치는 기분 좋게 고개를 끄덕였다.

"무슨 일인지는 모르겠지만 일단 들어봅시다. 어이, 주인 양

---

* 에도 시대 하급 경찰 관리의 수하로, 범인의 수색·체포의 앞잡이 노릇을 하던 사람

반. 2층 좀 빌릴게. 괜찮지?"

그가 앞장 서 2층으로 올라갔다. 2층은 6조(畳)짜리 방이었는데 어두컴컴한 방 한 쪽에는 옷 고리짝 등이 놓여 있었다. 삼촌도 뒤따라 올라가 오바타 집에서 일어난 기괴한 일에 대해 자세히 이야기했다.

"어때? 그 유령의 정체를 밝힐 방법이 없을까? 유령의 신원을 알면 법사공양(法事供養)이라도 해주면 좋지 않을까 생각하는데……"

"그야 뭐, 그렇죠."

한시치는 고개를 기울이고 잠시 동안 생각에 빠졌다.

"그런데, 도련님. 진짜 유령이 나오는 걸까요?"

"글쎄……"

삼촌도 대답하기가 곤란했다.

"뭐, 나온다고는 하는데…… 나도 본 적이 없으니……"

한시치는 다시 입을 다물고 담배를 피우고 있었다.

"그 유령이라는 것은 무가의 하녀 같은 모습인데, 물에 젖어 있다는 거군요. 쉽게 말하면 사라야시키(皿屋敷)*의 오키쿠(お菊)와 비슷한 거군요."

"뭐, 그런 것 같아."

"그 집에서는 구사조시(草双紙)** 같은 것을 보나요?"

한시치가 느닷없이 생각지도 못한 질문을 던졌다.

* 오키쿠라는 여성의 망령이 접시를 센다는 내용의 유명한 괴담
** 에도 시대의 그림이 들어 있는 대중 소설의 총칭

"남편은 싫어하지만 몰래 읽는 것 같아. 바로 이 근처에 있는 다시마야(田島屋)라는 책 대여상이 드나드는 것 같던데."

"그 댁은 어느 절에 다니시나요?"

"시타야(下谷)의 조엔지(淨円寺)야."

"조엔지라…… 아, 그렇군요."

한시치가 빙긋 웃었다.

"뭐 짚이는 거라도 있어?"

"오바타 부인은 아름다운가요?"

"뭐, 그런 편이지. 나이는 21살이야."

"자 그럼, 도련님. 어때요?"

한시치가 웃으면서 말했다.

"내밀한 집안일에 우리가 너무 깊게 관여하는 것은 좋지 않지만 그냥 저에게 맡겨주시지 않겠습니까? 2, 3일 내에 반드시 결말을 내 보이겠습니다. 물론 이것은 도련님과 나만 아는 일로 절대 다른 사람에게는 말하지 않겠습니다."

K삼촌은 한시치를 믿고 모든 것을 부탁한다고 했다. 한시치도 받아들였다. 그러나 한시치 자신은 어디까지나 배후에서 움직이고 겉으로는 삼촌이 탐색하는 역할을 맡고 있기 때문에 그 결과를 오바타의 집에 보고해야 하는 것은 삼촌이었다. 이런 이유로 귀찮더라도 내일부터 함께 다녀달라고 했다. 어차피 한가한 몸이기 때문에 삼촌도 곧 동의했다. 오캇피키 중에서도 솜씨가 좋다는 한시치가 이 사건을 어떻게 처리할 것인지 삼촌은 매우 흥미로워하며 내일을 기다리기로 했다. 그 날은 헤어져 후가

가와(深川)의 모처에서 열리는 하이쿠(俳句) 모임에 참석했다.

그날 밤 늦게 귀가했기 때문에 삼촌은 다음 날 아침 일찍 일어나는 것이 힘들었다. 하지만 약속한 시간, 약속한 장소에서 한시치를 만났다.

"오늘은 먼저 어디로 가는가?"

"책 대여점부터 시작합시다."

두 사람은 오토와의 다시마야로 갔다. 책 대여점의 지배인은 삼촌 집에도 드나들고 있기 때문에 삼촌을 잘 알았다. 한시치는 지배인을 만나 1월 이후 오바타의 집에 어떤 책을 빌려주었는지를 물었다. 장부에 일일이 적어놓지 않았기 때문에 지배인도 얼른 대답하지 못했지만 기억을 더듬어 두 세 종류의 요미혼(読本)과 구사조시(草双紙)의 이름을 댔다.

"그 외에 우스즈미조시(薄墨草紙)라는 구사조시를 빌려준 적은 없는가?"

한시치가 물었다.

"있었어요. 분명 2월쯤에 빌려준 기억이 있습니다."

"좀 보여주지 않겠는가?"

지배인은 책장에서 두 권짜리 구사조시를 찾아 가지고 왔다. 한시치는 그것을 손에 들고 하권을 살펴보다가 이윽고 7, 8쪽 근처를 펼쳐 삼촌에게 보여주었다. 그 삽화는 무가의 부인인 듯한 여자가 방에 앉아 있고 툇마루에 시녀 같아 보이는 젊은 여자가 고개를 숙이고 있는 것이었다. 그 시녀는 유령이었다. 정원에는 제비붓꽃이 피어 있는 연못이 있었고 시녀 유령은 연못에서 떠

오른 듯 머리카락과 옷이 흠뻑 젖어 있었다. 유령의 얼굴과 모습은 여자아이를 부들부들 떨게 할 정도로 무섭게 그려져 있었다.

삼촌은 가슴이 섬뜩했다. 그 유령이 무서워서 놀랐다기보다는 그 모습이 자기가 머릿속으로 그리고 있던 오후미와 똑같았기 때문에 섬뜩한 느낌이 들었던 것이다. 그 구사조시를 받아들어 보니 '다메나가 효초(為永瓢長) 작'이라고 적혀 있었다.

"이거 빌리세요. 재미있어요."

한시치가 삼촌에게 의미 있는 눈빛을 보냈다.

삼촌은 두 권의 책을 품속에 넣고 가게를 나왔다.

"나도 이 책을 읽은 적이 있습니다. 어제 유령 이야기를 들었을 때 갑자기 이 책이 생각났습니다."

밖으로 나와 한시치가 말했다.

"그러고 보니 이 책의 그림을 보고 '무섭다, 무섭다'라고 생각했기 때문에 결국 그런 꿈을 꾸게 된 것인지도 모르겠군."

"아뇨, 그 뿐만이 아닙니다. 자, 이제 시타야에 가봅시다."

한시치가 앞장서서 걸었다. 두 사람은 안도자카(安藤坂) 언덕을 올라 홍고(本郷)에서 시타야의 연못가로 나왔다. 오늘은 아침부터 바람 한 점 없는 날로, 늦봄의 하늘은 푸른 구슬을 닦아놓은 듯 맑게 빛나고 있었다.

화재 감시용 망대 위에는 솔개가 마치 잠을 자듯 머물러 있었다. 땀을 흘리는 말을 재촉하며 먼 길을 떠나는 젊은 무사의 병거지에도 이미 여름임을 알리는 빛이 반짝반짝 빛나고 있었다.

오바타 집안이 다니고 있는 조엔지는 꽤 큰 절이었다. 문 안으로 들어가자 황매화가 만발해 있는 것이 보였다. 두 사람은 주지를 만났다.

주지는 40세 전후로 얼굴이 희고 수염 자국이 파르스름했다. 손님 중 한 명은 사무라이, 한 명은 수사관이라고 하니 주지도 소홀히 다루지 않았다.

이곳으로 오는 도중 두 사람은 충분히 의논을 했다. 일단 삼촌이 먼저 요즘 오바타 집에 기괴한 일이 일어나고 있다고 말을 꺼냈다. 부인의 머리맡에 여자 유령이 나온다는 이야기를 하고는 그 유령을 퇴치하기 위해 가지(加持) 기도*를 드릴 방도가 없을지 물었다.

주지는 아무 말 없이 이야기를 듣고 있었다.

"그런데 이것은 그 댁의 부탁입니까? 그렇지 않으면 그냥 당신들끼리 상담을 하러 온 겁니까?"

주지는 염주를 굴리면서 불안한 듯 물었다.

"그것은 어떻든 상관없습니다. 어쨌든 승낙해주실 겁니까? 어떻습니까?"

삼촌과 한시치가 날카로운 눈빛으로 바라보자 그는 얼굴이 창백해지며 몸을 떨었다.

"수행이 깊지 않은 몸이라 영험이 있을지는 장담할 수 없지만 아무튼 최선을 다해 득탈(得脫) 기도를 드리도록 하겠습니다."

"부탁드리겠습니다."

---

* 부처의 힘을 빌려서 병, 재난, 부정 따위를 면하기 위하여 기도를 올리는 일

얼마 지나지 않아 끼니때라 정성들여 차린 사찰요리가 나왔다. 술도 나왔다. 주지는 한 잔도 마시지 않았지만 두 사람은 실컷 먹고 마셨다. 돌아올 때 주지는 '가마라도 준비시켜야 하는데……'라고 말하며 종이에 싼 것을 한시치에게 건넸지만 그는 물리치고 밖으로 나왔다.

"도련님. 이걸로 충분하지요? 그 화상, 떨고 있는 것 같았습니다."

한시치가 웃으며 말했다.

주지의 얼굴색이 변한 것도, 자신들을 극진히 대접한 것도, 무언중에 그의 항복을 증명하고 있었다. 그래도 삼촌은 아직 납득이 되지 않는 점이 있었다.

"그렇다고는 해도 어떻게 어린 아이가 '후미가 왔다'라는 말을 하는 걸까? 참 알 수 없군."

"그건 저도 잘 모르겠습니다."

한시치는 여전히 웃고 있었다.

"어린 아이가 저절로 그런 말을 할 리는 없으니 어쨌든 누군가가 가르쳐준 것이겠지요. 만일을 위해 말해두는 것입니다만 그 주지는 나쁜 녀석입니다. 엔메인(延命院)*의 전철을 밟고 있는 자로, 지금까지도 나쁜 소문이 자주 있었습니다. 그쪽은 켕기는 데가 있으니 우리가 들이닥쳐 아무 말도 하지 않아도 벌벌 떨게 되는 것입니다. 이렇게 해놓으면 더 이상 못된 짓은 하지 않

* 엔메인이라는 절의 승려가 여신도와 불륜을 저지른 사건

겠지요. 이제 제 역할은 끝났습니다. 이제부터는 도련님이 생각하는 바를 오바타 댁 어르신께 잘 이야기해 주십시오. 그럼 저는 물러가겠습니다."

두 사람은 연못에서 헤어졌다.

IV

삼촌은 돌아가는 길에 홍고에 사는 친구 집에 들렀다. 친구는 야나기바시(柳橋)에서 자신이 아는 춤 선생의 발표회가 열리는 데 의리상 얼굴을 비춰야 한다고 하며 같이 가자고 했다. 삼촌도 얼마간의 돈을 준비해 동행했다. 어여쁜 여자 아이들이 모여 있는 가운데, 삼촌은 어두워질 때까지 신나게 놀고 기분 좋게 취해 귀가했다. 때문에 그 날은 오바타의 집에 조사 결과를 보고하러 갈 수 없었다.

다음 날 삼촌은 오바타의 집으로 가 주인인 이오리를 만났다. 한시치에 관한 이야기는 하지 않고 자기 혼자 조사한 것처럼 자랑스레 구사조시와 주지에 관한 이야기를 했다. 이 이야기를 들은 오바타의 얼굴은 점점 더 어두워졌다.

오미치는 곧 남편 앞으로 불려나왔다. 남편은 우스즈미조시를 눈앞에 들이밀며 '꿈에 나타나는 유령의 정체가 이것이냐?'고 엄중하게 문초했다. 오미치는 얼굴이 창백해져 한 마디도 하지 못했다.

"듣자하니 조엔지의 주지는 파계를 한 타락한 승려라고 한다. 당신도 그에게 홀려 뭔가 발칙한 짓을 했음에 틀림없다. 똑바로 고하라!"

남편이 아무리 추궁해도 오미치는 절대 무도한 짓을 한 적은 없다고 울면서 항변했다. 그러나 자신도 도리에 어긋난 생각을 한 적이 있는데, 그것은 너무나 송구스러운 일이라고 하며 모든 비밀을 남편과 삼촌 앞에서 털어놓았다.

"올해 1월, 조엔지에 참배를 하러 갔는데 주지 스님이 별실에서 여러 가지 이야기를 한 후 제 얼굴을 자세히 쳐다보고 계속해서 한숨을 쉬다가 이윽고 낮은 목소리로 '아, 참으로 불운하신 분'이라고 혼잣말처럼 중얼거렸습니다. 그날은 그냥 돌아왔습니다만 2월에 다시 참배하러 가니 주지 스님은 제 얼굴을 보고 또 똑같은 말을 하며 한숨을 쉬시니 저도 왠지 불안한 마음이 들어 '무슨 일입니까?'라고 조심스레 물었습니다. 그러자 주지 스님은 안타까운 듯이 '당신은 관상이 좋지 않다. 남편이 있으면 머지않아 목숨과 관련되는 재앙이 닥치게 될 것이다. 가능하다면 혼자가 되는 편이 좋겠다. 그렇지 않으면 당신뿐만이 아니라 딸에게도 무시무시한 재난이 닥쳐올지도 모른다'고 타이르듯 말씀하셨습니다. 이 말을 듣자 저도 소름이 끼쳤습니다. 제 자신은 그렇다 쳐도 적어도 딸아이만은 화를 면하게 할 방법이 없겠냐고 묻자 주지 스님은 '안됐지만 부모와 자식은 한 몸, 당신이 화를 피할 궁리를 하지 않는 이상 어차피 딸도 화를 면할 방법은 없다'고……이 말을 들었을 때의……제 마음을……헤아려 주십시오."

오미치는 소리 내어 울었다.

"지금 들으면 일언지하에 '미신이다, 바보 같다'고 무시해버리겠지만 그럴 때 인간은, 특히 여자는 모두 똑같은 법이란다."

삼촌은 내게 부연 설명을 해주었다.

그 말을 들은 후로 오미치에게서는 어두운 그림자가 떠나지 않았다. 어떤 재앙이 닥쳐온다 해도 그것이 자신에게 닥쳐오는 것이라면 전생의 업이라고 생각하고 포기할 수 있다. 그러나 사랑스러운 딸에게까지 그 재앙이 미친다는 것은 생각하는 것마저 끔찍했다. 그것이 엄마의 마음이다. 너무나도 괴로웠다. 오미치에게 있어 남편도 분명 소중했지만 딸은 더더욱 사랑스러운 존재였다. 자신의 생명보다도 소중했다. 일단 딸을 구원하고 동시에 자신의 몸도 보전하기 위해서는 서로 변하지 않는 마음을 간직한 남편의 집을 떠나는 것 외에는 방법이 없다고 생각했다.

그러나 그녀는 몇 번인가 주저했다. 그러는 사이 2월도 지나 오하루를 위한 셋쿠*가 돌아왔다. 오바타의 집에서도 히나 인형을 장식했다. 오미치는 붉은 복숭아, 흰 복숭아의 그림자를 비추며 아련하게 떨리는 히나단의 등을 슬프게 바라보았다. 내년, 내후년도 무사히 히나 인형을 장식할 수 있을까? 딸은 언제까지 무사할까? 저주받은 모녀 중 누가 먼저 재앙을 당할 것인가? 그런 두려움과 슬픔이 그녀의 가슴을 가득 채워, 가련한 엄마는 올

* 매년 3월 3일. 여자아이의 행복을 기원하며 히나단에 히나 인형을 장식한다.

해는 시로자케(白酒)*에 취하지 못했다.

오바타의 집에서는 5일날 히나 인형을 정리했다. 히나 인형을 정리하는 것은 쓸쓸했다. 그 날 오후 오미치가 책 대여점에서 빌려 온 구사조시를 읽고 있는데 오하루가 엄마의 무릎에 매달려 있다가 무심결에 그 삽화를 보게 되었다. 그 구사조시가 바로 우스즈미조시. 무자비한 주인의 손에 죽임을 당해 제비붓꽃이 피어 있는 오래된 연못에 빠지게 된 오후미라는 시녀의 혼이 부인 앞에 모습을 드러내고 그 억울함을 호소하는 부분으로, 그 유령의 모습이 무섭게 묘사되어 있었다. 어린 오하루도 이것을 보고는 꽤나 무서웠는지, 그림을 가리키며 '이거, 뭐야?'라고 조심조심 물었다.

"이건 후미라는 여자의 귀신이야. 너도 얌전하게 굴지 않으면 정원의 연못에서 이런 무서운 귀신이 나올 거야."

겁을 줄 생각은 없었는데 오미치의 이 말이 오하루를 강하게 자극한 듯 얼굴이 새파래져서 엄마의 무릎에 달라붙었다.

그날 밤 잠자던 오하루가 외쳤다.

"후미가 왔다!"

다음 날 밤도 소리를 질렀다.

"후미가 왔다!"

괜한 말을 했다고 후회하며 오미치는 서둘러 그 구사조시를 반납했다. 오하루는 3일 연속으로 오후미의 이름을 불렀다. 후회

* 삼월 삼짇날에 쓰는 희고 걸쭉한 단술

와 걱정 때문에 오미치도 잠을 제대로 잘 수 없었다. 그리고 이 것이 그 무서운 재앙이 닥쳐올 전조가 아닌가? 라는 생각도 들 었다. 그녀의 눈앞에 환영과 같은 오후미의 모습이 나타났다.

오미치는 결국 결심했다. 자기가 믿고 있는 주지의 가르침에 따라 이 집을 떠나는 수밖에 없다고 결심했다. 아이가 오후미의 이름을 부르는 것을 이용해 그녀는 갑자기 괴담 작가가 되었다. 그 엉터리 괴담을 구실로 남편 집을 떠나려 한 것이다.

"바보 같은 것."

오바타는 자신의 앞에서 엎드려 울고 있는 부인을 혼냈다. 그 러나 K삼촌은 오미치의 마음속에 어머니로서 자신의 자식을 생 각하는 사랑의 원천이 흐르고 있다는 것을 인정하지 않을 수 없 었다. 삼촌의 중재로 오미치는 겨우 남편에게 용서를 받았다.

"이런 일은 처남인 마쓰무라에게도 말하고 싶지 않다. 그러나 체면상 처남과 집안사람들에 대해 어떻게든 수습을 해야 할 텐 데 어떻게 하는 것이 좋을까?"

오바타로부터 이런 상담을 받고 삼촌도 생각했다. 결국 삼촌 이 다니는 절의 승려에게 부탁해 형식상 정체를 알 수 없는 오후 미의 혼을 위한 추선공양(追善供養)*을 드리기로 했다. 오하루는 의사의 치료를 받고 밤에 우는 것을 멈췄다. 오바타는 추선공양 의 공력으로 그 이후로는 오후미의 유령이 모습을 드러내지 않 게 되었다고 천연덕스럽게 사람들에게 알렸다.

---

* 죽은 사람의 넋의 괴로움을 덜고 명복을 축원하기 위한 공양

그 비밀을 알 리 없는 마쓰무라 히코타로는 세상에는 논리로는 설명할 수 없는 이상한 일도 있다며 고개를 갸웃거리고는 평소 자신과 친하게 지내는 한 두 사람에게 은밀히 이야기했다. 나의 숙부도 그 이야기를 들은 사람 중 하나였다.

K삼촌은 구사조시 속에서 오후미의 유령을 발견해 낸 한시치의 예리한 눈에 다시 한 번 감탄했다. 조엔지의 주지는 무슨 목적으로 오미치에게 그렇게 무시무시한 운명을 예언했는지, 한시치는 그에 대해서는 자세히 설명하기를 꺼리는 것 같았는데 그로부터 반년 후, 그 주지가 여자 때문에 파계한 죄로 지샤(寺社)* 에게 체포되었다는 사실을 듣고 오미치는 다시 한 번 소름이 돋았다. 위험한 벼랑 위에 서 있던 그녀는 운 좋게도 한시치 덕분에 구원받았던 것이다.

"아까 말했듯이 이 비밀은 오바타 부부와 나 외에는 아무도 아는 사람이 없어. 오바타 부부는 아직 살아 있지. 오바타는 유신 후에 관리가 되어 지금은 상당한 지위에 올라가 있어. 내가 오늘 밤 한 이야기는 아무에게도 발설하지 않는 편이 좋을 거야."

K삼촌은 이야기 끝에 이렇게 덧붙였다.

이 이야기가 끝날 무렵에는 빗줄기도 점점 약해져 정원의 팔손이나무 잎이 철썩거리던 소리도 사그라졌다.

어린 나에게 이것은 아주 흥미로운 이야기였다. 그러나 나중

* 무가 시대, 절이나 신사의 영지·인사·잡무·소송 등을 담당하던 관리

에 생각해보니 이러한 것은 한시치가 아침밥을 먹기 이전에 해치운 일에 불과하니, 이 이야기 이상으로 사람의 마음을 동요하게 만드는 모험담은 아직도 잔뜩 남아 있다. 그는 에도 시대의 숨은 셜록 홈즈였다.

내가 한시치를 자주 만나게 된 것은 이후로 10년이 지난 후 바야흐로 청일 전쟁이 종언을 고한 무렵이었다. K삼촌은 더 이상 이 세상 사람이 아니었다. 한시치는 칠십하고도 셋이라고 했는데 아직도 건강하고 이상하리만큼 싱싱한 느낌의 할아버지였다. 양자에게 양품점을 열어주고 자신은 은거하여 유유자적 즐기고 있었다. 노인은 꽤나 호사스럽고 좋은 차를 끓여 맛있는 과자와 함께 나를 대접하곤 했다.

차를 마시고 이야기하면서 나는 그에게서 여러 가지 옛날이야기를 들었다. 수첩 한 권이 그의 탐정 이야기로 빼곡했다. 그 중에서 내가 흥미롭게 느낀 이야기를 골라 이야기하려 한다. 시대를 막론하고 말이다.

맹인의 강

오카모토 기도

I

호시자키(星崎) 씨의 이야기가 끝나기 전에 서너 명의 손님이 더 왔기 때문에 자리는 거의 가득 찼다. 호시자키 씨를 시작으로 사람들이 돌아가며 이야기를 하나씩 하도록 되어 있었기 때문에 마치 괴담의 백과사전 같았다. 물론 그 중에는 판에 박힌 이야기도 있었지만, 나는 뭔가 특색이 있는 이야기들을 몰래 적어놓았다. 이제부터 그 이야기들을 차례로 소개하고자 한다.

하지만 처음 보는 사람이 많기에 이름을 딱 한 번만 듣고 누가 누구인지 확실하지 않은 경우도 있다. 또 이야기의 성질상 이야기를 하는 사람의 이름을 밝히는 것을 조심해야만 하는 경우도 있기 때문에 첫 번째 주자인 호시자키 씨를 제외하고 다른 사람들의 이름은 모두 생략하고 그냥 두 번째 남자라든가 세 번째 여자라는 식으로 밝혀두고자 한다.

자, 두 번째 남자가 이야기를 시작한다.

때는 1716년. 도네가와(利根川) 강의 건너편, 에도 쪽에서 보자면 오슈(奧州) 쪽 강변 근처에 한 사람의 맹인이 서 있었다. 간토 지방 제일의 강이라고 불리는 도네가와 강이지만 이곳은 선착장으로, 에도 시대에는 보카와(房川) 선착장이라고 불리고 있었다. 오슈 가도(奧州街道)와 닛코 가도(日光街道)의 요충지이기 때문에 구리하시노슈쿠(栗橋の宿)*에는 검문소가 있다. 그 검문소를 지나 강을 건너면 건너편은 고가(古河) 마을로, 예부터 팔만 석을 보유한 도이(土井) 가문의 성을 중심으로 번창한 곳이다. 이 맹인은 그 고가 마을 방면의 강가에 우두커니 서 있는 것이었다.

맹인이 도네가와 강가에 서 있다―단지 그것 뿐 만이라면 별다른 문제가 되지 않을지도 모른다. 그의 나이는 서른 전후로 얼굴빛은 검푸르고 입이 일그러진, 살짝 마른 체형에 보통 키의 남자이다. 그는 여름이나 겨울이나 누런 머릿수건을 쓰고 짚신을 신은 여행자의 모습을 하고 있는데, 아침부터 저녁까지 이 선착장에 서 있기만 할 뿐 아직껏 건너려고 하지를 않는다.

상대가 맹인이기 때문에 도사공이 뱃삯을 받지 않고 건네주겠다고 해도 그는 쓸쓸히 웃으며 아무 말 없이 고개를 흔든다. 그것도 하루 이틀 일이 아니다. 1년, 2년, 3년, 비바람에도 아랑

* 에도 시대에 정비되어 번영했던 역참 마을

곳하지 않고, 더운 날이나, 추운 날이나, 어떠한 날에도 그는 반드시 이 선착장에 야윈 모습을 드러내는 것이었다.

이렇게 되자 도사공들도 못 본 체 할 수는 없는 일이다. 도대체 왜 매일 이곳에 나오는지 누차 물어보았지만 맹인은 역시 쓸쓸히 웃기만 할 뿐 도무지 사정을 알 수 있는 대답은 하지 않았다. 하지만 시간이 가면서 자연스레 그가 그곳에 서 있는 목적을 알게 되었다.

오슈와 닛코 방면에서 오는 여행객은 이곳에서 배를 타고 간다. 에도 방면에서 오는 여행객은 구리하시에서 배를 타고 이곳에 도착한다. 맹인은 이곳에서 배를 타고 내리는 여행객들을 하나하나 살펴보고 있는 것이다.

"혹 이 중에 노무라 히코에몬(野村彦右衛門)이라는 자가 없는가?"

노무라 히코에몬—사무라이 느낌의 이름이다. 그러나 그런 사람은 지나간 적이 없는 듯, 모두 아무 대답 없이 지나가버리는 것이었다. 하지만 맹인은 매일 이 선착장에 나와 노무라 히코에몬을 찾고 있다. 앞서도 말했듯이 몇 년이라는 긴 세월 동안 하루도 거르지 않았기 때문에 그 끈기에 놀라지 않는 자가 없었다.

"맹인은 왜 그 사람을 찾는 걸까?"

도사공들 사이에서 자주 이런 질문들이 나왔지만 그는 그저 언제나처럼 웃기만 할 뿐 절대 입을 열려 하지 않았다. 그는 원래 과묵한 사람인 듯 매일 이 선착장에 서 있으면서도 도사공들에게 친근한 말을 한 적이 없었다. 얼굴은 보이지 않지만 목소리는 익숙해졌을 텐데 말이다. 도사공쪽에서 뭔가 말을 걸어도 그는 아무 말 없이 웃거나 고개를 끄덕이거나 할 뿐 가능한 한 다른 사람들과의 대화를 피하는 것처럼 보였다. 이제는 도사공들도 익숙해져서 그를 향해 말을 거는 사람도 없다. 그도 결국 그것이 운명이라고 생각하는 듯, 매일 그저 혼자 쓸쓸히 우두커니 서 있었다.

도대체 그는 어디에 살고 어떤 생활을 하고 있는지, 그것도 알 수 없다. 어디에서 와서 어디로 돌아가는지, 일부러 그의 뒤를 쫓아 간 사람도 없기 때문에 아는 사람이 없었다. 선착장은 새벽 6시에 시작해서 오후 4시에 끝난다. 그는 그 동안 이곳에 서 있다가 선착장이 끝나면 어딘가로 사라지듯이 떠나버렸다. 아침부터 밤까지 계속 서 있지만 딱히 도시락을 준비해 오는 것 같지도 않다. 선착장 오두막에서 먹고 자는 헤이스케(平助)라는 할아범이 이를 딱하게 여겨 어느 날 커다란 주먹밥을 두 개 만들어주니 그때만은 그도 크게 기뻐하면서 그 중 한 개를 맛있게 먹었다. 그리고 보답이라며 헤이스케에게 한 푼짜리 동전을 내밀었다. 원래 돈을 받을 생각이 없었기 때문에 헤이스케는 필요 없다고 거절했지만 그는 억지로 돈을 쥐어주고 갔다.

이후부터 헤이스케의 오두막에서 매일 커다란 주먹밥을 하나 만들어주면 그는 반드시 한 푼짜리 동전을 놓고 간다. 아무리 물가가 싼 시대라 해도 커다란 주먹밥 하나의 가격이 한 푼이라면 수지가 맞을 리 없다. 그러나 헤이스케는 맹인에 대한 일종의 보시라고 생각하고 매일 기분 좋게 주먹밥을 만들어줄 뿐만 아니라 뜨거운 물도 마시게 해주고 난롯불도 쪼이게 해준다. 이러한 친절이 그도 느껴졌는지 다른 사람과는 거의 말을 하지 않는 그도 헤이스케 할아범에게만은 얼마간 마음을 터놓고 날씨에 관한 인사를 하기도 했다.

사람들의 왕래가 많은 곳이었지만 다른 뱃사공들은 저녁이 되면 모두 부지불식간에 집으로 돌아가버린다. 결국 이 오두막에서 잠을 자는 사람은 헤이스케 할아범뿐이다. 어느 날 할아범이 맹인에게 말했다.

"자네가 어디서 오는지 모르겠지만 불편한 눈으로 매일 왔다 갔다 하는 것은 쉽지 않을 걸세. 이 오두막에서 머물면 어떻겠는가? 나 이외에는 아무도 없으니 사양할 것 없네."

맹인은 잠시 생각한 후 그럼 여기에 머물게 해달라고 말했다. 헤이스케는 혼자 사는 몸이었기 때문에 비록 맹인이라도 말상대가 생긴 것을 기뻐하며 그날 밤부터 자신의 오두막에 머물게 하며 가능한 한 보살펴주기로 했다. 이렇게 도네가와 강가의 오두막에 늙은 도사공과 신원미상의 맹인이 비가 오는 밤에도 바람이 부는 밤에도 함께 먹고 자게 되었다. 점점 두 사람은 서로 숨김없는 대화를 하게 되었지만, 어쨌든 과묵한 맹인은 그다지 많은 말을 하지는 않았다. 물론 자신의 내력이나 목적에 관해서는 입을 무겁게 다물고 있었다. 헤이스케 쪽에서도 무리하게 캐물으려 하지 않았다. 무리하게 캐물으면 그는 분명히 여기를 떠나버릴 것이라는 것을 알고 있었기 때문이다.

그러나 딱 한 번 헤이스케는 그에게 물은 적이 있었다.

"자네는 복수를 하려는 겐가?"

맹인은 언제나처럼 쓸쓸히 웃으며 고개를 저었다. 그 대화도 그대로 끝나버렸다.

헤이스케 할아범이 그를 돌보기로 한 것은 맹인에 대한 동정에서 출발한 것임에는 틀림없지만 그 외에 얼마간의 호기심도 있었다. 때문에 그는 동거인의 행동에 대해 몰래 주의를 기울이고 있었는데 특별히 이상한 점이랄 것도 없는 것 같았다. 맹인은 아침부터 저녁까지 선착장에 나가 지칠 줄 모르고 노무라 히코에몬이라는 이름을 계속해서 부르고 있었다.

헤이스케는 매일 밤 한 홉의 술을 마시고 정신을 잃은 채 잠들기 때문에 밤중의 일은 알지 못했지만, 어느 날 밤 문득 눈을 뜨니 맹인이 스러져가는 화로의 불빛에 의지해 뭔가 두꺼운 바늘 같은 것을 열심히 갈고 있는 것 같았다. 그는 다른 사람들보다 감각이 훨씬 더 예민한 듯, 재빨리 헤이스케의 움직임을 눈치채고 그 바늘과 같은 물건을 감추었다.

그 모습이 범상치 않아 보였기 때문에 헤이스케는 모르는 척하고 다시 잠이 들었는데, 그 날 밤 이 맹인이 몰래 다가와 잠자고 있는 자신 위에 올라타고 그 바늘 같은 것을 왼쪽 눈에 찔러 넣는 꿈을 꾸다 깨어났다. 신음 소리에 맹인도 잠에서 깨어 더듬거리면서 할아범을 돌봐주었다. 헤이스케는 그 꿈에 대해 아무 말도 하지 않았지만 그 날 이후 왠지 그 맹인이 무서워졌다.

그는 왜 바늘처럼 생긴 물건을 가지고 있는가? 맹인의 판매 도구라 하면 그만이지만 그렇게 두꺼운 바늘을 숨기고 있는 것은 뭔가 수상하다. 그렇지 않으면 가짜 맹인 행세를 하는 도적 같은 것이 아닐까? 헤이스케는 의심스러웠다. 어쨌든 헤이스케는 그를 이곳에 머무르게 한 것이 조금 후회스러웠지만 자신 쪽에서 권유하여 머무르게 한 이상 이제 와서 내쫓을 수도 없는 노릇이라 일단 그냥 두기로 했다. 그러던 어느 가을날 밤.

이 날은 낮부터 쌀쌀한 비가 계속되어 강을 건너는 사람도 많지 않았고, 해가 진 이후에는 인적이 완전히 끊어졌다. 강물이 불어난 듯 강가에 있는 돌을 때리는 물소리가 평소보다 심하게 울려 퍼졌다. 오두막 앞의 버드나무로 세차게 쏟아지는 빗소리도 쓸쓸하게 들려 외로움에 익숙해진 헤이스케도 절로 외롭다는 생각을 하게 되는 그런 밤이었다. 날이 쌀쌀했기 때문에 이로리*의 불을 세게 지피고 헤이스케는 늘 그렇듯이 저녁 무렵부터 한 홉의 술을 홀짝홀짝 마시기 시작했다. 원래부터 술을 마시지 못한다는 맹인은 아무 말 없이 이로리 앞에 앉아 있었다.

"아!"

이윽고 맹인이 말을 했다. 그 소리에 깜짝 놀라 헤이스케가 자기도 모르게 얼굴을 드니 오두막 밖에서 빗소리에 섞여 뭔가 철벅철벅거리는 소리가 들려왔다.

"뭐지? 물고기인가?"

맹인이 말했다.

"그래. 물고기야."

---

* 일본의 전통적인 난방 장치이다. 농가 등에서 방바닥의 일부를 네모나게 잘라내고, 그곳에 재를 깔아 취사용, 난방용으로 불을 피워 놓는다.

헤이스케가 일어났다.

"비 때문에 물이 불어서 뭔가 큰 놈이 튀어 올라온 것 같아."

헤이스케는 방에 걸려 있는 작은 뜰망을 가지고 오두막을 나섰다. 밖에는 바람과 함께 비가 내리 쏟아지고 있었기 때문에 강물을 비추는 빛도 평소보다 희미했는데, 그 어두컴컴한 강가에서 커다란 물고기 한 마리가 펄떡거리고 있는 것이 어렴풋이 보였다.

"아, 농어로군. 이 놈 아주 큰데?"

헤이스케는 농어가 힘이 센 물고기라는 것을 알고 있었기 때문에 조심스레 주의를 기울여 고기를 잡으려 했다. 그러나 농어는 예상한 것보다 더 커서 아무래도 3척(약 90cm)은 넘는 것 같았다. 그렇다면 어차피 작은 망으로는 잡을 수 없는 크기이다. 잘못하면 망이 찢어질 위험이 있기 때문에 망을 던져버리고 온몸으로 물고기를 끌어안으려 하자 농어는 꼬리를 흔들며 강력한 힘으로 자신의 적을 떨쳐버렸다. 헤이스케는 젖어 있는 풀에 미끄러져 쓰러졌다.

그 소리를 듣고 맹인도 밖으로 나왔는데, 눈이 보이지 않는 그가 어둠을 무서워 할 리가 없다. 물고기가 철벅거리는 소리를 따라 더듬거리며 다가갔다고 생각한 순간, 맹인은 아무 어려움 없이 물고기를 제압했다. 헤이스케는 맹인치고는 무척 솜씨가 좋다는 생각이 들어 조금 이상하다고 생각하면서도 어쨌든 커다란 물고기를 오두막 안으로 가지고 들어와 보니 그것은 진짜 농어였다. 오른쪽에서 왼쪽에 걸쳐 농어의 눈에 두꺼운 바늘이 관

통해 있는 것을 보았을 때 헤이스케는 왠지 모르게 소름이 끼쳤다. 농어는 목숨이 끊어질랑 말랑한 상태였다.

"바늘이 물고기 눈에 꽂혀 있습니까?"

맹인이 물었다.

"그렇네."

헤이스케가 대답했다.

"꽂혀 있습니까? 확실히 눈알 한 가운데에……"

보이지 않는 눈을 드러내듯하며 맹인이 싱긋 웃었기 때문에 헤이스케는 다시 소름이 끼쳤다.

Ⅱ

맹인들은 육감이 빠르다. 헤이스케는 일찍부터 이 맹인은 아주 감각이 뛰어난 것 같다는 것을 알고 있었지만 오늘 밤의 솜씨를 보고 그는 정말로 혀를 내둘렀다. 원래 맹인이기 때문에 어둡건 밝건 괘념치는 않겠지만 아무리 그래도 이 어두운 빗속에서 기세 좋게 펄떡거리는 커다란 물고기를 붙잡아 손으로 더듬어 바늘로 그 눈알 한가운데를 찔렀다는 것은 보통 솜씨가 아니다. '그가 다른 사람들의 눈을 피해 갈고 있는 바늘이 이 정도인가?'라고 생각하니 다시금 가위에 눌리게 되었다.

"이상한 놈을 끌여들였군."

헤이스케는 후회를 했지만 그렇다고 해서 그를 내쫓을 정도의 용기도 없었다. 오히려 이후부터는 모든 일에 조심하고 그의 비위를 맞추려고 노력하는 정도였다.

맹인이 나루터에 모습을 나타낸 지 햇수로 3년, 헤이스케의 오두막에 머문 지 햇수로 2년, 합쳐서 만 4년 정도의 세월이 흐른 뒤 그는 춘이월 초부터 감기 기운으로 앓아누웠다. 그것은 늦추위가 기세를 떨치던 해로, 아침 저녁으로 닛코(日光)나 아카기(赤城)로부터 불어오는 바람이 넓은 강가에 오직 한 채 뿐인 이 오두막을 쓰러트리는 것이 아닐까라는 생각마저 들었다. 그러한 맹추위에도 아랑곳하지 않고 헤이스케는 고가 마을까지 가서 약을 사다가 앓고 있는 맹인에게 먹였다.

그런 몸을 하고도 맹인은 지팡이에 의지해 나루터로 나가기를 계속했다.

"이렇게 추운데 아침부터 저녁까지 밖에 나가 있으면 견뎌내질 못해. 적어도 병이 나을 때까지만이라도 쉬는 게 어떻겠나?"

보다 못한 헤이스케가 주의를 주었지만 맹인은 듣지 않았다. 날이 갈수록 쇠약해지는 몸을 가까스로 지팡이 한 자루에 의지한 채 그는 매일 터덕터덕 밖으로 나갔지만 그 고집도 결국 오래가지 못했다. 맹인은 아침부터 밤까지 하루종일 오두막 안에 누워 있게 되었다.

"그래서 내 말했지 않았는가? 아직 젊은데 몸을 소중히 다루게나."

헤이스케 할아범은 친절하게 간병을 해주었지만 그의 병세는 점점 깊어져가는 것 같았다.

나루터에 나가지 못하게 된 후부터 맹인은 헤이스케에게 부탁해 매일 한 마리씩 살아 있는 물고기를 사 오도록 했다. 겨울부터 봄까지는 이곳의 물도 말라버려 민물고기도 잡히지 않는다. 바다와 멀리 떨어져 있는 곳이기 때문에 살아 있는 바다 생선은 더더욱 귀하다. 그런데도 헤이스케는 매일 물고기를 찾아다니며 살아 있는 잉어나 붕어, 장어 등을 사 왔다. 그러면 맹인은 그 침을 꺼내 한 마리씩 눈알을 찌르고는 버렸다. 일단 죽인후에는 상관없으니 마음대로 조리거나 구워 먹으라고 했지만 헤이스케는 맹인의 집념이 서려 있는 듯한 그 물고기를 먹고 싶은 생각이 들지 않았기 때문에 늘 그것을 눈앞의 강에 던져버렸다.

하루에 한 마리씩, 살아 있는 물고기의 눈을 찌르는 것 외에 헤이스케를 더욱 놀라게 한 것은 맹인이 물고기 값으로 금화 다섯 냥을 건넨 것이었다. 점심으로 주먹밥을 줄 무렵에는 매일 한 푼씩을 냈었는데 오두막에서 살기로 한 후부터는 헤이스케와 함께 세끼 식사를 하면서도 한 푼도 내지 않게 되었다. 물론 헤이스케 쪽에서 달라고 하지도 않았다. 맹인은 이제 와서 그 이야기를 꺼내며 당신에게는 많은 빚을 졌으니 내가 살아 있는 동안에는 이 돈으로 물고기를 사고 남는 돈은 지금까지의 밥값으로 받아달라고 했다. 햇수로 2년간의 밥값으로는 변변치 않다며 금화 다섯 냥을 내밀었을 때 헤이스케는 깜짝 놀라 간이 떨어질 뻔했지만 어쨌든 그가 말하는 대로 그것을 받아두었다. 그런데 그로부터 반 달 후 맹인은 약해질 대로 약해져 오늘 내일 할 정도로 상태가 위독해졌다.

음력 2월, 이제 곧 춘분이 가까워져 오는데, 올 봄의 추위는 몸에 벅차다. 아침부터 계속해서 아카기로부터 바람이 불어오더니 오후가 지나자 싸락눈까지 섞여 있었다. 계절과 맞지 않는 추위가 아픈 사람을 해할까 두려워 헤이스케는 평소보다 세게 화로에 불을 지폈다. 다른 도사공들이 일찍이 집으로 돌아가버리자 이윽고 날이 저물었다. 눈이 그렇게 많이 쌓인 것은 아니었지만 바람은 점점 더 거세졌다. 게다가 때때로 웅 - 웅 하는 소리까지 내며 불어 닥치니 낡은 오두막은 지진이 난 것처럼 흔들거렸다.

그 오두막 한 구석에 누워 있는 맹인이 작은 목소리로 말했다.

"바람이 부는군요."

"매일같이 부니 난감한 일이지."

헤이스케가 화롯불에 약을 달이면서 말했다.

"게다가 오늘은 눈이 조금 왔지. 이렇게나 일기가 불순하니 자네 같은 사람은 더욱 조심해야 하네."

"아, 눈이 왔습니까? 눈이……"

맹인은 한숨을 쉬었다.

"조심할 것도 없습니다. 저는 이제 끝입니다."

"그런 마음 약한 소리를 해서는 안 돼. 조금만 더 참고 기다리면 분명 날씨도 따뜻해진다네. 따뜻해지기만 하면 자네의 몸도 자연히 나아질 걸세. 이번 한 달만 버티면 돼."

"아뇨. 뭐라고 하셔도 이제 제 수명은 다했습니다. 어차피 나을 수 없습니다. 어떤 인연인지는 모르지만 제가 여러 가지로 신세를 졌습니다. 그래서 말인데, 제가 죽기 전에 들어주셨으면 하는 이야기가 있습니다만……"

"잠깐만 기다리게. 이제 곧 약이 다 된다네. 이걸 먹고 나서 찬찬히 이야기하게."

헤이스케가 주는 약을 받아먹고 맹인은 바람 소리에 귀를 기울였다.

"아직 눈이 내리고 있나요?"

"그런 것 같아."

헤이스케는 문틈 사이로 어두운 바깥을 내다보며 대답했다.

"눈이 내릴 때마다 그 옛날 일이 한층 더 몸에 사무쳐 떠오릅니다."

맹인은 조용히 이야기를 시작했다.

"지금까지 제 이름을 말씀드린 적이 없습니다만, 저는 지헤이(治平)라고 합니다. 전에는 오슈 근처에 있는 번에서 젊은 무사를 모시고 있었습니다. 제가 처음 이곳에 온 것은 31살 되던 해로 그로부터 5년이 흘러 올해 서른다섯이 되었습니다만, 지금으로부터 13년 전, 22살이 되던 해의 봄, 오늘처럼 눈이 오던 추운 날 저는 두 눈을 잃어버렸습니다. 제가 모시던 분은 노무라 히코에몬으로 그 번에서도 180석을 소유한 상당한 지위의 사무라이인데, 그때 나이 27세였습니다. 부인은 오토쿠(お德)라는 분으로 저와 같은 22세였습니다. 부인은 용모에 자신이 있는, 아니 아무리 자랑을 해도 모자랄 정도로 용모가 수려하여 무사의 부인치고는 너무 화려하지 않은가라는 평판이 있었습니다만, 부

인은 그런 것에는 개의치 않고 아이가 없는 것을 다행으로 여기며 한껏 치장을 했습니다. 그 아름다운 모습을 같은 집에서 아침저녁으로 보고 있는 사이 제게도 억누를 수 없는 번뇌가 일어났습니다. 상대는 남의 부인, 그것도 제가 모시고 있는 사람의 부인. 결코 어찌할 수 없는 일이라는 것을 너무 잘 알고 있었습니다만, 아무리 해도 단념이 되지 않았습니다. 스스로 생각해도 미친 것이 아닐까라는 생각이 들 정도로 그저 터무니없이 안절부절 못하며 하루하루를 보내던 중, 지금도 잊지 못할 1월 27일이 되었습니다. 그때는 오슈의 봄치고는 드물게 따뜻한 날이 이어지고 있었는데, 전날 밤에 많은 눈이 내려 눈 깜짝할 새에 2척(약 60cm) 정도의 눈이 쌓였습니다. 워낙 눈이 많이 오는 곳이니 눈이 온 것에 놀랄 일은 없습니다. 그냥 그대로 두어도 괜찮았습니다만 '적어도 툇마루 가까운 곳만이라도 쓸어 두자'고 생각한 저는 빗자루를 들고 정원으로 나갔습니다. 부인은 눈 때문에 지병인 위통이 일어났다며 거실에서 고타츠*에 몸을 녹이고 있다가 제 빗자루 소리를 듣고 덧문을 열고는 '어차피 쌓이는 눈을 일부러 쓰는 것은 소용없는 일이니 그만두라'고 했습니다. 그 뿐이었다면 좋았을 텐데 '춥지 않느냐? 이리로 와서 고타츠 안으로 들어오라'고 말했습니다. 상대방은 농담 반 진담 반으로 말했을 테지만 그 말을 들은 저는 그저 기뻐서는 몸에 묻은 눈을 털면서 반쯤은 제 정신이 아닌 상태로 툇마루로 올라갔습니다. 눈을 마

---

* 일본의 전통적인 난방 장치. 작은 탁자 아래에 화로를 넣고 그 위에 이불, 포대기 등을 씌운 것으로 이 속에 손, 무릎, 발을 넣고 몸을 녹인다.

치 재처럼 흩날리며 방안으로 들어왔기 때문에 덧문을 닫고 고타츠 옆으로 들어가니 부인은 어이가 없다는 표정으로 나의 행동을 아무 말 없이 바라보고 있었습니다. 그때 저는 필시 미쳐 있었나 봅니다."

죽음을 목전에 두고 있는 맹인의 입에서 농염한 이야기가 나오는 것을 듣고 헤이스케 할아범도 참으로 의외라고 생각했다.

Ⅲ

맹인은 다시 이야기를 이어갔다.

"저는 이 기회를 놓쳐서는 안 되겠다는 생각에 평소에 하던 생각을 전부 이야기해 버렸습니다. 부리는 사람에게 고백을 받고 부인은 어이가 없었는지도 모릅니다. 역시 아무 말도 없이 앉아 있었기 때문에 초조해진 제가 손을 잡으려 하자 부인은 처음으로 소리를 냈습니다. 그 소리를 듣고 다른 사람들이 달려와 덮어놓고 저를 포박하고는 정원의 나무에 묶어버렸습니다. 양손이 묶인 채 눈 속에 방치되어 있으면서 이제 어차피 목숨은 없는 것이라고 각오하고 있는데 이윽고 주인이 성에서 돌아왔습니다. 주인은 사정을 듣고 저를 마루 앞으로 끌어내어 '너 같은 녀석을 참수하는 것은 칼을 더럽히는 것이니 봐주겠으나 그런 발칙한 생각을 일으키는 것은 그 눈이 보이기 때문이다. 이제 앞으로 그런 잘못된 마음을 먹지 않도록 네 눈알을 망가뜨려놓겠다'고 말하고 허리춤에 찬 작은 칼을 꺼내 제 두 눈을 찔러버렸습니다."

지금도 그 눈에서 피가 흘러내리는 것처럼 맹인은 여윈 손가락으로 자신의 두 눈을 눌렀다. 헤이스케도 이 잔혹한 형벌에 몸을 떨며 마치 자신의 눈도 칼에 찔린 것 같은 아픔을 느꼈다. 그는 한숨을 쉬면서 물었다.

"그 후 어떻게 되었는가?"

"갑자기 맹인이 되어 내쫓긴 저는 성 아래에 있는 친척 집에 맡겨졌습니다. 목숨에는 별 지장이 없고 상처 치료도 잘 끝났지만 갑자기 맹인이 되었으니 아무것도 할 수가 없었습니다. 우쓰노미야(宇都宮)에 아는 사람이 있어 그곳에 가 몸을 의지하며 안마사의 제자가 되었습니다. 그러다가 다시 에도로 가 어느 겐교(檢校)*의 제자가 되었습니다. 22살 봄부터 31살 때까지 햇수로 10년, 그 사이 하루도 복수를 잊어본 날이 없습니다. 복수의 대상은 주인이었던 노무라 히코에몬.

'차라리 그냥 참수를 했다면 모를까 이런 참혹한 형벌을 내려 한 인간을 평생 불구자로 만들었다고 생각하니 반드시 그 원수를 갚아야겠다. 그렇지만 상대는 훌륭한 무사이고 무예도 보통 이상이라는 것을 알고 있기 때문에 눈이 보이지 않는 제가 복수를 하기 위해서는 어떻게 해야 하는가?'

여러 가지로 생각해본 결과 생각해낸 것이 바늘이었습니다.

'우쓰노미야에서도 에도에서도 바늘을 가지고 훈련을 했으니

* 맹인에게 내리는 벼슬의 이름

두꺼운 바늘을 준비해 두었다가 갑자기 달려들어 눈알을 찌르자.'

그렇게 결정한 후에는 틈만 나면 바늘로 물건을 찌르는 연습을 했습니다. 사람의 마음은 참으로 무서운 것으로, 결국에는 솔잎 한 가닥도 놓치지 않고 뚫을 수 있게 되었지만 이번에는 상대방에게 다가갈 방법 때문에 고심하게 되었습니다. 저는 히코에몬이 집안 일로 가끔씩 에도와 이곳을 왔다 갔다 한다는 사실을 알고 있었기 때문에 이 나루터에서 기다리다가 배를 타거나 배에서 내리거나 할 때를 노리려고 마음먹었습니다. 스승에게는 고향에 돌아간다고 하고 휴가를 받아 이곳에 온 지 햇수로 5년, 매일 끈질기게 나루터로 나가 오가는 행인들을 하나하나 확인했지만 노무라라고 하는 자도 히코에몬이라고 하는 자도 만나지 못하는 사이 제 목숨이 끊어지게 되었습니다. 아니, 사실 이런 일은 제 마음 속에만 담아두면 되는 것이겠지만 한번은 누군가에게 말해두고 싶다는 생각도 들었기 때문에 이렇게 긴 이야기를 하고 말았습니다. 다시 한 번 사과드립니다."

할 말을 마치자 그는 갑자기 피곤해진 듯 그대로 누워 목침에 얼굴을 갖다 댔다. 헤이스케도 아무 말 없이 자신의 잠자리에 들었다.

밤이 되자 눈도 그치고 바람도 점점 잦아들어 이 오두막을 위협하는 것은 모두 사라졌다. 도네가와 강물도 얼어붙은 듯 물소리도 내지 않았다.

강가의 아침은 일찌감치 찾아와 헤이스케가 언제나처럼 눈을 떠보니 병자는 조용히 자고 있는 것 같았다. 너무 조용했기 때문에 조금 불안한 생각이 들어 들여다보니 맹인은 그 바늘로 자신의 목을 찌른 상태였다. 다년간 연습을 해왔기 때문에 그는 맥의 급소를 알고 있었던 듯 단 하나의 바늘로 편안히 숨을 거두었던 것이다.

다른 도사공들의 도움을 받아 헤이스케는 맹인의 시체를 근처의 절로 옮겨 장례를 치렀다. 물론 그 바늘도 함께 묻었다. 헤이스케는 정직한 사람이었기 때문에 맹인의 유품인 금화 다섯 냥에는 손을 대지 않고 모두 영대경(永代經)*의 회향을 위해 절에 맡겨버렸다.

그로부터 6년, 그 맹인이 이 나루터에 그 모습을 드러낸 지 11년째 되던 가을. 8월 말까지 장마가 계속되어 도네가와 강이 범람해 주위의 마을이 모두 침수되었다. 헤이스케의 오두막도 떠내려갔다. 그 때문에 강을 건너는 것이 열흘 정도 중지되었다가, 9월이 되어 쾌청한 가을날이 이어지자 드디어 배를 띄울 수 있게 되었다. 구리하시와 고가에서 꼼짝 못하고 있던 사람들은 강이 열리는 것을 기다렸다가 앞 다투어 배에 올라탔다.

"위험해. 조심하라고. 아직 물이 다 빠진 것이 아닌데 모든 배가 저렇게 가득 찼으니……"

헤이스케 할아범이 강가에 서서 끊임없이 주의를 주고 있는데 고가 방면에서 출발한 한 척의 배가 얼마 가지 못해 강한 물

---

* 절에 일정한 돈을 맡겨 고인의 기일이나 법회 날이면 경을 읽게 하는 공양

결의 충격으로 눈 깜빡하는 사이에 전복되었다. 물이 아직 완전히 빠지지 않았기 때문에 도사공들 외에도 마을의 젊은이들이 만약의 사태에 대비해 강가로 나와 있었는데 그것을 보자마자 모두 우르르 뛰어들어 막 물에 빠지려는 사람들을 눈에 보이는 대로 구출해 강가로 끌어올렸다. 응급 처치를 받고 모두 정신을 차렸지만 그 중 단 한 명의 사무라이만이 숨을 쉬지 않았다. 행색도 초라하지 않은 45, 6세가량의 남자로 두 명의 종자를 데리고 있었다.

종자 두 명은 모두 무사했는데 그들의 설명으로 그 익사자의 신분을 알 수 있었다. 그는 오슈 어느 번의 노무라 히코에몬이라는 무사로, 6년 전부터 눈병에 걸려 지금은 거의 맹인과 비슷한 상태가 되었다. 에도에 안과 명의가 있다는 소문을 듣고 주군에게도 허락을 얻어 눈을 치료하기 위해 에도로 가던 도중 이곳에서 예상치 못한 화를 당한 것이었다. 거의 눈이 먼 상태이기 때문에 가마를 타고 종자들의 도움을 받아 여기까지 왔는데, 상당한 수영 실력도 있는 그가 왜 혼자만 물에 빠져 죽게 되었는지 종자들도 이상하다고 했다.

그와는 조금 다른 의미로 헤이스케 할아범은 그의 죽음을 의아스럽게 생각했다. 다른 승객들은 모두 구조되었는데 왜 노무라 히코에몬이라는 사무라이만 익사하게 되었는지, 그에 대해 생각하다가 헤이스케는 다시금 갑자기 소름이 끼쳤다. 그는 같이 온 하인들에게 이 분에게 부인이 있느냐고 살짝 물었더니 부인과는 아주 오래 전 이혼했다고 대답했다. 언제쯤 무슨 이유로 이혼하게 되었는지, 그것까지 억지로 물을 수는 없었다.

여행 중에 일어난 일인지라 하인들은 주인의 사체를 화장해서 유골을 가지고 고향으로 돌아가겠다고 했다. 헤이스케는 근처의 절에 들러 그 맹인의 무덤에 국화꽃을 바치고 돌아왔다.

지문

불행한 내 친구의
일생에 관한
기괴한 이야기

사토 하루오

R·N은 내가 소년시절부터 알고 지내는 유일한 친구였다. 스무 살 때, 그가 사랑해 마지않는 예술에 대한 견문을 넓히기 위해 유학을 떠난 후에도 몇 년 동안은 기회가 있을 때마다 파리에서, 플로렌스에서, 런던에서 여러 가지 재미있는 편지를(그것들은 내가 지금까지 본 일본어 문장 중에서 가장 천재적인 것들이다) 보내는 것을 잊지 않았는데, 그가 런던으로 간 지 2년째, 유학을 떠난 지 6년째 되던 해, 1907년 8월 11일이라는 날짜가 적힌 엽서를 마지막으로 그동안 점점 뜸해지던 소식이 완전히 끊기고 말았다. 그러나 나는 가능한 내 쪽에서 거르지 않고 편지를 보내고 있었다. 아마 내가 보낸 편지는 읽고 있었을 것이다. 편지가 발신자인 나에게 되돌아 온 일은 한 번도 없었으니 말이다. 그러나 답장은 한 번도 받지 못했다. 나는 그렇게 내 유일한 친구의 생활을 놓치고 있었다. 그의 생활에 대해 알고 싶어도 유학을 떠나기 전 어머니를 여읜 그에게는 친척이라 할 만한 사람이 한 명도

없었다. 이렇게 나에게도 편지를 보내지 않을 정도이니 일본에 있는 다른 누구에게 편지를 쓰고 있을 거라고는 생각하기 힘들었다. 나는 그가 이국땅에서 연애에 집중하고 있는 상상도 해보았다. 만약 그렇다면 어쨌든 가까운 시일 내에 소식도 있을 것이라고 생각하고 있었는데 그것마저 헛된 기대였다. 나는 결국 '헤어진 사람은 날이 갈수록 잊혀져간다'고 생각할 수밖에 없었다. 그런데 그 후 4년째 되던 해였다. 1911년, 7월 11일자 런던 소인 (그는 날짜도 적지 않았다)이 찍힌 엽서가 도착했다. 그가 느닷없이 내 앞으로 보낸 엽서에는 귀국한다는 내용만 짧게 적혀 있었다. 그 후 카이로에서, 싱가포르에서, 홍콩에서, 상하이에서 내용은 아무것도 없는 그림엽서만을 보내왔다. 그가 런던에서 귀국하겠다는 뜻을 내게 알린 지 1년 반이 지나 1912년도 저물어갈 무렵 그는 생각지도 않게 불쑥 우리 집 현관 앞에 나타났다. 나는 그를 딱 본 순간 '건강이 망가졌구나'라는 생각을 했다. 그는 완전히 기력을 소진한 사람처럼 보였다. 그리고 그것은 결코 여행에서 오는 피로 같은 것이라고는 말할 수 없을 정도의 것이었다. 어떻게 봐도 그는 30대로는 보이지 않았다. 그리고 이 이상한 늙은 모습은 노인 같기도 하고 또 장년 같아 보이기도 했다. 표정은 굉장히 둔해져서 그저 눈빛만이 구슬처럼 찬란하게 빛나고 있었다. 이 정도의 말만 듣고 다른 사람들이 그 당시 그의 모습을 확실히 상상하기란 어려울 것이다. 그러나 그다지 유쾌한 모습이 아니었을 것이라는 정도는 미루어 생각할 수 있을 것이다. 지금의 나로서는 그 정도에 만족하기로 한다.

십 수 년 만에 만나면서도 그는 나를 향해 결코 유쾌하게 말을 하려 하지 않았다. 나는 우리가 아직 소년이었을 때, 그가 얼마나 빛나는 좌담가였던가를 회상하면서 '인간이라는 것은 이렇게까지 변하는 것일까?'라는 의구심이 들었다. 그는 그저 너무나도 우울한 말투로 내 말에 대답했다. 내가 '건강이 좋지 않은 건가?'라고 물었을 때에도(솔직히 말하자면 나는 조금 상상의 날개를 펼쳐 매독이 아닐까라고 생각했다) 그는 그저 나른하게 '아니'라는 한마디를 했을 뿐이다. 그러나 아무것도 말하지 않는다고 해서 나에 대한 그의 우정을 의심하는 것은 옳지 않다. 왜냐하면 어찌되었건 그는 일본에 와서 가장 먼저 나를 방문했기 때문이다. 알 수 없는 것은 이뿐만이 아니다. 그때 그는 '도쿄에서 살 생각이다'라고 말해놓고는 2, 3일 지나자 갑자기 나가사키로 가겠다고 했다. 나는 처음에는 '그냥 좀 볼 일이 있어 나가사키에 간다'는 의미로 해석했다. 나가사키는 그의 고향이었기 때문이다. 그러나 그가 '나가사키에서 살 것이다'라고 말을 바꿨을 때 나는 그가 무슨 말을 하는지 모르겠다는 기분이 들었다. 그는 나가사키에서 태어났지만 어릴 때부터 도쿄에서 자랐다. 게다가 나가사키에는 유쾌하지 않은 유산상속 사건 이래 절교한 친척들이 있으며, 그는 예전부터 나가사키라는 땅 자체를 상당히 증오하고 있었기 때문이다.

그는 황망히 나가사키로 출발했다. 나는 그가 나가사키에 도착했다는 통지만을 받았다. 게다가 나는 그의 편지에 대한 답장을 쓰지 않았다. 왜냐하면 그가 출발할 때 약속을 무시하고 나에게 그의 숙소를 가르쳐주지 않았기 때문이었다.

10년 전 마음을 터놓던 친구는 지금 나에게 수수께끼가 되어 나타났다. 그리고 만약 그가 더 이상 내 눈앞에 나타나지 않았더라면, 내가 마지막으로 그를 만났을 때의 그의 인상으로 보아 나도 심령론자와 한 패가 되어 가장 친한 친구의 유령을—게다가 그것이 유령이라는 것도 알아채지 못한 채 며칠간 같이 산 것이라고 생각했을지도 모른다. 사실 그때도 왠지 그런 느낌이 들기는 했다. 그러나 그 후 반 년 정도가 지나 나는 다시 나가사키에서 돌아와 우리 집에 온 '수수께끼 친구'를 맞이하게 된다.

그때 그는 예전보다는 건강이 좋아져 있었다. 그리고 그는 다시 생각을 바꾸어 도쿄에서 살기로 결심했다. 혹시 자신과 같이 살 의사가 있는지 없는지—즉, 그때 이미 아내가 있던 우리 집에 신세를 지고 싶다고 하는 것이었다.

"그러면 나는 폐를 끼치는 대신 집을 한 채 지어주고 싶은데……"

이렇게 말한 그는 그 자리에서 바로 대답을 하지 못하고 있는 내 얼굴을 가만히 바라보며 탄원하듯이, 그러나 천천히, 낮은 목소리로 덧붙였다.

"나를 좀 숨겨주게."

'숨겨달라고?' 처음 그로부터 이 말을 들었을 때 나는 엄청난 일을 상상하지 않을 수 없었다. 그와 동시에 갑자기 혹시 R · N이 미친 것이 아닌가? 하는 생각이 들었다. 그러나 그의 설명을 듣고 있는 사이 다행히도 나의 걱정과 의문은 조금씩 사라지는 것 같았다.

그는 대충 다음과 같은 사실을 영어로 이야기했다. 아마도 나 외의 다른 사람이 듣는 것을 원하지 않았기 때문일 것이다. 그렇지 않으면 그런 이야기를 하는 데에는 영어가 더 적합하다고 생각했기 때문일지도 모른다. 사실, 그때는 그렇지 않았다고 해도 그는 예전부터 이러한 예술적 감각을 실생활에 자주 활용하곤 했으니 말이다. 지금 여기에 그가 한 이야기를 그가 이야기했던 것처럼 영어로 쓸 수 있다면 더욱 멋있을 것이라고 생각하지만, 나는 그럴 수가 없다. 아니, 어떠한 어학의 대가라도 불가능할 것이다. 그것은 그가 그때 사용한 영어가 단순하고 명쾌하면서도, 굉장히 혼잡한 리듬을 가진 단어만을 일부러 고른 것이 아닌가라는 생각이 들 정도로 묘한 효과를 냈기 때문이다.

그는 말했다.

"언제였던가, 내가 아직 자네에게 편지를 쓸 정도의 기력을 가지고 있을 당시, 나는 아마도 자네에게 토마스 드 퀸시(Thomas De Quincey)*의 『어느 영국인 아편 중독자의 고백(Opium Eater)』을 추천했었지. 아니, 그런 일이 없었던가? 아무튼 그 전후의 일이야. 어느 날 나는 런던의 이스트엔드에서 한 남자를 만났어. 그 남자는 원래 마도로스였기 때문에 그때도 마도로스풍의 모습을 하고 있었어. 나는 선술집에서 그 남자와 마주했다네. 우리는 서로 친애하는 감정을 드러내며 술에 취했어. 술에 취하면 취

* 1785~1859. 영국의 비평가이자 수필가

할수록 친밀감은 한층 더 짙어져갔지. 전혀 모르는 사람이었는데도 말이야. 지금 생각해보면 나는 아마 호기심이 지나쳤던 것 같아. 내 일생은 아마 '인간은 너무 넘치는 호기심과 너무 모자라는 의지를 가져서는 안 된다'는 교훈으로 점철되어 있을 거야. 그건 그렇고 나는 그 남자를 향해 '나는 앞으로 계속 당신과 어울리고 싶다'고 말했어. 그리고 마지막에 '오늘밤은 당신이 가장 재미있다고 생각하는 장소에 나를 데려가 달라'는 말도 했지. 그래서 그 남자가 나를 데리고 간 곳이 어딜 거라고 생각해? 그곳은 아편굴이었어. 나는 그곳에 틀어박히게 되었다네. 물론 자네는 아편에 취하면 어떻게 되는지 알 리 없지. 아편에 취한다는 것은 한마디로 말하면 예술 그 자체의 엑스터시(Ecstasy)야. 오체(五體)로 듣는 아름다운 엑스트라바간자(Extravaganza: 화려한 파티)야. 아아! 적어도 그때는 그랬는데!"

그는 이렇게 말하고 깊은 한숨을 내쉬었다. 그리고 잠시 뭔가 깊은 상념에 빠진 듯 너무나도 답답하고 우울한 표정으로 깊은 곳에 무언가를 감춘 밤의 심연처럼 침묵했다. 그것은 너무나 의미심장해 보였다. 그런 이유로 나는 그때, 그 침묵의 의미를 이해할 수 없었는데, 한참 뒤에 그에 대한 퍼즐이 맞춰졌다.

얼마간의 시간이 흐른 뒤 그가 다시 말을 이었다.

"3, 4년 만에 나는 하루에 아편액 4천 방울에 상당하는 양을 사용하지 않으면 견딜 수 없게 되었어. 나에게는 자네에게 편지 한 줄, 엽서 한 장을 쓸 힘도 남아 있지 않았어. 그러나 좋은 일인지 나쁜 일인지는 모르겠지만 내게는 아직 예술상의 야심도 남아 있었지. 그래서 아편에만 빠져서 만족할 만큼 타락하지는 않았어. 나는 적어도 아편의 양만은 줄여보려고 노력했어. 하지만 그것도 거의 헛수고였지. 내가 일본에 돌아오려고 결심한 것은 그때였어. 일본에는 아편굴 같은 것은 없다. 나는 빨리 그곳으로 돌아가 건전한 생활로 돌아가자. 나는 결심했어. 사토(佐藤) 군, 나는 그때 자주 아편에 취해 잠든 꿈속에서 자네의 모습을 생생히 보았다네."

"나는 하루하루 늦춰지는 내 결심을 결연히 실행하기로 했어. 그리고 이윽고 귀국길에 오르기 전 날—올바른 인생에 가까워지기 바로 전 날, 나는 그날 밤 오늘이야말로 마지막이라고 생각하면서 몇 백번이나 걸었는지 모를 그 길—보통 사람은 아마 평생 한 번도 걷지 않을 그 좁은 길을 걸어 천국의 입구보다 더 좁은 문을 열었어. 그 지하실에는 그날 밤도 마도로스인 제임스(그 사람 이름은 확실히 제임스였어)가 내가 올 것을 믿고 돈도 없이 그곳에 있더군. 나는 그에게 '이제 내일부터는 나를 믿고 이곳에 오지 말라'고 말했어. 제임스가 그 이유를 묻기에 나는 정직하게 귀국하겠다는 뜻을 밝혔지. 제임스는 너희 나라에는 이런 천국(아편굴을 말하는 것이라네)이 없어 참 안 됐다고 하더군. 나는 대답하지 않았어. 그러나 제임스는 내 귀에 대고 갈라지고 고통스럽게 쌕쌕대는 목소리로 계속해서 잠꼬대처럼 속삭이는 거였어. 그것은 마치 악마가 할 것 같은 행동이었지. 도련님 같은 상태로는 무리예요. 이 마약은 도저히 끊을 수 없어요. 만약 꼭 돌아가겠다면 적어도 항구마다 내리세요. 장소는 제가 가르쳐 드리지요. 각 항구마다 아편굴이 있는 곳을. 아니, 도련님 같은 부자는 그런 것도 필요 없어요. 그보다 손쉬운 방법은 항구에 내리면 경찰에게 얼마를 쥐어주고─그 액수는 많으면 많을수록 좋죠─하늘을 가리키며 '그게 어디지?'라고 물어보세요. 하늘을 가리키면서 말입니다. 그게 사인이니까. 잊어버리면 안 됩니다. 아니 뭐, 괜찮아요. 다른 건 잊어버려도, 정부(情婦)의 얼굴은 잊어버려도, 아편에 관한 일이라면 뭐든 평생 잊을 수 없으니까요. 도련님은 지금 그런 것은 완전히 잊을 생각이겠지만⋯⋯ 그래서 만약 그곳을 찾으면─분명히 찾게 될 테니까─ 그 집 사람에게 이렇게 말하세요. '눈구멍이 세 개인 해골'이 가르쳐줬다고. 그렇게 말하면서 그는 셔츠를 열어젖히고 어깨에 문신한 눈구멍이 세 개인 해골을 보여주더군. 제임스는 악마의 기타와 같은 목소리로 계속 말하려고 했어. 나는 너무 시끄러웠기 때문에 돈을 던져주었지. 나는 그 후 선실에서 본 환영 속에서 너무나도 평온한 달빛 아래 바다를 지나가는 악마의 배를 보았지. 눈구멍이 세 개 있는 해골 문신을 한 제임스가 그 배의 높은 돛대에 박쥐처럼 매달려서 움직이고 있었어⋯⋯"

"나는 배를 탈 때 일부러 알약으로 된 아편을 딱 3000알 가지고 탔어. 그건 나에게는 50일 동안 사용할 분량 밖에 되지 않는 양이야. 나는 배 안에서 몰래 그것을 아주 조금씩, 점점 양을 줄이면서 사용해 자네와 재회할 때는 더 이상 아편쟁이가 아니길 마음속으로 맹세했기 때문이야. 과연 그것을 실행에 옮겼는지 아닌지에 대해 캐묻지 말게나. 나는 처음에 제임스가 한 말이 진짜인지, 그렇지 않으면 헛소리인지, 아니면 돈을 뜯어내기 위해 아무렇게나 내뱉은 말인지, 그것을 확인하기 위해서라며 스스로에게 변명을 하면서, 그리고 사실 조금은 그런 의문을 풀고 싶은 호기심도 있었기 때문에, 또 고백컨대 무엇보다 내 아편이 거의 떨어졌기 때문에, 배가 카이로에 도착해 상륙하자 마음먹고 제임스가 말한 대로 해보았어. 그런데 제임스가 한 말은 모두 사실이었어. 나는 날짜고 뭐고 다 잊고 그곳의 아편굴에서 잠들었다네. 나는 배가 떠나는 시간에 늦어버렸지. 그리고 콘스탄티노플에서도 그런 좋지 못한 나날을 보냈어. 싱가포르에서도 홍콩에서도 상하이에서도…… 그런 와중에 점점 아편 양을 줄이려는 노력을 하긴 했어. 나는 절대 아편쟁이로 일본에 돌아가지 않겠다는 결심을 뒤집지 않았어. 내 도덕적 자각으로부터도, 또 그보다도 일본에는 아편굴이 없다는 것이 내 자신에게 있어 얼마나 불편할지를 생각하면서……"

"그런데 상하이에 머물고 있을 때였어. 나는 모처 아편굴의 중국인으로부터 '만약 일본에 돌아가면 나가사키 M·B초(町) 19번지의 류(劉)라는 중국인 집으로 가라'는 말을 들었어. 말할 것도 없이 그곳에도 아편굴이 있었던 거야."

여기까지 말한 그는 갑자기 말이 뭔가에 부딪힌 듯 깜짝 놀라 입을 다물었다. 나는 그저 넋을 잃고 그의 말에 빠져들어 있었다. 그의 입에서 나오는 이야기는 너무나도 어두운 사실이지만 그의 입을 통해 그것을 들을 때에는 현실적인 힘이 완전히 사라지고 그 대신 동화풍의 시를 읊는 듯한 공상과 감흥을 주었기 때문이다. 그리고 그것이 나로 하여금 그에 대한 수수께끼를 하나하나 풀게 해주었기 때문이다.

하지만 지금 와서 생각해보면 그것은 그의 생애에 대한 기괴한 이야기 중 극히 미미한 시작에 불과했다.

○ ○ ○

그는 끈기가 없어진 것이 아니었다. 오히려 광적으로 보일 정도의 열정과 감흥을 가지고 있는 듯, 다른 모든 것은 잊어버린 듯, 집을 설계하기 시작했다. 그러는 사이 그는 나에게조차 한마디도 하지 않는 날들이 이어졌다. 그 설계도를 본 전문가는 이 정도로 정밀한, 그리고 명확한, 게다가 이상한 설계도는 본 적이 없다며 깜짝 놀랐다. 반 년 사이에 그 집은 남향의 언덕 위에 지어졌다.(이것이 지금 내가 살고 있는 집이다. 크지는 않지만 매력적이고 또 정말 살기 좋은 집이다. 이것은 바로 그 당시 그가 외국에서 나에게 보낸 많은 편지들과 함께 그가 이 세상에 남기고 간 예술품의 하나이다)

"무슨 일이 있어도 아편은 끊을 것이다. 하지만 지금 당장 할 수 있는 일은 아니다. 양을 조금씩 줄여가면서 15개월 안에는 반드시 끊겠다."

그의 굳은 언질을 믿고 우리 집은 그를 위한 그만의 아편굴이 되었다. 그리고 나 자신도 지금은 '아편을 하는 사람'을 숨겨주고 있다는 비밀을 가지게 되었다. 나는 그 사실이 새어나갈까봐 하녀조차 고용할 수 없었다.

그 점에 있어 R·N은 나보다 더 용의주도했다. 그는 7개의 방 중에 2개를 자신의 방으로 사용했다. 그 중 하나는 다락방이었다. 그리고 그곳이야말로 이 비밀스러운 일을 마음대로 할 수 있는 장소였다. 그가 어떻게 그 일을 하는지, 나는 결코 보려 하지 않았다. 나는 그런 것을 본다는 사실이 두려웠다. 만약 한 번이라도 그것을 봤다가 나도 모르게 그것에 가까워져서 나 자신도 아편쟁이가 되지 말라는 법도 없다. 나는 그런 유혹에 대해 약한 면이 있었기 때문에……그래서 나는 아편에 관해서는 아무런 지식도 없다. R·N에게서 들은 것 이외에는…… 그럼에도 불구하고 나는 아편의 꿈이 얼마나 불쾌하게 R·N을 덮치고 있었는지에 관해서만은 여기에 서술할 수 있다. 한밤중에, 혹은 대낮에 3층 다락방에서 3층 바닥과 2층의 천정을 통해 집 전체로, 내 세계 전체로까지 울려 퍼지는 그의 신음 소리가 잠자고 있는, 혹은 책을 읽고 있는 나에게까지 들려왔다. 그것은 마치 죽음을 목전에 두고 있는 병자─아니 병든 짐승과 같은 끔찍함으로 나를 놀라게 하고, 괴롭히고, 탄식하게 하고, 걱정시키고, 또 솔직히 말하면 화나게 하기도 했다. 그것이 너무 오래 계속될 때에는 내 자신마저도 그 소리에 맞추어 신음소리를 내게 되었다. 사실 그런 일도 여러 차례 있었다. 어떤 날은 어떻게 해야 좋을지 몰라 결국은 그 푸른 수염 방(blue beard's room)에 뛰어 들어갈 정도로 끔찍하게 신음하고 소리 지르는 것을 들어야만 했다. 나는 그 때는 그에 대한 걱정과 스스로에 대한 분노를 같은 크기로, 그리고 동시에 느끼면서 나도 모르게 그만 좁고 가파른 사다리를 타고 다락방으로 올라갔다. 그러나 너무나 무서워서 그곳에 잠시 서 있다가 겨우 결심을 하고 그 방으로 들어가려 했다. 작은 문에는 단단히 열쇠가 걸려 있었다. 나는 비상 열쇠를 꺼냈다. 어쩌면 지금 R·N이 죽어가고 있을지도 모른다고 생각했기 때문에. 나는 문을 3분의 1정도 열고 일단 방 안을 둘러보았다. 그때는 한낮이었기 때문에 작은 창을 통해 들어오는 겨울 햇살이 어두컴컴한 방 안으로 들어와 띠 모양을 이루고 있었고, 그 빛의 자락이 안락의자에 쓰러진 채 꼼짝도 하지 않고 있는 그의 옆얼굴을 비추고 있었다. 남쪽으로 난 작은 창은 마치 감옥의 창문과 똑같았다. 게다가 R·N이 무슨 생각으로 그랬는지 모르지만 감옥의 창문과 완전히 똑같은 창살마저 설치되어 있었다. 그때문에 화려하게 방바닥을 비추는 빛에도 창살 모양이 투영되어 줄무늬를 이루고 있었다. 작은 양달에는 그가 애지중지하는 작은 새끼 고양이가 평온하게 새근새근 잠들어 있었다. 나는 그 평온한 모습이 미웠다. 나는 마음을 굳게 먹고 성큼성큼 방안으로 들어가 R·N을 불렀다. 그는 신음하면서 '무슨 일인가?'라고 물었다. 그는 부들부들 몸을 떨면서 고통스러운 표정으로 얼굴을 일그러트리며 말했다. 그런데 나에게는 그런 상태에서 보통 사람처럼 대화한다는 사실이 가장 불안하게 느껴졌다. 나는 손을 뻗어 그를 흔들어 깨웠다. 이 동작으로 그는 처음으로 눈을 떴지만 어린 아이가 모르는 사람을 처음 볼 때의 눈빛으로 나를 아래위로 훑어보았다.

"오, 사토!"

갑자기 이렇게 소리친 그는 비척대며 안락의자 위에서 일어나 앉았다. 그리고 내 몸을 껴안고 하염없이 우는 것이었다. 가엾게도 내 친구는 이렇게 머리가 망가져 미쳐가고 있었다. 틀림없다. 그때 나는 이렇게 생각했다. 그리고 나는 결국 센티멘털한 기분이 되어 결국 눈물을 쏟았다.

하지만 그것은 그가 극도로 나쁜 상태일 때이고, 이런 상태는 일주일에 2번, 많으면 3번 정도 밖에 없었다―신음하며 소리를 지르는 것은 말이다. 이렇게 다행히도 그가 사용하는 아편의 양은 조금씩 줄어들고 있는 것처럼 보였다. 평온한 날도(그가 아편 양을 어떻게 조절하는지 나는 모른다) 열흘에 한 번쯤은 찾아왔다. 그런 날에는 그의 동화 같은 공상과 끝없이 웅장하고 화려한 견문담, 혹은 실로 기묘한 이야기를 기묘하게 구성한―그러면서도 동감할 수밖에 없게 만드는― 기론(奇論)을 들려주어 나를 현혹시켰다. 사실 그의 의견은 전부 다 이상했다. 게다가 자신에게 있어 그것들은 아주 평범한 보통의 견해로밖에 생각되지 않는 것 같았다. 일례를 들자면 활동사진에 관해서이다. 그는 활동사진에 대해 '예술의 가장 새롭고 멋진 한 양식이다, 그리고 과학이 예술에 직접 기여한 유일한 것이다, 그것은 백일몽의 환희를 가장 확실하게 실현시켰다, 우리에게 하나의 별세계를 계시하고 전개했다'라고 단언했다. '그것은 저속한, 그로테스크한 그리고 환상적인, 현대인만이 알 수 있는 아름다움이다'라고 했다. 그는 장황하게 나에게 그 이유를 설명해주었다. 그것은 아무 것도 틀린 점이 없는 입론(立論)으로, 마치 한 편의 산문시와 같은 논리로 나를 기쁘게 했다.(나는 적어도 이것만이라도 여기에 써보고 싶다. 그러나 이 원고의 지면과 마감일 때문에 다른 이야기는 할 수 없음을 유감스럽게 생각한다. 그러나 언젠가 기회를 얻어 그가 나에게 들려준 이야기 중에 나를 감탄시켰던 이야기를 그 대신 내가 쓸 것을 약속하는 바이다) 그는 이런 논의뿐만 아니라 실생활에 있어서도 이상하게 활동사진을 애호하고 있었다. 아이들이 좋아하는 것 이상으로 좋아하고 있었다. 그는 '활동사진은 아편의 꿈속에서 볼 수 있는 아주 평범한 것과 비슷하다, 나는 아편쟁이 초기에는 그 정도의 것을 자주 보았다, 그것은 나에게 있어서는 그립기도 하고 슬프기도 하다'고 했다. 그래서 한 달에 한 번 정도 겨우 그가 외출할 수 있는 날에는 어김없이 나와 나의 처를 아사쿠사(浅草)에 데리고 가는 것이었다. 나의 아내는 이 반미치광이와 함께 길을 걷는 것을, 아니 함께 살고 있는 것을 아주 싫어하는 것 같았다. 게다가 나에게도 그런 말을 하는 것을 꺼리고 있었다. 나도 그 사실을 잘 알고 있다. 그리고 그러는 것이 무리도 아니다. 때문에 그가 외출하겠다는 말을 꺼낼 때에는, 비록 그 날이 내게 아무리 바쁜 날이라 하더라도 언제나 그와 함께 외출을 했다. 그 것이 이 친구에 대한 나의 의무이며 동시에 내 아내에 대한 의무이기도 했다.

어느 날이었다. 나는 또 다시 그와 함께 아사쿠사의 활동사진을 보러가지 않으면 안 되었다. 나는 그가 선택한 대로 D관에서 상영하는 『여도둑 로자리오』라는 활동사진을 보기로 했다. 생각해보니 그 날은 일요일이었기 때문에 우리는 전차 안에서도 만원 인파에 시달렸다. 『여도둑 로자리오』라는 작품은(본 사람이 있을지도 모르지만) 미국 그린플랙(green flag)사의 걸작이라고 하는데, 제목처럼 여도둑을 두목으로 한 해적들이 나오는 탐정물로, 줄거리가 그다지 특별하지는 않았지만 촬영 기법이 꽤나 회화적이면서도 맑고 산뜻한 면이 있었다. 그리고 변사의 설명에 의하면 여도둑 역의 모 여배우는 '당시 미국에서 뱀파이어 여배우의 권위자'라고 하는데, 역시나 꽤 매력적이었다. 그 중에서도 남장을 한 것 같이 승마복 차림으로 나오는 부분이 특히 좋았다. R·N은 활동사진이 시작되자마자ー그 녹색 깃발이 바람에 펄럭펄럭 휘날리는 그린플랙사의 마크를 볼 때부터 벌써 백주의 환상을 즐기는 사람처럼 장소도, 시간도, 옆에 내가 있다는 것도, 많은 인파에 시달리고 있다는 사실조차 잊은 듯, 황홀하게 화면을 바라보고 있는 것이었다. 그 너무나도 폐인처럼 기뻐하는 표정이 오히려 나를 슬프게 만들었다ー비단 이 때뿐만이 아니라 활동사진을 볼 때면 언제나 그랬지만 말이다. 화면은 거침없이 전개되어 갔다. 마침 여도둑 로자리오가 부하 운전수인 존슨이라는 남자와 어느 술집 한 구석에서 어떤 계략에 대해 귀엣말을 하고 있을 때였다. 화면은 그의 표정을 보여주기 위해 얼굴을 클로즈업하고 있었다. 처음에는 로자리오의 얼굴밖에 보이지 않았다. 로자리오는 강한 역광을 받으며 겉으로는 너무나도 가련하고 고귀하며 젊은 귀부인과 같은 얼굴을 우리의 눈앞에 드러냈다. 그러고는 희고 고운 치아를 드러내며 방긋 웃는다. 그 얼굴은 정말로 요염했다. 로자리오의 명령을 알아들은 존슨이 고개를 크게 끄덕이며 웃는 얼굴을 불쑥 관객 쪽으로 돌렸다……

"오!"

갑자기 낮고도 날카로운 외침과 함께 나는 그가 내 팔을 움켜쥐는 것을 느끼고 깜짝 놀랐다.

"어이, 무슨 일이야?"

나는 심장 박동이 빨라졌고 그 어둠 속에서 내 팔을 너무나 세게 움켜 쥔 R·N을 응시했다. 사람이 너무 많고 초봄이라 R·N이 완전히 미쳤다고 생각하면서……

"아냐, 아무 것도 아니야. 아무 것도 아니야."

이렇게 말하면서 내 팔뚝을 놓자마자 그는 손으로 이마의 땀을 닦았다. 그렇게 더울 리가 없는데 말이다. 나는 그의 두 번째 목소리가 의외로 침착했기 때문에 조금은 안심했다. 나는 이제 돌아가자고 했지만 그는 대답을 하려고도 하지 않았다. 그는 다시 열심히, 하지만 이전처럼 넋을 잃고 보는 것이 아니라 예리한 눈빛을 빛내며 화면을 응시했다. 로자리오 도적단은 항상 절대로 손에서 장갑을 벗는 일이 없었다. 하지만 어느 샌가 운전수 존슨의 장갑이 해져 있었다. 직업의 특성상 손가락의 감각이 어느 정도 무뎌져 있는 존슨은 그 사실을 조금도 눈치 채지 못했다. 그래서 어느 범죄 장소에 무심코 지문을 남기고 왔다. 그 지문이 다시 클로즈업되고 마치 현미경 아래 있는 세균 같은 것처럼 확대되어 관객들의 눈앞에 나타났다. 정말이지 으스스한 기분이 들 정도였다.

"좋아! 이제 돌아가자."

R·N은 이렇게 외치면서 다시 내 팔을 잡더니 꽉 힘을 주고 북적대는 관객들을 헤치고 나를 밖으로 데려 나가려 했다.

"아, R·N이 드디어 정말 미쳤구나."

나는 마음속으로 이렇게 중얼거리며 그가 하는 대로 밖으로 나왔다. 처음에 나는 그가 나를 어떻게 할 생각이라고 생각했다. 그러나 딱히 그럴 기색도 없다. 밖으로 나와 밝은 데서 보니 R·N은 피곤한 얼굴에 뭔가 엷은 미소마저 띠고 있었다. 그러나 그는 한 마디도 하지 않고 나와 나란히 길을 걸었다. 그리고 나란히 전차를 탔다. 그 후 그가 다시 입을 연 것은 내가 스다초(須田町)에서 그에게 환승을 하자고 했을 때였다. 그는 내가 일어나도 여전히 자리에 앉은 채 '나는 마루젠(丸善)*까지 갈 생각이다'라고 말했다. 나는 이 광인을 어찌할 도리가 없었다. 그래서 나도 그를 따라 마루젠까지 갈 수밖에 없었다. 마루젠에 도착하기를 애타게 기다리던 그는 일어섰다. 그리고 마루젠 바로 앞에서 전차에서 내렸다. 그는 마루젠의 U자 모양 계단을 뛰듯이 급하게 올라갔다.

"불어나 영어로 된 책 중에 지문 연구의 권위서라 할 책이 있는가?"

그는 서점 점원을 향해 이렇게 물었다. 그러자 점원은 영어로 된 것이 있긴 하지만 독일어라면 더 좋은 책이 있다고 대답했다. R·N은 그럼 영어로 된 것이건 독일어로 된 것이건 그와 관련된

---

* 1869년 창업한 일본의 서점. 니혼바시에 첫 점포를 열었다.

것은 모두 사겠다고 했다. 꽤나 두꺼운 책이 2, 3권이나 있는데도 불구하고 R·N은 그것만으로는 만족하지 못하는 듯, 그에 관한 다른 연구서 목록을 빠짐없이 조사하게 하고 가능한 빨리 모든 책을 주문해 달라고 의뢰했다. 그 외에 독일어 연구에 필요한 서적, 즉 문법서니 사전 같은 책에 지문에 관한 서적 7, 8권까지 더해 쌓으면 높이가 거의 1m가 될 정도로 많은 책을 구입했다. 그 중에서 영어로 된 한 권은 자신의 주머니에 넣고 나머지는 가능한 빨리 배달해 달라고 하면서 그는 우리 집 주소와 내 이름을 적어 주었다.(이 때뿐만이 아니라 뭔가 이름을 댈 일이 있으면 그는 대부분 내 이름을 대고 있었던 듯하다. 미국 로스앤젤레스에서 발행된 주간 활동사진 잡지도 내 이름으로 그에게 배달되고 있었으니 말이다. 이런 연유로, 만약 마루젠의 점원 여러분 중 누군가가 이 글을 읽을 기회가 있다면, 미리 말해두건대 그때 기묘한, 읽는 사람이 그다지 많지 않은 책을 그렇게 잔뜩 사 들인 특이한 연구자이자, 또한 특이한 구매자는 실은 내가 아니었다. 그 이후 지금까지도 마루젠에서는 내 앞으로 잡지 『가쿠토(學鐙)』을 보내고 있기 때문에 이 기회를 빌어 여기에 써두는 바이다) 이 이상하고도 열정적인 지문 연구자는 말할 필요도 없이 R·N이다. 그는 마루젠을 나와 전차를 타자마자 주머니에 넣어 두었던 책을 꺼내 탐독하기 시작했다.

그 후 2, 3개월 간, 불행한 광기의 내 친구는 무엇 때문인지 다시 집을 설계할 때와 같은—아니, 그보다 몇 배는 더 광기에 찬— 집중력으로 완전히 지문 연구에 몰두하고 있었다. 그 중에서도 나를 가장 놀라게 한 것은 그가 독일어 서적을 읽기 위해 일부러 독일어를 공부하기 시작했다는 사실이다. 게다가 그 결과가 실로 초자연적인 것을 보고 나는 다시 한 번 놀라움을 금치 못했다. 아무리 영어와 불어라는 2개 국어를 일찍이 마스터했다고는 해도 이 광기의 R·N은 20일 남짓한 새에 독일어로 된 책을 충분히 자유롭게 읽어냈기 때문이다. 과장해서 말하자면 어학적 재능이 전혀 없는 나는 그 사도행전 속의 기적—하느님이 승천한 후 사방에 전도한 그의 제자들이 그 땅에 도착하자마자 곧 이방의 언어를 습득했다는 기적—을 눈앞에서 보고 있는 것 같은 생각마저 들었다. 그가 독서를 하는 동안 애지중지하는 고양이가 그의 책 앞에 앉아 자신의 주인과 함께 책을 바라보고 있는 광경을 나는 자주 볼 수 있었다.

나는 아내에게도 절대 이 불행한 내 친구의 기분을 거스르지 않도록 앞으로도 더욱 주의하라고 일러두었다.

○ ○ ○

어느 날 갑자기 이 지문 연구가는 함께 나가사키에 가자고 나를 성가시게 했다. '이번에는 아편 때문이 아니다, 부디 함께 가주었으면 한다'고 했다. 벌써 초가을에 접어들고 있었다. 나는 이과회(二科會)* 전람회에 출품할지도 모른다는 마음으로 그리고 있던 그림을 포기하는 한이 있더라도 역시 이 광기의 친구와 동행하지 않으면 마음이 놓이지 않았다. 날씨 때문인지, 아니 그

---

* 일본의 대표적인 미술가 단체

보다도 시문 연구에 몰두한 후 신기하게도 아편을 사용하거나 신음을 하지 않게 된 그는 이 무렵에는 꽤나 활기를 되찾았지만 나로서는 아직 그를 혼자 보낼 수는 없었다. 나는 그와 동행했다. R·N은 늘 그렇듯이 기차 안에서도 답답하게 입을 꾹 다물고 그 대신 자신의 손가락으로 끊임없이 눈앞의 허공에 글자를 쓰고 있었다. 처음에 나는 그것을 무슨 무늬라고 생각했다. 그러나 주의해서 보니 그것은 다음과 같았다.

If If If If
If If If If
If If If If

이렇게 같은 글자를 몇 번이고 쓰고 있는 것이었다. 같은 동작이 몇 시간이나 계속되는 사이 그 단어가 뭔가 다른 글자로 바뀐 것 같았다. 동행자가 있지만 말할 대상이 없는 기차 안에서 나는 그런 것이라도 관찰하는 것 외에는 달리 방도가 없었다. 처음에는 무슨 글자인지 전혀 알 수가 없었다. 여하튼 굉장히 빠른 속도로 허공에 글자를 쓰고 있었기 때문에, 게다가 나에게는 익숙하지 않은 언어였기 때문에. 하지만 조금씩 읽을 수 있게 되었다. 결코 내 관찰력을 자랑하는 것이 아니다. 오히려 그런 문자들이 얼마나 여러 번 반복되어 쓰였나 하는 사실을 나타낼 뿐이다. 허공의 문자는 수백 마일을 다음과 같이 달려갔다.

Provided that there are two finger patterns quite similar……

그 다음은 도저히 알 수가 없다. '만약 동일한 지문이 두 개가 존재한다면?' 이것 봐라, 여태 지문에 관한 생각이다. 도대체 R·N은 무엇을 생각하고 있는 걸까? 그러는 사이 그의 생각이 나에게까지 옮아왔다.

Provided that there are two finger patterns quite similar……

나는 중얼거렸다. 이 말이 입에 붙어 나를 곤란하게 만든다. 히로시마를 지났을 무렵 나는 결국 소리 내어 말했다.

Provided that there are two finger patterns quite similar……

R·N은 귀 밝게 그 말을 들었지만 딱히 놀란 기색도 없이 곧바로 일본어로 대답했다. 아주 근심스럽게.

"그렇고말고. 하지만 실제로는 단 하나 뿐이야. 그게 문제의 핵심이지."

R·N의 의지대로 결코 도중하차 따위는 하지 않았다. 시모노세키(下関)에 와서도 연락선을 기다리는 동안 단 2, 3시간 동안만 휴식을 취한 뒤 그를 따라 바로 나가사키까지 가야만 했다. 우리는 도쿄를 떠난 지 3일째 아침에 나가사키 정류장에 도착했다. 그는 나에게 주위를 둘러볼 여유조차 주지 않고 성큼성큼 걸

기 시작했다. 마루젠 2층으로 뛰어 올라가던 때와 비슷한 빠르기였다. 정류장을 나오자 눈앞에 펼쳐져 있는 해안을 따라 길 한쪽에만 집이 늘어서 있는 마을이 나왔다. 우리는 그 마을의 큰길을 일직선으로 걸어 남쪽으로 향했다. 그리고 무려 5, 6초(町, 약 500~600m), 혹은 그 이상을 걸었을 때, 그는 계속해서 앞만 보며 걷고 있던 발걸음을 조금 멈칫하며 '이쪽으로 꺾지. 그러는 게 좋겠어'라고 혼잣말처럼, 그리고 나에게 상담을 하는 것처럼 말하면서 직각으로 방향을 틀었다. 그 길은 폭 3겐(間, 약 5.4m) 정도의 수로를 따라 나 있었다. 그리하여 눈앞에는 시원스레 높은 산이 우뚝 솟아 있고, 산허리에는 절의 문 같은 것도 보였다. 태양은 그 산보다 조금 높은 곳에 떠 있었다. 뱃고동 소리가 들려온다. 간간이 통학을 하는 듯한 아이들이 보이는 그 길을 또 다시 2초(약 200m)정도 걸어가니 이번에는 낡고 비교적 둥근 아치를 이루고 있는 돌다리—네모난 돌난간도 설치되어 있는 돌다리가 나타났다. 그 다리를 건너면서 뒤를 돌아보니 높고 검게 솟아 있는 교회당 탑의 유리창이 눈부시게 반짝이고 있었다. 그리고 다리 아래를 내려다보니 아직 푸른, 도저히 먹을 수 없을 것 같은 귤이 바로 그곳에 던져져 있는 것처럼 싱싱하게, 때마침 들어오는 밀물에 씻겨 선명한 색을 띄고 있었다. 다시 한 번 남쪽으로 방향을 튼 우리는 숫돌과 같은 자연석을 울퉁불퉁하게 쌓아놓은, 좁고 불규칙하게 구부러진 길을 걸었다. 오른 쪽에는 처마에 새장을 매달아놓은 집이 있었다. 새는 지저귀고 있었다. 길은 조금씩 험해졌다. 점점 급격하게 험해졌다. 나가사키의 오래된 시가지인 듯, 집들은 작고 꾀죄죄했지만 정취가 있는 마을이었다. 그 험한 길을 다 올라간 나는 허리를 쭉 펴며 일어나 주머니에서 꺼낸 담배에 불을 붙였다. 집과 집 사이로 항구와 그것을 품고 있는 곳의 일부가 3초(약 300m) 정도 보였다. 역시 그도 조금은 피곤한지, 그곳에서는 R·N도 나와 함께 발걸음을 멈췄다. 그러나 또 다시 나보다 먼저 걸어 나가기 시작했다. 산중턱에 반원 모양으로 나 있는 돌계단 길을 걸어 산 옆으로 나오자 머리 위의 태양이 우리 얼굴 위로 쏟아졌다. 양 옆의 집들은 지금까지 본 것 중에 가장 더러웠고, 주택가인데도 길은 시가지라고 생각할 수 없을 정도로 야만스러운 경사를 이루고 있어 우리는 미끄러지듯 내려갔다. 공장에서 철판을 두드리는 소리가 마을 전체에 울리고 있었는데 그 소리가 수면부족인 내 머리를 쾅쾅 두드리는 것 같았다. 길은 완전히 편평해졌다. R·N이 나에게 무슨 말인가 했지만 이번에는 내가 대답하고 싶지 않았다. 작은 중국 요리점이 늘어선 곳까지 왔다. 대여섯 채 건너 한 채마다 중국집이었다. R·N은 약간 자신이 없는 듯 왼쪽으로 꺾어 다시 5, 6초(약 500~600m)를 걸었다.

다시 왼쪽으로 꺾었다. 그리고 오른 쪽으로 꺾었다. 길은 지금까지와 마찬가지로 역시 돌계단이 있는, 하지만 지금까지의 돌계단보다 훨씬 더 좁아서 겨우 1겐(약 1.8m) 정도 되는 길이었다. 길이 6, 7m 정도 일직선으로, 길이라기보다는 마치 깊은 도랑 같은 느낌으로 어둡게 이어져 있었다. 그 다음부터는 잘 기억이 나지 않았다. 내 부주의와 너무나 복잡한 길 때문에. 우리는 드디어 어느 집 앞에 섰다.

"음, 빈 집이 되었군."

R·N은 이렇게 말하면서 빈 집 옆의 어떤 집으로 들어갔다. 그곳은 바(bar)였다. 지금 막 일어난 모습의 주근깨가 있는 30대 여자가 청소를 마치고 먼지가 가라앉은 방에 서 있었다. 그 여자는 외국인이다. 하지만 나는 어느 나라 사람인지 알 수 없었다. 그저 영어로 차를 주문한 R·N의 말에 따라 우리에게 홍차를 가져다주었다. 차를 가지고 온 여자에게 R·N은 뭔가 간단한, 나는 알지 못하는 말을 했다. 여자도 마찬가지로 나는 알지 못하는 말을 했다―둘 다 영어이긴 했지만. 아마 내 육감으로 두 사람은 그다지 고상하지 않은 농담이라도 주고받았던 것 같다. 여자는 말을 하면서 우리 옆에 있는 의자에 앉았다. 그리고 탁상 위에 팔꿈치를 괴고서 자기 주먹 위에 이중 턱을 올려놓았다. R·N은 그 모습을 보면서 주머니에서 담배 케이스를 꺼냈다. 그리고 나무 탁자 위로 가루타*를 치는 사람과 같은 손동작으로 그것을 여자 앞으로 던졌다. 그러면서 R·N은 말하기 시작했다. 여자가 대답한다. 여자 쪽은 쓸데없이 많은 말을 한다. 나는 거의 알아들을 수가 없다. 말이 빠르기도 했고 모두 속어인 것 같았기 때문에. 그러나 알아들을 수 있는 말이 없는 것은 아니었다. 예를 들면 이런 대화이다.

"이 옆에 있는 빈 집은 세놓는 집인가?"

* 일본에서 정초에 가족끼리 즐기는 카드놀이의 일종

"그래요. 하지만 저런 집을 빌려서 어쩌시려고요?"

"너랑 똑같은 가게를 열어 경쟁해보려고…… 어쨌든 세놓는 집이란 말이지?"

"그렇긴 한데…… 하지만 빌리려고 하는 사람도 없을뿐더러 빌린다고 해도 살 수가 없어요."

"왜? 어쩌다가 저렇게까지 황폐해진 거지?"

"아뇨, 저 집은 황폐해진 것 이상이에요. 저 집에서는 귀신이 나온다고요!"

"귀신이라고? 난 그런 바보 같은 거 안 믿어."

"밤에 저 집 천정에서 피가 떨어지는 것을 본 사람도 있어요. 피가 뚝뚝 떨어지는 소리는 저 집에 살았던 모든 사람들, 다섯 가족─적어도 스무 명─이 모두 들었대요. 그 사람들이 말하는 것을 직접 들었다고요. 그들 모두 일주일 이상을 넘기지 못했어요. 지금은 이 근처에서 저 집에 대해 모르는 사람은 아무도 없어요."

"지금 저 집 주인은 누구야? 어디 사는 누구야?"

"집주인은 몰라요. 하지만 일본인 이발소에 가면 알 수 있을 거예요."

무슨 말인가를 하면서 R·N은 일어섰다. 주머니에서 50전짜리 은화를 꺼낸 R·N은 그것을 나무 탁자 위에 던졌다. 동전은 위로 튀어 올랐다가 바닥으로 굴러 떨어졌다. 그는 떨어진 은화 대신 또 하나의 은화를 꺼냈다. 여자는 애교 있는 웃음을 지으며 두 개의 동전을 집는다. R·N은 옆에 있던 내 존재도 잊은 듯, 총

총걸음으로 혼자 가게를 나갔다.

"흥, 피가 떨어져? 피가 떨어진다고?"

이렇게 혼잣말을 하면서 그 가게와 조금 전의 빈 집(아마 전에는 아편굴이 아니었을까?) 사이로 나 있는 폭 4척(약 120cm) 정도의, 겨우 한 사람이 지나갈 수 있을 정도의 좁은 길로 들어갔다. 그 길을 빠져 나오자 거기에는 수로가 있었고, 빈 집과 바의 뒷벽 사이에 1m가 조금 넘는 공터가 남아 있었다. 그리고 길의 출구와 거의 일직선으로 역시 폭 4척(약 120cm) 정도 되는 조잡한 나무다리가 있다. 길의 출구와 다리 사이의 공터에 도착하자 R·N은 갑자기 그곳에 멈춰 섰다.

"무슨 일이야? 왜 이런 데서 멈추는 거야?"

"흠…… 여기일지도 몰라. 흠……"

그는 이렇게 말했다. 하지만 나에게 하는 말이 아니다. 그 자신에게 하는 혼잣말인 것이다. 그리고 지저분한 바에서 나온 후 처음으로 내 존재를 알아차린 듯이 나에게 다음과 같은 말을 했다.

"자네, 여기를 기억해주겠나?"

이렇게 말한 그는 자신이 서 있는 곳을 자신의 구두로 가리켰다. 그리고 두세 발자국 뒷걸음질 쳐 양산 끝으로 땅 위에 지면을 애무하듯이 가만히 ×표시를 했다. 그러고는 다리 쪽으로 걷기 시작했다. '흙은 네 위에서 가벼워지리라'*라고 중얼거리면서. 원체 이 남자가 하는 행동은 모두 알 수 없는 것들뿐이다. 하

---

* 영미권에서 조의를 표할 때에 사용하는 말이다.

지만 그 중에서도 최근 1년 간 이때의 행동이나 표정만큼 불가사의한 것은 없었다. 나는 거기에는 뭔가 깊은 뜻이 있을 것 같다고 생각했다. 하지만 곧 그 생각을 취소했다. 어차피 미친 사람이 하는 일이니 말이다. 그리고 내 자신에 대해 말하자면 나는 잠과 휴식이 부족한 여행 때문에 결국 신경쇠약 상태가 되어버렸다. 만약 이런 날이 열흘이나 계속된다면 나도 틀림없이 R·N과 똑같아질 것이다.

R·N은 바로 그 '일본인 이발소'를 찾아냈다. 그는 나에게 통역을 하라고 하고 나를 통해 그 이발소에 자신의 생각을 전달했다.

"저 수로 너머에 있는 귀신이 나오는 집을 자네가 관리하고 있나? 그렇다면 나는 그런 소문은 조금도 개의치 않으니 그 집을 빌릴지도 모른다. 귀찮겠지만 내부를 좀 보여주게."

무뚝뚝한 이발사의 무뚝뚝한 부인은 우리가 지금 막 지나 온 길로 안내해 5, 6개의 열쇠를 절그렁 절그렁거리며 앞에서 걸어갔다. 그리하여 다시 좁은 나무다리를 건너 ×표시가 된 곳을 지나 그 빈 집의 뒷문을 열고 우리를 먼저 들여보낸 그녀는 우리의 호기심이 성가시다는 표정으로 문 앞에 서 있었다. 어두컴컴한 집 안에서는 곰팡이 냄새가 났다. 어디선가 귀뚜라미가 울고 있었다. 지금 우리가 들어온 문을 통해 들어오는 빛에 의지해 R·N은 창문을 하나 열었다. 금색으로 빛나는 햇빛이 즐거운 듯이 방 안으로 들어왔다. 나는 언젠가 우리 집에서 R·N의 푸른 수염 방을 들여다 본 것이 생각났다. 그리고 내 머릿속은 빨리 집에 돌아가, 아니 집에 돌아가지 않는다고 해도 푹 자고 싶은 욕망으로 가득했다. R·N은 내 생각에는 아랑곳하지 않고 열심히 주위를 둘러보고 있다. 집의 겉면은 낡은 벽돌로 되어 있었고 내부는 대부분 목조였다. 그리고 대부분이 낡은 벽돌을 쌓아올린 봉당이다.

"자네, 여기를 잘 기억해 두게나. 굳이 자네를 여기까지 데리고 온 것은 이 집을 보여주고 싶었기 때문이야."

R·N은 내 귓가에 대고 이렇게 속삭였다.

"봐. 천정(손으로 가리키며)은 낡았어. 그에 비해 바닥(내려다보며)은 아주 새 거야. 이 집은 3, 4년 전에 손을 봤다는 거지. 내가 자네 집에 숨겨달라고 찾아갔을 무렵이야."

이렇게 말하면서 그는 나를 집의 한 구석으로, 지금은 부엌이되어 있는 곳으로 데려갔다.

"있지, 예전에는 여기가 입구였어. 움막의 입구. 그러니까 잘봐 두게."

그는 자신의 양산 끝으로 바닥을 탕탕 두드렸다. 그리고 2척(약 60cm) 정도 떨어진 다른 두 곳을 두드리며 소리를 비교했다.

"어때? 이것 보라고. 조금 주의를 기울이면 소리가 다르다는 것을 알 수 있을 거야."

솔직하게 말하면 나는 소리가 다른 것을 느끼지 못했다. 그는 곧 내 생각을 간파한 듯 '자네는 아직 잘 모르는 것 같지만 말이야'라고 말하면서 개수대가 있는 곳까지 걸어갔다. 그 개수대라는 것은 두 면은 집의 벽을 이용하고, 다른 두 면은 역시 낡은 벽돌을 쌓아올려 그 위에 나무판자를 몇 장 깐 것이었다. 그것은 새로(즉, R·N에 의하면 4년 전에) 만들어진 것처럼 보였고 나무판자는 엉망으로 덮여 있었다. 또 거주하는 사람이 없어 물을 사용하지 않기 때문에 판자와 판자 사이에 틈이 생겨 있었다. R·N은 예리하게 그것을 본 것 같았다. 뭘 하나 했더니 그는 비단실로 되어 있는 장갑 한 쪽을 꺼내더니 그것을 물어뜯어 실이 풀리게 만들었다. 장갑은 줄줄 풀려 금세 1겐(약 1.8m) 이상의 실이 되었다.

'저걸 어떻게 하려는 거지?'

좀 더 보고 있자니 그는 시계 줄에 달려 있던 금으로 된 메달을 꺼냈다. 그것을 떼내더니 좀 전의 실 끝에 메달을 매달아 개수대의 판자 틈 사이로 떨어뜨렸다. 개수대의 판자 위에 있던 실 뭉치는 메달의 무게 때문에 스르르 미끄러지며 점점 아래쪽으로 내려갔다. 그는 자신이 해낸 착상에 아주 만족한 듯이 내 얼굴을 보며 회심의 웃음을 지었다. 사실 그때 나도 그만 소리를 지르고 말았다.

"역시! 꽤 깊군. 이 바닥은……"

그때 마침, 다른 곳에 가 있을 거라고 생각했던 이발사의 아내가 다소 의아스러워 하는 커다란 목소리로 문밖에서 안을 들여다보며 소리쳤다.

"아직도 보고 계신가요?"

그 목소리가 묘하게 음산하게 집 안에 울려 퍼졌다. R·N은 여전히 조금 전과 같은 미소를 띤 채 나에게 속삭였다.

"저 여자에게 1엔(円)을 주게. 그리고 적당한 말로 둘러대 1, 2분 간만 양해를 구해주게. 나도 곧 나갈 거야."

나는 그가 말한 대로 했다. 여자는 물러나면서 그 돈을 받았다. R·N도 곧 나왔다. 여자는 우리에게 너무 무뚝뚝했다는 것을 알아차린 듯 나에게는 익숙지 않은 나가사키 지방의 사투리로 '역시 저런 집은 빌리지 않는 것이 좋다. 저 집에서 일어난 이상한 일―호기심 많은 사람들이 시험 삼아 저 집에 머물 때에는 절대 아무 일도 일어나지 않는데, 사람이 살려고만 하면 괴기스러운 일, 즉 밤 9시에서 2시경까지 매일 밤 천정에서 피가 떨어지는 소리가 난다'는 등의 이야기를 했다. R·N이 새삼스러운 듯이 매우 주의 깊은, 그리고 어두운 표정으로 그 이야기를 경청하고 있는 모습은 상당히 눈에 띄어 나도 알아차릴 수 있을 정도였다. 우리는 곧 이발사의 아내와 헤어졌다. 그때 R·N이 자못 걱정스러운 듯 말했다.

"이봐, 너무 급히 실을 끌어올렸더니 메달이 실에서 떨어졌어. 바닥으로 떨어져버렸네. 어쩌면 좋지?"

"그렇게 아까운 거야?"

"아니, 메달 따위는 상관없어. 하지만 그런 게 떨어져 있으면 위험해. 꼬리를 밟히거든."

"뭐라고?"

그는 내 질문에는 대답조차 하려하지 않았다. 그리고 손을 들어 손님을 기다리고 있던 인력거를 불렀다. 인력거꾼은 R·N을 보자 이상한 영어로 'Where?'라고 물었다.(무리도 아니다. 원체 외국인 같은 얼굴에 오랫동안 외국 생활을 했기 때문에 R·N의 풍채는 일본인보다 외국인에 가까웠다) R·N은 '스테이션'이라고 대답했다. 우리가 탄 인력거는 도쿄의 니혼바시(日本橋) 뒷길의 어딘가, 혹은 시타야(下谷)의 어딘가와 닮은 구석이 있는 길을 지나갔다…… 너무 피곤했기 때문에 나는 차에서 졸고 있었던 것 같다. 인력거가 뒤로 젖혀졌기 때문에 나는 그제서야 눈을 떴다. 우리는 벌써 '스테이션'에 와 있었다. 인력거꾼이 R·N에게 'Where?'라고 물었을 때 '스테이션'이라고 대답한 것을 듣고 나는 그가 역 근처에 숙소를 잡으려는 생각이라고 믿고 있었다. 그런데 그렇지 않은 것 같았다. 그가 '3시 15분에도 기차가 있다'는 말을 하고 있는 것을 보고 나는 깜짝 놀랐다.

"이봐, 자네, 하룻밤 정도는 어디서 묵는 것이 좋지 않을까? 나는 모처럼 온 곳이니 좀 구경도 하고 싶어. 그리고 무엇보다 너무나 피곤해. 지금도 인력거에서 졸았을 정도야."

"그건 그렇겠지. 하지만 잠은 하카타(博多)나 모지(門司), 히로시마나 오사카나 교토에서 자도록 하지. 아니, 차라리 그냥 도쿄에 돌아가서 푹 자자고. 가능한 나가사키에서 멀어지는 게 좋아. 사실 내게 나가사키는 너무 나쁜 기억이 깃들어 있는 곳이거든. 좀 봐줘."

R·N은 이렇게 말한다. 그리고 그는 주머니 속을 뒤지면서 말했다.

"맞아. 잊고 있었네. 나도 꽤 피곤했나봐. 이걸 보내야 하는데……"

그는 외국으로 보낼 두 통의 편지를 가지고 있었다. 미리 준비해둔 것 같았다.

"이 편지야말로 내 운명을 정해줄 것들이야."

새삼스럽지만 나로서는 도대체 모를 일투성이다. 이 폭군과도 같은, 미치광이와도 같은, 또 너무나 바쁜 탐정과도 같은 친구 덕분에 나는 결국 나가사키 구경도 하지 못한 채 잠도 자지 못한 채─아침과 점심은 정류장 식당에서 먹었지만─3시 15분 기차를 타야만 했다. 기차를 타자 머릿속이 한층 더 혼란스럽다. 기차가 출발하자 기차바퀴 소리와 함께 올 때 기차 안에서 외웠던 그 기묘한 문구가 떠올랐다. 그 말이 입에서 맴돌아 나를 괴롭히기 시작했다.

Provided that there are two finger patterns quite similar……
Provided that there are two finger patterns quite similar……
Provided that…… Provided that…… that…… there are(몇 백번
이나 더 되뇌었다)

R·N, 이 나쁜 놈! 나까지 미치광이로 만들 셈인가?

○ ○ ○

그답지 않게 갑자기 내 방에 들어온 그의 손에는 반으로 접은 잡지인지 뭔지가 들려 있었다. 그것은 어느 날의 해질 무렵이었다. 그는 손에 들고 있던 것을 내 눈 앞에 들이밀며 어느 때보다 활기차게 말했다.

"이걸 봐! 이걸 보라고!"

사실 나는 그 무렵에는 그에 대한 걱정이나 불안을 넘어 오히려 그의 일거수일투족에 호기심을 느끼기 시작했다. 때문에 그가 하라는 대로 그것을 손에 들고 읽었다. 뭐야? 또 그 활동사진 잡지야? 거기에는 붉은 잉크로 밑줄을 친, 15, 6줄 정도 되는 부분이 있었다. 밑줄을 친 지 얼마 되지 않은 듯 붉은 색이 선명했는데, 해석하면 대충 다음과 같은 내용이었다.

윌리엄 윌슨 씨, 그린플랙 사의 전속 배우로서 『XYZ』를 시작으로, 『여도둑 로자리오』『기차 도둑』 등의 활동사진에 출연했으며 단역이라고는 해도 강호(江湖)의 활동사진 애호가들에게 심오한 예풍을 인정받아 엄청나게 장래를 촉망받던 윌리엄 윌슨 씨는 10월 27일, 갑자기 행방불명이 되었다. 그 원인은 전혀 알 수 없지만, 그는 원래 영국풍 이름을 가졌음에도 불구하고 독일인과 같은 풍채를 가지고 있음으로 판단해볼 때, 때가 때인 만큼 독일 측 스파이인 사실이 발각될 것을 염려하여 이런 수상한 행동을 한 것이 아닐까 한다. 그건 그렇고 우리는 활동사진 애호가의 입장에서 이 유망한 젊은 배우가 갑자기 우리 눈앞에서 사라진 것을 너무나 아쉬워하는 바이다.

그 사이 내 눈동자의 움직임을 가만히 응시하고 있던 R·N은 내가 글을 다 읽자마자 말했다.

"윌리엄 윌슨 씨라는 사람은 『여도둑 로자리오』에서 운전수 존슨 역을 했던 남자야. 내 방으로 와 보게. 자네는 나를 미친 사람이라고 생각하고 있는 것 같은데, 뭐 사실 그럴지도 모르지만, 나는 오늘이야말로 자네에게 내가 자네 집에 숨어 있는 진짜 이유를 고백할 생각이야."

그의 방으로 간 나는 그와 마주하고 그의 책상 앞에 앉았다. 그는 잠시, 2, 3분간 아무 말 없이 앉아 있었다. 아마 지금부터 내게 말할 일의 순서를 생각하고 있었을 것이다. 그는 갑자기 자리에서 일어나더니 일단 그 혼잡한 방의 한 구석에 있는 트렁크 위에 있던 장갑을 들어 올렸다. 그리고 한 짝씩 잡고 탁탁 먼지를 털더니 무슨 생각인지 그 장갑을 양 손에 꼈다.(조금 전에도 내가 그를 미친 사람이라고 생각하고 있다는 것을 미친 사람 특유의 민감함으로 간파하고 나에게 불평을 했는데, 사실 그가 하는 일은 이처럼 하나하나 모두 미친 사람의 행동 같다) 장갑을 끼고 그는 다시 책상으로 돌아왔다. 장갑을 낀 서툰 손동작으로 자물쇠가 잠겨 있는 책상 서랍을 열고 그 속에서 황금 시계를 꺼냈다. 아주 소중한 것 같았다. 장갑을 낀 손으로 태엽을 감는 꼭지를 누르자 시계의 문자판이 있는 쪽의 뚜껑이 탕-하고 열렸다. 그는 그제서야 생각이 난 듯, 나에게 그 책상 위에 있는 촛대에 불을 붙여달라고 했다. 나는 그가 하라는 대로 했다. R·N의 방 안은 전등 빛과 촛불의 빛으로 손 주위에 있는 모든 것의 그림자가 두 개가 되었다. R·N은 손에 들고 있던 시계를 촛대 바로 앞으로 가져갔다.

"어떤가? 자네. 이 뚜껑 뒤에 있는 지문이 보이나?"

오호라, R·N의 말을 듣고 보니 거기에는 우리가 유리창이나 도자기, 혹은 광택이 있는 금속의 표면에서 자주 볼 수 있는 지문이 하나, 너무나 선명하게, 섬세하게, 확실히 찍혀 있었다. 물론 그것은 인간의 손에 있는 지방 때문에 우연히 찍힌 것이다. 나는 언뜻 보고 그 정도를 확인한 후, 손을 뻗어 그 시계를 손에 들고 보려 했다. 그 순간 R·N이 말했다.

"그 시계에는 다른 어떤 부분에도 절대 다른 지문을 남겨서는 안 되기 때문에 만약 보고 싶다면 나처럼 장갑을 껴야 하네."

귀찮은 마음에 내가 손을 거두자 그는 다시 언짢은 표정으로 '손에 들고 보아달라'고 한다. 나는 그에게서 장갑을 빌렸다. 나는 이렇게 하면서까지 그 시계의 지문을 봐야만 했다. 잠시 그것을 들여다보고 있자 그는 말했다.

"잘 보라고. 이게 윌리엄 윌슨의 지문이야. 최소한 『여도둑 로자리오』의 부하 운전수 존슨이 마호가니 책상 모서리에 남기고 간 지문이야. 왜냐하면 이건 그 필름에 나왔던 지문과 일치하거든."

"그럴지도 모르지. 하지만……"

나는 광기에 사로잡힌 친구의 망상을 딱하게 생각하며 오히려 위로하듯 말했다.

"하지만 나는 그때 클로즈업 된 지문을 기억하고 있지 못해. 지문 같은 것은 아무리 크게 클로즈업 되어도 기억할 수 있는 것이 아니야. 복잡한 세계 지도를 한 번 보고 똑같이 기억할 수 없는 것과 마찬가지야."

그는 고개를 끄덕였다.

"자네 말은 전부 다 맞아."

그는 조금은 비아냥거릴 생각으로 한 내 말에 정직하게 동감하면서 혼잣말처럼 말했다.

"흠, 역시 그것부터 설명하지 않으면 안 되겠군."

그는 일어섰다. 그리고 방안을 빙빙 돌아다녔다. 그리고 실마리를 찾은 듯, 다시 이야기를 시작했다. 역시 방안을 빙빙 돌아다니며 자신의 생각을 들여다보고 있는 듯한 눈빛으로.

그가 이야기하기 시작했다.

"자네, 자네는 나가사키에 아편굴이 있었다는 것은 알고 있지? 아니 알고 있을 뿐만이 아니지. 지난번에 같이 그 집터에 가서 보고 왔었지. 나는 머리가 조금 나빠졌어. 하지만 절대로 미친 건 아니야.(나는 스스로 미친 것이 아니라고 선언하는 미친 사람만큼 곤란한 건 없다고 생각했다) 나는 외국에서 돌아와서 곧 그 아편굴로 갔어. 도저히 아편 없이는 살 수 없었기 때문에. 나는 자네에게 거짓말을 하고 반년 간 그곳에서 살았어. 나는 외국인인 척했지. 아편굴의 중국인에게 많은 돈을 주고 그곳에 들어가 아편을 피웠어. 그때의 기분으로는 일생을 헛되게 해도 좋으니 아편에 탐닉할 생각이었어. 하지만 나는 반년 후 돌아왔어. 거기에는 심각한 이유가 있지. 자네, 나를 용서해주겠나? 사실 나는 자네에게도 털어놓지 않은 비밀이 있어. 나는 어쩌면 나가사키에서 살인을 했을지도 모른다는 생각에 도쿄로 도망쳐 왔다네. 그리고 자네에게 숨겨달라고 한 거야. 그러나 안심하게. 나는 결코 살인자가 아니었어. 살인자는 그 녀석이야! 분명히 그 녀석이야! 윌리엄 윌슨이야. 그 활동사진 배우 존슨―아니, 윌리엄 윌슨이야."

그는 쉬지 않고 초조한 듯 걸어 다니고 있다. 그의 말은 혼잣말이 되어간다. 가끔씩 내가 생각난 듯, 자네, 혹은 사토 군이라고 부르긴 하지만 완전히 혼잣말 같은 말투였다. 그리고 대충 다음과 같은 이야기를 계속했다.

"어느 날 밤의 일이야. 나는 언제나처럼 아편에 취해 있었어. 그래서 꾸벅꾸벅 졸며 꿈을 꾸고 있었지. 그날 밤 내 꿈에 나타난 것은 호수였어. 그 호수는 정말 자주 내 꿈에 나타났는데 아주 조용하고 아주 파랗고 바다보다 훨씬 넓었어. 하지만 나는 그것이 호수라는 것을 잘 알고 있었지. 그 바다처럼 넓고 조용한 수면의 건너편에 그것과 마찬가지로 거대한 건축물이 보이기 때문이야. 그것은 자연의 풍경을 12배로 만든 정도로 거대했어. 그날 밤의 풍경은, 지금 말하는 것처럼, 호수를 전경으로 해서 자연을 12배로 확대한 어떤 거대한 고성(古城)이 나타났어. 그 고성 뒤에는 이슬람교의 사원으로 보이는 돔이, 역시 12배로 확대한 것 같은 돔이, 고성의 들쭉날쭉한 요철, 총안*이 있는 성벽, 원추형 탑의 지붕에 반쯤 가려져 있어. 성벽 뒤에 있는 이슬람교의 사원은 이지적으로 생각하면 너무나 동떨어진 조합이지만 꿈속에서는 그것이 가장 합리적인 리듬으로 조화를 이루고 있었어. 그래. 게다가 밝은 달빛이 비치고 있었어. 나는 물을 보면 반드시 달을, 달을 보면 반드시 물을 보았어. 바다처럼 한없이 넓은 수면의 꿈인 거야. 그리고 빛이 은색으로 비치고 있어.

* 적을 사격하거나 감시하거나 하기 위하여, 방벽이나 장갑판 등에 뚫어 놓은 구멍

가끔씩 그 수면에서 라일락 봉우리가 나와 쑥쑥 자라. 그리고 그 걸 보고 있는 사이에 나무가 되어 꽃을 피웠어. 흰 꽃이었어. 흰 꽃이었던 걸 보면 라일락이 아닐지도 몰라. 배꽃일지도 모르지. 하룻밤 꿈속에서 이렇게 쑥쑥 자라 꽃을 피우는 무수한 나무가 깊고 커다란 숲을 이루었어. 꽃이 만발한 숲이야. 게다가 그 숲 은 역시 수면 위에 있는 것 같아. 어쩌다가 수면이 아주 조용히, 크게 움직일 때에는 물 위에 떠 있는 꽃이 만발한 숲도 왠지 기 분 나쁘게, 마치 배 멀미와 같은 불쾌함을 느끼게 하며 흔들흔 들 흔들렸지. 이런 아름답고 고상하고도 바보 같은, 하지만 장엄 한 풍경, 혹은 하늘로 올라가는 것 같은 거대한 기계—거기에는 금속으로 된 여러 가지 모양이 '정돈의 혼잡'이라고 표현하고 싶 은, 예를 들어 알브레히트 뒤러(Albrecht Dürer)*의 구도에 있을 법한 것으로 가득한 거대한 기계—금속의 다양한 파편으로 구 성되어 있고, 아주 조용히 맞물려 돌아가다가 이윽고 점점 파급 되어 커다란 장치로서 느릿느릿 움직이는 기묘한 건축물, 아편 에 취해 있던 내가 자주 꾸던 꿈이야. 어떤 기간에는 이런 것들 이 간헐적으로 나타나 나를 위협하면서 즐겁게 해주고, 괴롭히 면서 취하게 했지. 하지만 나는 지금 아편에 취해 꾼 꿈에 대해 설명하려던 게 아니었어. 만약 자네가 그것이 알고 싶다면 드 퀸 시를 읽는 게 빠를 테니까…… 그날 밤의 것은 자연을 적어도 12배로 확대한 정도의 로맨틱한 풍경이었어. 고성과 돔과 은을

---

* 1471~1528. 오늘날의 독일 지역을 중심으로 한 신성로마제국에서 중세 말과 르네 상스의 전환기에 활약한 미술가

뿌려놓은 드넓은 수면이 나타났던 거야. 달빛이 그 돔 표면에 부드럽게 내려 앉아 있었어. 잘 보니 전경인 호수 위에는 긴 다리가 있고, 멀리 그 다리 위로 진군하고 있는 무수한 기병들이 보였지. 나중에 생각해보니 이 기병들은 정복을 차려입은 영국의 용기병*과 비슷한 것 같아. 영국에서 대관식을 할 때 본 적이 있거든. 기병이 나타난 후, 기분이 갑자기 변하기 시작했어. 아주 어수선하고 떠들썩한 느낌이 들기 시작한 거야. 예를 들면 전 세계의 모든 소리들이 가득 모여 있다고 가정해봐. 게다가 나는 완전히 귀머거리이기 때문에 귀로는 그 소리를 들을 수가 없어. 그 대신 오감 이외의 것, 혹은 청각이 아닌 촉각이나 뭔가로 공기의 혼란을 통해 그것을 감지하는 상태인거야. 바로 그때였어. 내 꿈 속에 갑자기 무장한 기병(나는 자주 고대나 중세 시대의 꿈을 꾸었어)이 나타나 성벽을, 어떻게 그랬는지는 정확히 모르겠지만, 어쨌든 성벽 내부를 거침없이 뚫고 나와 호수 위로 나타난 거야. 그와 동시에 정신을 차려보니 그 푸른, 고화(古畵)에 그려져 있는 성모의 옷 색깔처럼 푸른 호수에는 살아서 잠을 자고 있는 것인지, 그렇지 않으면 죽어 쓰러져 있는 것인지, 어느 쪽이든 꼼짝도 하지 않고 누워 있는 한 사람이 고요한 수면에, 물의 표면에, 마치 육지에 올라온 배처럼 떠 있는 거야. 또 다른 벽을 통해 나온 기병은 손에 긴 창을 들고 있었어. 달빛에 창끝이 반짝반짝 빛났어. 기사도, 육지 위의 배처럼 수면 위에 떠 있는 남자

* 16, 17세기 이후 갑옷을 입고 총을 든 유럽의 기마병

도 다른 풍경과 마찬가지로 아주 컸어. 물 위에 떠 있는 남자와 투구를 쓴 기사의 옆얼굴 길이는 적어도 1겐(약 1.8m) 이상이었지. 그 얼굴이 선명한 달빛을 받아 확실히 내 눈에 들어왔어. 갑자기 기사가 창을 내밀었어. 뭔가 폭발하는 소리가 들리는 동시에 물 위에 떠 있던 남자의 옆구리에서 피가 철철 흘러나와 성모의 옷과 같이 푸르던 수면으로 스며들었고 호수는 붉게 물들었어…… 사람이 신음하는 소리가 메아리치면서 내 귓가에 울려 퍼졌어. 달가닥달가닥 빠른 발걸음으로 계단을 올라가거나 아니면 내려가는 소리가 들려. 나는 큰 소리로 신음하면서 나 이외에도 신음하는 사람이 있는 것을 알고는 그 사람과 함께 소리를 맞추어 신음하면서…… 갑자기 눈을 떴어. 그런데! 보니까 눈을 크게 뜬 내 눈앞에는 꿈속에서 본 것과 쏙 닮은, 그저 크기만 축소된 한 인간이 신음하며 쓰러져 있는 거야. 꿈속에서 본 것과 거의 똑같지만 크기만은 원래 크기로 축소되어 있고 수면 대신 바닥 위에 누워 있었어. 그의 머리 위에서 어렴풋이 빛나는 촛대의, 그 촛대가 바닥에 만들고 있는 커다란 원형의 그림자 속에 한 남자가 신음하며 쓰러져 있었어. 남자의 머리맡에는 콩기름 램프—그걸로 아편에 불을 붙이지—가 있었는데, 그 램프는 주위 1척(약 30cm) 정도만을 희미하게 밝히며 그 남자의 이마와 코를 정면으로 비추고 있었어. 한쪽 팔꿈치를 짚으며 무거운 몸을 끌어올리듯 일어난 나는 믿을 수 없게도 6척(약 180cm) 정도 떨어진 눈앞에 누워 있는 한 인간을 별 다른 감흥 없이 내려다보고 있었어. 단, 현실과 몽환이 잘 분리되지 않는 이 혼동을 의심했지. 그것도 아주 미약한 내 판단력으로 말이야. 나는 판자 위에 짚 이불을 깐 침대 위에 있었고, 신음하며 피를 흘리고 있는 남자는 그냥 바닥에 있었던 거야. 나는 아직도 반신반의해. 나는 어렴풋이 빛나며 매달려 있는 촛대를 좀 더 아래로 내려서 촛대의 그림자가 아니라 촛대의 빛 속에서 모든 것을 자세히 잘 보고자 했어. 위에 있는 촛대에 손을 뻗으려다가 문득 위쪽을 보니 지금까지는 매달려 있다고 생각했던 촛대는 매달려 있는 것이 아니고 누군가가 손에 들고 있던 거였어. 나는 그 손을 보고 처음으로 거기에 있는 사람의 얼굴을 올려다보았어. 그 사람은 아마도 지금 난 소리를 듣고 놀라 이리로 뛰어왔을 아편굴의 주인이었어. 좀 더 정신을 차려 보니 그 중국인의 완강한 손이 내 한쪽 팔꿈치를 들고 있더군. 그는 내 얼굴 바로 앞에 서 있었어. 나는 그제야 처음으로 그것을 보았지. 방이 그렇게 어두웠던 것은 아니야. 내가, 나의 모든 감각이 무뎌져서 사물을 지각하는 보통의 자연스러운 순서라는 것을 잊어버렸던 것 같아. 내가 그의 얼굴을 올려다보자 그는 차갑게 나를 내려다보았지. 그리고 내가 공중에 매달려 있다고 생각했던, 실제로는 그가 손에 들고 있던 촛대를 움직여 바닥에 피를 흘리며 축 늘어져 있는 남자를 내게 보여주었어. 중국인 남자는 신음하다 지쳐 더 이상 아무 소리도 내지 못하는 남자를 발끝으로 쿡쿡 건드리며 내 얼굴을 노려보더군. 아니 어쩌면 나를 쏘아본 후 그 남자를 찼는지도 몰라. 아니, 쓰러져 있는 남자의 어깨를 발끝으로 건드려보고 그리고 다시 찬 거야. 쓰러져 있는 남자는, 그 남자는 초라한 차림의 외국인이었던 것 같아. 아니, 멋진 모닝코트를 입고 있었나? 나는 잊어버렸어. 꿈이 훨씬 더 선명하게 생각나. 꿈속에서는 정체를 알수 없는 푸른색 옷이었어. 그 후의 꿈에서도 똑같았어. 보통 때라면 그 아편굴에는 항상 10명 혹은 예닐곱 명의 사람이 있게마련이야. 그 전 날 밤, 혹은 전전날 밤의 경우, 움막은 아편에 취한 남자들로 가득했지. 그런데 그 날 밤만은 나와 그 남자, 둘뿐이었어. 무슨 이유에선가 모든 선원들이 거의 항구를 떠났던 거야. 그건 아주 드문 일이기 때문에 나는 지금도 이상해서 견딜수가 없다네. 아편굴의 주인인 중국인 녀석은 48, 9세 정도로, 커다란 얼굴에 수두자국이 있는 남자였는데 나에게 살인자라고했어. 그 말을 듣고 내 꿈을 생각해보니 '어쩌면 나는 꿈속에서몽유병자가 하는 것처럼 실제로 그를 찔러죽였나?'라는 생각을하지 않을 수가 없었어. 적어도 나에게는 내가 아니라고 증명할것이 아무것도 없었어. 나는 중국인에게 말했어. 나는 죽어 있는남자와 아무런 상관이 없는 사람이라고. 때문에 그 남자를 죽일이유가 없다고. 하지만 죽이지 않았다고도 할 수 없다는 것. 당신도 뒤가 구린 장사를 하고 있는 이상 이해할 수 없는 나의, 혹은 누군가의 살인을 공공연히 사건화할 수 없을 거라는 것. 나는이런 일로 이런 장소에서 연루되었기에 당신—그 중국인에게천 엔을 주겠다는 것. 나는 그와 이런 것들에 대해 상담했어. 그는 오히려 기뻐하는 것 같았어. 나는 외국에서 이런 곳에 출입하는 떠돌이들이 하듯이 양말과 발바닥의 움푹 팬 곳 사이에 숨겨두었던 현금을 그 자리에서 그에게 건넸어. 그리고 시체를 처리하겠다는 약조를 받았지. 그런 다음 나는 이 불쾌한 것으로부터 얼굴을 돌리고 몸을 눕혔어. 얼굴은 벽 쪽을 향했지. 내 침대는 벽에 딱 붙어 있었어. 벽은 허연색이었는데 콩기름 램프의 불은 그 허연 벽과 대조를 이루어 검붉은 색이었지. 나는 잠을 자려고 했어. 잠이 들어서 지금의 불쾌한 현실의 현상을, 하다못해 뭔가 더 초자연적인 것으로 만들자—아무리 불쾌한 것이라 할지라도 초자연적인 것이 되면 아름다움이 되기 때문에 — 초조했지만 역시 나는 너무나 큰 차이가 나는 자연을 본 거야. 아편도 아무 힘이 없더군. 아무리 아편을 피워도 다시는 꿈속으로 들어갈 수 없었어. 만약 내가 진짜 광인이라면 아마 그때 정신이 이상해졌을 거야. 내 신경은 마치 흑수정의 결정 같은 모양이었어. 그런데 갑자기 내 귀에 째깍째깍, 째깍째깍, 째깍째깍하는 소리가 들리기 시작했어. 뭐지? 하고 생각하고 그 소리를 들어보니 그것은 우연히 내가 귀를 대고 있던 벽에서 들리는 소리였어. 그게 뭔지 보려고 내가 본능적으로 그 쪽을 바라보자 시계 하나가 눈에 들어오는 거야. 그것은 벽 속이었어. 나는 그때 벽을 투시해 물건을 본 거야. 똑똑히. 한낮에 바로 눈앞에 있는 현실보다 더 똑똑히 그것을 보았어. 30분 정도 계속 쳐다봤지. 얼마 후 결국 그것은 더 이상 보이지 않게 되었지. 째깍째깍, 째깍째깍, 째깍째깍하는 소리는 계속 들려왔어. 갑자기 공기를 가르며 멀리서 기적 소리가 들려왔어. 그것은 아마도 벌써 아침이기 때문에, 새벽이기 때문에 조선소에서 나는 기적 소리였을 거야. 나는 일어났어. 아주 힘차게 일어났어. 그 중국인을 깨워 벽을 부수고

시계를 가지려고 결심했기 때문이야. 나는 일어나 걸으려 했어. 그런데 하마터면 그 시체에 걸려 넘어질 뻔 했어. 중국인 녀석은 곧 처리하겠다고 해놓고 그걸 그때까지 그대로 뒀던 거야. 나는 피투성이 시체와 얼마 떨어지지 않은 곳에서 밤을 보낸 거였어. 지금 생각하면 무서운 일이야. 하지만 그때는 그저 중국인이 약속을 지키지 않은 사실에 화가 났을 뿐이야. 나는 그 중국인이 자고 있는 방의 문을 두드리고 찾어. 그리고 '이봐, 500엔 더 줄게'라고 소리쳤어. 중국인은 곧장 일어나 어슬렁거리며 부인의 방에서 나오더군. 나는 말했지 ─ 만약 저 방의 벽을 부수게 해준다면, 지금 당장 부수게 해준다면 500엔을 주겠다고. 그 녀석은 눈을 부비면서 나를 따라왔어. 나는 움막으로 내려가 내 침대가 있는 벽을 가리키며 말했어. '여기야. 그리고 만약 이 속에서 시계가 하나 나오면, 반드시 나오겠지만, 그건 내가 갖겠다.' 중국인은 그런 것은 아무래도 좋다는 듯이 고개를 끄덕였어. 우리는 내가 자던 침대를 치웠어. 치우고 보니 침대로 가려져 있던 벽의 아랫부분에 이 정도의(그는 엄지와 검지로 원을 만들어 보였다) 구멍이 2, 30개나 나 있는 거야. 마치 벌집처럼 말이야. 나는 깜짝 놀랐어. 중국인은 전혀 놀라지 않더군. 나는 그곳을 부쉈어. 얇은 판자로 되어 있었어. 나는 더욱 놀라 소리쳤지. 하지만 중국인은 전혀 놀라지 않았어. 그는, 그 중국인은 나에게 설명을 했어. 그 구멍들은, 바닥의 큰 구멍과 벽 위의 작은 구멍들은 방에 공기가 들어갈 수 있도록 만들어둔 것이라고. 그렇군. 나를 깜짝 놀라게 한, 직경이 3척(약 90cm)이나 되는 그 구멍으로부터 공

기가 들어왔어. 내가 손에 들고 있던 콩기름 램프에도 내 얼굴에
도 바람이 느껴졌지. 한 발자국 더 들어가려고 문득 발 아래를
보니 있었어! 내가 조금 전에 선명하게 본 그 시계가! 그게 바로
이 시계야. 지금 이 책상 위, 우리 눈앞에 있는 시계야.

나는 중국인이 시키는 대로 시체의 발을 들었어. 그래, 분명히
발이었어. 중국인이 머리 쪽을 들었기 때문이야. 자네, 인간의
몸이라는 것은 죽으면 몇 배나 더 무거워지는 거라네. 우리는 그
시체를 운반했어. 그 벽 안으로, 시계가 나왔던 곳으로, 통풍을
위한 구멍 속으로. 중국인은 시체의 발을 잡고 1겐(약 1.8m) 정
도 끌고 왔어. 그 발을 구멍 입구에서 기다리고 있던 나에게 건
넸어. 우리는 등을 구멍 위쪽에 딱 붙인 채 두 마리의 개미처럼
시체를 옮겼어. 나는 두 손으로 시체의 양 발을 들어 올리고 뒷
걸음질 쳤어. 중국인은 일단 손을 놓더군. 사체가 쿵하고 떨어져
땅이 울렸어. 중국인은 답답하고 낮은 목소리로 '됐어'라고 말했
어. 나는 손을 놓았어. 시체를 땅에 놓고 나서 직경 3척(약 90cm)
정도의 구멍이 커다란 시체로 거의 다 막혀 있다는 것을 알았어.
나는 시체를 타고 올라 시체의 얼굴과 내 얼굴이 거의 닿아 시
체와 입을 맞추듯이 그 구멍에서 나왔지. 중국인은 한 손에 붉
은 구두를 들고 움막에서 나가는 중이었어. 그 구두는 아마 시체
의 구두였을 거야. 나는 겨울의 대리석처럼 차가웠던 시체의 맨
발을 잡았던 느낌을 잊을 수 없으니 말이야. 방바닥에는 시체가
있었던 장소에서 구멍 쪽으로 핏자국이 나 있었어. 마치 거인(내
꿈에 나타났던 것 정도의)의 손가락으로 문지른 잉크 방울의 흔적

처럼, 빗자루로 쓴 것처럼 말이야. 나는 다시 한 번 그 구멍 입구에 서서 안을 들여다보았어. 무슨 이유로 그랬는지는 나도 모르겠어. 들여다보니 구멍 저편에서 희뿌연 아침햇살이 한 줄기 시체의 가슴에서부터 얼굴을 지나 그 지하 움막으로 비쳐들고 있었어. 더 자세히 보니 구멍을 통해 새벽 하늘과 은을 녹인 것 같은 수로의 물이 어렴풋이 보였어. 그후 내가 아편에 취해 꿈을 꿀 때마다 그날 밤의 여러 광경과 거의 똑같은 장면이 나타났어. 그날 밤의 기억은 아편 때문에 둔해진 내 머리에서도 결코 사라지지 않아. 사라지기는커녕 그날 밤에는 그저 하나의 기묘한 흥분이었던 것이 나중에는 이상한 공포로 변해갔어. 시간이 지나면 지날수록 그 공포는 더해갔지. 게다가 그 후의 꿈속에서는 내가 정말 살인자가 되어 나타났어. 나는 구멍 속에서 내가 죽인 시체 위를 타고 올라 시체와 내 자신의 몸을 포개고, 시체의 코와 내 코를 비비고, 내 입술은 시체의 얼음장 같은 입술에 닿았지. 어찌된 일인지 꿈속에서는 나는 이렇게 이 시체를 나의 신부이기라도 한 듯이 포옹하고 부들부들 떨면서 동물적인 공포와 인간적인 회환으로 언제까지고 울기만 했어. 울며 소리쳤어. 그리고 또 흐느껴 울었어. 내가 소리치는 것을 듣고 중국인이 달려왔어. 나는 슬픔으로 더 크게 울며 소리쳤어. 그런데 눈을 뜨자 그것은 중국인이 아니었어. 가장 친절한 내 친구였어. 오오, 사토 군이야. 자네였어. 나는 너무나 이상한 내 꿈과 이 따뜻한 현세의 우정이 너무나도 차이가 나서, 그리고 이 두 가지가 한 순간에 바뀌었기 때문에, 나는 그 변화를 알아차린 순간 눈물이 난 거야. 사토 군. 나는 몇 번인가 자네에게 매달려 울었을 거야. 나는 또한 그저 꿈속에서 뿐만이 아니라 나가사키의 아편굴에서도, 내가 의식이 없었다고는 해도, '실제로 그 남자를 죽인 것은 내가 아니었을까?'라는 생각을 하게 되었어. 나는 정신이 없는 상태에서 사람을 죽였다. 그렇기 때문에 정신이 없는 상태에서 참회를 하는 것이 아닐까? 이런 생각도 했어. 그리고 참회의 눈물을 흘리며 자네에게 매달리게 된 거야. 이렇게 생각하기 시작하자 내가 잠재의식과 제6감으로 발견했다고 믿고 있는 시계에 대해 '범죄자는 나이고 시계는 내 것이 아닐까?'라는 의심이 들었어. 사실 나도 금시계를 가지고 있었어. 그런데 어쩌다가 없어졌어.(어쩌다가 그랬는지는 잊어버렸어. 나는 옛날부터 그런 자질구레하고 흥미 없는 일은 금세 잊어버려. 아편을 사용하게 된 후로는 더 심해졌어. 다른 사람에게 주었거나, 잃어버렸거나 팔았거나 도둑맞았거나 중의 하나야) 나는 상태가 좋은 날이면 시계 뚜껑 뒤의 지문과 내 지문을 하나하나 비교해 보았어. 시계 뚜껑 뒤에 있는 지문은 확실히 내 지문과는 달랐어. 그래서 내 눈은 시계에 찍혀 있는 지문을, 그 지문의 소용돌이 모양을 확대경으로 보는 사이에 완벽하게 기억하게 된 거야. 내 눈의 시신경에 그 지문이 인쇄된 것 같은 거지. 시계의 지문과 내 열 손가락 지문 외에도 사토 군, 나는 자네 부부의 지문도 기억하고 있다네. 주로 엄지와 검지의 지문이지만. 자네들은 자주 내 시네마 매거진의 표지인 광택지 앞뒤에 지문을 남기니 말이야. 나는 잘 잊어버리지만 기억하고자 하는 것, 혹은 일단 한 번 기억한 것이라면 절대 잊지 않아. 잊어버렸다가도 필요에 따라 선명하게, 아주 명확하게 즉시 떠올릴 수 있어. 주로 시각에 관한 것이지만. 내게 이런 기이한 능력이 있다는 것을 나는 그때 처음 발견했어.『여도둑 로자리오』라는 활동사진을 봤을 때 말이야. 맞아, 맞아. 그때 엄청난 인파 속에서 내 옆에, 오른 쪽 옆에 자네가 있었어. 사토 군, 자네는 기억력이 좋은 사람이야. 그러니 그때의 일을 잘 생각해 보게. 그때 내가 얼마나 놀랐었는지. 클로즈업된 남자─여도둑 로자리오가 웃고 있는 커다란 얼굴 옆에서 그 운전수 존슨─의 얼굴이 갑자기 우리 쪽을 보던 순간이었어. 나는 그 남자, 눈앞의 화면 속에서 역광을 받고 있는 남자의 얼굴이 내 꿈속에서 달빛을 받고 있던 기사의 얼굴과 조금도 다르지 않다는 것을 직감적으로 알았다네. 그 뿐만이 아니라 그것이 상하이의 아편굴에서 자주 보던 얼굴이었다는 사실도 한꺼번에 생각났어. 하지만 나는 그때 나의 그 직감이 어리석은 것이라고 생각했어. 내 꿈에 나왔던 크기의 커다란 얼굴을 본 순간, 나는 단순히 내 꿈을 활동사진 속에 집어넣은 것뿐이라고 생각했어. '이제 무엇을 봐도 아편에 취해 꾼 꿈처럼 괴이하게 보이고, 어쩌면 어디에서나, 아편에 취하지 않았을 때에도 내가 살인자였던 그 꿈을 꾸게 된 것이 아닐까?'라는 걱정이 생기기 시작했어. 활동사진은 보통 크기로 돌아왔어. 그 남자가 꿈속에 나타났던 창을 든 기사라는 생각은 조금 줄어들었지만, 2년 반, 아니 3년, 혹은 3년 반인가 전에 상하이의 아편굴에서 자주 보던 남자가 틀림없다는 생각이 들어 견딜 수가 없었어. 그리고 그 남자가 상하이의 그 아편굴 입구로 걸어왔을 때의 모습이 실로 선명하게 눈앞에 떠오르기 시작했던 거야. 그때였어. 다시 클로즈업된 지문이 나타난 건. 그 지문을 보는 순간 나는 너무나 놀랐어. 늘 내 눈 속에 각인되어 있던, 그 금시계 뚜껑 뒤에 있는 지문과 똑같았어. '필름이 스크린 위에 영사된 것이 아니라 그 지문이 스크린 위에 확대되어 나타난 것이 아닌가?'라는 의심이 들 정도로, 그 정도로 똑같았어. 단 차이점이 있다면 전자는 본래 크기이고 금시계 뒤에 있다는 것이고, 후자는 귀족의 서재의 마호가니 책상 위에 있고 화면에 나타나는 크기가 실제 크기의 10배 혹은 15배라는 것뿐이야! 지문 자체의 모양과 가장 복잡한 윤곽은 그야말로 1000분의 1까지 똑같았어. 나는 확신했어. 그 확실한 증거는 좀 있다 자네에게 보여주겠지만 지금은 나를 좀 믿어주게. 그래서 대체 세상에 완전히 똑같은—아니 서로 같은 모양의 — 지문을 가진 손가락이 두 개 이상 있을까?

이 의문이 나에게 있어 중요한 문제가 된 거야. 그리고 지문에 관한 16권의 책이 있어. 내가 이 문제의 해답을 확실히 하기 위해 읽은 것인데, 그 책의 어딘가에 '똑같은 모양의 지문이 있을 것이다'라고 씌여 있었을까? 아니, 어느 책에도 그런 보고나 연구는 없어! 하지만 '자연의 신비는 인간의 연구나 보고로는 충분히 알 수 없는 것이다'라고 한다면 그 정도로 신비한 자연이 아편에 취한 남자의 잠재의식을 통해 살인 사실을 보여주고 살인자를 알려주지 말란 법도 없지 않은가? 완전히 똑같은 지문이 2개 아니 3개나 있을지도 모른다. 이렇게 주장한다면 나도 그 활동사진에 나온 남자가 그때의 살인자가 틀림없다고 주장할 권리가 없어. 하지만 문제의 요점은 그렇게 막연한 것이 아니야. 나는 확실히 그 남자―『여도둑 로자리오』의 운전수 존슨―즉 배우 윌리엄 윌슨이 범죄자가 틀림없다는 것을 스스로 냉정하고 객관적으로 인정하고 '어쩌면 그 살인자는 내가 아닐까?'라는 무시무시한 자기혐오에서 벗어나 그 불쾌한 악몽으로부터 달아나고 싶다는 것이 나의 목적이야. 나는 그것을 밝히고 더 가벼운 마음으로 살고 싶었어. 내가 학자적 열정으로 지문에 관한 책을 탐독하기 시작한 이유는 그거였어. 이상하게도 그 사이 어느 샌가 나는 나가사키의 아편굴에 있는 나 자신을 보았어. 아니, 그렇다기보다는 오히려 그 살인사건이라는 것이 원래 모두 꿈이 아닐까라는 생각이 들기 시작했어. 그러다보니 실제로 있었던 사실까지 꿈이라고 느껴지기 시작했어. 이런 나의 심리에 자네가 공감할 수 있을까? 아니 뭐, 자네가 공감하건 그렇지 않건 상관없어. 내가 경험한 사실이니까. 결국은 나가사키의 M·B초에, 내가 태어난 고향인 나가사키에 아편굴이 있었다는 사실조차 그저 꿈이 아닐까라는 생각이 들기 시작했어. 하지만 그와 동시에 한편으로는 확실히 이 전부가 의심할 바 없는 사실이라고 믿고 있었어. 내 마음은 '이 모든 것을 꿈이라고 하는 마음은 내가 관련된 불쾌한 사실로부터 도피하려는 천박하고 비굴한 마음 때문이다'라고 나를 꾸짖었어. 그 사실을 사실이라고 인정하려는 쪽의 내가 자네를 나가사키로 데리고 간 거야. 내가 그것을 인정하는 동시에, 제3자인 자네에게도 나가사키에 아편굴이 있었다는 사실만이라도, 적어도 그 흔적만이라도 보여주고 싶었기 때문이야. 혹은 나는 '세월이 흐른 지금도 그곳에 그런 장소가 지금도 있을까?'라고 생각했기 때문에. 그곳은 지금은 귀신이 나오는 집이 되어 있었어. 천정에서 피가 떨어진다. 천정에서 피가 떨어진다. 실제로 일어나는 일일지도 몰라. 그 피가 떨어져 성모의 옷보다도 푸른 수면을 새빨갛게 물들이는 거야. 나는 그걸 잘 알고 있어. 바닥에 문대져 있던 피야. 그리고 우리는 그 남자를 구멍 안으로, 움막의 통풍 구멍으로 밀어 넣었던 거야. 나는 그때―자네와 나가사키에 갔을 때, 좁은 골목에서 작은 다리로 가는 길에 내가 멈춰 섰던 곳, ×표를 한 곳, 그 아래쪽에 그 남자가― 윌리엄 윌슨에게 살해당한 남자가 묻혀 있는 거야.

일단 자네는 다음과 같은 사실을 인정해 주어야만 하네. 그렇지 않으면 나는 이야기를 계속해 나갈 수 없어.

(1) 세상에는 같은 모양을 한 두 개 이상의 지문은 절대 없다는 것.

(2) 상하이의 아편굴에 출입했던 남자가 나가사키에 아편굴이 있다는 것을 알고 그곳에도 출입할 수 있다는 것. 예를 들면 내가 그러했듯이.

(3) 살인자는 절대 활동사진에 나오지 않는다는 원칙은 없다는 것. 따라서 나가사키에서 살인을 저지른 인간이 미국에서 활동사진 배우가 될 수도 있다는 것. 단, 그 살인은 세상에 알려지지 않았다.

(3)은 좀 너무 낭만적이라 자네가 인정하기 힘들지도 몰라. 하지만 그런 일이 절대 있을 수 없다고 도대체 누가 단언할 수 있겠나? 더군다나 그건 사실이니 말이야. 아무튼 나는 여러 가지 연구도 하고 생각도 해본 결과 이상과 같은 세 가지 항목을 인정하게 되었어. 그리고 나는 잠정적으로 내 직감이나 잠재의식을 믿고 나가사키에서 두 통의 편지를 보냈어. 사토 군, 자네의 이름과 주소를 빌렸다네. 한 통은 로스앤젤레스의 그린플랙사로 보낸 거야.(나는 그때 내심 이 광기의 친구가 내 이름을 남용해 쓸데없는 짓을 한 게 아니었으면 좋겠다고 생각했다) 그리고 다른 한 통은 이 회사 전속 배우인 윌리엄 윌슨에게 보낸 거야. 그 남자는 그 회사의 전속 배우가 아닐지는 모르지만 이 회사의 활동사진에 출연한 이상 뭔가 관련이 있다고 생각했기 때문이야. 편지의 내용은 다음과 같아.

일본 나가사키의 아편굴이 이곳의 엄중한 경찰에 의해 발견되었습니다. 동시에 귀하가 토굴 부근에서 분실한 금시계의 지문과 귀하가 활동사진 『여도둑 로자리오』에서 전 세계에 보여준 지문이 우연히도(?) 완전히 부합함에 따라 귀하가 저지른 살인 사건이 일본 경찰의 주의를 환기시켰습니다. 만약 기억하고 계신다면, 지금 바로 스스로를 보호하지 않으면 귀하는 엄청난 위험을 무릅쓰게 될 것입니다.

- 옛날 상하이 아편굴에서 만난
귀하의 친애하는 친구로부터

나는 자네에게 조금 전 오늘 내 손에 도착한 시네마 매거진의 소식란을 보여줄 생각이었어. 나는 기쁜 나머지 그걸 자네에게 너무 빨리 보여줘버렸네. 본래 그 두 통의 편지는 나가사키의 정류장에서 우체통에 넣은 거야. 아, 자네는 그걸 봤지. 내가 나가사키에 갔던 것은 10월 4일이야. 이건 아주 중요해. 보통 때라면 로스앤젤레스까지는 20일 정도가 걸려. 하지만 전쟁 이후 우편은 아주 불규칙해졌지―가끔 활동사진 잡지가 너무 늦게 도착해 내 목을 빠지게 만들 정도야. 하지만 나는 윌리엄 윌슨이 내 편지를 언제 볼지 대강 알고 있었어."

　어느새 책상으로 와서 앉아 있던 R·N은 이렇게 말하고는 책상의 제일 큰 서랍에서 무슨 사진 같은 것이 들어 있는 우편물을 꺼냈다. 그리고 그것을 나에게 건넸다.

　"자, 이건 그린플랙 사에서 온 거야. 열흘 전에 자네의 부인이 나에게 전해주더군. 나는 자네 이름으로 혹시 가능하면 활동사진 목록 같은 것을 보내달라고 영화사에 부탁했어. 꼭 그게 필요했다기보다는 그 회사에서 발송하는 우편물의 날짜를 알고 싶었기 때문이야. 이 우편물은 11월 16일에 발송되었어. 그럼 내가 보낸 편지가 적어도 11월 16일 이전에 그 회사에 도착했다는 거야. 그와 동시에 윌리엄 윌슨에게 보낸 편지도 분명 11월 16일경에 도착했다고 생각할 수 있어. 곧장 그의 손에 들어갔는지 아닌지는 모르지만 11월 24일―그가 행방불명이 된 날짜 전에 분명 내 편지를 보았다고 봐도 좋을 거야. 그는 내 편지를 읽은 후 행방불명이 된 거야. 그리고 그걸 좀 빌려줘. 그 활동사진 목록은 편지가 도착한 날짜를 알기 위해 받은 거지만 그 목록도 도움이 되었어. 윌리엄 윌슨이 처음 활동사진에 나오게 된 것은 『X·Y·Z』라는 활동사진이었을 거야. 잡지 기사에 그렇게 씌여 있었으니까. 그 『X·Y·Z』는 1914년에 만들어진 거야―이 목록에 의하면. 그렇다면 윌리엄 윌슨은 1914년 이전에는 활동사진 배우가 아니었던 거야. 그래야만 해. 하지만 그는 1912년 여름에―확실하지? 내가 나가사키에서 돌아온 건―1912년 여름, 그는 나가사키에서 살인을 저질렀으니까. 활동사진 배우가 나가사키나 상하이에서 어슬렁거릴 수는 없으니까. 나는 아직 윌리엄 윌슨이 살인자라고 말하지는 않을 거야.(그는 계속해서 미소를 지으며) 안 하고 말고. 내가 잠재의식이나 직감능력에 대한 믿음이 없었다면 다음 두 가지 의문에 봉착했을 거야. 나도 생각하고 있어.

(1) 만약 윌리엄 윌슨이 내 편지를 보고 행방을 감춘 것이 아닌 경우.
(2) 『여도둑 로자리오』에 나왔던 마호가니 책상 위의 지문이 운전수 존슨―즉 윌리엄 윌슨 자신―의 것이 아니라 다른 누군가의 것일지도 모르는 경우.

이상과 같은 두 경우야. 나를 믿지 않는 사람은 이 두 경우를 상상할 거야. 혹은 나를 더 믿지 않는 사람은 내가 그 지문이 있는 금시계를 벽 속에서 주웠다는 사실조차, 그리고 내가 본 것은 모두 내가 취해서 꾼 꿈으로 내 논리는 미친 자의 독단이라고 할지도 몰라. 사실 나도 가끔 그렇게 생각할 정도야. 하지만 여기가 중요해.

'세상에 같은 모양을 한 지문이 두 개 이상 있을 수 있는가?'

그리고 여기에 있는 16권의 지문에 관한 책―'지문이라는 것은 반드시 하나하나 다르기 때문에 여러 가지 증거로서 중대한 이유가 된다'라는 근거에서 씌여진 이 모든 책의 어디에도 '같은 모양을 한 지문이 두 개 이상 존재할 수 있다'는 말은 없어.

'세상에 같은 모양의 지문이 절대 존재하지 않는' 한 그 누구든 다음 사실은 믿지 않을 수 없는 거야.

(1)이 시계 뚜껑 내부의 지문과 『여도둑 로자리오』 활동사진에 나오는 지문은 모양이 완전히 똑같다는 것.

혹은 조금이라도 나를 믿는 사람은

(2)내가 살해당한 사람 옆에서 가지고 온 이 시계 뚜껑 내부의 지문과 『여도둑 로자리오』 활동사진에 나오는 지문은 모양이 완전히 똑같다는 것.

즉 세상에 같은 모양을 한 지문이 절대 없는 한, 앞서 말한 (1)의 경우도 (2)의 경우도 두 개의 지문은 동일한 하나의 손가락에 의해 찍힌 것이지.

그런데 점점 더 나를 믿으면 믿을수록, 그리고 완전히 믿게 되면, 내가 내 자신을 믿는 것과 마찬가지로 결국에는 윌리엄 윌슨이 나가사키 아편굴의 살인자가 틀림없다는 것까지 믿게 될 거야."

황당무계한 이야기에서 미궁을 왔다갔다 하는 듯 장황한 논리를 펼치며 나를 괴롭힌 내 친구는 이윽고 책상의 서랍을 열어 두꺼운 두루마리 같은 것을 꺼냈다. 그것은 활동사진의 필름이었다.

"이건 내가 사온 거야."

이렇게 말하면서 그는 그것을 천천히 펼쳤다. 그의 눈동자는 흥분으로 인해 기분 나쁠 만큼 번득이고 있었다. 그는 나를 전등 아래로 불러 전등 빛에 그것을 비추어 보여주었다. 그것은 틀림없이 『여도둑 로자리오』의 필름이었다. 로코코 풍으로 장식된 어느 귀족의 방에 세 명의 탐정이 들어와 그 방의 책상 위에서 뭔가를 발견한다. 한 탐정이 그것을 가리킨다. 화면이 클로즈업된다. 보니 마호가니 나뭇결이 있는 책상 한 쪽에 하나의 지문이 나타나 있다. 그는 그 지문이 있는 곳을 상처입지 않도록 아주 소중히 낡은 넥타이 조각인지 뭔지 모를 새틴으로 감아 두었다. 그는 또 한 번 새틴으로 그 부분을 감고 필름 전체를 감쌌다. 그리고 그것을 나에게 건네며 자신에 찬 말투로 말했다.

"자, 증거는 이것과 저기 있는 장갑 위에 자네가 놓아 둔 시계 뚜껑의 뒷면이야. 자네는 이 두 개의 지문이 똑같다는 것을 지금 당장 인정하지 않아도 좋아. 가능한 한 소중하게 천천히 그 대신 확실히 틀림없이 인정해줬으면 하네. 내 방에는 확대경도 있어.

내 다락방에는 필름을 영사할 목적으로 준비해 둔 환등기도 있다네. 비슷한 기계는 어디에나 있지만 내가 고안한 것이 가장 정확해. 그것들을 모두 자네에게 주겠네. 단, 그 필름을 잃어버리지 않도록, 또 그 시계에서 지문이 지워지지 않도록—이것만 주의해 주게. 단 하나뿐인 것들이야."

○ ○ ○

나는 그날 밤 R·N의 열정과 그리고 조금 장황했지만 이제 곧 끝나려는 이야기에서 왠지 모를 위엄 같은 것을 느꼈다. 나는 시험 삼아 시계 뚜껑 내부에 있는 지문과 『여도둑 로자리오』 화면에 있는 지문을 비교해 보았다. 오오! 정말! 그 둘은 조금도 다르지 않다!

그 후 나는 확대경으로도 보았다. 환등기로 영사해 비교해 보기도 했다. 나는 절대 그것을 의심할 수 없다. 그것이 완전히 똑같은 것이라는 것을…… 나의 눈은 도저히 의심할 수 없다.

○ ○ ○

1917년 9월 1×일이다. 나는 고향으로 가기 위해 밤에 와카노우라(和歌の浦)에서 증기선을 탔다. 무료함을 느낀 나는 문득 선실에 있던 한 장의 신문을 집어 들었다. 그것은 당일 신문이 아니라 3, 4일 전의 신문이었다. 3면을 펼치자 어떤 그림이 눈에 들어 왔다. 아무 생각 없이 그 그림을 보다가 알아차렸다. 그리고 조금 놀랐다. 그것은 전에 내가 봤던 장소이기 때문이다. 그

것은 나가사키 M·B초의 아편굴이 있었던 부근의 평면도였고, 게다가 R·N이 ×표시를 했던 곳에는 여전히 ×표시가 되어 있었다. 나는 이 우연의 일치에 전율했다. 그리고 그 기사를 읽어 나갔다.

「나가사키의 유령집」이라는 제목에 '지하실 - 백골 - 순금 메달 - 갈수록 점점 더 이상해진다!'라는 소제목이 달려 있었다. 만약 내가 아무것도 모르고 있었다면 흔해빠진 신문기사라고 경멸하며 그런 기사에는 눈길도 주지 않았을 것이다. 하지만 나는 보았다. 보지 않으면 안 되었다.

나는 기사를 읽었다.

나가사키 M·B초라면 중국인을 비롯해 생활수준이 극히 낮은 외국인 등이 사는 잡거지이다. 이곳 19번지에 빈집이 있는데 벽돌로 된 서양풍 집으로, 이 집은 수년 전에 한 중국인 부부가 살던이래 거주하는 이가 없다. 가끔 이 집을 빌린 사람들이 있었지만 대부분 5일, 혹은 10일, 길어야 보름 이상 머무르는 사람이 없다. 거주자의 이야기에 따르면 이 집에는 저녁 8, 9시부터 밤 1, 2시에 걸쳐 천정인지 어디서인지에서 뚝뚝 피가 떨어지는 것 같은 기분 나쁜 소리가 난다고 한다. 또 어떤 자는 천정에서 떨어져 마루를 물들이는 피를 보았다고 하는 등, 엄청난 소문이 자자했다. 혈기 왕성한 젊은이 중 시험 삼아 이 집에 머무르는 자도 있었다. 그런데 여기서 이상한 것은 그 집은 이처럼 시험 삼아 머무르는 경우에는 절대 이상한 일이 일어나지 않고, 이상한 일이 일어나지 않는 것을 보고 이 집을 빌려 살려고 하는 경우에는 반드시 피가 뚝뚝 떨어지는 소리가 들린다는 것이다. 3, 4년간 집을 빌리려는 자도 없기에 집주인도 처치 곤란해 하던 바, 그 집을 헐어버리려고 3일 전 사람을 고용해 철거를 시작했는데 이상하게도 그 집 바닥에 넓이가 10조 정도 되는 지하실이 있었다. 하지만 누가 무엇을 위해 그 지하실을 만들었는지 알지 못한다. 두려운 마음이 들었지만 아래로 내려가 보니 거주자들이 피 떨어지는 소리라고 생각했던 것은 아마 부엌 개수대에서 흘러넘친 물이 지하실 바닥으로 떨어지면서 나는 소리였던 듯하다. 그것은 개수대에 있는 판자 뒤의 누수 자국으로 알 수 있다. 귀신이 나오는 집의 정체는 이런 것이었다. 도대체 무엇을 위한 지하실인지에 대해 이야기하는 사이에 인부 중 한 명이 지하실 한 쪽에서 차가운 바람이 들어오는 것을 알고 그 쪽으로 걸어들어 갔더니 거기에 구멍이 있었다. 그 구멍이 어디로 통하는 것인지 알아보기 위해 한 사람이 기어들어갔는데, 들어가자마자 비명을 지르며 기어 나왔다. 사람들이 그 이유를 물었지만 그 남자는 말도 하지 못하고 그저 구멍 속을 가리킬 뿐. 겨우 입을 열고 저기에 백골이 누워 있다고 말하니 난리법석! 결국은 경찰에게 출동을 부탁해 조사해보니 확실히 해골이 있었다. 사지와 두개골 등의 모든 뼈는 완전하고 골격이 보통 사람보다 커다란 점으로 보아 아마도 중국인 혹은 서구인일 것이라고 추측된다. 또 이 지하실을 구석구석 수색하다가 개수대 밑에서 금색으로 빛나는 신주(新鑄) 1전짜리 동화(銅貨) 크기의 메달을 하나 발견했다. 이 메달은 중량 7돈 5부 정도 되는 순금으로 표면에는 라틴어로 '예술은 길고 인생은 짧다'라는 구절이 새겨져 있었다. 외국 모 대학 문과의 기념 메달로 진귀한 것이라는 것이 판명되었다. 시내에 사람들이 모르는 이런 지하굴이 있다는 것만으로도 이상한데 황금 메달이다, 백골이다, 게다가 그 백골은 도로 밑 십 수척 아래에 있었다는 사실이 발견되니, 이 유령 집이야말로 점점 갈수록 이상하기 짝이 없다. 비록 지방에서 일어난 일이라고는 해도 18세기 풍의 이야기같다 할 수 있다. 어쨌든 뭔가 자초지종이 있을 것이라는 생각에 경찰에서는 비밀리에 착착 조사를 진척시키고 있으니 머지않아 모든 것이 폭로될 것이다. 오늘날에도 이런 기이한 일이 있으니, 사실 소설보다 기이하다는 것은 이러한 일을 말하는 것이다.

지방신문답게(그것은 후쿠오카의 신문이었다) 장황하게 보도하고 있었다.

나는 더욱 놀랐다. 아마 이 기사를 본 사람 중에서도 내가 가장 놀란 사람일 것이다. 전에는 광인의 망상이라고만 생각하고 있던 것이, 어쨌든 일정 부분 사실이었던 것이다. 그가 '내가 그곳으로 옮겼다'라고 말하면서 그 시체가 외국인이라고 했는데 실제로 외국인의 백골이 발견된 것이다. 내 눈 앞에 흔들리고 있는 선실의 하얀 천정 가득히 『여도둑 로자리오』 필름 속의 지문과 금시계 뚜껑 뒤의 지문이, 완전히 똑같은 모양을 하고 나타났다. R·N이 말한 사실을 나는 어디까지 믿어야 할까? 배가 흔들릴 때마다 선실의 둥근 창문을 통해 달밤의 바다가 슬쩍슬쩍 보였고 그것은 R·N이 내게 말한 환상적인 여러 가지 광경을 암시했다. 점점 더 그것을 믿게 되면 언젠가 그가 그 자신을 최대한으로 믿는 때와 마찬가지로 결국에는 '윌리엄 윌슨이 나가사키 아편굴의 살인자'라는 것까지 그의 의견과 일치하게 될까?

나는 그 후쿠오카의 신문을 가지고 돌아왔다. 그리고 결국 지난해 세상을 떠난 R·N의 기이한 유품, 그 불가사의한 수집품— 붉은색 밑줄을 친 활동사진 잡지, 그린플랙사의 카탈로그, 그가 투시로 찾아냈다는 금시계, 그 시계를 손에 들고 보기 위한 검은 장갑, 『여도둑 로자리오』 필름의 일부, 그것을 확대하는 환등기— 그런 물건들을 넣어놓은 상자 속에 그 신문도 넣어두었다.

나는 아직도, 이 글을 쓰고 있는 지금도 그 필름 속의 지문과 시계 뚜껑 뒤의 지문이 어떻게 다른지 알 수 없다…… 내 눈을 의심하는 것은 더더욱 불가능하다. 내게 있어 그것은 신을 믿지 않는 것 이상의 모독이기 때문에.

지문을 가만히 바라보고 있으면 거기에는 또 다른 세계가 있다. 진기하고 섬세한 세계가 어느새 내 눈에도 익숙해졌다. 내 아내는 내가 너무 지문 이야기만 하니 나도 미친 사람이 되는 것은 아닌지 걱정하고 있는 것 같다.

"정신병은 전염되는 것인가요?" 정신병 연구를 하고 있는 내 친구 K에게 이런 것을 물어보았다고 한다. 하지만 나는 절대 미친 사람이 아니다. 내 아내에게도 독자에게도 말하는 바이다. 사실 R·N도 미친 사람이 아니었구나. 나는 최근 들어 이렇게 생각하게 되었다.

불의 침대

사토 하루오

베어 쌓아둔 가슴속 땔나무를 한바탕 태운

모닥불 그 속에서 웃으며 죽었으면

- 모리 오가이(森鴎外)

6월 7일, 이 무렵이 되면 춥기로 유명한 시나노(信濃)의 지사 가타(小県), 지쿠마(筑摩) 근처의 산지에도 봄바람이 불기 시작하고, 눈에 파묻혀 있던 산과 들에도 초목이 싹튼다. 그 중에서 먹을 수 있는 것을 채집하는 것이 산촌에 사는 이들의 즐거움이며 또한 필요한 생활이기도 하다. 그들은 동면과도 비슷한 6개월의 생활로 인해 신선한 야채와 햇빛에 목말라 있다. 그 날 히가시지쿠마군(東筑摩郡) 이리야마베무라(入山辺村) 마을의 N·Y라는 52세의 농부가 이른 점심을 먹고 아이 셋을 데리고 마을 뒷산에 고사리를 캐러 갔다.

삽주*나 잔대**는 이르지만 길 가에 있는 머위의 어린 꽃줄기는 이미 자랐고, 산골짜기 작은 계곡의 미나리나 볕이 잘 드는 곳의 고사리는 이미 곳곳에서 산뜻한 녹색을 뽐내고 있는데, 상서롭게도 아직 아무도 발을 들여놓은 흔적이 없다. 어디서나 마음껏 캘 수 있다. 따뜻한 햇살 아래 들뜬 마음으로 밖으로 나온 노인과 아이들은 남들보다 먼저 산으로 가는 기쁨에 더욱 신바람이 나서 사람들이 휩쓸고 가기 전에 작년에 고사리를 캘 때 가장 수확이 좋았던 곳으로 향한다. 작년에는 사람들이 휩쓸고 간 후에도 그렇게 많이 캘 수 있었으니 좀 먼 것은 문제도 되지 않는다. 서로 이야기를 나누며 이미 한 걸음 한 걸음 깊은 산 속으로 들어가고 있었다.

이곳은 다케시(武石) 고개에 가까운 마을이기 때문에 야산이지만 험한 산과 이어져 2000m 정도의 봉우리들이 무리를 이루고 있었다. 그 능선을 따라 마쓰모토(松本)와 우에다(上田)를 오가는 길이 있었는데 최근에는 버스도 다니기 시작했다. N·Y 노인은 모르겠지만 최근에는 젊은 등산객들이 가끔씩 한껏 멋을 부려 지쿠마 알프스라고도 부르고 있는 지역이다.

봉우리는 전후좌우로 어지럽게 겹쳐 있는데, 이 능선을 따라 평탄하게 완만한 경사를 이루며 크게 우회하고 작게 구부러지다가 어느 샌가 1700m 높이에 이르게 된다. 그러나 지도가 없는 그들은 이런 사실을 알 리가 없다. 산촌에 사는 이들은 이런

* 초롱꽃목 국화과의 쌍떡잎 다년생 약용식물
** 초롱꽃과에 속하는 다년생 초본식물로 딱주라고도 한다.

산길 1, 2리를 식후의 산책 같은 가벼운 기분으로 다니곤 하지만, 지금은 한눈도 팔지 않고 목적지로 서둘러 갔다. 오가하나(王が鼻) 아래로 다케시, 하카마고시(袴腰) 등의 봉우리가 좌우로 늘어서 있고 다케시야마 산의 주봉 아래 오목한 산등성이를 지난다. 눈 녹은 물이 소용돌이치는 계류를 따라 하카마고시 뒤에 있는 산길을 조금 거슬러 올라간 후 조심조심 물을 건너 건너편 둑으로 뛰어오르면 산그늘이지만 편평한 들판이 나타난다. 쏟아지는 햇살 속에 여유 있고 완만한 경사면이 조금 솟아올라 건너편의 시야를 가리는데, 그 주위에 당송(唐松)이 세 그루 정도 드문드문 서 있고, 그 건너편 자작나무 가지에 미풍이 불어오는 것이 보였다. 그들의 목적지는 이 풀밭이다. 의욕에 차서 풀밭으로 들어간 아이들이 당송 아래로 간 순간, 이구동성으로 예리하게 소리를 지르며 멈춰 섰다. 맨 끝에서 한걸음 뒤쳐져 오던 노인도 풀밭으로 들어와 상상도 하지 못한 이상한 것을 발견하고 아이들과 똑같이 멈춰 섰다.

아이들은 듣도 보도 못한 산의 요괴를 보았다고 생각했지만, 노인은 그 이상의 현실적인 공포와 마주하고 발이 절로 멈춘 것이다. 일단 자신의 눈을 의심하고 다시 한 번 앞쪽을 확인한 노인은 자기도 모르게 큰 소리로 외쳤다.

"여기는 안 돼. 저리로 가!"

노인은 자신들이 걸었던 산길을 가리키며 아이들은 쫓아버렸다. 아이들이 뒤를 돌아보고 또 돌아보며 떠나간 후, 노인은 혼자 그곳에 남아 다시 한 번 눈을 크게 뜨고 '이건 큰일이다'라고 생각했다. 주위의 상황을 확인하고 그 이상한 것을 다시 한 번 유심히 보다가 결국 마음속으로 '안 되겠다'고 혼잣말을 했다.

"멍청이가……"

뭔가 분노가 솟아오를 뿐, 어찌할 바를 몰라 곧 아이들의 뒤를 따라 산길로 뛰어 들어간 노인은 큰 목소리로 아이들의 이름을 연거푸 불렀다. 메아리 소리와 함께 가까이에 있던 아이들이 돌아오자 노인은 그 아이들을 데리고 뭔가에 쫓기듯 산을 내려왔다.

모든 것은 악몽과도 같았다. 노인은 경악에 이어 불길한 것을 봐버렸다는 불쾌한 기분이 들었다. 동시에 누군지도 모르는 멍청이의 비밀을 도대체 어떻게 처리하면 좋을지 모르는 망설임과 말려들지 않으면 좋겠다는 불안감이 솟아올랐다. 그는 이런 감정들을 강하게 부정하며 어찌됐건 한시라도 빨리 이 이상한 것으로부터 멀어지려고 발을 움직였다.

노인은 고사리 캐기의 흥이고 뭐고 다 식어버렸다.

아이들이 시끄럽게 물었다.

"저게 뭐야?"

"무슨 일이야?"

노인은 아이들을 꾸짖듯 다그쳤다.

"아무것도 아니야."

"나도 몰라. 알 리가 있겠어?"

질문을 막기 위해 아이들에게 쓸데없이 말이 많은 것은 좋지 않다고 타이르며 산 위에서 본 것에 대해서는 절대 아무것도 말하지 말라고 일러두었다.

아무것도 모르는 아이들도 아버지가 이유 없이 화를 내는 원인과 침묵하라는 말을 이해할 수 있을 것 같았다. 산 위에서 본 것은 아이들에게도 그런 이상한 흥분과 비밀을 호소하는 것처럼 느껴졌다. 그렇다고는 해도 모처럼 고사리를 캐러 왔는데 고사리도 캐지 못하고 돌아가는 것이 무의미하게 느껴졌다. 아이들이 제1 후보지에서 고사리를 캐지 못했으니 아직 사람들이 건드리지 않은 다른 곳에서 캐자고 하자 노인도 결국 승낙하고 기분 전환을 위해 자신도 고사리를 캐기 시작했다.

마음속의 무거운 짐이 생각난 노인이 아직 잘 걷지 못하는 막내의 손을 잡고 급히 산을 내려왔다. 내려올 때에는 햇살이 밝았었는데 마을은 이미 완전히 어두워져 있었다.

집에 돌아와 이 모든 것이 공복 때문이었다는 듯이 배를 채우면서도 노인은 이상하게 우울한 기분이 들었다.

아이들이 5개의 바구니에서 고사리를 꺼내 보니 생각보다 양이 많다며 기쁜 표정으로 보여주어도 노인은 그저 한 번 슬쩍 쳐다보고 고개를 끄덕일 뿐이었다.

아무런 상관도 없는 생판 남의 일에 왜 이렇게 괴로운 것일까? 이것도 뭔가 인연이라고 생각하니 노인은 마음이 무겁고 안정이 되지 않는다.

이 노인은 오늘날까지 경찰이라는 것에 아무런 볼일도 없는 사람이었다. 물론 신문 정도는 읽지만 패전 후의 경찰 구조에 대해서는 아는 바가 없기 때문에 이런 경우 대체 어디에 신고를 해야 할지 알지 못했다. 노인은 생판 남의 운명에는 별다른 감상이 없었지만 자신에게 닥친 이 일이 당혹스러웠다.

어쨌든 마을 사무소로 겨우 무거운 발걸음을 옮기면서 지금까지 그 생각을 하지 못한 자신이 멍청하다는 생각이 들었다. 우물쭈물하고 있는 사이에 사무실 직원도 모두 퇴근했다는 사실을 깨달았지만 사무실 사람들은 모두 아는 사람들이기 때문에 누군가 숙직하는 사람이 하나는 남아 있을 것이다. 누구든 좋으니 가보자고 생각하고 가보니 사람은 있었지만 노인의 얼굴을 빤히 바라보며 '한시라도 빨리 신고하는 것이 좋다'고 말했다.

그러나 어디에 신고하는지에 대해서는 그다지 자신이 없는 듯하다가 결국 전화를 연결해주었다.

"전화로 마쓰모토시 히가시치쿠마 경찰서에 신고하면 되겠죠. 전화를 연결해 드릴게요."

노인이 물었다.

"하는 김에 대신 신고해주지 않겠나?"

"그건 본인이 하는 편이 좋을 것 같아요."

이리하여 N·Y 노인은 수화기를 들었다.

신고를 마친 노인은 불안하지만 조금은 어깨가 가벼워진 기분이었다. 정직한 노인은 자신이 저지르지도 않은 죄를 자수한 것 같은 기분이었다.

마쓰모토 지구 경찰서의 시계는 7시 15분을 가리키고 있었다.

이리야마베무라 마을에 사는 사람이 마을 사무실의 전화를 빌려 말하기를 '아이들을 데리고 고사리를 캐러 가는 도중 산에서 자작나무에 양 발이 묶인 채 불에 타 죽은 나체의 젊은 여자, 스무 살 정도 되는 여자를 발견했다'고 한다. 예상치 못한 중대한 사건 신고였다.

"살인 현장을 보신 겁니까?"

"그건 아닙니다."

"그럼 범인이 도망치는 것을 보셨습니까?"

"아니요."

"그럼 그런 사체를 발견하셨다는 거군요?"

"그렇습니다."

"발견한 시각은?"

"11시 30분 정도에 집을 나섰으니 1시, 혹은 1시 반이었습니다. 지금 막 산에서 돌아온 길입니다."

"산 속의 장소는 어디 근처였습니까? 지명 외에 뭔가 표식이 될 만한 것이 없습니까?"

"하카마고시 스키 오두막 근처의 풀밭입니다."

이렇게 말한 후 더 자세히 설명하려고 고심하는 것 같았다.

"장소에 관해서는 일단 그 정도면 됐습니다. 그러면 본인의 이름과 주소를 다시 한 번 천천히 말씀해주십시오."

"예. 히가시치쿠마군 이리야마베무라 마을 히가시키리하라(東桐原) 3646……예, 3646입니다. 이름은 N·Y, 52살입니다."

"감사합니다. 죄송하지만 필요하면 저희가 협력을 요청할지도 모릅니다. 잘 부탁드립니다. 감사합니다."

경찰은 너무나도 민주적이고 예의바르게 대했기 때문에 N·Y

노인도 가볍게 "예, 예."라고 대답했지만 마음속으로는 역시 사건에 연루되는 거라는 느낌이 들어 '아, 하필 농사일이 바빠지는 시기에……'라고 혼잣말을 하며 손바닥으로 반쯤 벗겨진 이마에 맺힌 땀을 닦았다. 하지만 안심하는 마음도 들어 '뭐 이 정도라면 좀 더 빨리 해치웠으면 좋았을 걸'이라고 생각했다.

전화를 끊은 경찰은 서장실로 들어가 신고 내용을 보고하고 명령을 기다렸다. 서장은 일단 지도를 본 후 이렇게 명했다.

"그대로 혼고무라(本鄕村) 경찰서에 전달하고 필요하면 지원하겠다고 하게."

하카마고시야마 산은 치사가타와 히가시치쿠마군의 경계선에 있는 산이기 때문에 지적(地籍)이 복잡하게 뒤얽혀 있는데, 서장이 알고 있는 대로 스키 오두막 부근이라면 대부분 혼고무라에 속한다.

혼고무라 마을은 아사마(淺間) 온천의 소재지로 마쓰모토 시와는 인접해 있다. 전차나 버스 편도 아주 편리해 마쓰모토의 시외라는 느낌도 있지만, 하나의 독립된 마을이다. 유명한 온천 때문에 집들도 조밀하고 여행객들의 출입도 빈번하여 자연스럽게 여러 사건들의 발생이 예상되는 바, 이곳에는 자치 경찰서도 설치되어 있었다.

마쓰모토의 히가시치쿠마 경찰서에서 혼고무라 경찰서로 전화를 걸었다. 내용은 하카마고시 스키장 오두막 부근 풀밭 경사면에서 자작나무 벌목에 양 다리를 묶인 채 검게 탄 젊은 여성의 유기시체를 발견했다는 신고를 받았다는 것이었고, 발견자의 주소와 이름이 덧붙여졌다. 발견 시간은 1시, 혹은 1시반 경, 신고는 방금 전에 들어왔다. 아이들을 데리고 고사리를 캐러 갔다가 발견했는데, 산을 내려가는 데 시간이 많이 걸린 모양으로 산을 내려오자마자 신고했다는 설명도 했다.

보고를 받은 혼고무라 마을 서장인 S 경부의 손목시계는 7시 25분 경. 실내가 어두컴컴해서 정확하게 잘 보이지는 않는다. 더디지만 해도 빨리 저물어 높은 구름이 석양의 여운을 머금고 있을 따름이다. 하카마고시 스키장 오두막으로 가는 길은 12km의 산길이다. 지금은 어찌할 수가 없다. 오후 1시에 발견한 것을 지금까지 신고하지 않았던 것을 원망했지만, 설명을 들어보면 어쩔 수 없는 일이다. 게다가 발견 당시 아직 맥박이 있었다고 해도 그 후 시간이 흘렀고, 하물며 당시 이미 시체였다고 한다면 한밤중에 위험을 무릅쓰고 현장에 가는 것은 무의미한 짓이다. 설마 시체가 밤 사이에 소실될 일도 없을 것이다. S 경부는 타살의 의혹이 짙기 때문에 서둘러 가기보다는 범인 조사에 대한 준비를 해두는 것이 급선무일 거라고 판단했다. 부하에게 일대의 경찰서는 물론, 범인이 고개를 넘어 튈 경우를 대비해 치사가타 군으로 이어지는 통로 곳곳에도 연락을 취하라고 했다. 결국 그날 밤은 철야였다.

다음날 아침. 검시 일행 여덟 명—혼고무라 마을의 자치경찰 5명에 마쓰모토의 지구 경찰 3명을 더해—이 자동차를 타고 가면서 이리야마베무라 마을의 히가시키리하라에 들러 신고자인

N·Y 노인을 만났다. 현장의 명확한 지점을 알고자 했지만, 노인은 돋보기 아래로 지도를 이리저리 보기만 할 뿐 지도 보는 방법을 몰랐다. 차라리 안내를 해달라고 부탁하자 처음에는 당혹해하는 기색이었지만 곧 생각을 바꿔 기분 좋게 일어나 기세 좋게 어제의 길을 앞장서 갔다.

오르막길만 있는 산길이지만 길이 잘 닦여 있어 지나다니는 사람들도 많았다. 선두에 선 노인에게 가벼운 인사를 건네며 서둘러 앞으로 나아가는 남녀도 네다섯 명 있었다.

일행―지금은 N·Y 노인까지 합쳐 9명―은 지나가는 사람들을 방해하지 않기 위해 노인을 선두로 일렬종대로 서서 길 한쪽으로 비켜 걸어갔다. 산중에 인가는 드물었지만 산기슭 마을에 살면서 산간에 경작지를 가지고 있는 사람들이 많았기 때문에 쾌청한 봄 하늘 아래 논밭으로 일을 하러 가는 것이었다.

산기슭에서 올려다 보았을 때에는 아직 아침 해가 완전히 솟지 않았기 때문인지 봉우리들이 흰 구름에 덮여 있었는데, 지금 산 속에 와서 보니 어제 못지않게 화창한 햇살에 곳곳에서 울새와 꾀꼬리가 지저귀고 있었다.

현장에 도착한 것은 10시 30분.

현장은 산길에서 겨우 5, 6겐(약 9~10m) 정도 떨어진 곳에 있었고, 그것도 중간에 드문드문 서 있는 나무 이외에는 아무것도 없는 곳이었다. 때문에 만약 다툼이 있었다면 큰 소리는 물론이고 싸우는 소리 같은 것도 산길을 지나는 사람들에게 들릴 수밖에 없는 곳이다. 단, 풀밭 경사면의 뒤쪽이기 때문에 산길에서는 보이지 않는 지점이다. 하지만 넓게 펼쳐진 곳이기 때문에 산기슭의 평야에서 보면 시야가 멀긴 하지만 어디서나 보이는 탁 트인 공간이다.

우쓰쿠시가하라(美が原)의 서북쪽에 있는 격리된 땅이라고 할 수 있다. 표고 1725.9m인 하카마고시의 서북쪽 산기슭에 위치했으며 산 정상에서 약 100m 아래인 1770m 정도 되는 고지이다. 산길을 따라 폭 60겐(약 108m), 깊이 7, 8겐(약 12~14m) 정도 되는 장방형의 구획을 이루며 서쪽에서 약간 북쪽에 치우쳐 약 30도의 경사면을 이루고 있다. 겨울이면 적당한 경사와 넓이에 눈이 쌓여 최근에는 스키장으로 사용되고 있지만, 원래는 방목지로 사용되던 풀밭에 자작나무가 자연림을 이루고 있었다. 그런데 최근 식수(植樹) 조성을 위해 자작나무를 베어버리고 당송 묘목을 심었다. 눈앞에 벌목한 그루터기와 자작나무 두세 그루, 당송 세 그루가 보이는데, 소나무는 풀밭 중간쯤에, 자작나무는 그보다 조금 멀리 위치해 있다. 봉우리의 북쪽이라고는 하나 동서로 거칠 것 없이 햇빛을 받아 풀이 부드럽고 꽃이 만발했다. 진달래가 많고 찾아오는 나비와 벌레가 많으니 새들도 모여든다. 작은 우쓰쿠시가하라라고 부르고 싶을 정도의 이 풀밭은 발밑에 듬성듬성 작년 겨울의 마른 억새풀이 보이고, 멀리 보면 1700m의 높이를 증명하듯이 멀리 동남쪽으로 보이는 평야에서 인가의 연기가 피어오르는 것이 내려다보인다. 서쪽으로는 북알프스 연봉(連峰)의 일부, 호타카(穗高) 봉우리, 야리가타케(槍ヶ岳) 봉우리, 노리쿠라타케(乘鞍岳) 봉우리 근처의 잔설이 상쾌하

게 시선에 와 눈을 즐겁게 한다. 북쪽에서 불어오는 바람은 차갑지만 봄 햇살이 화창해 주위는 살인 현장이라기보다는 오히려 사랑하는 사람끼리 속삭이는 달콤한 말이 더 어울릴 것 같다.

하지만 이 아름다운 사각형 풀밭의 경사면을 따라 서쪽 구석으로 가보면 갑자기 주위와 어울리지 않는 으스스한 얼굴이 마른 풀 위에 벌러덩 굴러 떨어져 있어 보기에도 너무나 기이하다.

검게 타서 퉁퉁 부은 피부는 부자연스럽게 번들거리는 가운데 코는 타서 뭉개졌고 약간 벌어져 있는 입술도 중간 부분이 그을려 있는데, 좌우 제2문치(門齒)의 금니가 괴기함을 더하고 있다. 또 치아 사이로는 검은 혀끝이 조금 튀어나와 있다. 그리고 정오의 햇빛이 불에 타 문드러지고 일그러진 콧구멍의 모습을 그대로 드러내주고 있다. N·Y는 어제의 놀라움이 되살아났다. 아이들이 산의 요괴가 퇴치되었다고 생각하는 것도 무리는 아니다. 그들의 아버지가 요괴 이상의 현실적인 공포에 떤 것은 더욱 당연한 일이다.

웬만한 일에는 잘 동요하지 않는 경찰 일행도 두 번 다시 보고 싶지 않다는 생각을 하면서도 직업의식과 직무 이외의 호기심이 발동하는 것을 느꼈다. 그러면서 이 이상한 사건이 아마도 사무적인 곤란함을 초래할 것이라는 생각에 서로의 얼굴을 바라보았다.

지면을 보니 자연적 지세가 오목하게 파인 곳을 더 파서 움푹하게 만들었고, 거기에는 작년에 '작은 숯'이란 불리던, 잡목의 가지를 숯으로 만든 흔적의 그을음이 스며들어 있다. 그리고 그 위에는 새로운 화톳불의 흔적을 보여주는 자작나무의 통나무, 완전히 타버린 진달래와 숯이 된 당송의 작은 가지, 재가 그대로 남아 있다. 그 속에 가슴에서 배, 허벅지 근처까지 노출된 여자의 몸이 다리를 조금 벌린 채로 누워 있는 것이었다. 오른쪽 발목은 자작나무에 밧줄로 묶여 있고 왼쪽 발도 두꺼운 밧줄로 묶여 있던 흔적을 남긴 채 타다 남은 불 속에 내팽개쳐져 있다.

양 손은 반쯤 펴진 손가락을 가볍게 쥔 형태로 얼굴 양 옆에서 경직되어 있었다. 이것을 고통의 형태라고 한다면 그렇게 볼 수도 있을 것이다. 경사면의 낮은 쪽에 벌러덩 누워 턱을 치켜들고 있는 얼굴을 다시 한 번 바라보니 그을리고 부어올라 팽팽해진 피부의 광택은 검게 빛나는 나무 조각과도 비슷해 나이도 알 수 없고, 생전의 모습을 상상하기조차 어려워 그 무표정이 오히려 음침하게 보였다. 안구의 상태는 사인(死因) 때문이 아니더라도 이미 부패의 징조를 보이고 있다. 산 위의 냉기에도 불구하고 이런 현상이 나타나고 있는 것은 사체가 장시간 방치되었기 때문일 것이다. 사건은 적어도 2, 3일 전에 일어난 듯하다.

시체는 알몸이라기보다는 반라 상태로, 그것도 처음부터 그런 것이 아니라 옷을 입은 채로 태웠는데 입고 있던 옷이 소실됨에 따라 그 몸이 노출된 것 같다. 그것은 시체의 정강이, 가슴, 배에 타다 남은 옷이 일부는 감겨 있고 일부는 달라붙어 있는 것을 보면 확실히 알 수 있다.

시체 주위에는 타다 남은 것과는 별개로 자작나무 벌목 4, 5그루가 놓여 있었다. 짧은 것, 긴 것, 얇은 것, 두꺼운 것. 각각 의미라도 있는 것 마냥 난잡하게 뒤엉켜 있었다.

대강의 상황을 살펴본 후 일단 현지의 지도나 시체의 위치, 자세, 시체와 나무의 모양 등에 대한 겨냥도(배치도)를 그렸다. 그러고 나서 필요하다고 생각되는 여러 각도에서 현장의 지형이나 사체의 상황 등을 십여 장 정도 촬영했다.

촬영 중에 산 아래의 시가지에서 11시 30분을 알리는 사이렌 소리가 들려왔다.

촬영이 끝나자 풀밭의 남쪽에 있는 스키장 오두막에 들어가 도시락을 먹기로 했다. 이 오두막은 시즌 이외에는 사람이 없다. 4칸으로 나뉘어져 있는 이 오두막은 일행 9명이 들어가기에는 조금 좁았다. 사람들은 입구 오른쪽에 있던 아궁이에서 타다 남은 자작나무 장작의 굵기를 보고는 '사체 부근에 있던 나무는 이 오두막에서 연료로 보관하고 있던 것을 가지고 나와 사용한 것이 아닐까?' '밧줄도 여기에 있던 것은 아닐까?' 라는 등의 이야기를 나누었다.

그리고 식후 담배까지 피우고 난 후 일단 재빨리 사체 주위에 있던 나무를 치우고 그 길이와 두께를 재어 겨냥도에 기입했다.

나무들은 마구 뒤엉켜 있었는데, 시체의 가슴에 떨어져 있던 것만이 당송이었고 나머지는 모두 자작나무였다. 오른쪽 발이 묶여 있던 나무가 직경 두 치 5푼(약 7.5cm)에 길이가 가장 길었다. 그리고 밧줄이 묶여 있던 나무가 하나 더 있었는데 이것도 직경이 두 치 5푼보다 조금 가늘고 오른쪽 다리를 묶었던 것과 쌍을 이루는 것 같았다. 즉, 이 나무에 왼쪽 다리를 묶었던 것이 아닐까라는 생각이 들었다. 이 한 쌍의 커다란 나무는 각각 잎을 훑어낸 가지가 붙어 있는 채였다. 그리고 둘레가 각 네 치(약 8cm)이고, 나무도 다르고 길이도 일정하지 않은데 각각 그 끝을 세 치(약 6cm) 정도 땅에 묻어 놓은 흔적이 있는 한 쌍의 나무가 있다—가슴 위에 있던 당송 나무가 그 중 하나이다. 그리고 또 하나, 두께는 직경 한 치(약 2cm) 정도, 위는 짧고 아래는 긴 X자 모양으로 겹쳐 밧줄로 묶어놓은 나무가 있었다. 교차되는 부분의 위쪽은 약 1척(약 30cm)정도 벌어져 있다. 이 겹쳐진 나무는 사체의 머리 위에 쓰려져 있었는데, 나무의 매듭과 사체의 위치와의 관계로 보아 사체가 베고 있던 것이 쓰러진 것처럼 보였다. 또 좀 더 상상의 나래를 펴본다면 마구 뒤엉킨 나무들은 그 치수나 밧줄 등이 시사하는 바에 따라 화톳불 위의 임시 침대였다가 불에 탄 후 그 사명을 다하고 무너진 것이 아닐까? 즉, 나무를 땅에 묻어 4개의 기둥을 만든 후, 제물의 다리를 묶은 긴 나무를 올리고 X자 모양의 나무를 베게 한 것이다. 그것이 불에 타 붕괴하여 사방으로 흩어진 것이라고 생각할 수 있다. 현장에는 그렇게 생각할 수 있는 재료들이 구비되어 있었다. 이 임시 침대에 필요한 다른 부분(예를 들어 허리 부분을 받칠 가로대 등)은 불에 타서 땅으로 떨어져 다른 재와 섞여버렸다고도 생각할 수 있지만, 그 흔적도 증거도 없다. 이것은 그저 가정일 뿐이다. 하지만 이 나무들이 원래 풀밭의 잡목림 속에 있었을 거라는 추정은 이들 나무가 베어진 부분과 그 치수가 주변의 그루터기와 일치하기 때문에 증명할 수 있으며, 하나하나의 나무가 원래 있던 장소를 각각 명시할 수 있었다. 이미 그루터기도 비바람에 노출되었고 나무가 베어진 부분도 시든 지 오래된 것으로 보아 그 나무들은 새로 베어진 것이 아니라는 것은 확실했다.

시체에서 가장 주의할 점은 발이 묶여 있다는 점이다. 오른쪽 발목은 부드러운 볏짚이 아닌 급조한 새끼줄로 이중으로 묶었는데, 왼쪽으로 한번 돌려 묶은 매듭이었다. 발과 나무 사이에는 약 10cm의 공간이 있었고 아주 느슨하게 묶었다. 오른쪽 발은 현장 부근에 있던 두꺼운 기계 밧줄로 무릎 아래쪽을 묶었던 것 같은데 불에 타서 끊어졌다. 묶은 것도, 그 흔적이 있는 것도 양쪽 발 뿐, 손이나 다른 부분은 묶여 있지 않다.

다음으로 옷이다. 상의는 이른바 표준복이라는 주반(襦袢)* 같은 것을 입고 있었는데, 끈이 젖가슴 근처에 묶여 있던 그대로 타다 남은 상태이다. 이 끈의 매듭이 또한 발목의 매듭과 마찬가지로 왼쪽으로 한번 돌려 묶은 매듭이다. 아래는 몸빼**를 입고 있었던 것 같은데 불길이 닿지 않았던 듯 발목과 정강이, 아랫배 위쪽에 그 일부가 남아 있고 허리끈이 배 위에 남아 있다. 이 또한 왼쪽으로 한번 돌려 묶은 매듭이다. 몸빼 발목 부분의 매듭은 타버려 분명치 않다. 허리 근방에는 낡은 목도리 같은 것이 둘러져 있었고, 그 아래 몸빼 끈 속에 표준복 아랫부분이 남아 있었다. 자세히 보니 덩굴무늬 꽃모양에 홀치기염색 문양을 섞은 표준복 천에 줄무늬 무명천을 덧대어 꿰매어놓은 것이다.(후에 이

* 맨몸에 직접 입는 짧은 홑옷
** 주로 농촌이나 산촌 여성이 작업복 및 방한복으로 입는 바지 모양의 아랫도리옷

천 조각이 우연히 그녀의 신분을 증명해줄 유력한 증거가 되었다)

용모의 미추는 물론, 망가지기 전의 몸이 컸는지 작았는지, 살이 쪘는지 말랐는지 도저히 알 수 없는데 일단 전체적으로 보통 인상에, 앞니에 금니가 있는 것으로 보아 이 외에도 치아를 치료한 흔적이 있을 테니 이것이 가까스로 실마리가 될 것이다. 나이는 전혀 추정할 수 없다. 타다 남은 차가운 피부를 더듬어 보니 다소 처짐은 있지만 아직 그렇게 늙은 것은 아닌 것 같다. 하지만 신고를 한 노인이 20세 정도의 젊은 여자라고 추정한 것은 그저 관념적으로 내린 속단인듯, 어디에서도 그렇게 추정할 근거를 찾을 수 없다. 지방질이 거의 없는 영양 상태나 커다란 손발의 모양, 튼 손발, 손톱 사이의 흙, 옷차림 등으로 판단할 때 가까운 농촌의 여인일 것이라고 추정하는 것이 고작이었다.

시체는 얼핏 보아 둔부, 허리 부분, 등 부분, 오른쪽 겨드랑이 아래, 왼쪽 대퇴부 위쪽 등이 가장 큰 화상을 입었다. 물론 몸의 앞쪽도 화상을 입었지만, 옷의 상태 등으로 보아 그것은 등 쪽에서 시작된 불꽃에 휩싸인 것으로, 불길이 겨드랑이와 목덜미, 어깨 위, 사타구니 등을 훑고 지나갔음이 명료하다. 왼쪽 대퇴부의 서혜부에서부터 내부 중앙 부위에 걸쳐 재가 보이는 것은 이 부근에서 화염이 가장 맹렬하게 타올랐음을 말해준다. 등 뒤쪽은 거의 다 타버렸는데 특히 후두부는 머리카락과 두피가 모두 타버려 뼈가 드러나 있다. 또 양 손의 상박부도 심한 화상을 입어 양쪽 상박골이 거의 3분의 1이나 드러나 있다. 이러한 상태를 종합해 생각해보면 살짝 오른쪽으로 기울어진 상태에서 양 겨드랑이에 지탱해 누운 자세로 등 뒤에서 불을 붙인 것으로 추정할 수 있다. 양 팔을 두 그루의 나무에 걸치고 누운 자세로, 붕 떠 있는 몸의 아래에서 불을 붙인 것이 아닐까? 그러면 사체 주위에 어지럽게 흩어져 있던 나무들이 화염 위의 임시 침대였다는 가정도 딱 들어맞는다고는 할 수 없지만, 그렇게 틀린 것도 아니었다.

폭행 유무가 가장 먼저 의심되는데, 시체가 이런 상태이면 극히 추측하기가 어렵다. 그러나 몸에 걸친 몸뻬 조각이 남아 있고, 허리끈이 묶인 채(그것도 아마 자신의 손으로 묶은 것 같은)라는 점에서 판단할 때 아마 폭행은 없었을 가능성이 크다.

그렇다고는 해도 산 채로 태운 것인가, 시체를 태운 것인가?

이제는 밀려드는 피로감 때문에 호기심도, 혐오의 감정도 점점 희박해져 그저 일이라는 냉정함과 정열만이 남아 있을 따름이었다.

모두가 당연히 타살이라고만 생각했던 처음의 추정은 현지의 지형을 본 순간부터 동요하기 시작했는데, 점점 시체를 자세히 검시함에 따라 차츰 자살에 대한 의혹도 짙어져 갔다.

일단 문제가 되는 것은 다리의 매듭인데, 그 느슨한 매듭이 과연 살인자의 매듭일까? 그는 왜 다리만 묶고 손과 그 외의 부위를 결박하지 않았을까? 매듭이 그렇게 느슨한데 피해자가 탈출하지 않은 것도 이해할 수 없다. 만약 시체를 태운 거라면 다리를 묶어둘 필요도 없었을 것이다. 그저 불 속에 그대로 던져버리고 불을 지피기만 하면 된다. 이렇게 귀찮게 화장을 해야 할 이유는 없다. 또 숲 속에 묻어버리는 것이 훨씬 더 간단하고 비밀 유지에 효과적이었을 것이다. 도대체 무엇 때문에 이렇게 사람들 눈에 띄기 쉬운 장소에서 무모한 화장법을 택했을까? 그리고 이런 화장법을 택했을 경우, 상식적으로 등 뒤에서 불을 붙이는 것과 엎드리게 한 상태에서 밑에서 불을 붙이는 것, 어느 쪽이 더 자연스러울까? 엎드리게 한 상태에서 얼굴을 태우는 것이 살의를 만족시켜주기도 하며 피해자의 신원을 모르게 만드는데 효과적인 방법일 것이다. 반듯이 눕혔다고 해도 등 쪽에만 불을 붙이고 앞쪽에는 불을 붙이지 않은 이유는 무엇일까? 또 옷에도, 타다 남은 재에도 유성 물질을 사용한 흔적이 전혀 보이지 않는 것도 너무나 이상하다. 이해할 수 없는 것 투성이다. 모든 것이 불가사의하다는 것은 뭔가 하나의 근본적인 오해에 기인하고 있는 것 아닐까? 타살이라고 보면 납득이 가지 않는 여러 가지 문제가 자살이라고 생각하면 대부분 이해할 수 있지 않을까?

이렇게 생각하면 오른쪽 발목의 매듭에 의문이 생긴다. 그 발목의 매듭이 표준복 끈, 몸뻬 끈과 똑같이 왼쪽으로 한번 돌려 묶은 매듭이라는 것은 우연으로 봐 넘길 수 없는 현상일 것이다. 표준복과 몸뻬의 끈을 묶은 사람이 발목도 묶은 것이 아닐까라는 생각이 든다. 이 생각은 이윽고 시체 자신이 생전에 자신의 발목을 묶어 두었다는 것으로, 즉, 사체를 자살자로 보는 것이다. 그녀는 생전 왼쪽으로 한번 돌려 매듭을 묶는 습관이 있었던 것은 아닐까? 이런 가정 하에 상상을 해보자. 자살을 하려는 한 여인이 화염 위에 자신의 몸을 눕히고 분사(焚死)를 시도하려 한다. 그녀가 불을 붙이고 그 위에 누울 수 있는 적당한 침상을 만들었다고 치자. 일단 그 침상 위에 몸을 눕혀본다. 하지만 고통 때문에 신체가 움직여 목적을 방해할까 두려워 양 발을 나무에 묶는다. 이것이 가능한 일일까? 양 손을 묶는 것은 불가능할지라도 양 발을 묶는 것은 가능한 일이다. 그녀는 아직 살아 있기 때문에. 일단 상반신을 일으키고 몸을 숙여 한발씩 묶는 것은 너무나도 쉽게 할 수 있다. 그런 후에 누워서 양 옆의 나무에 양 팔꿈치를 걸친 채 양 손을 위로 들어 올리고 죽었다. 결코 불가능한 방법도 아니고 무리한 일도 아니다. 그런데 누가 도대체 왜 자신을 불태우는 극형에 처하는가? 상식적으로 화염 위에 몸을 눕히고 죽음을 꾀하는 인간이 있다는 사실 자체를 믿기 어렵다. 하지만 불가능해 보이는 일을 가능하게 만드는 것이 바로 인간이다. 물에 빠져 자살하는 방법을 생각해내는 사람이 있는 이상 불에 타서 자살한다는 것도 이상하지 않다. 하지만 생각만 해도 고통이 큰 만큼 그것을 실행할 사람도 적고 모방자도 많이 없을 것이다. 그러나 우물에 빠져 자살하는 사람도 있다. 그 심정을 이해하기 힘든 것은 틀림없지만, 방법으로서는 지극히 단순하며 어디 하나 불가능하고 불합리한 점도 찾아볼 수 없다. 그녀는 먼저 불을 붙인 후 불 위의 침상 위로 올라가 누운 것일까? 그렇지 않으면 불을 붙일 준비를 해두고 침대에 누운 뒤 손을 뻗어 불을 붙인 것일까? 이제는 상상조차 할 수 없다.

하지만 일단 이렇게 자살설이 성립되었다. 여기서 이상한 것은 불을 지피기 위해 당연히 사용했을 성냥갑이 그 어디에도 없다는 것이다. 타고남은 재 안에서도, 주위의 어디에서도 기대했던 성냥개비가 한 개도 발견되지 않았다. 성냥갑과 성냥개비가 불 속에서 완전히 타버렸다고 해도 그 흔적 정도는 발견될 법 한데 말이다.

다행히 최근 며칠간 이 지방은 온화한 날씨가 계속되어 사건 현장이 비나 바람에 훼손되지 않고 완벽하게 남아 있었다. 이는 검시하는 입장에서 그나마 다행스러운 상황이었음에도 불구하고 성냥개비는 끝내 발견되지 않았다. 아니면 성냥이 아니라 라이터 같은 것을 사용했을지도 모르기 때문에 그것도 염두에 두었다.

성냥 문제에 이어 시체에 신발이 없다는 것을 알아챈 사람이 있어 역시 주위를 샅샅이 수색해봤지만 이 날은 끝내 찾을 수 없었다. 물건이 귀한 시절이었기에 누군가 그 신발짝을 주워가지 않았으리라는 법은 없지만, 만약 그렇다면 신고하기 이전에 사체를 발견한 자가 있었을지도 모른다는 의문이 생겨난다.—N·Y 노인은 발견 당시 신발이 있었는지 없었는지까지는 보지 못했다고 한다.

현장 검시의 중요한 결론은 생체분살(生體焚殺), 즉 산 채로 태운 것인가, 아니면 사체소기(屍體燒棄), 시체를 태운 것인가를 판단하는 것이 아니라 자살인지 타살인지에 대해 생각해봐야 한다는 자각이었다.

시체를 계속 이대로 이곳에 방치해둘 수는 없다. 한시라도 빨리 처리해야 하는 상황이기 때문에 오늘 저녁이라도 일단 서로 운반해가지 않으면 안 된다. 또 기회를 봐서 해부에 의한 법의학 감정을 기다려야 할지도 모른다. 만에 하나 도둑맞거나 하는 일이 있어서는 안 된다.

아무튼 기초 조사를 서두르지 않으면 안 된다. 그러나 겨우 10명의 인원으로 이런 성가신 사건을 감당할 수 없기 때문에 일단 국가 경찰에 지원 요청부터 해야 한다. 현장은 이 정도로 해두고 돌아오는 길에 다시 한 번 산 위에서 조망해보았다. 이런 장소에서 불을 피우는 것은 봉화를 올리는 것과 같다. 틀림없이 누군가 그 불을 본 사람이 있을 거라는 생각이 들자 혼고무라 마을 경찰서 서장 S 경부는 마음이 편치 않았다.

혼고무라 마을 사무실 직원이 인부들을 독려하여 그날 밤 7시 무렵 시체를 운반했다. 혼고무라 마을 경찰서로 사체를 옮겨 안치하고 바로 활동을 개시했다. 기존 수사 인원 10명 외에 요청을 받고 지원하러 온 국가경찰이 25명. 총 35명이 곳곳으로 파견되어 일단은 가출인을 조사하는 데 전력을 다했다. 그날 밤 멀게는 오마치(大町)까지 간 사람도 있었다. 그러나 히가시치쿠마 지구에도 지사가타에도 그런 자는 없었다. 조사는 처음부터 난관에 봉착한 형국이었다.

신문은 9일 아침, 제1보에 대대적으로 선정적인 기사를 냈다. 그날 정오 이후 혼고무라 경찰서에 모습을 드러낸 것은 인접한 고토부키무라(寿村) 마을에 사는 34세의 S·K였다.

그는 부인인 E가 5일 아침 식전에 말싸움을 하고 가출을 했다고 했다. 오늘까지는 훌쩍 돌아올 것이라고 기다리는 한편, 여기 저기 짚이는 곳을 돌아다녀 보았지만 아무것도 알 수가 없었다. 지금까지 가끔 말싸움을 하고 가출을 한 뒤 친정에 간 적이 있기 때문에 이번에도 친정에 가 있을 거라고 생각은 했지만, 직접 가기에는 서먹서먹했다. 또 E의 언니가 시집와 살고 있는 혼고무라 마을의 M·M의 집에 있을지도 모른다는 생각에 8일에는 동서지간인 M·M의 집에 가 보았지만 거기에도 E가 없다는 사실을 알게 되었다. 결국 친정에도 가지 않았다는 것을 알고 걱정이 되어 가출 신고를 하는 것이 어떨까 의논하고 있던 차에 오늘 아침 느지막이 신문을 보았다고 한다. '설마'라는 생각이 들었지만 혹시나 몰라 경찰서로 달려왔다고 한다.

왜 동서를 성가시게 한 후 가출신고를 하려고 했느냐고 묻자 친정에 있다가 돌아올 것이라고 생각했기 때문이라고 했다. 만약 가출 신고 같은 것으로 시끄럽게 하면 모두들 불편해질 거라고 생각했기 때문에. 그 이야기를 듣고 보니 8일 밤 M·M이 처제의 실종신고를 접수했었다. 이런 문제를 간과하다니 참으로 등잔 밑이 어두웠던 것이다.

어쨌든 S·K를 2층으로 안내해 시체를 보여주니 확실히 아내인 E라고 한다. 또 한 명의 증인이 필요하다고 해서 부른, E의 친정 대표로 온 그녀의 남동생은 시체를 보고 엄청나게 흥분해서 말했다.

"누나 E일지도 모르지만, 이런 끔찍한 모습을 보고는 도저히 인정할 수 없다. 곧장 그렇다고 인정하는 것이 이상할 정도이다."

E의 동생은 마치 S·K가 인정한 것에 대해 항의하는 것처럼 보였다. 침울하지만 냉정하고 침착한 S·K에 비해 E의 동생은 격정적이었다. 이는 단순히 두 사람의 성격적인 차이인가? 혹은 그들이 처한 위치의 차이인가? 아니면 원래 E의 시집과 친정 사이에 잠재되어 있던 뭔가가 이 기회에 모습을 드러낸 것은 아닐까? 혹은 친동생으로서 누나의 이런 이상한 모습과 그 죽음을 인정하고 싶어 하지 않는 것이 당연한지도 모른다. S경부는 이렇게 생각하면서 이 장면을 매우 인상적이라고 생각했다. 그는 동생의 입장과 주장을 충분히 납득하고 물러가게 한 후, 제2증인으로 S·K의 어머니, 즉 E의 시어머니를 불렀다. 그녀라면 가출했을 때의 옷 등을 보고 판단할 수 있을 것이다. S·K의 어머니를 불러 시체를 보여주니, 일단 눈을 가린 노인은 시체에 대해 뭔가 알 수 없는 말을 중얼거리더니 시체의 옷 등을 자세히 본 후 E가 틀림없다고 단언했다. 특히 상의 표준복의 목덜미 아래를 보고는 말했다.

"이것과 같은 천이 집에 남아 있어요."

후에 그 천을 제출해줄 것을 약속하고 이를 실행했다. 그리고 E는 가출 당시 시어머니가 준 붉은 끈에 낙화*가 찍혀 있는 게타를 신고 있었다고도 증언했다.

이러한 증언과 그녀가 제출한 줄무늬 헝겊으로 변사체는 고토부키무라 마을의 S·K의 부인, 29세 E라고 판명되었고, 다시

* 인두 같은 것으로 지져서 그린 그림

금 그 게타가 문제가 되었다. 가출 후의 행적을 추적해가는 과정에서 자연스럽게 게타도 발견될 거라고 생각했다.

시체의 신원이 판명됨에 따라 자연스럽게 수색의 범위도 좁아졌고, 즉시 해부할 수 있는 상황이 되었기 때문에 자살인지 타살인지도 쉽게 구별할 수 있게 되었다. 따라서 범인에 대한 수사 진행 속도도 빨라질 것이다.

물론 아직도 많은 어려움이 남아 있지만, 이것으로 수사본부가 처음에 각오했던 어려움의 대부분이 해결된 것 같았다.

○ ○ ○

당시 나는 가루이자와(軽井沢)에 가까운 산골마을에 살고 있었는데, 그 해 유난히 비가 많이 와서 '도롱이를 입고 모내기를 한다'는 말이 나올 정도였다. 그 즈음 구마노히라(熊の平) 터널의 토사붕괴로 인해 공사 중이던 인부 30여 명이 생매장된 일, 작년 가을 태풍 키티로 유실된 것을 개조한 교량이 다시 떠내려간 일 등 여러 가지 사건이 있었다. 이러한 사건들과 함께 아게마쓰(上松) 버스 선로에 가까운 산 속에서 젊은 여인의 나체가 불에 탄 채 발견되었다는 기사를 읽었는데 사태도 명료하지 않고, 또 거리도 너무 멀어 일상생활에는 전혀 영향이 없는 일이었다—그러나 참 이상하게도 같은 이유로 나에게 있어 가장 인상 깊은 사건이었다.

지방 신문은 '불에 탄 젊은 여인의 사체'라고 2호 활자를 사용해 대서특필하고 부제에는 '다케시 고개에서 자작나무에 두 발이 묶인 채'라고 썼다. 본문은 '타살의 의혹이 짙고 좀처럼 보기 힘든 엽기사건으로서'라든가 '왼쪽 허벅지 안쪽에 커다란 상처가 있는 것으로 보아 폭행도 의심되고 있다'라고 선정적이고 흥미 위주의 기사를 마구 써대고 있었다. 엽기적이라는 단어는 내가 'curiosity hunting'의 번역어로 만든 말인데, 언제부턴가 이런 식으로 사용되기 시작했고, 애초 이런 사용법을 예상치 못했던 나로서는 이 단어를 보기만 하면 화가 나는 것을 금할 길이 없다.

'에로 그로 난센스'*라는 다이쇼(大正) 말기의 유행어는 근대 일본의 천박한 모방문명이 퇴폐기로 들어가는 징조였다고 생각한다. 그런데 지금 이 신문 기사는 에로 그로의 구체적인 구현으로, 그것을 득의만면 하는 것 같은 느낌이 들어 불쾌했다.

이는 그야말로 다소 에로 그로에 해당하는 사건 같긴 하지만, 나에게는 난센스이기는커녕 시대의 허탈감이나 불안을 상징하는 것 같은 느낌이 들었다. 꼭 평화스럽다고 할 수는 없지만 평온한 산중에 불에 탄 젊은 여자의 나체가 던져져 있는 것. 나는 참을 수가 없었다. 그 무렵 불쾌한 하늘 모양과 함께 나오는 아무런 관계도 없고 책임도 없는 이 사건이 어서 해결되었으면 좋겠다고 생각했다. 이는 즉, 에로 그로이기는 하지만 난센스는 아닌 이 사건에 상당한 흥미를 가지고 있었기 때문일 것이다. 확실히 이것은 본래 의미의 엽기적 사건임에 틀림없다. 진상에 대한

---

* 에로틱하고 그로테스크한 것들과 웃음

호기심을 가질 정도의 가치는 있을 것이다. 언젠가 오스트리아 빈의 공원에서 고체 알코올에 의해 불탄 여자의 변사체가 발견되었는데, 살인 용의자가 그녀의 애인인 유대인 신사였던 시끌벅적했던 사건. 나는 이 사건도 기억하고 있다.

신문 기사 따위는 조금도 신뢰하지 않지만, 매일 신문 보도에 주의를 게을리 하지 않았던 것도 산 속에서 지내는 무료함 때문만은 아니었다. 나는 악마와 신의 혼혈아 같은 인간의 본성을 자임하는 사람, 즉 근대 문학자라 칭하는 나부랭이인 것이다.

신문은 민도(民度)의 표준이고 시대 상식을 대표한다. 그리고 부적절한 자신감으로 모든 것을 민도의 표준, 시대의 상식으로 나누는 것을 사명으로 삼고 있다. 지방 신문은 산 속에서 불탄 여인을 보도함에 있어 단순히 폭행을 당하고 무참하게 살해되었다고 정리하려 한다. 산 속에서 시체를 발견하면 충분히 살펴보기도 전부터 스무 살짜리 여자라고 믿는 노인의 심리와 마찬가지인 것이다. 종전에 있었던 수많은 범죄의 형태에 따라 통속적으로 해석한다. 그것이 독자들에게 선입견과 편견을 가지게 함을 반성할 여유도 없다. 신문은 민첩함이 생명이기 때문이다. 하지만 시체의 신원이 판명되고 그것이 농가의 부인이었다는 것이 알려지자 이번에는 가정불화로 인해 남편이 죽였다고 쓴다. 이렇게 하는 것이 치한에 의한 살인보다 상식적으로 받아들여지기 쉽기 때문일 것이다.

요즘 들어 치한 폭행 살인, 정부의 살인, 아내 살인 등은 드문 주제도 아니다. 신문이 이상한 형태의 사건들을 크게 다루는 것은 통속 소설이 동일한 주제를 반복하면서 그저 줄거리를 이상하게 만들어 즐기는 것과 비슷하다.

신문 기사는 지면상의 문제도 있기 때문에 기사를 무조건 간략하게 쓰며, 철두철미하게 상식적으로 일관하면서도 과학적 진실까지는 전하지 않는다. 이는 신문의 사명상 당연한 것이다. 하지만 세속적인 진상도 제대로 전하지 않고 모든 것을 알기 쉬운 내용으로 바꾸어 대중소설 같은 문장으로 독자를 즐겁게 하려는 쓸데없는 오버 서비스. 나는 이것이 못마땅하다.

이 당시 치한이 폭행 후 살인했다, 남편이 아내를 산 채로 태워 죽였다, 혹은 시체를 태웠다는 보도를 접하고도 사실 나는 납득이 가지 않았다. 역시 치한도, 정부도, 남편도 모두 각각의 살의를 가지고 있다.

사람은 각자 자신이 사랑하는 것을 죽인다.
사람들은 잠시 내 말에 귀를 기울일지어다.
어떤 이는 모진 시선으로
어떤 이는 사탕발림 말로
겁쟁이는 키스로
용감한 이는 칼로 그렇게 한다.

오스카 와일드가 이렇게 노래했음을 나도 알고 있다. 35년 전, 나는 이 구절을 이해할 수 없었지만 이제는 그 뜻을 거의 알 것 같다. 하지만 치한은 물론 정부도, 남편도 아마 좀 더 간단명료

한 방법으로 그 흉악한 일을 처리할 것이다. 누구도 이렇게 정성들여 시체를 태울 정도의 복잡한 증오는 품지 않을 것이고, 범죄의 흔적을 지우기 위한 작업이었다면 그는 왜 군이 이렇게 힘들고 효과가 없는 졸렬하기 그지없는 방법을 택했을까? 그리고 그것도 중간에 그만둔 채 방치해두고 말이다.

간단한 신문 기사만 읽고 한 추측이기는 하지만, 간단한 기사만 읽었기 때문에 나로서는 납득할 수 없는 부분이 많았다. 나는 오히려 신문이 가볍게 다루어 그 근거를 보여주려고도 하지 않는, 수사본부가 검토하고 있다는 자살설이 진짜인 것처럼 생각되었다.

나는 처음부터 이 사건에 대해 이유를 알 수 없는 관심을 가지고 있었다. 아마 이상함 그 자체를 좋아하는 나의 취향일 테지만, 공적으로도 사적으로도 아무런 관련도 없는 순수한 방관자의 입장이다. 때문에 아주 냉정하게 이 사건을 고찰할 수 있다. 물론 자세한 것은 모르지만 아주 대강, 추상적으로 생각할 뿐이다. 나는 유추론을 위해 추론해본다.

이 사건의 가장 큰 특징은 무엇인가? 그것은 나를 매혹시키기까지 한 이 이상한 상태이다.

원래 이상한 성격은 이상한 사건을 만들어낸다. 그 반대도 성립한다. 이상한 사건의 배후에는 반드시 이상한 성격이 잠재되어 있을 것이다. 이 사건은 필연적으로 누구인지 모르는 이상성격자에 의해 일어난 사건이다. 이상성격 그 자체만이 이러한 사건의 원인이 되는 경우도 있을 것이다. 산 속의 시체를 복원해보고 그 환경에서 이상성격자를 찾아내 본다면 모든 것이 해결될 것이다. 이런 이상성격자의 일상생활은 사람들의 눈에 띄기 쉽기 때문에 수사는 아주 용이하다.

그럼 이 사건의 특징인 이상한 내용은 무엇일까? 집요하고 심술궂고 잔인하고 무지한 증오에 찬 방법, 즉 격렬한 감정이 하늘도 무서워하지 않고 수습도 되지 않은 채 드러나 있는 사건이다. 그리고 그토록 심각한 증오에 정비례하는 애정의 변형이라고 봐도 무방할 것이다.

이 시체의 주인은 그 정도의 애정을(증오라고 바꿔 말해도 똑같지만) 무슨 이유로, 누구에게 받고 있었던 것일까? 오늘 시체의 신원이 판명되었다니 차츰 분명해지겠지만 그녀는 육체적으로 그렇게나 아름다웠던 것일까? 성격적으로 그렇게나 사랑스러웠던 것일까? 아마도 보통 이상은 아니었을 것이다. 그렇다면 피해자에 대한 가해자의 심각한 증오(엄청난 애정이라고 해도 똑같다)가 우리에게 가해자를 알려주고 있는 것은 아닐까? 도대체 누가 이런 지대한 관심을 한 촌부에게 쏟아 부었다는 것인가? 아마도 애인이거나 남편이거나 친척 중의 누군가일 것이다. 아니, 그들의 것이라고 하기에는 너무 과하지 않은가? 분명 그들 이상으로 그녀에게 관심을 가진 사람이 또 있을 것이다. 있다. 반드시 한 명은 있다. 누구나 자기에게 관심을 가지지 않는 사람은 없다. 이 점은 도시의 귀부인이나 시골 아낙이나 차이가 없다. 그녀 또한 스스로에게 지대한 관심을 가진 생활자였음에 틀림없을 것이다. 세상에 자신에 대한 애정, 자기 숭배보다 극단적인 애정은 없다. 그녀(그도 마찬가지지만)의 자아가 강하면 강할수록 자기숭배는 격렬하고, 그 반대인 자기혐오도 극단적일 것이다. 세상에 자기혐오만큼 심각한 증오는 없다. 나는 이렇게 생각해가면서 얼굴도 보지 못한 하나의 히스테리녀를 상정했다. 만약 이 사건을 이러한 히스테리녀의 자살이라고 한다면 시체나 불을 내팽개쳐 두고 뒤는 나 몰라라 하는 식의 현장 모습도 이해가 간다. 아니 혹시 이것이 단 하나의 해석법이 아닐까?

나는 이 사건과 관련 있어 보이는 이상성격자 히스테리녀를 내 뇌리 속에서 보았다. 그녀에게는 자기혐오의 원인이 될 어떤 이유가 있었을 것이다. 그런데 그것이 다른 사람에게 상담할 수도 없고, 또 상담해본다 한들 어찌할 수 없는 것이었다면…… 다른 사람들이 그 어떤 이유로 그녀를 증오하는 것보다 더욱 심각한 증오의 감정이 일어난다. 그리고 그녀가 단순히 자기연민이나 감상으로 끝나지 않는 강렬한 성격의 소유자라면 반드시 하카마고시야마 산 속의 참극과 비슷한 상황이 일어날 수 있다고 생각한다.(내 생각에 이 사건은 피해자가 동시에 가해자가 되는, 즉 자살로 보인다)

나는 사실과는 아무런 상관없이 상상 속의 히스테리녀를 이유도 없이 자살시키고 말았다. 나는 어느 샌가 무의식 속에서 사실과 유리된 공상소설을 쓰기 시작했던 것 같다.

그날 신문은 시체 해부에 관한 것과 그녀의 생전에 대해 이야기했다. E가 꽃을 다루는 여자였고, 그간 가게에 보낸 꽃다발도, 집에 남아 있는 섶나무 다발의 매듭도 모두 왼쪽으로 한번 돌려 묶은 매듭이었다는 사실을 전하는 한편, 당국은 산 속의 변사체를 타살로 보고 있으며 E의 남편인 S·K는 조사를 위해 구속되었다고 했다. 나는 'S·K는 머지않아 청천백일의 몸이 되어 석방될 것'이라고 생각했다. 신문 기사는 조심스럽지만 여전히 타살 가능성을 높게 보고 있다.

나는 더 이상 사실과는 상관없이 창작가의 의식과 의욕만 가지고 내 마음대로 공상의 날개를 펼친다.

……만약 그녀가 혐오스러운 체취 때문에 괴로워하고 있었다고 하자. 그것을 잊기 위해 꽃을 가까이 했을지도 모른다. 그 체취 때문에 남편의 사랑도 얻지 못했다고 한다면 그녀는 남편을 원망하기보다는 오히려 스스로를 혐오하고 자신의 몸을 저주할 것이다. 어쩌면 이 불쾌한 악취가 사타구니에서 났을지도 모른다는 상상. 이는 불길이 변사체의 허리부분에서부터 사타구니, 대퇴부를 가장 강렬하게 태웠다는 사실을 보고 떠올린 공상이다. 가공의 히스테리녀의 자살 원인을 창작한다면 이런 식으로 정리할 수 있을까? 하지만 나는 부득이한 사실의 기록이 아닌 이상 이러한 자연주의적 작풍은 좋아하지 않는다. 하물며 그것이 공상인 경우는 오죽하랴. 그래서 다시 한 번 공상의 날개를 시(詩)의 하늘로 펼쳐본다.

그녀의 선조는 야쓰가타케(八岳) 봉우리의 상카(山窩)* 출신이고(시인의 공상은 이런 전설을 좋아한다), 그녀는 지금은 산촌이

* 떠돌이 생활을 하며 특수 사회를 이루고 있던 사람들. 산속, 강변 등에서 야영을 하며, 죽세공, 수렵 등으로 생계를 이어갔다.

긴 하지만 보통 농촌의 근면하고 강건한 여자로서, 성격과 외모 모두 보통으로 자라났다. 그런데 결혼해서 다른 집에 들어가보니 인정과 풍습이 조화되지 않는 바가 있어 자타의 호의와 노력도 부부 금실이 나쁜 것을 어찌할 수 없다는 것을 알았다. 사람들의 호의 속에서 자유롭게 살아가면서 전쟁이라는 비상 상황과 격렬한 노동으로 이 고독감을 겨우 잊을 수 있었는데, 패전 후 국내에 만연한 허탈감과 불안이 그녀의 고독감을 복잡한 것으로 만들었다. 그녀는 극수면(極睡眠)*을 생각하는 사람처럼 최근 특별한 원인도 없이 죽음을 동경하고 죽음을 위한 죽음을 생각하는 병적인 상태였다. 때마침 어쩌다가 우연히 어린 시절 뛰어 놀던, 평소 좋아하던 산 속으로 들어가 마음이 안정되는 장소를 골라 불시불수(不施不授)**의 오기(그것이 그녀를 고독하게 만들고 있다는 사실을 그녀 자신은 알지 못한다)로 사후 사람들을 귀찮게 하지 않기 위해 자신을 죽이고 그 시체를 화장하자고 마음먹는다. 그녀는 아이들이 소꿉놀이를 하듯이 즐겁게 장작과 나뭇가지, 낙엽 등을 그러모아 쌓아올렸다. 그리고 화톳불 위에 몸을 눕히고 죽음의 침상을 준비했다. 화톳불 속에 불을 던져넣고 서서히 불길이 타오르는 것을 확인한 후 조용히 침상 위에 몸을 눕히고 느낌을 시험한 끝에 결국 안정감을 찾았다. 높은 산의 조용함과 따뜻한 봄의 온기에 감싸여 그녀의 마음은 평온해졌다. 귀에는 새 지저귀는 소리가 들려오고, 눈에는 멀리 봉우리들의 잔

* 극심한 수면 상태
** 베풀지도 않고 받지도 않음

설이 보인다. 등 뒤에서는 마치 정화작용과 같은 기분 좋고 통렬한 자극이 밀려오는 것을 특유의 오기로 참아내는 사이 영혼은 화창한 하늘을 방황하고 강한 졸음이 몰려온다. 이 상쾌함에 그녀는 빙그레 웃었다. 급작스레 황홀한 질식사의 순간에 다다른 것이다. 불은 타오를 대로 타올라 그녀를 태울 만큼 태우고 거의 잦아들었고, 시체는 희망하던 것에 비해 많은 부분을 남기고 불은 자연스레 꺼졌다.

　나는 변변치 못한 산문시를 읊은 것 같았다.

　베어 쌓아둔 가슴속 땔나무를 한바탕 태운

　모닥불 그 속에서 웃으며 죽었으면

　이런 시가 모리 오가이가 참가한 도키와카이(常磐会)*의 영초(詠草)**에 나와 있다. 시가는 세계의 곳곳에 편재한다. 결코 시인의 전유물이 아니다. 커다란 비애를 성실히 처리하려는 경우 시는 만인에게 공평하게 찾아가는 것이다. 산촌에 사는 촌부에게 대문호와 동일한 시상(즉 생활감정)이 나타났다고 해도 하나도 이상할 것 없다. 단, 소박한 촌부는 시적 표현이라는 단순한 묘법을 몰랐던 것이다. 시인이 한 수의 시로서 완전히 발산시킨 감정을 그녀는 직접 실천한 것이다. 그렇다면 이 이상성격자의 궤도를 일탈한 죽음도 이른바 하나의 숭고한 시적 행위인 것은 아

* 정치가와 문인들의 사교적인 단카 그룹
** 와카의 초고

닐까? 이미 선악의 경계를 넘었기 때문에 사후 남편이나 아이, 친척이 겪을 당혹스러움과 같은 사소한 세간의 정은 이미 초월한 상태이다. 때문에 유서는 한 줄도 쓸 필요가 없는 것이다.

이 고도의 정신을 폭행이네, 치정이네, 가정불화네 하며 여러 가지 저속한 형태에 끼워 맞춰 이해하려는 것이 근본적인 모독이며, 그런 식으로는 결코 이해할 수 없다. 시신(詩神)은 자신의 성역에 상식이 침입하는 것을 막고 있기 때문이다. E의 죽음은 이상하긴 하지만 그저 시인의 시상을 행동에 옮긴 것뿐이다. 물론 광기로 한 일도 아니다. 광기였다면 그 화톳불도 화톳불 위의 침상을 설계하는 것도 불가능했을 것이다. 원래 모든 시적 행위는 세속인의 저속한 눈에는 모두 광기로 보이는 듯하다.

화염 위에 몸을 누이고, 무슨 필요에서였는지, 마음껏 화상을 즐기며 죽는다는 것은 상상도 할 수 없다. 사람들은 믿을 수 없는 행위라고 말할 것이다. 그리고 프리드리히 니체는 말한다. '행하는 자만이 알 것이다.'라고.

나는 산 속의 변사체라는 난제를 풀어야 할 임무도 없고 목적도 없다. 그저 내 가슴 속 깊은 곳에 있던, 홀로 산 속에 던져진 것 같은 어둡고 우울한 것을 처리하기 위해 한 편의 산문시를 쓴 것만으로 충분히 만족스러웠다. 그것이 만약 고독한 변사자의 영혼을 위로할 수 있다면 내가 기대한 것 이상이다. 하지만 '역시 나의 시적 공상만이 진상을 파악할 수 있다'고, 마음속으로 몰래 자만하는 기분이 든 것은 결국 수사본부도 이 사건을 S·K의 부인 E의 자살로 발표했기 때문이다.

이렇게 되자 결론에서 우연히 일치한 내 생각이 과연 사실과 어느 정도 비슷한지 궁금해졌다. 나는 한 번 혼고무라 마을로 가서 내가 막연히 생각하고 있던 여성, 자살의 역사상 흔치 않은 여성의 상세한 성격만이라도 알아보고 싶다는 생각이 들기 시작했다.

같은 해 가을의 10월, 우연히 한 친구의 안내로 혼고무라 마을로 가게 되었다. 그곳에서 마을의 호의로 아사마 온천에서 편히 쉬면서 알프스의 첫눈을 즐기고, 혼고무라 경찰서의 S 경부를 만나 당시의 기록 등을 펼쳐놓고 여러 가지 이야기를 들었다. 그때 이야기를 들으면서 잊어버리지 않도록 메모해둔 것을 정리하여 공상을 주로 한 본 장의 앞과 뒤에 쓴 것이 바로 이 소설이다. 틀린 기억이 있을지도 모르고, 정리 중 틀린 부분이 있을지도 모른다.

사실과 비슷하지만 사실의 기록은 아니다. 사실을 근거로 만들어진 소설이다. 거짓도 진짜 사실처럼 쓰는 것이 보통의 소설이라면 이것은 진짜 사실을 소설처럼 써본 창작인 것이다. 전자를 거짓에서 나온 진실이라고 한다면 이것은 사실에서 나온 거짓이라고나 할까?

○ ○ ○

고토부키무라 마을의 S·K의 부인 E는 근처 마을인 사토야마베무라(里山辺村) 마을의 농가인 고다마(儿) 집안 출신이다.

겉으로 보기에 E는 지극히 평범한 신부지만 성격이 강하고 남자보다 일을 잘하는 여자였다. 이미 신혼 3일째 부부 싸움에 대한 소문이 돌았는데, 그 이유는 E가 글씨를 못 쓰는 남편을 비웃은 것이었다던가. 그녀는 남편의 글씨를 비웃을 자격이 될 정도로 글씨를 잘 썼던 것 같다.

"글씨를 써도 밭일을 나가도 장사를 해도 뭐든 며느리를 당해낼 수 없었기에 며느리를 내세울 수밖에 없었습니다."

시어머니가 이렇게 말했을 정도이다.

"결혼을 하지 않고 혼자 사는 편이 오히려 행복했을지도 모릅니다. 아니 남자로 태어났으면 좋았을 것을……"

이렇게 말한 것은 남편 S·K였다.

이른바 여자답지 못한 성격 때문에 남편과는 그다지 원만하지 못했다. 그러나 결혼 후 곧 장남도 태어났고 부부관계는 각별히 나쁘다고 말할 정도도 아니었다. 때마침 남편이 중일 전쟁에 육군보병 오장(伍長)으로 파병된 후, 밭일과 집안의 잡일부터 모든 경제적인 일까지 E의 손으로 해결하던 3년간, 시모와 아이들은 무엇 하나 부자유스러운 것이 없었다. 그녀는 근처에 소문이 날 정도로 바지런한 '후방의 아내'였던 것이다.

패전 후 곧 S·K가 돌아왔지만 남편이 없었을 때와 마찬가지로 밭일은 E가 도맡았다. 무엇이든 마음대로 하지 않으면 안 되는 아내와의 충돌을 피하기 위해 S·K는 정원 한 쪽에 울타리를 만들어 묘목을 키우고, 택지와 가까운 밭을 이용해 카네이션 등을 키우며 화훼·원예 일을 하기 시작했다.(꽃을 키운 사람은 그녀가 아니라 남편이었다) 꽃에 대한 수요가 많았기에 꽃값이 올랐다.

때문에 패전 후의 물가폭등, 세금인상 같은 어려움은 꽃을 판 수입으로 충당할 수 있었고, 일가는 유복하지는 않지만 중산층 수준의 생활을 하고 있었다.

남편이 돌아온 지 얼마 되지 않아 차남이 태어났다. 이 지방에서 말하는 '전후 임신'이다. E는 아이를 사랑하지 않는 것은 아니었지만 일을 더 중시했고, 바쁘게 일하다 보니 아이들을 돌보지 못해 시어머니에게 아이를 맡겼다. 때문에 두 아들(사건 당시 6세와 2세)도 엄마를 싫어하는 것은 아니었지만 할머니, 아버지와 더 친한 경향이 있었다.

이 집에서는 시어머니가 육아, 며느리는 밭일, 남편은 꽃 키우기라는 식으로 일에도 각각의 담당이 정해져 있었다. 이 집은 매일 원활하게 지내며 딱히 어두운 그늘은 찾아볼 수 없었다. 하지만 아무리 이 집이 개인주의적 성향이 강하다고는 해도 보통 일반 가정의 화목함과는 조금 다른 느낌이 있었다. 이것도 E의 성격이 반영된 것이다.

각각 담당이 있다고 해도 무슨 일이 있으면 당연히 서로 도왔는데, 이는 창고에 있는 꽃다발만 봐도 알 수 있다. E는 남편을 위해 자신의 습관인 왼쪽으로 한번 돌려 묶은 매듭으로 꽃집에 보낼 꽃다발을 묶어 두었던 것이다.

이것은 남편이 돌아온 후 E의 세 번째 가출이었다. 첫 번째는 1946년 6월경, 밭일 때문에 남편과 말싸움을 하고 저녁에 무단으로 가출하여 다음 날 아침 홀연히 돌아왔다. 며칠 후 남편의 질문에 대해 E는 물에 빠져 자살할 목적으로 2리 정도의 거리에 있는 사토야마베무라 마을의 제4발전소에 갔지만, 방황하다가 죽은 아버지의 얼굴이 떠올라 돌아올 마음을 먹게 되었다고 대답했다. 두 번째는 1948년 6월경, 마찬가지로 부부싸움 끝에 뛰쳐나갔는데 남편이 집에서 30m 정도 떨어진 곳에서 그녀를 발견했다. 이웃들과 힘을 합쳐 억지로 집으로 데리고 돌아왔다. 그리고 이번이 세 번째인 것이다.

그녀는 최근 키우는 양에게 연화 진달래를 먹여 중독시켰다고 꾸중을 듣자 이웃 사람들에게 '만약 양이 죽으면 나도 죽을 생각이었다'고 말했다고 한다. 이전에도 차에 치여 죽은 사람에 대한 소문이 돌았을 때, 나라면 그런 추한 모습으로 죽지 않을 거라고 이야기한 적도 있었다고 한다. 전부 별 것 아닌 것처럼 들리지만 이상성격의 편린을 보여주고 있는 것 아닐까?

E의 생가인 S마을의 고다마 집안은 이 지방에서는 희귀한 성으로, 마을 내에서도 이 집뿐인데, 마을 노인의 말로는 E의 조부는 이전에 오이(笈)*에 불상을 넣어 지고 다니던 수도자였다고 한다. 그는 죽은 사람의 혼령을 불러 혼령의 말을 전하는 것에 능했는데 이 마을에 자주 왕래하는 사이 정착하게 되었다. 그 때문인지 일족에는 종교적 열정의 피가 흐르는 사람이 많았다. 실제로 E의 언니 중 하나도 법화 신자가 되어 만주에서 돌아온 후, 생가를 강당으로 삼아 신앙을 설파하고 신도를 모았는데, E와 그 둘째 남동생도 귀의하여 신앙생활에 열중하고 있었다. 남

---

* 수도자나 행각승이 불구(佛具)·옷·식기·책 등을 넣어서 지고 다니던 다리 달린 상자

편인 S·K는 E가 신앙생활에 열심인 것, 친정을 가까이 하는 것은 알지 못했지만, 그런 일들이 말싸움의 원인이 되어 논두렁에서 싸우다가 E를 진흙으로 밀친 사건도 있었다고 한다. 사람들이 이 광경을 보기는 했을 것이다. 그러나 그 싸움의 원인까지는 알지 못했다. 마을 사람들이란 여러 가지 무책임한 말을 떠들어대기 때문에 모든 것을 그대로 받아들이기는 어렵다. 예를 들어 신문 기사에도 나온 내용인데, E가 사건이 일어나기 전부터 멋을 내기 시작했다는 의미심장한 소문들도 근거 없는 마을 사람들의 지껄임에 불과하다.

E의 할아버지에 관한 것은 우연히도 내가 상상한 상카와 비슷하다는 느낌이 들지만 이것을 사실과 혼동해서는 안 된다. 나는 그저 E가 산을 동경하고 산속에서 죽는다는 것의 복선으로서 상카를 생각했을 뿐이다. E의 할아버지가 수도자였다든가, E에게 종교적 열정이 있었다든가 하는 것도 사실 혼고무라 마을에 와서 처음 알게 된 것이다.

그렇지만 그 산속의 이상한 사건에 어쩌면 의식이나 예법, 혹은 신앙의 심리, 종교적 환상이 포함되어 있지는 않을까? 나는 알지 못한다.

S·K가 경찰에서 가출한 아내를 이틀이고 사흘이고 내버려두었던 이유를 추궁 당했을 때, 전에도 6월에 가출을 했기 때문에 모내기 철이 되면 스멀스멀 나타나는 병 같은 것이라 생각해서 이번에도 곧 돌아올 거라고 생각했다고 대답했는데, 그녀의

마지막 가출도 6월 4일이었다.

6월 5일은 지방의 관례상 한 달 늦은 음력 5월 5일, 즉 단오절에 해당하는 날이다. 그날 그녀는 아침 식사 전 남편, 시어머니와 말싸움을 하고 집을 나갔다.

할머니는 단오절에 손자들에게 찰밥을 해주려고 나무 찜통을 찾았지만 찾을 수 없어 안절부절 못하고 있었다. 2, 3일 전 찜통을 사용했을 때 며느리에게 정리하라고 했던 것이 기억나 가져오라고 했지만 좀처럼 찾을 수 없었다. E는 그 전날 찜통 바닥에 붙어 있던 밥풀을 떼기 위해 샘물에 담가두었는데, 하룻밤 사이에 가라앉아 보이지 않는 것을 겨우 찾아 개수대에서 씻고 있다.

시어머니는 그 사이도 참지 못하고 커다란 찜통의 바닥을 잘라 사용하며 며느리를 닦달했다. 그 소동이 채 가라앉기도 전에 밭을 가는 일이 부부 싸움의 원인이 되었다. E는 그날 밭을 갈기 위해 말을 부탁해 두었던 것이다.

"꼭 게으름뱅이들이 오늘 같은 날 일을 한다고 하지. 오늘만 날이 아니다."

남편이 이렇게 말하자 '게으름뱅이'라는 말을 듣고 마음이 상한 E는 대꾸했다.

"오늘이 아니면 그 쪽도 비는 날이 없으니 어쩔 수 없어요. 너무 미루면 때가 늦어버려요. 양쪽의 상황을 잘 조절해서 정한 약속이니 당신 기분이나 세상 사람들 눈 때문에 취소할 수는 없어요. 취소하고 싶으면 당신이 하시지. 나는 도저히 그렇게는 할 수 없어요."

'또 이런 말싸움이다, 짜증난다'고 생각한 S·K는 담배를 사려고 휙 집을 나왔다. 집으로부터 100m 떨어진 곳에서 우연히 아내가 부탁한 말을 끌고 오는 남자와 마주쳐 약속을 취소하고 집에 가보니 이미 E는 찾아볼 수 없었고 그걸로 끝이었다. 아침 6시, 혹은 6시 반 경이었다.

E의 시집 K마을의 다케부치(竹淵)에서 하카마고시야마산으로 가는 길은 여러 개가 있다. 경찰은 이중 미사야마(三才山)산, 오카다야마(岡田山)산에서 올라가는 등산로 입구와 이리야마베무라 마을, 사토야마베무라 마을에서 올라가는 후지이(藤井) 입구에 조사원을 파견해 도중에 E를 본 사람이 있는지를 알아보았다. 그 결과 다음과 같이 3명을 찾을 수 있었다. 수사본부는 더 많은 사람을 예상했지만 이른 아침 시간이고, 그날이 단오절이었기 때문에 목격자는 그들뿐이었다.

(A) E의 집에서 북쪽으로 50m 지점에 사는 K·M 씨가 6시경 자신의 집 앞을 통과하는 E를 보았다.

(B) E 마을에서 동북쪽 방향으로 2, 3초(약 200~300m) 떨어진 곳, 다케부치 아래의 논을 둘러보러 갔던 남자에게 그녀는 아침인사를 하며 지나갔다. 7시 전후.

(C) E의 집에서 3km 정도 떨어진 야마사토베무라 마을 가나이(金井)의 신카바시(金華橋) 다리(나라이가와강의 지류인 스스키가와 강을 지나는 다리) 앞에서 야마사토베무라 마을의 K·H 여인이 그녀를 보았다. 얼굴을 아는 사이인데도

불구하고 인사도 없이 급히 지나가는 것을 이상하게 바라 본 것이 8시경이었다.

비록 3명뿐이긴 했지만 그 세 지점을 연결해보면 고토부키무라 마을, 사토야마베무라 마을, 마쓰모토시, 혼고무라 마을과 이리야마베무라 마을의 경계를 통과해 생가가 있는 기리하라에서 산 속으로 들어간 여자의 발자취가 확실해졌다. 혼자 고개를 떨구고 급히 걸어갔다는 그녀의 모습에 대해서는 세 사람 모두 이구동성이었다.

그녀가 통과한 길은 전부 3km 정도 되는 거리이고, 또 그 4분의 3 정도는 산길이다. 아무리 다리가 튼튼하다고 해도 여자의 몸이니 3시간, 3시간 반 정도 걸린다고 하면 9시 반이나 10시에는 그쪽에서 피어오르는 연기를 본 사람이 있을 것이다.

수사본부의 일부는 시체의 신원판명과 동시에 K마을로 출장을 갔는데, K마을 지부의 조사원이 시험 삼아 산으로 들어가 보았다.

과연 스키장에서 조금 떨어진 곳에서 숯을 굽던 두 명의 남자가 5일 점심 무렵 하카마고시의 뒤쪽에서 연기가 나는 것을 보고 '이상한 곳에서 연기가 난다, 누가 저런 곳에서 숯이라도 굽기 시작했나?'라고 생각했다고 한다. 그들은 직업상 그 연기를 잠시 보고 있었다. 연기가 나는 것을 처음 본 적은 11시 조금 전이었을 것이다. 30분 정도 지나 마쓰모토의 사이렌이 울리는 것을 들었으니 아마 시간은 정확할 것이라고 했다.(마쓰모토시의 사이렌은 11시 반에 올린다) 1시 쯤 다시 한 번 보았을 때에는 더 이상 연기가 피어오르지 않았다고 증언했다. 그녀의 발자취나 시체의 경과 시간 등과 맞추어 당국이 추정했던 것과 대부분 일치해 충분히 신뢰할 수 있다고 생각했다.

앞서 쓴 것처럼 수사를 진행하는 한편, 시체의 신원판명과 동시에 행해진 시체 해부는 마쓰모토시의 후지모리(藤森) 박사에게 부탁했다. 시체가 부패할 가능성이 있었고, 해부 결과에 따라 수사 방침을 결정하기 위해서라도 그것이 가장 급선무였다.

장문의 해부 소견은 일반인들에게는 난해할지도 모르기 때문에 일부는 요약하고 일부는 발췌해두는 바이다. 당국이 요구하는 감정사항은 신체의 특징. 연령 추정. 직업 추정. 사인. 생전 소훼(燒燬). 사후 소훼. 골절의 유무. 폭행의 흔적. 내부질환의 유무. 기혼. 미혼. 임신 경험의 유무. 사망시간 및 사망일의 추정. 위의 내용물의 유무, 있다면 그 종류. 장의 내용물(대변의 불소화물의 종류). 소변의 유무, 있다면 그 양. 이와 같은 13개 항목의 대부분은 불명확했다. 고도의 화상으로 인해 명확한 소견도 얻지 못했다고 한다면 이것들은 추정불가인 것이다. 단 신체 각부의 화상의 정도나 위치는 아주 상세했다. 그 소견은 양 팔꿈치로 몸을 지탱하고 누운 자세로 불에 탔다는 사실을 더욱 명확하게 해줄 뿐이다. 두 눈의 각막혼탁, 약간의 안구연해(眼球軟解)로 사후 해부까지 4일 내외로 추정되는데, 해부는 6월 9일이었기 때문에 추정한 대로이다. 나이는 30세 전후, 직업은 '발바닥으로 보아 농업에 종사하는 이 같다'고 한다. 위의 내용물이 확인되지 않는다는 것은 아침도 먹지 않고 실종되었다는 것을 증명한다. 두부와 그 외에 골절도 없고 둔기 혹은 날카로운 것에 의한 상해의 흔적, 목이 졸린 흔적도 없다. 신문이 제1보로 보도한 오른쪽 대퇴부의 큰 상처라는 것은 후지모리 박사의 소견에 의하면 '왼쪽 하지는 3, 4도 화상을 입은 상태로 왼쪽 서혜부부터 왼쪽 대퇴내부 중앙부에 걸쳐 표피가 개방되어 있는 상태이고 생활반응이 없다.'라고 되어 있는 것을 말하는 것이리라. 만약 그렇다면 단순히 화상 때문에 표면의 피막(皮膜)이 찢어져 벌어져 있는 것을 잘못 보았든가, 아니면 과장되게 보도한 것이다.

사인에 관해서는 '이 시체처럼 뒤 허리 부분이 산화된 경우 늑골이 노출되어 있는 상태로 보아서는 일산화탄소 헤모글로빈이 혈액에서 검출된다 해도 이를 일산화탄소에 의한 질식사로 단정하기 어렵다. 혈액과 일산화탄소는 쉽게 화합된다. 이 시체는 고도의 화상으로 인해 자살과 타살의 구별에 있어서도 법의학적으로는 확실한 소견을 내기 어렵다'라고 하고 또 '……만약 스스로 한 행위라고 한다면 법의학에서 보기 힘든 희귀한 일례가 될 것이다'라고도 썼다. 생전소훼, 사후소훼 항목에는 '불명'이라고만 써놓았다.

시체가 불에 탄 것이 생전인지 사후인지도 판명하지 않고 스스로 한 행위로서는 희귀하다고 보는 것은 분명하다. 하지만 타살이라고 단정하기에는 아무런 손상이나 목 졸림의 흔적도 없으니 무엇을 그 근거로 할 것인가?

법의학을 존중하여 시체해부를 사건해결의 비장의 수단으로 생각하고 있던 수사본부장 S 경부의 실망은 보기에도 안쓰러웠다. 이런 와중에 생각지도 못한 당혹스러운 일이 일어났다.

해부가 끝난 시체인수와 관련해 E의 시집과 친정이 대립하게 된 것이다. E의 친정인 고다마가에서는 전부터 E의 자살설은 절대 인정할 수 없었다고 했는데, 이제는 마치 범인이 눈앞에 있는 것처럼 태도를 취했다. 시체를 반드시 자기들이 가져가야 한다는 것은 아니었지만 절대 시집의 묘지에는 들이지 않겠다고 고집을 피웠다. 만약 그럴 거라면 혼고무라 경찰서에서 가처치한 시신을 혼고무라 신칸지(眞觀寺)로 이장하고 싶다고 했다. 친정쪽에서는 확실히 말은 하지 않지만 고인에 대한 순수한 애석함 이외에 시집에 대한 적대감도 드러냈다. 이 모습을 본 혼고무라 경찰서장 겸 수사본부장 S 경부도 고심에 고심을 거듭한 끝에 '시집에는 두 아이도 있고, 아이들이 엄마 성묘를 갈 때에도 3리나 떨어진 절은 너무 멀다. 그녀는 시집의 사람으로 죽었으니 시집의 묘지에 안치하는 것이 타당하다'는 결론을 내렸다. 이틀에 걸쳐 간절히 설득한 후, 다행히 양가와 모두 인연이 있는 친척의 중재가 있어 이 일은 잘 마무리되었다.

드디어 시체를 S·K에게 인도하려는 단계에서 S 경부는 후루바타(古畑) 박사를 생각해냈다. 이 법의학의 대가가 때마침 학회에 초빙되어 마쓰모토시에 와 있다는 것을 알고 있었기에, 다시한 번 이 대가에게 매달려 보려고 결심했다. 이는 절대 후지모리 박사의 소견을 무시해서가 아니라 수사상 뭔가 한 줄기 광명을 찾을지도 모른다는 초조함 때문이었다.

S 경부는 미리 전화로 부탁을 해두었다. 그는 후지모리 박사의 소견과 현장사진을 가지고 후루바타 박사의 숙소를 방문하자마자 그것들을 보여주었다. 중후한 후루바타 박사는 경부의 이야기를 듣고 나서 '제가 할 수 있는 한 협력하고 싶습니다. 하지만 후지모리 씨가 담당한 사건이라면 후지모리 군과도 아는 사이이고 하니, 일단 후지모리 군을 만나 직접 그 소견을 듣고 연구해 봅시다'라고 하며 곧 숙소의 여종업원을 불러 후지모리에게 연락을 하라고 했다. 그 사이에도 후루바타 박사는 열심히 현장사진을 뒤집으면서 서장을 향해 따분한 듯 말했다.

"정말 이상한 사건이군요. 전례가 없을 겁니다. 인간이라는 것이 전례가 없는 일을 저지르는 것은 좋은 것이지요. 그것은 진보를 촉진시킵니다만, 살인이나 자살에 있어서 독창적인 것은 곤란합니다. 만약 이것이 스스로를 태운 변사체라고 한다면 이는 새롭기는 하지만 진보한 지성적인 방법이라기보다는 오히려 가장 원시적인 것이겠지요. 이 야만에 가까운 방법을 현대인이 사용했다는 점이 새롭고 개성적이라고 할까요? 전례가 없고, 상식적이지는 않아도 스스로를 태운다는 것이 절대 불가능하다고도 할 수 없겠지요. 아무튼 곤란하네요."

이렇게 사건에 대한 평론에 귀를 기울이고 있는 사이 갑자기 박사가 공치사의 말을 했다. 그 말을 들은 S 경부가 어쩔 줄 몰라 하는데 좀 전의 여종업원이 와서는 말을 전했다.

"'그럼 기다리고 있겠습니다'라고 후지모리 선생님이 말씀하셨습니다."

"그럼 차를 한 대 부탁하네."

박사가 말했다.

"고물이긴 하지만 저를 기다리고 있는 차가 있습니다."

S 경부의 말에 후루바타 박사는 가볍게 일어나 후지모리 병원으로 향했다.

"일에 끼어드는 것이 본의는 아니지만 서장님이 하도 애원하셔서……"

후루바타 박사가 말했다.

"황송합니다."라는 S 경부의 인사말과 동시에 후지모리 박사가 대답했다.

"아뇨, 제가 찾아뵙고 가르침을 받고 싶다고 생각하던 차였습니다."

두 박사는 간단한 인사를 나눈 후 "그럼 잠시……"라고 말하고 S 경부를 기다리게 했다. 후지모리 박사는 후루바타 박사를 자신의 수술실로 안내했다. 후루바타 박사는 해부대 위에 있는 시체의 허리, 아랫배, 가슴 등을 검사했다. 현장 사진에서 주의해 보았던 제2도 화상의 수포상태를 확인한 것이었다. 또 시체를 뒤집어 상반신을 살펴보았다. 언뜻 보아 주의를 기울여야 할 곳은 가슴 근처뿐이다. 등 부분은 완전히 탔기 때문에 문제가 되지 않는다. 후루바타 박사는 몸의 어딘가에 혈액이 응고해 검은 혈관모가 수지(樹枝)상태가 되어 있는 것이 있을 것이라며 돋보기 아래로 눈을 반짝이며 찾아보았지만, 얼마 지나지 않아 악취를 발산하기 시작한 시체 옆에서 떨어졌다.

두 박사는 수술실을 뒤로 하고 긴 복도를 지나 다시 응급실 쪽으로 조용히 걸음을 옮기며 이야기했다.

"폐에는 매연이 보이지 않습니다. 미량이기는 하지만 기관에서는 분기점 가까이, 식도에서는 갑상연골 부위 정도까지 매연의 존재를 확인할 수 있는데 이 현상을 어떻게 해석하는 것이 맞는 것일까요?"

"역시 살아 있는 상태에서 탔다는 것이겠지요. 폐까지 도달하지 않았다는 것은 화염의 상태에서 그 이유를 찾을 수 있을 겁니다. 시체 상태인 경우 기관의 분기점까지 매연이 들어가는 일은 있을 수 없으니까요. 박사님의 소견과 시체의 가슴이나 배, 옆쪽 배 등에 보이는 2도 화상의 수포상태만으로도 생활반응은 의심할 수 없습니다. 게다가 혈관모의 수지상(樹枝狀) 응결을 발견할 수 있으면 조건은 완벽해지지만, 없다고 해도 안심하고 생체라고 할 수 있습니다."

서로 소견을 이야기하다가 응접실에서 혼자 쓸쓸히 기다리고 있던 S 경부를 보자 후루바타가 말을 걸었다.

"다행히도 대부분 후지모리 박사와 의견과 일치합니다. 저건 아무래도 살아 있는 상태로 탄 것이군요."

"살아 있는 상태로 탄 것입니까? 그렇다면 자살……"

의욕적으로 말하는 S 경부의 말을 막으며 후루바타 박사는 말을 이었다.

"살아 있는 인체가 불 위에서 시체가 되었다는 것은 단언할 수 있지만 그것을 곧 전적으로 자살이라고 하는 것은 심한 비약입니다. 예를 들어 타살로 인한 반생반사(半生半死)의 생체를 다시 불 위에 놓고 태운 경우에도 스스로를 태운 경우와 같은 생활 반응이 나타나니까요."

후루바타 박사는 열심히 설명한 후 말투를 바꾸어 이야기했다.

"그리고 이것은 S 경부님께 학문적이 아닌, 상식적인 생각을 물어보는 것인데요, 시체나 반생반사의 인간을 데리고 30km나 되는 산길을 운반해 올라가려면 몇 명 정도의 힘이 필요할까요? 게다가 몇 개나 되는 마을이 있는 곳에서 그런 것을 운반하면서 눈에 띄지 않을 수 있을까요? 그것도 수사본부가 추정한 시간에 그런 일을 조용히 해치울 수 있을까요? 아무튼 어떤 방법을 사용했는지는 모르지만 그 시체는 불 위에 놓일 때에는 아직 살아 있었습니다. 이것이 제가 보고할 수 있는 전부입니다. 나머지는 신중히 생각해 주십시오."

S 경부는 후루바타 박사가 조심스럽지만 친절하게도 어떤 암시를 해주고 있음을 느끼고 왠지 해결할 수 있을 것 같은 일말의 희망을 보았다.

참고로 시체는 나중에 다시 한 번 정신이상자가 아닌 법의학상의 확인을 받은 후, 남편 S·K가의 묘지에 매장되었다.

일부가 K마을로 출장 나가 있던 수사본부에서는 S·K 일가, 특히 E의 생전의 행태에 관한 정보를 수집하고 있었는데, 이미 앞에서도 썼듯이 이상성격에 관한 것 외에는 나쁜 소문이 없었

다. 말도 많고 탈도 많은 시골에서는 드문 일이다. 옛날에 S·K
의 모친이 두 아들을 남겨두고 남편과 별거 생활을 했었다는 이
야기, 혹은 그런 죽음을 택할 수 있을 정도로 E는 당찬 여자였다
는 것 외에는 아무런 의미도 없는 이야기들뿐이었다. E의 남편
이 전쟁터에 가 있을 때 E가 얼마나 열심히 일했는지에 대한 칭
송 일색으로 수상한 이야기, 즉 수사본부가 원하는 소위 치정관
계에 관한 이야기는 전혀 없고 오히려 '최근 들어 조금 변하기는
했지만 여성적 매력 같은 것은 전혀 없는'이라든가 '남을 잘 돌
봐주는 친절한 사람으로 남자 같은 기풍' 등과 같이 원하는 방향
과는 다른 방향으로 흘러갔다.

　들고 보니 그녀는 죽어야 할 이유도, 살해를 당할 이유도 없었
다. 범행을 저질렀을 것 같은 사람은 더욱 아니다. 이유나 원인
이 발견되지 않아도 사실이 엄연히 존재하는 것을 부정할 수는
없다.

　딱히 조사할 상대에 대한 단서도 없었지만 그렇다고 해서 그
냥 가만히 있을 수도 없었다. 때문에 당국도 절차상 일단 세상
사람들이 의심스러워하는 남편 S·K를 조사해보기로 했다. 특별
히 수상한 점을 발견할 수는 없었지만 말이다. 사람들이 의심스
럽다고 하니 정말 상식적인 수준의 해석, 즉 전쟁터에서 돌아온
사람이니 군대에서 있었던 잔인한 일들을 기억하고 있을 거라
는 정도였다. 이는 패전 당시 유행하던 관점이라고 할 수 있는,
군인에 대해 과도한 경계의 눈을 반짝이던 시대의 악의에 지나
지 않는다.

그러나 일단은 S 경부도 시대의 일반적인 상식으로 S·K를 바라보았다. 오장(伍長)으로 징집되어 3년 후 군조(軍曹)가 되어 돌아온 인물이다. 마을에서도 성실한 인물로 알려져 있다. 군대에서 닳고 닳아 돌아왔다기보다는 오히려 교육을 받고 돌아왔다는 인상을 주는 인물이다. 경부는 S·K에 대한 어떤 소문 하나가 머릿속에서 떠나지 않았다. 그 남자 S·K가 아직 소년이었을 때 부모들의 사이가 나빠져 어머니는 어린 두 아들을 남겨둔 채 집을 나가 아버지와 별거하던 중, S·K 형제의 아버지가 돌아가셨다. 남겨진 두 형제를 어찌 처리해야 할지 몰라 곤란해진 집안에서는 소년들의 어머니를 다시 부르자고 결의하고, 일단 소년들에게 이 일을 의논했는데, 그때 기뻐 어찌할 줄 몰라 하던 것이 바로 S·K였다. 어머니만 다시 돌아온다면 자기도 지금까지의 근성을 바꿀 거라고 이야기했다고 한다. 어머니가 아들의 말을 듣고 약 12년 만에 남편이 없는 집에 돌아오니 그 무렵 게으르고 불량스러운 성향의 S·K가 어머니가 돌아온 그 날부터 정말 근면 성실한 남자가 되었다고 했다.

　　이것이 S·K의 과거였다. 생각해보면 그는 어머니가 없는 처지가 어떤지 충분히 알고 있다. 지금 자신의 아버지와 똑같이 남자아이 둘을 혼자 손으로 키우는 처지가 되었다는 것은 어떤 인과인지는 모르겠지만, S·K는 옛날 자신의 처지와 똑같다고 느낄 것이다. S 경부는 마음속으로 S·K가 자신의 손으로 또 다시 이런 운명을 만들어낼 리가 없다는 생각을 했다. 하지만 일단 그 생각을 버리고 조사에 임했다. 일시적인 분노로 아내를 죽일 수도 있지만 반생반사의 여자를 불에 태울 남자로는 보이지 않는다. 비록 사람을 죽인다 해도 자기 한 몸을 지키기 위해 아무렇지도 않게 이런 무책임한 일을 꾸밀 사람은 아닐 것이다. 경우에 따라서는 불길이 광범위한 산림을 태워 패전에 힘겨워하는 국가의 부를 소실시키는 원인이 될 수도 있는데 말이다. 일거수일투족이 모두 구(舊) 육군군조다운 그의 대답은 매사 간단명료했다.

8일 오전, 그녀가 본가의 모내기를 돕고 있을 거라고 생각하고 본가에 갔다가 상담을 한 것이 10시부터 정오 무렵까지이다. 오후에는 꽃밭에서 카네이션 50송이 정도를 꺾었고, 3시가 넘어서는 그 꽃을 배달하러 마쓰모토의 꽃집에 갔다는 8일의 알리바이도 수사본부의 정보와 일치해 신뢰할 수 있다. 지금 이 남자를 이대로 돌려보내 버리면 수사는 정체상태에 빠지게 된다. 피해자의 친정을 비롯해 타살이라고 생각하는 사람들은 분명 불만족스럽다고 생각하겠지만 경부는 자신의 신념과 권위자의 시체에 대한 소견 및 시체 운반의 곤란함을 이유로 S·K를 석방하고 마음이 가벼워졌다. 아무리 해도 살인자가 없는 경우에는 세상의 평판이 어떻든 간에 자살이라고 결론지을 수밖에 없다고 결심했는데, 이 방향으로 수사를 진행시키기 위해서는 먼저 E의 게타와 성냥을 찾아야 한다. 시어머니의 증언으로는 새 성냥 두 갑 중에 한 갑을 가지고 나갔다고 한다. 게타의 경우 E가 죽기 위해 산을 올라가는 도중 그녀를 본 3명이 별 말을 하지 않았다는 것은 분명 게타를 신고 있었다는 증거이다. 만약 맨발이었다면 필시 주의 깊게 보고 이상하다고 생각해 제일 먼저 그 이야기를 했을 것이다.

　수사방향을 바꾸어 사람을 쫓는 대신 게타와 성냥을 찾으면 상황을 타개할 수 있지 않을까?라는 생각에 S 경부의 마음도 가벼워졌다.

　6월 14일. 본부 및 지부의 전원이 함께 다시 한 번 하카마고시 스키장의 사건현장 부근과 E가 통과한 길에서 성냥갑과 타고난 성냥개비, 그리고 시어머니가 증언한 '아직 그다지 닳지 않은 바닥에 그림이 있는, 조금 낡은 붉은 줄의 게타'를 찾았다.

　출발점으로 삼은 스키장 일대에서는 아무것도 찾지 못했다. 이미 딱딱하게 굳은 모닥불의 재를 깨서 체에 내리고, 풀까지 뽑아 보았지만 끝내 아무것도 나오지 않았다. 산에서 내려올 때에는 전원을 둘로 나누어 좌우에서 각각 경쟁적으로 길 양쪽을 수색했지만 결국 아무것도 못 찾겠다고 체념할 무렵이었다. E의 생가 근처에는 밀밭과 뽕밭 중간을 가로지르는 자갈이 많은 오솔길이 있었다. 그 오솔길에서 오른쪽으로 한 발짝 정도 떨어진 곳에 두 그루의 뽕나무가 있었는데, 그 나무 아래 잡초 속에서 붉은 게타 끈을 발견했다. 3시가 넘은 때였다. 게타는 거무스름하게 염색한 바닥에 덩굴 풀 모양의 그림이 있고, 그렇게 많이 닳지는 않았지만 특히 왼쪽 끈이 많이 닳아 있었다. 이것을 발견한 무리는 기쁨의 환호성을 질렀다. 보물찾기에 기진맥진한 일동은 게타를 찾음으로써 모두 해방되었다. 근처 밀밭에 있던 마을 여인을 설득해 그녀의 입회 아래 현장사진을 3장 촬영하고 현장과 그 필름을 가지고 의기양양하게 돌아가자 S 경부는 보고를 듣고 대만족했다. 얼마나 마음이 급했던지 사진이 현상되기를 기다리는 짧은 시간이 답답할 정도였다. S 경부는 일동을 향해 말했다.

"물에 빠져 죽는 사람이 신발을 남겨놓고 죽는 것이 자살의 형식이 되었다. 이런 길가에, 그것도 생가 부근에 신발을 두었다는 것. 나는 자살의 의지표시라고 보아도 좋다고 생각한다."

마치 동의를 구하듯이 일동의 얼굴을 둘러보았다. 어떤 사람은 의리로, 어떤 사람은 무성의하게, 소수의 사람은 마음속으로 동감의 뜻을 보이고 있는 듯하다. 다른 사람은 상관없다. S 경부 자신이 그렇게 믿고 있으며, 또 누구나 인정할 수 있는 증거라고 생각했다.

"E는 소녀시절부터 맨발로 산을 뛰어 다니는 것을 좋아했기 때문에 산에 들어가기 전에 게타를 벗었을 것이다."

E의 어릴 적 친구였던 마을 여인의 의견이다. 그리고 우연히도 E의 생가 근처에서부터 산길이 시작되었다.

S 경부는 내가 방문하자 기뻐하며 내가 한 공상적 추리를 듣고는 "전체적으로 선생님의 느낌과 비슷합니다."라고 말하고 사건의 전모를 들려주었는데, 그것이 대충 이런 내용이었다. 나는 덜렁이이니 빠진 부분도 있고 사실과 다른 부분도 있으리라.

여계선기담
(女誡扇綺譚)

사토 하루오

1. 샤캄성(赤嵌城)*

쿠토항―한자로 쓰면 禿頭港. 쿠토(禿頭)는 참 재미있는 단어이다. 이는 사물의 막다른 곳을 의미하는 속어이므로 쿠토항이란 안핑항(安平港)의 가장 안쪽에 있는 항구라는 뜻인 듯하다. 타이난시(台南市)의 서쪽 끝에 있는 안핑의 폐항과 접하고 있는 부근인데, 이름에 대한 설명만 들으면 '아, 그렇구나'라는 생각이 들지도 모르지만 실제로 그 장소를 눈앞에서 본 사람은 오히려 그런 곳에 항구라는 이름이 붙혀진 것을 의아하게 생각할 것이 분명하다. 그곳은 그저 낮고 습한, 갈대와 물억새가 창궐하는 진창을 따라 나 있는 빈민굴 같은 곳이다. 게다가 바다로부터는 거의 1리(약 400m)도 떨어져 있지 않다. 더위 속에 늪을 메우고

---

* 타이완의 타이난 츠칸제에 있는 누각

있는 쓰레기 냄새가 코를 찌르는 곳으로, 토착 타이완인들의 비좁은 집들이 무질서하고 빽빽하게 늘어서 있다. 그 중에서도 이곳은 가장 쓸모없는 곳 같아 보이는데, 나는 그날 지인인 시와이민(世外民)을 따라 안핑항의 폐허를 구경하러 갔다가 돌아오는 길에 난데없이 이런 곳에 와 있었다. 시와이민이 가지고 온 옛 타이완부 지도가 안내하는 대로 온 결과였다.

○ ○ ○

사람들은 황폐의 미를 노래한다. 그에 대한 개념이라면 나에게도 있지만 나는 아직 그것을 통절하게 느낀 적은 없었다. 그러나 나는 안핑에 가보고 드디어 그것이 무엇인지 알 것 같은 느낌이 들었다. 이 섬의 주요한 역사라 할 만한 네덜란드인의 장대한 계획, 정성공(鄭成功)의 웅지, 유영복(劉永福)의 야망의 말로 등이 모두 이 항구 도시와 관련되어 있다. 하지만 나는 여기서 그에 대해 이야기하려는 것이 아니다. 또 옛것을 사랑하는 호고가(好古家)이자 시인인 시와이민이라면 모를까 나는 하고 싶어도 할 수도 없다. 내가 안핑에서 황폐의 미에 사로잡혔다는 것은 반드시 그 역사적 지식 때문만은 아니다. 그러니 누구라도 좋고, 아무것도 몰라도 좋다. 그저 이곳에 단 한 번이라도 발을 들여놓기만 하면 이곳의 쇠퇴한 시가지가 눈에 들어온다. 그리고 만약 마음이 있는 사람이라면 그 속에서 처연한 아름다움을 느끼지 않을 수 없다고 생각한다.

타이난에서 출발해 40분 간, 마치 흙이나 돌이 된 것처럼 트럭을 타고 가야 한다. 담담한, 거의 일직선으로 뻗어 있는 길의 양쪽은 안핑어의 양어장인데 그냥 보기에는 논도 아니고 진창도 아니다. 원래 바다였던 것이 메워져버렸다기보다는 계속 메워지고 있는 상황인데, 옛 지도에 따르면 원래 얕은 지대였던 것 같다. 지도에 명소로 표시되어 있는, 물소가 끄는 수레바퀴의 반 이상이 물에 잠겨 있는 곳은 이 근처일 것이다. 하지만 지금은 비록 논처럼 보이기는 하지만 육지와 다르지 않다. 그리고 변화 없는 길을 트럭이 활주하는 이곳. 이곳은 항상 열국의 푸른 풀이 열기를 내뿜는 장소인데도 불구하고, 황야와도 같은 인상 때문인지 기억 속에서는 마치 풀이 시들어 있었던 것 같은 기분마저 든다. 이것이 안핑이 주는 정조(情調)의 서곡이다.

트럭이 도착한 곳에서 옛날 네덜란드인이 쌓았다는 젤란디아 성*을 향해 걸어가는 도중 눈에 들어오는 모든 집은 아무도 살지 않는 듯 황폐하기 그지없었다. 그다지 멀지 않은 과거에는 외국인이 경영하고 있던 제당회사의 사택이었는데, 그 회사가 해산함과 동시에 빈 집이 되어버렸다. 모두 벽돌로 지어진 멋진 서양식 집으로, 조그만 정원들은 형태만 남아 있다. 그러나 모래뿐인 땅에는 잡초도 없다. 늘어선 집들에 있는 창문의 유리창이란 유리창은 모두 아이들이 장난으로 던진 돌 때문인지 깨져서 구멍이 뚫려 있었고, 처마에는 둥지라도 틀었는지 깜짝 놀랄 정도로 많은 참새들이 새까맣게 모여 지저귀고 있었다.

---

* 17세기에 네덜란드 동인도회사가 타이완에 가지고 있던 성채

우리는 그 중 한 채 안으로 들어갔다. 안에는 산산조각이 나서 반짝이고 있는 유리 파편과 깨진 창틀 등이 먼지에 묻혀 있을 뿐, 그 외에는 아무것도 없었다. 그런데 2층에서 사람 목소리가 들려 올라가보니 베란다에 거지 복장을 한 노인이 '과연 저걸 사용할 수 있을까'라는 생각이 들 정도로 낡은 어망을 손질하고 있었다. 그리고 그 옆에는 이 노인의 손자라고 생각되는 대여섯 살쯤 되어 보이는 남자아이가 계속해서 뭔가를 중얼거리며 손으로 주위의 먼지를 그러모으면서 놀고 있다가 우리 발소리에 놀라 침입자를 올려다보았다. 늙은 어부도 우리를 두려워하는 듯한 눈빛이었다. 그들은 이 근처에 사는 자들인데 이 폐가의 2층에서 더위를 피하고 있었을 것이다. 아무튼 이렇게 훌륭한 폐가들이 죽 늘어서 있는 시가의 모습은 나로서는 상상도 하지 못했던 일이었다.(2, 3년 후에 타이완의 행정제도가 변해 타이난의 관청을 증원할 필요가 생기자 안핑의 이 폐가들을 한시적 관사로 쓰면 어떻겠느냐는 의견이 나온 것도 당연한 일이다)

샤캄 성터에 올라갔다. 그저 이름만이 남아 있을 뿐이다. 콘크리트로 지어진 오래된 주춧돌의 흔적이 남아 있다고는 하지만 아무리 시와이민이라 해도 뭐가 뭔지 잘 알지 못했다. 지금은 세관 구락부의 일부분이 되어 있는 작은 언덕 위이다. 나의 친구인 시와이민은 언덕 위에서 아까의 그 오래된 지도를 펼쳐 소위 안핑항 이외의 7곤신(鯤身)*의 흔적을 알려주고 또 고서에서 볼 수

* 당시 타이난 남쪽에 '곤신'이라는 이름의 섬들이 이어지는 수심이 얕은 만(灣)이 형성되어 있었다.

있다는, 귀공기절(鬼工奇絶)이라고 평해지는 샤캄성의 건축 등에 관해 자세히 설명해주었는데, 공교롭게도 나는 모두 잊어버리고 말았다. 내가 놀랐던 것이라고 하면 예전 안핑항의 내항(內港)이라고 칭해졌던 이곳이 지금은 완전히 매몰되어버렸다는 것뿐이다. 너무나 단순하긴 하지만 사실 나는 역사 같은 것에는 아무런 관심이 없을 정도로 젊었다. 그리고 만약 시와이민이 없었다면 안핑과 같은 얼토당토않은 곳에 와볼 마음조차 먹지 않았을 것이다. 때문에 나와 비슷한 연배의 젊은 시와이민이 끊임없이 과거에 대해 한탄하는 마음을 담아 이야기하는 것을 보고 '역시 중국인의 피를 이어받은 시인은 다르다'는 정도로밖에 생각하지 않았다. 또한 나는 아무리 네덜란드인의 장대한 계획의 흔적이라 해도 그 옛날을 그리워할 실마리가 될 만한 것을 찾아낼 수 없었다. 하지만 그럼에도 불구하고 그 언덕의 전망 자체는 사람의 감정을 자극할 만했다. 단순히 경치만 생각해 봐도 그렇게나 황량한 자연이 이토록 넓게 존재할 거라고는 상상조차 할 수 없다. 나에게 만약 에드가 앨런 포의 필력이 있었다면 나는 아마이 경치를 묘사해 그의 『어셔가의 몰락』의 모두(冒頭)에 대항할 수 있는 글을 쓸 수 있었을 텐데……

내 눈 앞에 펼쳐진 것은 진흙으로 된 바다였다. 누런 갈색을 띠고 있는 바다는 거대한 물결 마루를 끊임없이 몰고 왔다. 파도를 묘사하는 표현 중에 열 겹 스무 겹이라는 말이 있긴 하지만, 이렇게 계속해서 겹쳐지는 파도를 묘사하는 말은 아마도 우리가 사용하는 어휘 중에는 존재하지 않을 것이다. 그 파도는 수평선까지 이어져 모두 우리가 서 있는 방향으로 밀려왔다. 예전에는 샤캄성 바로 아래까지 바다였다고 하는데 지금은 이 언덕에서 보면 2, 3리나 떨어져 해변이 있다. 그 거리 때문에 파도 소리도 들리지 않을 정도이다. 이렇게 안핑의 외항도 매몰되어버렸지만, 뜨뜻미지근한 바람과 극도로 얇은 모래 때문일까? 무한대로 이어지는 탁한 파도가 지금이라도 언덕 바로 아래까지 밀려올 것 같은 느낌이 들었다. 정오에 가까운 열대의 태양조차 탁하기 그지없는 파도에는 빛을 반사시키지 못하는 것처럼 보였다. 빛이 없는 이 기괴한 바다—라기보다는 물의 계속되는 파도와 끊임없이 싸우면서 거룻배 한 척이 바다로 나아가고 있었다. 무엇 때문인지는 알 수 없다.

하얗게 탄 한낮의 태양 아래 완전히 빛을 흡수해버린 바다. 수평선까지 이어지는 작은 물결 마루. 홍수를 연상시키는 그 색깔. 펄럭이며 떠 있는 작은 배. 격렬하게 활동적인 경치 속에서 아무런 소리도 들리지 않는다. 가끔씩 말라리아 환자의 숨소리 같이 습한 바람이 천천히 불어온다. 그 모든 것이 일종의 내적인 풍경을 형성해 나에게 상징적인, 악몽 같은 불쾌함을 선사해주는 것이었다. 이 풍경을 접한 후, 나는 술에 취한 밤이면 이곳과 비슷한 살풍경한 해변이 나오는 악몽을 꾸고 겁에 질렸던 적이 두세 번이나 있다. 내가 이런 바다를 바라보고 있는 동안 시와이민 또한 나와 비슷한 느낌을 받았는지도 모른다. 이 말 많은 남자도 아무 말 없이 침묵에 빠져 들었다. 나는 눈을 감고 무심코 한숨을 쉬었다. 감개 때문인지도 모른다. 하지만 사실은 뜨거운 여름

더위가 괴로웠던 것이다. 지금 와서 말이지만 이런 더위는 양산 따위로 막을 수 있는 것이 아니다.

"우- 우- 우- 우-"

갑자기 희미하게 마치 이 경치 전체가 신음하는 듯한 소리가 울려 퍼졌다. 바다 쪽을 바라보니 수평선 위에 한 척의 증기선이 검고 조그맣게, 겨우 연통과 돛대 등이 선명하게 보일 정도의 거리에 떠 있었다. 연안 항로의 배인 것 같다. 그리고 아까부터 파도 위에서 흔들리고 있던 배는 곧 본선이 올 것을 알고 서두르고 있었던 것 같다.

"저 증기선은 어디에 정박하는 거지?"

내가 시와이민에게 묻자 우리를 안내하러 따라다니던 트럭 운전수가 대신 대답했다.

"벌써 도착한 거예요. 지금 울린 기적 소리는 도착했다는 사인입니다."

"저기에? 저렇게 먼 곳에?"

"그렇습니다. 더 안쪽으로는 들어오지 않아요."

나는 혹시나 해서 다시 한 번 먼 바다를 바라보고 중얼거렸다.

"음, 이게 항구인가?"

"맞아."

시와이민은 내 말을 듣고 답했다.

"항구야. 옛날에는 타이완 제일의 항구였지!"

"옛날에는!"

나도 모르게 그가 한 말을 반복했다. 그 말을 너무 감동적으로 내뱉은 것 같아 좀 기분이 나빴기 때문에 나는 조금 허무한 말투로 고쳐 말했다.

"옛날에는……인가?"

언덕을 내려와 우리가 간 곳은 원래 왔던 길이 아니었다. 이곳은 비교적 오래된 마을인 것처럼 보였는데 그 일대는 낡은 느낌을 주었다. 주위에 있는 중국풍 가옥은 모두 가난한 어부들의 집처럼 보였는데, 베란다가 있는 당당한 풍모의 빈 2층집들과는 비교도 되지 않을 정도로 작고 볼품없었다. 원래는 곤신에 있는 인공섬 같았는데, 지질(地質)이 변해 있었다. 모래가 아니라 더 가볍고, 걸을 때마다 발에서 엄청난 먼지를 일으키는 희부연 땅이었다. 단, 올 때와 변하지 않은 것은 그 근처에서 전혀 사람의 흔적을 찾아볼 수 없다는 점이었다. 거리의 집들이 모두 빈 집도 아닐 터인데 그 어느 집에도 출입하는 사람이 없고, 또 말소리조차 새어나오지 않았다. 우리가 거리를 도는 사이에 만난 인간이라고는 오직 그 폐가의 베란다에 있던 늙은 어부와 아이 뿐이다. 행인을 만나는 일은 단 한 번도 없었다. 아무리 밤늦은 거리라고 해도 이렇게까지 인적이 끊긴 경우는 없다. 게다가 눈부신 태양이 내리쬐고 있기 때문에 그 쓸쓸함은 일종의 이상한 깊이를 느끼게 했다. 우리는 묵묵히 걸었다. 불현듯 주위의 집 어디에선가 한낮의 무료함을 위로하기라도 하듯이 히엔이라는 이름의 호금(胡琴)을 연주하기 시작하는 자가 있었다.

"달빛 아래 피리소리보다 더 구슬프군."

시인인 시와이민은 재빨리 그 소리를 듣고 나에게 말했다. 이 소리를 듣고 달빛 아래 피리소리를 연상하는 데에 그의 매너리 즘과 센티멘털리즘이 있다. 그러나 그렇다고 해도 이번에는 그의 느낌에 찬성할 수밖에 없다.

우리는 트럭을 타고 다시 양어장의 제방 길을 따라 돌아왔는데, 우리가 도착한 타이난 시의 서쪽 교외가 내가 지금부터 말하려는 쿠토항이다. 안핑 관광을 완벽하게 하기 위해 이 근처도 돌아보자고 시와이민이 말했을 때, 시간이 많이 지나 심한 공복감을 느끼고 있었음에도 불구하고 '이제 그만하자'고 말하지 않은 것만 보아도 내가 반나절 동안 안핑에 대해 다소 흥미를 느끼게 되었다는 사실을 알 수 있을 것이다.

그러나 트럭에서 내려 채 1초(약 109m)도 걷기 전에 나는 쿠토항 따위는 사족이었다고 생각하기 시작했다. 그곳은 그저 물웅덩이가 많은 불결한 변두리 그 이상도 이하도 아니었다.

2. 쿠토항의 폐가

길을 왼쪽으로 꺾자 우리는 다시 흙탕물이 있는 곳에 닿았다. 길 한 쪽에만 집들이 늘어서 있었는데 그 길을 따라 돌담이 있었다. 그리고 담 안의 커다란 뽕나무는 가지를 길가에까지 뻗고 있었다. 축 처진 우리는 그 나무 그늘 아래에 멈춰 섰다. 윗도리를 벗고 담배에 불을 붙인 후 다시 한 번 주위를 둘러보자 지금 이 길은 지금까지의 좁고 답답한 빈민가보다 훨씬 더 동네다웠다. 우리가 등을 기대고 있는 돌담도 오래되기는 했지만 상당한 집인 듯하다. 근처에서 이 정도의 돌담을 세운 집은 그다지 눈에 띄지 않는다. 이렇게 생각하고 주위를 둘러보자 이 근처는 돌을 아주 많이 사용하고 있었다. 모두 오래되었기 때문에 휙 눈에 띄지는 않지만 이 주위는 지금까지 우리가 걸어왔던 모든 곳과 느낌이 완전히 달랐다. 지저분하지만 묘하게 여유 있는 느낌을 주는 것도 어쩌면 돌을 많이 사용했기 때문일 것이다.

이 거리—거리라고는 해도 1초(약 100m)도 되지 않지만, 우리가 서 있는 이 거리의 앞쪽은 예의 악취를 내뿜는 흙탕물이다. 검은 흙 위에는 약간의 물이 있다. 얕은 곳에서는 5, 6마리의 돼지가 진흙을 짓이기며 놀고 있고, 조금 깊어 보이는 곳에는 기름처럼 질척질척한 물에 오리 떼가 떠 있다. 이 물웅덩이가 보통의 물웅덩이와 다른 점은 물이 마른 해자의 밑바닥에 있는 웅덩이라는 점이다. 여러 가지 모양으로 자른 커다란 돌들이 진흙 연못의 둘레를 감싸고 있다. 게다가 폭은 7, 8겐(약 13~14m)이나 되고 길이는 마을 전체에 걸쳐 있다.

깊이는 적어도 10척(약 3m)은 넘는다. 해자 건너편에는 물가바로 옆에 높이 솟아 있는 돌담이 있다. 그 긴 돌담의 딱 중간부분이 완전히 와해되어 있었다. 아니, 완전히 붕괴된 것은 아닌 것 같다. 원래부터 그 부분만 돌담이 아닌 것 같았다. 그리고 돌담이 아니었던 그 부분이 무너진 것이 틀림없다. 무너진 돌무더

기들이 마구 쌓여 있고, 일부분은 진흙 속에 묻힌 채 모습을 드러내고 있다. 그 커다란 돌과 웅덩이는 흡사 작은 고성(古城)의 폐허와 같은 느낌이었다. 아니, 사실 성인지도 모른다. 무너진 돌담 너머 멀리 한 그루의 커다란 무환자 나무가 푸른 하늘 아래 무성한 가지를 드리우고 있는데, 그 모습이 검게 보일 정도로 둥글다. 그 뒤쪽에 회백색의 높은 건물이 있는데, 아주 작기는 하지만 아무래도 총루(銃樓)인 것 같다. 둥근 건물의 편평한 옥상 가장자리에는 반듯한 凹凸 모양을 한 성채가 있고 그 아래로 직사각형의 총안구가 있다.

"여보게, 자네."

나는 다시 오래된 지도를 펼치고 있는 시와이민의 어깨를 흔들어 그의 주의를 환기시킴과 동시에 지금 발견한 것을 가리켰다.

"뭘까? 저건?"

나는 이렇게 말하고 걷기 시작했다. 그 작은 성채 쪽으로. 알고 보니 저택 안에는 또 다른 지붕이 있었다. 그 길이로 보아 집이 굉장히 크다는 것을 알 수 있다. 나는 그 집을 보고 싶었다. 분명 무너진 돌담에서는 잘 보일 거라고 생각했다. 무엇이든 좋다. 조금이라도 신기한 것을 발견하지 못한다면 쿠토항은 너무나 짜증나는 곳이다.

돌담이 끊어진 바로 앞까지 오니 역시 집이 보였다. 그것도 아주 똑바로 보였다. 아니, 그렇게 보이도록 지어진 것이다. 또 돌담이 끊어진 것은 역시 그냥 무너진 것이 아니라 원래 그곳이 비어 있던 흔적이었다. 수문으로 사용하기 위해서일 것이다. 왜냐하면 해자는 저택의 정원 안까지 들어와 있고, 무너진 돌담 바깥쪽 또한 장방형의 작은 해자이다. 분명 거룻배 10척을 한꺼번에 세워둘 수 있는 정도의 넓이이다. 그리고 물가로 내려가기 위해 정면에는 3단짜리 돌계단이 있다. 게다가 물은 모조리 말라버렸는데, 바닥을 드러낸 밑바닥 돌계단까지의 높이는 10척(약 3m) 정도가 된다. 만약 이 돌계단에 찰랑찰랑할 정도로 물이 차 있었다면 지금은 돼지와 집오리들이 놀고 있는 이 커다란 해자에도 물이 차 있었을 것이다. 이 정도의 해자를 정원 안팎으로 지은 집을 정면에서 보면 외관은 3채의 집이 凹자 모양을 하고 있다. 凸자 모양을 하고 있는 해자를 따라 지어진 것이다. 정면에 길게 늘어선 처마는 5겐(약 9m)이나 되고 또 그 좌우로 날개를 펼치고 있는 맞배지붕은 각 4겐(약 7.2m) 정도이다. 이 집들은 모두 2층으로 되어 있다. 대부분 작은 단층집을 여러 채 짓는 습관이 있는 중국 주택의 원칙으로 볼 때 이것은 엄청나게 큰 집이라고 할 수 있다. 나는 피곤한 다리를 쉬게 할 겸 쭈그려 앉아 흙 위에 이 집의 조감도를 그리고 눈대중으로 잰 거리로 계산해볼 때 이 집이 150평을 훌쩍 넘는다는 계산을 했다. 나는 꼭 필요한 일에 대해서는 칠칠치 못한 주제에 쓸데없는 일에 대해서는 묘하게 열중하는 습관이 있다. 이 무렵 나는 그런 경향이 특히 심했다.

"뭘 하고 있는 건가?"

시와이민의 목소리가 들렸다. 그는 내 등 뒤에 서 있었다. 나는 왠지 장난을 치다가 들킨 어린 아이처럼 겸연쩍어서 일어나

땅 위에 그린 것을 발로 문질러 지우며 말했다.

"아무 것도 아냐…… 엄청나게 큰 집이군."

"그래. 역시 아무도 살지 않는 집이군."

그가 말하기 전에 나도 폐가라는 것은 알고 있었다. 딱히 이유는 없지만 누가 보아도 너무나도 황폐해진 집이었다. 수많은 창문들이 모두 닫혀 있었는데, 그렇지 않은 것은 창 자체가 썩어서 떨어진 것이리라.

"엄청 호화로운 집이야. 2층의 아자교란*을 보게. 정말 정교한 세공이지 않나? 또 저 벽을 보게. 저 집은 벌거벗은 벽돌집이 아닌 거야. 아름다운 색으로 곱게 화장을 하고 있어. 옅은 붉은 색의 회반죽으로 칠해 두었군. 색이 바래 희부옇게 변한 것이 오히려 몽환적이지 않은가? 주마루(走馬樓) 처마 아래 비를 맞지 않은 곳은 아직 그 색채가 희미하게 남아 있어."

내가 평수에 대해 생각하고 있을 때 같은 집에 대해 시와이민은 시와이민 나름대로의 생각을 하고 있었던 것이다. 그의 말을 듣고 나는 더 자세히 집을 보았다. 그렇다! 2층의 주마루(베란다 안쪽의) 벽에는 엷지만 선명한 색채가 함초롬히 남아 있었다. 사실 이 폐가는 보면 볼수록 구석구석에서 멋들어진 호화스러움이 퐁퐁 솟아 나오는 것을 느꼈다. 예를 들어 집의 주춧돌. 보통 봉당에서 생활하는 중국인의 집은 주춧돌이 아주 낮다. 지면보다 조금 높은 정도이다. 그러나 지금 우리 눈앞에 있는 이 폐가

* 亞자를 계속 잇댄 모양으로 만든 난간

의 주춧돌은 3척(약 90cm) 정도나 되고, 멋지게 자른 돌을 쌓아 올렸다. 좀 더 주의해서 살펴보자. 수문과 맞닿아 있는 곳에 3단짜리 돌계단이 있다는 것은 이미 알고 있었지만, 안쪽 집의 높은 주춧돌에도 역시 2, 3단짜리 돌계단이 있다. 그 돌계단의 양쪽에 2개의 원기둥이 있고 그것이 2층의 주마루를 지탱하고 있었는데 그 원기둥은…… 아무래도 거리가 너무 멀어서 확실하지는 않지만 보통의 기둥보다 훨씬 웅장했다. 위쪽에는 뭔가 이것저것 조각이라도 해놓은 것 같다. 그 밑동에 해당하는 부분의 지상에는 역시 돌 세공을 한 커다란 수반(水盤) 같은 것이 좌우대칭으로 놓여 있다. 이러한 것들이 정면을 위풍당당하게 만들고 있다는 사실이 내 주의를 끌었다. 나는 그곳이 이 집의 현관이 아닌가라는 생각이 들기 시작했다.

그래서 나는 내 생각을 시와이민에게 물어보았다.

"이보게, 이 집은 여기가 정면, 그러니까 현관일까?"

"그런 것 같아."

"해자를 마주 보고서?"

"해자? 이 항구를 마주 보고 말일세."

시와이민의 '항구'라는 말 한마디에 나는 퍼뜩 정신이 들었다. 그리고 나는 입으로 쿠토항이라고 내뱉었다. 나는 쿠토항을 보러 와서는 어느 샌가 이곳이 항구라는 것을 완전히 망각했던 것이다. 그 이유는 먼저, 내 눈 앞에 있는 폐가에 정신을 빼앗겼고, 또 이 주위 어디에도 바다 혹은 항구와 같은 느낌을 주는 것이 없었기 때문이다. 이 점에 대해 시와이민은 나와는 완전히 달랐다. 그는 이 항구와 흥망을 함께 한 종족으로, 이 토지에 대해서 나와 같은 이방인이 아니었다. 뭐 그런 것보다 그는 조금 전 오래된 지도를 펴고 정신없이 그것을 보면서 이 근처의 옛 모습을 뇌리에 그리고 있었을 것이다. '항구'라는 말은 나에게는 일종의 영감과 같은 것이었다. 나는 지금까지 죽어 있던 이 폐가가 영혼을 얻었다고 느꼈다. 진흙탕 웅덩이가 아닌 것이다. 이 폐허……
옛날에는 조석으로 파도가 저 돌계단을 철썩철썩 때렸다. 주마루는 파도가 빛나는 항구를 향해 펼쳐져 있었다. 그렇다면 이 집은 바다를 현관으로 삼고 있었던 것인가? 무엇을 하는 집인지는 알 수 없지만 이 집이야말로 한창 때의 안핑을 말해주는 최고의 유물이 아닐까? 나는 그 집의 크기와 오래된 정도, 그리고 아름다움만을 보고 지금껏 그 의미를 전혀 알아차리지 못하고 있었던 것이다.

지금까지 알아차리지 못했던 만큼 내 흥미와 호기심은 순간 부풀어 올랐다.

"들어가보지 않을 텐가? 아마 아무도 살고 있지 않을 걸세."

나는 의욕에 차서 이렇게 말했지만 해자에다가 높은 담까지 쳐져 있는 이 집에 어떻게 들어갈지 감이 잡히지 않았다. 길가에 있는 폐가라면 좀 전에 안핑에서 했던 것처럼 성큼성큼 들어가볼 텐데…… 나중에 생각한 것이지만, 어디가 입구인지 알 수 없다는 것이 이 폐가를 음험한 별천지로 보존하는 데 커다란 역할을 했을 것이다.

시와이민이 저 집에 들어가보고 싶다는 생각에 동감하지 않을 리 없다. 시와이민은 눈을 굴리며 주위를 둘러보다가 내가 등을 기대고 있던 돌담 안쪽의 그늘에서 타이완인 노파 한 명을 발견했다. 노파는 종려나무 잎으로 부채를 부치며 작은 나무 의자에 앉아 있었다. 그는 곧장 그곳으로 걸어가 무슨 말인가를 했다. 폐가 쪽을 가리키는 모습으로 보아 두 사람의 대화가 어떤 내용인지 알 수 있었다.

시와이민은 내 쪽으로 돌아왔다.

"알았네. 저 길로 가보지."

그는 이렇게 말하면서 해자 옆으로 난 길을 가리키며 말했다.

"저쪽에 뒷문이 있대. 조금 복잡하지만 가보면 알 수 있다고 하더군. 역시 폐가였어. 아무도 안 산 지 꽤 오래 되었대. 원래는 신(沈)이라고 하는, 타이완 남부에서 제일가는 부자의 집이었대. 당연히 멋지겠지."

우리는 이야기를 하면서 뒷문을 찾았다. 시와이민이 들은 정보가 부정확했기 때문에 우리는 갈팡질팡했다. 빽빽하게 늘어선 집들 사이로 들어와버렸다. 물어보려고 해도 주위에 아무도 없었다. 이 주위는 비교적 번화한 곳 같은데, 이처럼 인적이 없는 것은 지금이 오후 2시 무렵이기 때문이다. 그들의 풍습상 이 시간에는 대부분의 사람들이 낮잠을 즐긴다. 우리는 어쩔 수 없이 되는 대로 걸었다. 워낙 가까운 곳까지 와 있기도 했고, 또 우리가 찾는 집이 우뚝 솟아 있는 집이기 때문에 자연스레 알 수 있었다. 단, 해자 건너편에서 보았을 때에는 그저 하나의 높은 건물이었는데 뒤쪽에 와서 보니 건물 뒤로 낮은 지붕들이 이중 삼중으로 이어져 있었다. 소위 말하는 분산영란(分散零亂)*이란 이런 것을 말하는 것일까? 대가족이 살던 집이었다는 사실이 한층 더 확실해지는 동시에 정면에 있는 2층 건물이 주요한 방이라는 것도 확실해졌다. 우리는 다른 장소보다 주마루가 있는 2층과 원기둥이 있던 현관이 가장 보고 싶었다. 때문에 우리는 뒷문으로 들어가자마자 낮은 건물의 바깥쪽을 돌아 밖으로 나갔다.

원기둥은 역시 석조였고, 멀리서 보았을 때 위쪽에 복잡하게 보이던 것은 역시 조각이었다. 두 개의 원기둥에는 기둥을 휘감고 있는 용이 조각되어 있었는데, 하나는 위로 올라가고 있었고 또 하나는 아래로 내려오고 있었다. 비를 맞지 않은 부분의 움푹 팬 곳에는 물감의 흔적이 남아 있었다. 거무튀튀해지기는 했지만 붉은 색과 금색 안료가 확실히 남아 있었다. 그 비율로 볼 때, 문양이 너무 많아서 전체적으로 기둥이 낮게 느껴졌고, 또 집의 다른 부분에 비해 다소 고풍스럽고 지나치게 장중한 느낌이 들었다. 하지만 나와 시와이민은 각자 이 두 개의 원기둥을 문지르면서 멀리서 볼 때보다 가까이 와서 보니 더 호사스럽다는 것을 알 수 있었다. 세세한 부분이 눈에 들어왔기 때문이다. 만약 나에게 미술적 식견이 있었다면 식민지 졸부의 유치한 취향을 비웃었을지도 모른다. 하지만 비바람을 맞아 모든 것이 황폐해졌다는 사실이 거부감과 천박함을 불식시키고, 겨우 일부분만 남아 있다는 사실은 오히려 인간의 공상에 상상력을 부여했다. 그

* 여기저기 흩어져 있어 어수선함

리하여 딱하게 여겨야 할 여러 가지 부조화를 찾아내기 이전에 일단 이국정취를 기뻐하기도 하는 것이다. 하물며 나는 미적인 면에 있어서는 좀 이상한 것을 좋아한다. 그리고 그 사실을 스스로도 잘 알고 있다.

가늘고 긴 돌을 엮어놓은 마루의 폭은 4척(약 1.2m) 정도이고, 그 위의 2층이 주마루이다. 우리는 주마루에 올라가보고 싶었다. 양쪽으로 여닫게 되어 있는 현관의 나무 문짝은 이미 한쪽이 떨어져 나갔다. 남아 있는 문을 열고 나는 방 안을 들여다보았다. '2층으로 올라가는 계단이 어디에 있을까?'라고 생각하며. 중국인들의 집에 익숙한 시와이민은 대충 어디인지 아는 것 같았다. 그는 곧장 서슴없이 거실 안으로 들어갔다.

"××××, ××××"

그때 갑자기 이층에서 목소리가 들려왔다. 낮지만 맑은 목소리였다. 아무도 없다고 생각하고 있었기 때문에, 또 내가 막 그곳으로 들어가려던 찰나였기 때문에 그 소리가 내 뒤통수를 쳤다. 더군다나 나는 모르는 말이었는데, 새가 우는 것처럼 이상한 소리라는 생각이 들었다. 이런 상황을 예상하지 못한 것은 비단 나뿐만이 아니다. 시와이민도 안으로 들어가려던 발걸음을 멈추고 이상한 듯 2층 쪽을 올려다보았다. 그리고 그는 마치 대답하듯이, 그러면서도 질문하듯이 소리쳤다.

"××!?"

"××!?"

시와이민의 목소리가 거실에 울려 퍼졌다. 시와이민과 나는 서로의 얼굴을 쳐다보며 2층에서 소리가 들리기를 기다렸지만 더 이상 아무 소리도 나지 않았다. 시와이민은 살금살금 내가 있는 곳으로 나왔다.

"2층에서 무슨 소리가 났지?"

"응."

"사람이 살고 있어."

우리는 목소리를 낮추고 이렇게 말했다. 그리고 들어올 때와는 완전히 다른 걸음으로 아주 조심스럽게 뒷문으로 나왔다. 밖으로 나온 후 잠시 아무 말 없이 있다가 겨우 내가 입을 열었다.

"여자 목소리였어. 도대체 무슨 말을 한 거야? 확실히 듣긴 했는데 무슨 뜻인지 모르겠어."

"그렇겠지. 그건 취안저우(泉州) 사람들의 말이야."

보통 이 섬에서 사용되는 것은 샤먼(廈門) 말이다. 샤먼 말이라면 나도 이곳에 3년 동안 살면서 조금 익혔다. 지금은 거의 다 잊어버렸지만 말이다. 아무튼 내가 취안저우의 말을 알 리가 없다.

"그런데 취안저우 말로는 무슨 뜻이야?"

"사실 나도 정확히는 모르겠어. '어떻게 된 거예요? 왜 더 빨리 오지 않았나요?'라고 했어. 왠지⋯⋯"

"응? 그런 말이었어? 그래서 자네는 뭐라고 했는데?"

"아니, 잘 모르겠어서 그냥 다시 한 번 되물었어."

우리는 멍하니 선 채 피로와 불안, 공복을 한꺼번에 느끼면서 다시 조금 전 해자를 따라 길로 나왔다. 문득 앞쪽을 바라보니 우리가 처음 이 폐가를 주시하던 그 장소에 한 노파가 서서 우리가 했던 것처럼 해자 너머로 신기한 듯이 폐가를 바라보고 있었다. 점점 가까이 가 보자 조금 전에 시와이민에게 뒷문으로 가는 길을 가르쳐준 노파와 같은 노파라는 것을 알 수 있었다.

"할머니."

바로 앞까지 가서 시와이민이 무뚝뚝하게 노파를 불렀다.

"길을 못 찾았나요?"

"아뇨. 그런데 사람이 살고 있잖아요……"

"응? 사람이? 어떤 사람이? 봤어요?"

이 노파는 의외로 간절한 눈길로 우리의 대답을 기다리는 것 같았다.

"보지는 못했어요. 들어가려고 하는데 2층에서 목소리가 들렸어요."

"어떤 목소리? 여자였어요?"

"여자였어요."

"취안저우 말이었어요?"

"예, 맞아요. 어떻게 아세요?"

"세상에! 뭐라고 하던가요?"

"잘은 모르겠지만 '왜 더 빨리 오지 않았나요?'라고 한 것 같아요."

"정말인가요? 정말이에요? 당신이 들었나요? 취안저우 말로 '왜 더 빨리 오지 않았나요?'라고 했나요?"

"오오!"

옛 타이완인들은 남자건 여자건 서양인과 마찬가지로 연극적이고 과장된 표정을 연기하는 기술이 있다. 이 노파는 지금 그 기술을 보여주고 있는데, 그것은 단순한 몸짓이 아니라 진정성이 흘러넘치고 있었다. 눈빛은 공포로 변했고 기분 탓인지 얼굴까지 창백해졌다. 갑작스러운 변화가 오히려 우리를 불쾌하게 만들 정도였다. 그녀는 감정이 조금 잦아들기를 기다리기라도 하는 듯이 아무 말 없이 가만히 있었는데, 그러면서도 계속해서 우리를 응시하다가 마지막에 이렇게 말했다.

"어서 액막이를 하셔야 합니다. 당신들은, 귀신의 목소리를 들은 겁니다!"

3. 전율

겨우 노파가 다시 말을 하기 시작했다. 처음에는 마치 혼잣말 같은 어조로……

"……그런 소문은 옛날부터 있었습니다. 하지만 그 목소리를 실제로, 실제로 들었다는 사람을 당신들 같은 사람을 만난 것은 처음입니다. 젊은 남자들은 그곳에 가까이 가면 안 되었습니다. 당신들이 처음 내게 뒷문에 대해 물었을 때 사실 저는 말리고 싶었습니다만, 그러기 위해서는 긴 이야기를 해야 하고, 또 늙은이가 무슨 말을 하냐고 비웃을 거라는 생각에…… 게다가 지금은 세월도 많이 흘렀고, 나도 설마 그런 일이 실제로 있을 거라고 믿지 않았기 때문에…… 하지만 저는 뭔가 나쁜 일이 일어나지 않을까 걱정이 되어서 여기서 당신들을 지켜보고 있었습니다. 저 집은 옛날부터 귀신이 나오는 집이라고 해서 이 근처에는 아무도 가까이 오지 않았습니다. 보세요. 저기 있는 저 커다란 무환자 나무에 실한 열매들이 주렁주렁 열려 있는데도 열매를 따러 오는 사람이 아무도 없을 정도입니다."

그녀는 앞쪽으로 보이는 커다란 나무를 가리키다가 자연히 그 아래에 있는 총루를 보았을 것이다.

"옛날에는 저 집에 해적이 쳐들어 왔기 때문에 매일 밤 철포를 가지고 저 망루에서 불침번을 설 정도로 부자였습니다. 북방의 린(林), 남방의 신(沈)이라고 하면 모르는 사람이 없었지요. 아니, 아직 60년이 될까 말까할 정도의 일입니다. 커다란 정크*를 50척이나 가지고 취안저우, 장저우(漳州), 푸저우(福州)는 물론 광저우(廣州)까지 거래를 튼 대상(大商)으로 선박운송 대리업도 겸하고 있었습니다. 모두 '안핑항의 신인가, 신의 안핑항인가?'라고 노래를 불렀습니다. 아시다시피 그 당시 안핑항은 훌륭한 항구였는데, 그 중에서도 쿠토항은 안핑과 타이난의 시가를 잇는 곳으로써 항구 중에서도 제일의 선착장이었습니다. 일찍이 타이난에 이 정도로 번화한 곳은 없었다고 말했을 정도입니다. 신은 정말로 안핑항의 주인인 것 같았습니다. 하지만 신일가가 몰락함과 동시에 안핑항은 급격히 사그라들었습니다. 배들이 '신이 없는 안핑항에는 더 이상 볼일이 없다'며 오지 않았

* 중국의 소형 범선

다고 합니다. 게다가 바다는 점점 더 얕아져서 어느 샌가 정신을 차리고 보니 완전히 메워져버렸지요. 요즘도 나이든 사람들은 그 급격한 변화 또한 신 일가의 몰락과 똑같다는 말을 하곤 합니다…… 아, 신 일가 말인가요? 이상할 정도로 갑자기, 한 순간에, 어느 여름, 그것도 어느 날 밤 갑자기 몰락해버렸습니다. 백만장자가 눈을 떠 보니 거지가 되어 있었던 것입니다. 아무리 꿈속이라 해도 이렇게 갑자기 변하지는 않습니다. '비록 남의 일이지만 생각해보면 인생이란 참 별 것 아니라는 생각이 든다.' 우리 아버지는 이 이야기가 나오면 늘 이렇게 말씀하셨습니다. 아무튼 그때 신 일가는 최고의 전성기였습니다. 지금 저 집도 그 3, 4년 전에 지어진 것인데, 공사가 대단했습니다. 돌이니 나무니 모두 장저우나 취안저우에서 가져왔는데 50척의 배가 공사를 위해 두 번씩 왔다갔다고 합니다. 그도 그럴 것이 신의 집에는 부부가 사족을 못 쓰는 귀여운 외동딸이 있었는데, 그 외동딸의 사위를 맞이하기 위해 그렇게 큰 공사를 했다고 합니다. 게다가 그 딸은 아주 아름다웠다지요. 제가 봤을 때에는 이미 마흔이 넘었고 영락해 있었지만 그럼에도 불구하고 '아, 이래서 예쁘다고 하는구나!'라는 생각이 들 정도였습니다."

"그런데 왜 갑자기 신 일가가 몰락한 겁니까?"

시와이민은 성급히 이야기의 가장 중요한 부분에 대해 물었다.

"죄송합니다. 제가 나이가 들어서 이야기가 서툽니다."

그녀의 이야기를 듣고 있는 사이 알게 된 것이지만 이 노파는 고상한 중류층 노부인이었다. "무시무시한 바다의 돌풍이었습니다. 육지에도 무너진 집이 많았다고 합니다. 그야 그랬겠지요. 보세요. 저 신의 집에 있는 수문의 돌담마저 바람 때문에 무너졌다고 합니다. 그리고 그것을 수리할 새도 없었기 때문에 지금도 저런 상태로 남아 있는데, 날이 밝고 저 돌담—그때는 쌓아올린 지 얼마 안 된 새 돌담—이 무너져 있는 것을 신은 걱정스러운 얼굴로 보고 있었다고 합니다. 운이 나쁘게도 그날 새벽까지는 보름달이 떠 있는 조용한 밤이었고, 신이 가지고 있던 50척의 배는 모두 바다에 나가 있었다고 합니다. 신은 50세 정도 되는 사람이었다고 하는데, 무너진 돌담을 보면서도 바다에 나가 있는 배가 걱정이었겠지요. 배의 행방을 확실히 알 수는 없지만 5일이 지나도 10일이 지나도 돌아오는 배는 한 척도 없었다고 합니다. 사람들만이, 그것도 출항할 때의 10분의 1도 안 되는 사람들만이 폐인이 되어 돌아와 난파된 당시의 이야기를 전할 뿐이었습니다. 무사히 돌아온 배는 단 한 척도 없었다고 합니다. 사람들 이야기로는 항구에서 태풍을 피한 배도 3척인가 5척 있었다고 하는데, 다른 배들이 난파당했다고 하자 흉계를 꾸몄다고 합니다. 즉 자신들의 배도 난파당하고 마치 자신들은 죽은 척하여 배와 화물을 횡령해서 멀리 가버린 자들도 있는 것 같다고 합니다. 사실 어딘가의 누구는 '광저우에서 죽었다고 생각한 아무개를 만났다'고 하고, '이름과 색깔은 바꾸었지만 신이 가지고 있던 배 '철쭉'과 똑같은 것을 샤먼에서 보았다'는 이야기를 하는 사람도 있었다고 합니다. 아무튼 짐을 가득 실은 커다란 배 50척이 모두 돌아오지 않은 것입니다. 얼마나 큰 난리가 났을지는 상상이 가시지요? 그 중 반은 신의 화물이 아니었기 때문에 화물 주인들이 신의 집으로 쳐들어와 화물을 보상할만한 물건들을 가지고 돌아갔다고 합니다. 공사와 딸의 혼사를 위해 돈을 많이 쓴 후였고, 통이 큰 사람이라 거래 규모도 컸기 때문에 의외로 수중에는 금이나 은이 얼마 없었다고 합니다. 사람의 마음이라 는 것은 참으로 무서운 것입니다. 이렇게 되고 보니 빼앗길 것은 모조리 빼앗기는데 받아야 하는 것은 하나도 받을 수가 없고, 거 의 날짜까지 정해진 사윗감이 혼사를 거절했다고 합니다. 애초 부터 부자인 신의 집안과 인연을 맺으려고 한 것이지 가난한 신 의 집안과 인연을 맺을 생각은 없었기 때문이겠지요. 오오, 저쪽 에 그늘이 생겼군요. 저쪽으로 가서 좀 앉으시지요."

해가 조금 서쪽으로 기울어짐에 따라 앞뜰에 딱 한 그루 있던 종려나무가 조금 넓은 그늘을 만들고 있었다. 그것을 발견한 노 파는 이렇게 말하면서 자신이 먼저 일어나 조그만 발로 아장아 장 걸었다. 지금까지는 알아차리지 못했는데 이 노파의 집도 대 단하지는 않지만 상당한 집안으로 옛날 번화했던 자리에 남아 있었다.

나무 그늘 아래서 노파는 다시 말을 이었다. 그녀는 꽤나 이 야기하는 것을 좋아하는 것 같았고, 또 이야기를 잘하기도 했다. 단, 작은 목소리에 말이 빨라 외국인인 나로서는 알아듣기 힘들 었고 알아듣지 못하는 말도 있었다. 나는 후에 시와이민에게 다 시 물어보기도 했는데 노파가 한 이야기는 다음과 같다.

앞서 말한 사정으로 신의 집이 몰락하자 그로 인해 신은 병이 들어 곧 죽게 되고 혼담이 깨진 것을 슬퍼하던 딸은 계속 되는 비탄으로 인해 우울해하던 나머지 결국 미쳐버렸다. 그런 딸을 가엾게 여기던 어머니도 병이 들어 죽게 되었다. 마치 만들어낸 이야기처럼 불운이 꼬리에 꼬리를 이었다.

신 일가에 대해 세상 사람들은 여러 가지 이야기를 한다.

○ ○ ○

신의 4대 조상은 취안저우에서 타이완 중부의 코로톤(胡蘆屯) 부근으로 온 사람으로 원래 약간의 자산은 있었다고 한다. 하지만 당대에 그렇게 큰 부자가 된 데에는 뭔가 대단한 수법이 있었던 것 같다. 허구인지 사실인지는 모르지만 이런 이야기가 있다. 예를 들어 수확 시기가 다가오면 밤사이 인접한 밭의 경계 표식을 가능한 멀리까지 옮겨 놓는다. 수하의 남자들이 하룻밤 새 돌로 된 경계 표식을 옮기는 것이다. 다음 날이 되면 아무렇지도 않은 얼굴로 많은 사람들을 동원해 다른 사람 밭의 작물을 순식간에 거두어들인다. 밭의 소유자들이 깜짝 놀라 항의하면 그 표식을 구실로 삼아 소송을 걸었다. 그 전부터 마을의 관리들과 충분히 결탁해 두었기 때문에 그는 재판에서 질 리가 없었다. 그는 악한 관리의 도움을 받고 또 그들을 돕기도 했다. 이런 식으로 타이완 중부의 넓은 토지는 몇 년 사이 그의 차지가 되었다. 그곳의 모든 관리들은 그가 시키는 대로 움직이지 않을 수 없게 되었다. 나쁜 나라를 하나 세울 정도의 기세였다. 그 무렵에는 신 형제가 함께 이런 짓을 하고 있었는데, 형은 루강(鹿港)의 관청에서 관리와 말싸움 끝에 그를 죽이려다가 오히려 죽임을 당했다. 이것도 어쩌면 동생이 일을 꾸며 형을 죽였다는 소문이 있을 정도로, 형제 중에서도 동생 쪽이 훨씬 더 질이 나빴다. 형 쪽은 어느 정도 좋은 면도 있는 것 같았다. 어느 날 그들이 늘 하던 방법으로 이웃의 밭에 쟁기질을 하려 했다. 그때는 그 밭에 주인이 있는 것을 두 눈으로 보면서도 뻔뻔스레 쟁기질을 하려 한 것이다. 그 밭의 주인은 70세 정도의 과부라 아무 것도 겁낼 것이 없었기 때문이었다. 그러나 막 쟁기질을 하려는데 그곳에 있던 늙은 여자가 달려와 쟁기 앞에 작은 몸을 던졌다.

"살려주세요. 이것은 저의 목숨입니다. 옛날 제 남편과 아들이 땀을 흘리던 땅입니다. 지금은 이렇게 제가 먹을 양식을 심는 땅입니다. 이 땅을 거둬 가실 거라면 이 늙은 목숨을 거둬 가십시오."

신의 밑에서 일할 정도로 질이 나쁜 사람들이었지만 모두 쟁기를 멈춘 채 쟁기질을 하려는 자는 없었다. 남자들이 돌아가 형에게 이 이야기를 하자 그는 쓴웃음을 지으며 '어쩔 수 없군'이라고 대답했다고 한다. 그때 동생은 아무것도 알지 못했다. 그러나 그 후 2, 3일이 지나 말을 타고 밭을 둘러보는데 그들 밭 사이에 황폐한 곳이 있어 부하들을 꾸짖었다. 그리고 그것이 예의 그 과부의 밭이라는 사실과 그녀의 딱한 사정을 들었다. 지금도 그 밭에 노파가 하나 있는 것을 보고 그는 말을 달렸다. 그리고 가까이에서 일하고 있는 그의 부하에게 말했다.

"쟁기를 가지고 와!"

주인의 성품을 알고 있었기 때문에 부하는 거역할 수 없었다. 주인은 다시 말했다.

"이 황폐한 밭에 쟁기질을 해라! 늘 말하지 않느냐? 나는 내 땅 근처에 내 손길이 미치지 않는 밭이 있는 것이 싫다!"

늙은 과부는 이전과 같은 방법으로 애원했다. 부하가 주인의 명령과 목숨을 건 애원 사이에서 주저하고 있는 것을 보자 신은 말에서 내려왔다. 그리고 밭으로 걸어 들어가며 말했다.

"할머니, 물러나시지. 밭이라는 건 이렇게 황폐하게 두는 법이 아니야."

그러면서 그는 커다란 쟁기를 끌고 있는 물소의 엉덩이에 채찍질을 했다. 노파는 신의 얼굴을 올려다 본 채 꼼짝도 하지 않았다.

"정말 죽고 싶은 거야? 하긴 이제 죽어도 좋을 나이이긴 하지."

신은 이렇게 말하자마자 들고 있던 채찍으로 물소 엉덩이를 세차게 내리쳤다. 갑자기 물소가 뛰기 시작했다. 물론 할머니는 소에 깔려 죽었다.

"자, 우물쭈물하지 말고 일을 하란 말이야. 이런 늙은이 때문에 넓은 땅을 놀려둔다는 게 말이 된다고 생각해?"

평소와 다름없는 목소리로 이렇게 말하면서 남자는 말을 타고 돌아가버렸다. 이런 남자였기 때문에 형이 그렇게 죽었을 때에도 세상 사람들 사이에서 '형이 동생의 함정에 빠졌다, 그나마 형제의 정 때문에 자기 손으로 죽이지 않은 것이다'라는 소문이 돌았다고 한다. 아무튼 형이 죽은 후부터 동생이 모든 관리를 도

맡아 했다. 그 이후 집안은 한층 더 부유해졌고 그는 70세 가까이까지 살았다. 나쁜 일을 해도 벌을 받지 않는다는 생각이 드는 생애를 마칠 때, 그는 하나의 유언을 남겼다. 그 유언은 반드시 주의해야 하는 것이었다.

"지금으로부터 30년 후, 우리 가족은 모든 땅을 팔아버려야 한다. 그리고 남부의 안핑으로 가서 배를 지니고 건너편 본국과 무역을 하라."

그 이유를 물어보려는데 이미 혼수상태에 빠져버렸다. 그러나 자손은 그 유언을 지켜 쿠토항으로 왔다고 한다. 한참 후에 신 일족이 이러한 유언을 따라 이곳으로 왔다는 말을 했기 때문에 모두들 알고 있었다. 그날 밤의 바람을 시작으로 신 일가에 불행이 태풍처럼 불어 닥쳤을 때부터 세상 사람들은 신 일가의 조상이 행한 여러 가지 악행을 떠올리고 '인과응보이다, 천상성모*는 신의 배를 지켜주지 않는다, 그 유언은 자손들에게 천벌을 내리려고 늙은 과부의 영혼이 시켜서 한 것이다, 그 바람이 분 날은 늙은 과부가 쟁기를 끄는 소에 깔려 죽임을 당한 지 몇십 년째의 제삿날이었다'는 등, 사람들은 신 가족의 비운을 동정하면서도 이렇게 수군거렸다. 아무튼 커다란 불운이 닥친 후 연달아 모두 죽어버리고 남은 것은 어린 딸 하나로, 그마저 정신이 온전치 않은 채 살아가고 있었다.

비록 조상에게 어떤 소문이 있었다고 해도 이렇게 살아가고

* 중국의 민간에서 신앙하는 신

있는 잔약한 소녀를 그냥 방치할 수는 없어 이웃 사람들은 항상 먹을 것 정도는 가져다주었다. 그것이 오랫동안 끊이지 않았던 것도 이른바 부자의 여복(餘福)이라고 할 수 있을 것이다. 식사를 가져다주는 사람들은 올 때마다 뭔가 집에 장식되어 있는 물건을 하나씩 둘씩 몰래 들고 갔던 것 같다. 자연스레 방에 있던 것들은 사라졌고, 이렇게 되자 웬만큼 사는 사람들은 더 이상이 집에 오지 않게 되었다. 남의 물건을 조금씩 훔치는 사람으로 보이기 싫어 자연히 출입을 삼가게 된 것이다. 그러나 또 얼굴이 두꺼운 사람도 있어 당연하다는 얼굴로 물건을 가지고 나와 그것을 파는 사람도 나타났다. 정신이 온전치 못한 사람은 달라고 하면 아주 대범하게 물건을 줘버리는 것이었다.

"축하 선물로 무엇이든 가지고 가세요." 이런 식으로 비싼 물건을 빼앗겼다. 남의 말을 함부로 하는 사람들은 '저 집은 지금 옛날에 저지른 악행의 대가를 치르고 있는 것이다'라고 했다.

그녀의 정신이 어떻게 이상한가 하면 그녀는 시시각각 사람들의 발소리가 들리기만 하면 소리를 치는 것이다. 아마도 그녀의 남편이 오는 것을 기다리고 있는 것 같았다.

취안저우 말로 "어떻게 된 거예요? 왜 더 빨리 오지 않았나요?"는 우리가 들은 말과 똑같은 말이었다. 그녀의 모습은 늙었지만 목소리는 언제까지나 젊고 아름다웠다! 우리가 들은 그 목소리처럼?

그 목소리를 듣고 깊은 슬픔에 잠긴 사람들이 그 방으로 들어가면 그녀는 일단 사람들을 쳐다보고 나서 하염없이 우는 것이다. 기다리고 있었던 사람이 아니었기에 유감스러워서일 것이다. 그러면 사람들은 내일이 되면 그 사람이 올 거라며 그녀를 위로했다. 그녀에게는 또 다시 새로운 희망이 솟아난다. 그녀는 늘 아름다운 옷을 입고 그 사람을 기다릴 준비를 하고 있었다. 바다를 건너올 남편을 기다리고 있다는 것은 의심할 여지가 없었다. 그녀는 이렇게 20년 이상을 살았을 것이다.

"내가 17살 때 이 집에 처음 왔을 때, 그 사람은 아직 살아 있었습니다."

우리에게 이 긴 이야기를 들려준 쿠토항의 노부인은 말했다. 이 부인도 거의 60세 가까이 되어 보이니 40년 전쯤 이 집에 시집을 온 것 같다.

"나는 가까이서 그 사람을 본 적은 없지만 날씨가 좋은 날에는 모두들 '아가씨가 나오셨다'고 해서 보면 주마루 난간에 기대어 하루의 반을 그렇게 서서 먼 바다를 바라보는 일도 자주 있었습니다. 남편을 태운 배의 돛이라도 보일 거라고 생각했던 걸까요? 어쨌든 바다가 보이기 때문이겠죠. 아가씨는 오로지 2층 방에만 있었습니다. 다른 방으로는 한 발자국도 나가지 않았다고 합니다. 모두들 아가씨라고 부르는데 익숙해져 있었지만 그 무렵에는 이미 마흔에 가까운 나이였습니다. 그런데 어느 날부터 아가씨의 모습을 볼 수 없게 되었습니다. 아픈 건 아닌가 하고 가보니 이미 아가씨는 침대 속에서 부패하기 시작하려는 상태였다고 합니다. 금비녀를 꽂고 신부의 모습을 하고 있었다고 했습니다. 그런데 이상한 것은 그 사람이 2층으로 올라갈 때 아가씨가 살아 있던 때와 마찬가지로 서늘한 목소리로 똑같은 말을 했다고 합니다. 맙소사! 당신들이 들은 바로 그 말이에요! 그래서 죽었을 거라는 생각은 하지 않았기 때문에 훨씬 더 많이 놀란 것이지요. 그리고 그 후에도 그 목소리를 들었다는 사람이 가끔 있었습니다. 아가씨는 아파서 죽은 것이 아니라 굶어 죽은 것이 아닌가 하고 생각하는 사람도 있습니다. 왜냐하면 그 집에는 옛날 여기저기에 있던 값나가는 물건들이 하나도 남아 있지 않았다고 하니 말이지요. 그리고 시체에 있던 금비녀는 장례비용으로 사용했다고 합니다."

4. 괴걸(怪傑) 신씨

이 이상한 하루가 끝나갈 무렵 나와 시와이민은 취선각(醉仙閣)에 있었다. 취선각은 우리가 자주 가는 주막이다.

만약 내가 입사한 지 얼마 안 된 열정적인 신문기자였다면 좋은 특종을 잡았다는 생각에 『폐항(廢港) 로맨스』니 뭐니 하는 할주(割註)*를 달고 센세이셔널한 문자들을 나열했을 테지만, 그 무렵 나에게는 이미 우리 회사 신문을 잘 만들고자 하는 생각 따위는 털끝만큼도 없었다. 매일 출근조차 제대로 하지 않고 주당 시와이민과 술을 마시며 지내고 있었다. 필시 제군들이 내 문장

* 본문 사이에 두 줄로 잘게 단 주석

속에서 갖가지 난잡함을 발견했을 거라는 각오는 하고 있는데, 그것이야말로 내가 그 무렵 마신 술과 갈겨 쓴 글자들의 응보일 것이다……

아무튼 우리는 취선각에서 술을 마시고 있었다.

시와이민은 쿠토항의 폐가를 진심으로 기이하게 생각하고 있는 것 같았다. 사실 그 이야기는 너무나도 중국적인 느낌이 강하다. 미녀의 영혼이 폐가나 폐허를 떠나지 않는다는 것은 중국 문학에서 흔한 하나의 전형이다. 때문에 같은 민족끼리는 공감할 수 있는 것 같다. 하지만 나는 그렇지가 않았다. 그 중에서 조금이나마 내 마음에 들었던 부분은 스케일이 크고 강렬한 색채를 띠고 있다는 점이다. 만약 이것을 표현할 수만 있다면 우키요에 (浮世絵) 작가 요시토시(芳年)*의 광상(狂想) 따위는 시시한 것이 되어버릴지도 모른다. 그 속의 인물은 억척스럽고 대륙적이며, 아름다움이 추악함과 공존한다는 야만스러움 속에서 근대적인 면을 찾을 수 있다. 유령 이야기인데 캄캄한 밤이나 달밤이 아니라 더할 수 없이 밝은 낮이라는 것이 장점이긴 하지만 이 이야기는 괴담으로서의 가치는 떨어진다. 그런데도 시와이민은 오로지 그쪽에만 흥미를 느끼는 것 같았다. 아니, 무서워하기까지 한다. 그는 스스로 귀신과 대화했다고 생각하고 있을지도 모른다.

나는 시와이민의 황당무계함을 비웃었다. 왜냐하면 나는 이

* 쓰키오카 요시토시(月岡芳年, 1839~1892)는 막부 말기에서 메이지 전기에 활동한 우키요에 작가. 우키요에란 일본의 17세기에서 20세기 초, 에도 시대에 성립된 당대의 사람들의 일상생활이나 풍경, 풍물 등을 그려낸 풍속화의 형태이다.

미 짚이는 데가 있기 때문이다. 왜 그때 나는 되돌아가서 목소리가 나는 곳에 들어가보지 않았을까? 그러면 지금 이렇게 시와이민이 우길 일도 없었을 것이다. 그렇게 하지 않았던 것은 시와이민이 너무나 싫어했기 때문에, 그리고 배가 고팠기 때문이다. 그리고 또 귀찮다는 생각에 가보지 않고도 알 수 있다고 믿었기 때문이다. 왜 1시간이나 지난 후 이 사실을 깨닫게 되었을까? 아마도 무심코 안으로 들어가려던 찰나였기 때문에, 그리고 2층에서 들려온 말이 외국어였기 때문일 것이다. 그리고 그 노부인의 과장된 몸짓과 좀 이상한 이야기 때문에 분하긴 하지만 나도 얼마간은 놀란 것이 사실이다. 이성적으로 생각할 여유가 없었던 것 같다. 폐가라는 것을 알고 있는데 집에서 사람 소리가 들렸다면 그것은 그 집 주인이 아닌 누군가가 그곳에 있었다는 것이다. 그 사람 때문에 우리가 안으로 들어가지 못할 이유는 전혀 없다. 사실 안핑의 집에서도 그물을 손질하던 사람의 목소리가 들렸지만 우리는 아무렇지도 않게 들어가지 않았는가. 우리는 왜 주저했을까? 그것은 시와이민이 '사람이 살고 있다'라고 말했기 때문이다. 시와이민은 왜 그런 말을 했을까? 그것을 알기 위해서는 그 당시 그의 심리에 대해 생각해 보아야 한다. 아마 안으로 들어가려던 딱 그 순간 우리를 나무라는 듯한 목소리가 들려온 것이 그 첫 번째 이유일 것이다. 그런데 나중에 알고 보니 그 말의 의미는 완전히 반대의 뜻이었다. 또 그 폐가는 안핑의 집보다 수십 배나 훌륭하고, 황폐하긴 했지만 범접하기 어려운 권위를 갖추고 있었기 때문이다. 마지막으로 이것이 가장 큰 이유인데, 그 목소리가 젊은 여자의 낭랑한 목소리였기 때문에 젊은 남자인 나와 시와이민이 무의식중에 겁을 먹었던 것이다. 그래서 그 목소리에 대해 아무 생각도 하지 못하고 그저 깜작 놀라 돌아와버린 것이다.

"어찌되었든 들어가 보기만 했으면 됐을 텐데…… 멍청하긴! 유령의 목소리를 듣는 사람이 어디 있어? 살아서 심장이 뛰고 있는 젊은 여자―아마 젊고 예쁠 거야. 그런 느낌이 들어―가 그냥 거기에 있었을 뿐이야. 살아 있기 때문에 말도 하는 거야……"

"하지만 옛날부터 전해지는 것과 똑같은 말을, 그것도 취안저우 말로, 딱 그 말 한 마디를 했어. 그녀는 우리에게 왜 그랬을까?"

시와이민이 반발했다.

"취안저우 말은 유령들만 쓰는 말이 아니야. 취안저우 사람이라면 살아 있는 사람들이 일상적으로 쓰는 말이지. 아하하. 뭐, 우연히 유령이 쓰던 말과 일치했다는 것은 신기하다면 신기한 일이지. 하지만 그 뿐이야. 자네가 그 말이 우리에게 한 말이라고 생각하기 때문에 유령의 정체를 알 수 없는 거라네. 다른 사람에게 한 말을 우연히 우리가 들은 거야. 아니, 그 여자는 우리를 다른 사람이라고 착각하고 그 말을 한 거야. 그러고 나서 그 사람이 아니라는 것을 깨달았기 때문에 딱 한 마디로 그친 거야. 그러니까 그건 아무것도 아닌 거야."

"그렇다면 옛날부터 그와 똑같은 말을 들었다는 그 사람들은 어떻게 된 거야?"

"모르지."

내가 말했다.

"그건 내가 들은 게 아니니까. 하지만 아마 자네처럼 유령을 좋아하는 사람들이 들었을 거야. 나는 나와 상관없는 옛날 일에 대해서는 아무것도 알지 못해. 하지만 오늘의 그 목소리는 분명 살아 있는 젊은 여자의 목소리야! 자네, 자네는 정말 뼛속까지 시인이군. 옛 전통도 좋지만 달빛 아래에서는 사물이 희미하게 보이지. 그것이 아름다운 것이든 추한 것이든 아무튼 태양 아래에서 더 확실히 보이니까 말이야."

"비유 같은 건 집어치우고 확실히 말해보게."

시와이민은 조금 화가 난 것 같았다.

"그럼 말하겠네. 멸망한 것의 황폐 속에 옛 영혼이 깃들어 있다는 미적 감각은 중국의 전통적인 감각이긴 하지만 내 생각에는…… 자네, 화내지 말게…… 아무래도 망국적 취향이야. 어째서 멸망한 것이 계속해서 존재한다는 것인지…… 없어졌기 때문에 멸망했다고 하는 것 아니겠나?"

"자네!"

시와이민은 소리를 질렀다.

"멸망한 것과 황폐는 다르지 않은가? 그래, 멸망한 것은 없어진 것인지도 모르지. 하지만 황폐라는 것은 없어지려고 하는 가운데 아직 살아 있는 정신이 남아 있는 것 아닌가?"

"맞아. 그건 자네의 말이 맞아. 하지만 아무튼 황폐란 진짜 살아 있는 것과는 다르지 않나. 황폐에 대한 해석은 내가 틀렸다고 할 수 있지만 언제까지나 거기에 그 영혼이 넘쳐흐르지는 않아. 오히려 어떤 것이 사라지려는 배후에서는 그 부패를 이용해서 더 힘 있는 어떤 것이 생겨나는 거야. 그렇지 않은가. 썩은 나무에도 여러 가지 버섯이 자라나지 않는가? 우리는 황폐의 미에 사로잡혀 탄식하기보다 거기서 새롭게 탄생하는 것을 찬미해야 하는 것 아닌가? 나도 참, 분수에 어울리지 않는 말을 하고 있군. 진짜 내 안에 그런 인생관이 있다면 이렇게 술이나 퍼마시고 있지는 않겠지만 말이야. 그러니 내가 어떤 삶을 살고 있는지는 문제 삼지 말아 주게."

"그렇군. 하지만 그것이 쿠토항의 유령이 아니라면 살아 있는 여자의 목소리와 무슨 관계가 있을까?"

"내 생각은 간단해. 우리가 들은 말은 '어떻게 된 거예요? 왜 더 빨리 오지 않았나요?'라는 말이었지. 물론 그 말은 누가 들어도 누군가를 기다리고 있는 사람이 하는 말이야. 그런데 그 장소에 얽힌 전설을 빼고 생각해보면 젊은 여자가—살아 있는 여자가 말이야— 사람들 눈에 띄지 않는 장소에 혼자 있다가 사람의 발소리를 듣고 그런 말을 했다고 한다면 누구나 '남자를 기다리는 여자가 아닐까?'라고 의심할 거야. 그건 너무 당연한 거야. 우리가 그때 바로 알아차리지 못했던 것이 오히려 이상할 정도야. 그때 만약 내가 그 말을 일본어로 들었더라면 금세 알아차렸을 거야. 그리고 그 장소 말인데, 기분 나쁜 소문이 있어서 절대 사람들이 접근하지 않는 장소야. 게다가 시간은 주위 사람들이 모두 낮잠을 자고 있을 시간이지. 연인들이 다른 사람들의 눈을 피해 만나기에는 절호의 시기 아닌가? 또 내가 둘이 열렬히 사랑하고 있다고 생각하는 것은 어차피 그 둘은 거기서 멀리 떨어진 곳에 사는 사람이 아닐 거란 말이지. 그렇다면 그 집에 얽힌 불쾌하기 짝이 없는 소문을 이미 알고 있을 테고…… 미신을 잘 믿는 타이완 사람이 무서움에도 아랑곳하지 않고 그 장소를 택했다는 건 연인들의 열정이 얼마나 뜨거운지를 말해주지. 그리고 나는 또 이렇게 생각한다네. 그 두 사람은 예전부터 그 시간, 그 장소를 이용하고 있었던 거야. 그렇지 않다면 그 기분 나쁜 장소에 여자가 먼저 와서 기다린다는 것도 이상하고, 여자를 그렇게 만든 남자도 너무 몰인정해. 자네가 그 목소리를 듣자마자 그 집에 사는 사람의 목소리라고 단정해버린 것도 무리는 아니야. 그들은 이미 그 집을 자신들의 장소라고 믿을 만큼 그 장소에 익숙한 거야. 그렇기 때문에 우리 발소리를 듣고 가볍게 그런 말을 한 거지. 그곳에 가는 사람은 아무도 없는 것 같아. 하지만 그 집은 여자 혼자 들어가도 아무 일도 없을 정도로 안전한 곳이야. 젊고 아름다운 여자일까? 아니 젊은 여자가 아니라……"

"목소리는 젊었는데 말이야."

"글쎄, 목소리는 젊어도 사실은 배짱 좋은 중년 여자일지도 모르지. 그렇지 않으면 역시 열정에 찬 젊은 소녀일까? 뭐 그런 건 아무래도 좋아. 알 수 없는 일이잖아. 하지만 어쨌든 오늘 들은 그 목소리는 괘씸할지는 모르지만, 무엇 하나 이상할 것 없는 살아 있는 여자의 목소리야. 그곳을 밀회 장소로 선택했다는 것,

그렇기 때문에 그곳은 그저 소문만 있을 뿐 전혀 기이할 것이 없다는 것이 명백해. 나는 확신한다고. 아, 들어가 봤으면 좋았을 걸."

"또 슬슬 따지기 시작하는군. 논리에 맞는 말이긴 하지만……그렇다고 그게 내 신경을 진정시켜주지는 못해."

"그래? 이것 참 곤란한데?"

역시 시와이민은 나에게 동감하려 하지 않는다. 나는 조금, 아주 조금이지만 짜증이 났다. 나는 술을 마시면 마실수록 이상하게 논리적으로 따지고 싶어진다. 다른 사람을 굴복시키고 싶어진다. 그래서 말이 많아지는 아주 좋지 않은 버릇이 있다. 나는 머리가 맑아져 온다고 느끼지만 그것은 취한 사람의 자만으로, 옆에서 듣고 있으면 웃기기 짝이 없을 것이다. 나는 계속 말을 했다.

"어쩔 수 없군. 자네 좋을 대로 생각하게. 하지만 오늘 일은 괴담으로서는 아무런 가치가 없어. 쿠토항에서 들은 이야기도 인연 이야기 정도지. 그렇게 보면 겨우 사회면에 실리는 특종 정도의 가치랄까? 오히려 재미있는 것은 그런 조잡한 이야기 속에 중국인들의 성격이나 생활이 드러나 있다는 점이야……"

"밤중에 경계 표식인 돌을 사방으로 넓히는 이야기 말인가? 자네, 그건 타이완의 대지주에 대해서는 모두 그런 식으로 이야기를 한다네. 그 이야기야말로 타이완 공통의 전설이야. 실제로도 그래."

시와이민은 술을 마셔 창백해진 얼굴로 쓴웃음을 지으며 말했다.

"우리 집도 그런 걸."

"뭐라고? 이거 점점 더 재미있어지는군. 어쨌든 실제로 어딘가에서 그런 일이 있었겠지? 그렇다고는 해도 그걸 모든 지주에게 적용하는 건 대단해. 실제로 그 이야기는 부호라는 것을 간단명료하게 설명해주니까 말이야. 흠…… 그런가? 하지만 그것보다 더 흥미로운 것은 비척대는 늙은 과부를 쟁기로 죽인 이야기야. 나는 그 신의 조상이라는 사람이 거친 악당이긴 하지만 꽤나 호걸이었다는 생각이 들어. 그렇지 않으면 말이 되질 않아. 아무리 청조(淸朝) 말기에 가까운 정부라도 해도, 또 식민지 타이완이라고 해도 그렇게 부패하고 돼먹지 못한 관리들만 계속해서 파견하지는 않았을 거야. 그런데 모두들 당하고 마는 거야. 그저 돈의 힘만은 아니야. 분명 신에게는 관리들보다 뛰어난 경영의 기술이 있었던 거지. 자, 한 번 들어봐. 그냥 내 상상이니까. 자네, 코로톤 부근이라면 이 섬 중에서도 가장 잘 개간된 농업지 아닌가? '늘 말하듯이 나는 내 땅 근처에 내 손길이 미치지 않는 밭이 있는 것이 싫다…… 할머니 물러나시지. 밭이라는 건 이렇게 황폐하게 두는 법이 아니야…… 정말 죽고 싶은 거야? 하긴 이제 죽어도 좋을 나이긴 하지'라고 했던가? 이렇게 말하고 홀쩍 말에서 내려와 자신의 손으로 과부를 죽였다고 했지. 거기에는 강한 실행력을 갖춘 남자의 면모가 있는 것 같아. 그런 남자가 있어야만 미개척 산과 들을 개간할 수 있는 거야. 식민지 초창기에는 그런 인간이 필요했어. 관리들은 그의 사업이 정부를 위해 도움이 된다는 것을 알고 있었을지도 몰라. 그래서 그 대가로 악행을 눈감아 줄 뿐만 아니라 오히려 장려했을지도 모르지. 그 남자는 그 사실을 너무나 잘 알고 있었어. 그가 남긴 유언은 더더욱 흥미롭지 않은가? '30년 후라…… 아무리 식민지 정부라 하더라도 점차 정리가 되고 나면 이번에는 그보다 더 흉폭한 자가 나와 기껏 자신이 개척해놓은 광대한 토지를 마음대로 할 것이라는 것을 꿰뚫고 있었던 거야. 이 얼마나 대단한 식견인가? 그는 마치 사회학자처럼 정치라는 것의 근본적인 뜻을 이해하고 그것을 이용한 거야. 다른 사람의 것을 약탈한 후 그것을 완벽하게 손질해서 겉을 번드르르하게 꾸미는 거지. 그리고 그것을 팔아 돈으로 바꾼 다음 그 돈으로 장사를 하는 거지. 장사라는 것은 세상이 개화한 후의 유일한 전쟁이기 때문이지. 게다가 안전한 전쟁이야. 밑천이 많은 사람이 이기게 되어 있어. 그는 자신의 자손들에게 필승의 전술을 전수해준 거야. 그의 사업은 뭐든 삶의 활력으로 가득해. 만세! 그런데 말이야, 그렇게 선견지명이 있는 남자도 자연이 갑자기 무슨 일을 할지는 몰랐던 거지. 인간이란 얼마나 한심스러운 존재인지. 오랜 기간 자연을 난도질한 결과로 손에 거머쥐었던 부를 하룻밤의 태풍으로 인해 다시 자연에게 돌려주었으니…… 그러니 역시 인과응보라는 말이 나오는 거야. 나는 그런 걸 설교할 생각이 아니었지만……"

어느새 나는 술에 취해 혀가 꼬이기 시작했고 점점 맑아진다고 자만하고 있던 머리가 이상해져서 이렇게 말했다.

"신부의 모습으로 썩어 있었다고? 자주 있는 일이잖아. 신부의 모습으로 죽는다. 그리고 그 시체가 점점 썩어간다. 살아 있는 상태로 점점 차가워져서 썩는 사람도 있어. 금비녀를 꽂고 말이야."

시와이민은 늘 그렇듯이 심연과 같은 침묵에 빠진 채 내가 이상한 말을 하는 것을 말리기는커녕 전혀 귀에 들어오지 않는 듯 노주(老酒)*가 들어 있는 술잔을 든 채 허공을 응시하고 있었다.

"시와이민, 시와이민. 이 남자가 잔을 들고 있는 곳에는 약간의 마기(魔氣)가 흐른다."

○ ○ ○

나는 시와이민이라는 이상한 이름에 대해 아무런 설명도 하지 않고 이 이야기를 시작할 때부터 그 이름을 연발해 왔음을 깨달았다. 그는 내가 타이완에 머물 당시의 유일한 친구이다. 이 이상한 이름은 원래부터 익명이었다. 그의 필명인 것이다. 나는 그가 투고한 글을 신문에 실었다. 나는 그의 시─물론 한시이다, 그의 재능을 완벽하게 이해한 것은 아니지만 그의 반항적인 기개를 좋아했다. 하지만 그의 시는 한 번밖에 실리지 못했다. 당국으로부터 주의를 받은 것이다. 그들은 나를 호출해 그 시는 통치상 유해하다며 나의 비상식을 꾸짖었다. 그가 다음 작품을 투고했을 때에 나는 정직하게 그 내용을 써서 함께 반송했다. 그러자 시와이민은 나를 찾아왔다. 겉보기에는 우아한 젊은이였는데 의외로 주당이었고 술이 우리를 친구로 만들어주었다. 그는 호

---

* 소흥주를 오랜 세월 저장하여 숙성시킨 것

족 출신이었는데 그의 집은 타이난에서 기차로 1시간 정도 걸리는 산기슭에 있었다. 그의 집안은 대대로 수재를 배출한 것으로 유명했다. 부끄럽지만 나는 그 무렵 실연으로 인해 자포자기 상태가 되어 세상의 모든 것을 부정하는 태도를 취하고 있었기에 시와이민과 친구가 된 것이다. 이 무렵 내가 마음껏 술을 마시게 해준 것이 바로 이 시와이민이다. 그러나 내가 시와이민의 호칸(幇間)*이었다고 생각하는 사람은 아무도 없다. 일단 그는 친구를 원했지 호칸 같은 것을 필요로 하는 사람이 아니었다. 나는 그 점을 존경했다. 그가 나와의 이별을 안타까워하며 나에게 시를 한 수 지어준 것을 기억하고 있다. 그렇게 훌륭한 시는 아니지만 뭐 그런 것은 상관 없다.

登彼高岡空夕曛
斷雲孤鵠嘆離群
溫盟何不必杯酒
君夢我時我夢君

저 높은 언덕에 오르니 해진 뒤 어스레한 빛.
조각구름과 외로운 고니가 벗을 떠나며 탄식하네.
따뜻한 벗 사이에 어찌 술잔이 필요치 않겠는가?
자네가 내 꿈을 꿀 때, 나는 자네 꿈을 꾼다네.

* 술자리에 나가 손님의 비위를 맞추고 흥을 돋우는 것을 업으로 하는 남자

5. 여계선(女誡扇)

그다지 내켜하지 않는 시와이민을 억지로 끌고 쿠토항에 있는 폐가 안으로 들어간 것은 그가 그 다음 번 타이난을 방문했을 때였다. 아마 처음 그 집을 발견하고 나서 5일도 지나지 않은 때일 것이다. 그 당시 시와이민은 적어도 일주일에 두 번은 나를 찾아 왔으니까 말이다.

"자, 오늘이야말로 내 상상이 얼마나 정확한지 보여주지. 운이 좋으면 자네가 그렇게 무서워하던 유령의 정체를 볼 수 있을지도 몰라."

나는 이렇게 선언하고 예전과 같은 시간대를 택했다. 그곳에 유령 따위는 없다고 믿고 있던 나는 처음에는 '난간 위의 적당한 곳을 찾아 둥지를 틀고 있는 한 쌍의 제비를 놀래는 뱀이 되면 어쩌지?'라는 걱정을 했지만 괜찮을 거라고 생각했다. 만약 그곳에 한 쌍의 남녀가 있다면 나는 그들의 모습을 보고도 일부러 모르는 척하고, 그들을 그 집에 사는 사람들로 취급하여 우리가 무단으로 침입한 것을 사죄하려고 마음먹고 있었기 때문이다. 우리는 애써 보통 발걸음으로 예전처럼 그 돌기둥이 있는 곳에서 입구로 들어갔다. 귀신을 믿지 않던 나도 잠깐 멈춰 서서 귀를 기울여보기는 했다. 물론 취안저우 말은 한 마디도 들리지 않았다. 그런데 곤란한 것은 시와이민이 기분이 나쁘다며 먼저 들어가지 않는 것이었다. 바깥쪽 거실은 어두컴컴하고, 또 이 집의 어디에 2층으로 올라가는 계단이 있는지 나는 감을 잡을 수가 없다. 하지만 시와이민이 말로 안내해주었다. 그는 문을 열고 들어가 거실 안쪽의 오른쪽 문, 그게 아니면 왼쪽 문을 열어보면 거기에 올라가는 계단이 있을 거라고 했다. 그 거실이라는 것은 20조(약 10평) 이상은 되어 보였다. 깨진 4개의 창문은 모두 닫혀 있었는데, 그 틈 사이로 들어오는 빛에 의지해 주위를 살펴보니 다른 것은 아무것도 없는 것 같다. 나는 안으로 들어갔다. 그때 내가 나도 모르게 신음 소리를 낸 것은 그 목소리를 들었기 때문이 아니라 꽉 닫혀 있던 방의 냄새 때문이다. 무슨 냄새라고도 표현할 수 없다. 그냥 찌는 것 같은 냄새인데 건물이 좋으니 뜨겁지는 않다. 공기는 비교적 차갑지만 찐다는 표현 외에는 달리 표현할 방법이 없다. 의외로 시와이민은 이 냄새가 아무렇지도 않은 것 같았다. 천정을 바라보니 하얗게 곰팡이가 피어 있다. 그 곰팡이 냄새인지도 모른다. 우리는 일단 오른쪽 문을 열었다. 과연 바로 거기에 계단이 있었다. 폭이 2척(약 60cm) 정도되고 좁지만 일직선으로 쭉 뻗어 있는, 조금 경사가 진 계단이었다. 위에서 빛이 들어와 의외로 밝았다. 무서워할 만한 것은 아무 것도 없었고, 또 나는 전설 따위는 안중에 없었지만 역시 그렇게 마음이 밝지만은 않았던 것이 사실이다. 무섭다고 하는 것은 좀 과장이겠지만 한편으로 '참 잘도 시와이민을 이곳으로 끌고 왔구나'라고 생각했다. 나는 혼자서라도 이곳에 와볼 생각이었지만, 만약 혼자였다면 너무 기분이 처져서 아무것도 보지 못했을 것이다. 또 '그런 전설을 진심으로 믿는 사람들이―아무리 둘이 같이라고는 해도― 잘도 이곳에 왔구나'라는 생각이 들었다. 아니, 잘도 이곳을 선택할 생각을 한 것이다. 나는 연인들이 서로에게 바짝 붙어 조심조심 이 좁은 계단을 올라가는 것을 상상했다.

나는 뒤를 돌아보며 시와이민을 재촉하면서 계단을 올라갔다. 내 상상을 만족시켜주듯이 자주는 아니지만 그 계단을 오르내리는 인간이 있다는 것은 의심할 바가 없었다. 왜냐하면 아주 선명하지는 않지만 겨울 들판에 나 있는 작은 길처럼 다른 부분보다 검게 변한 부분이 있었기 때문이다. 뽀얀 먼지 아래로 계단의 원래 색깔이 어렴풋이 보였다. 2층에서는 사람의 기척을 느낄 수 없었다. 유령의 정체를 볼 수 없을 거라는 생각이 들었다. 2층에 도착했다.

그곳은 의외로 밝았다. 그 대신 이유는 잘 모르겠지만 갑자기 더워졌다. 인기척이라고는 찾아볼 수 없었다. 나는 조금 안정이 되었기 때문에 모든 것을 주의 깊게 살펴볼 수 있었는데 마룻바닥에도 사람이 걸어간 흔적이 있었고, 그 흔적이 하나의 작은 길을 이루고 있었다. L자 모양을 이루고 있는 방의 벽에는 띠 모양의 빛이 흐르고 있었다. 이 방에 충분한 빛을 공급해주는 것은 창문이고, 사람이 걸어간 자국 또한 창문을 향해 나 있었다. 누군가가 그 벽에 딱 붙어 숨어 있는 듯한 기분도 든다. 나는 그 창문 쪽으로 걸어가 보았다. 우리 발치에서 먼지가 일어나 빛 속으로 피어오르면서 얼굴에 바람이 느껴졌고 밝은 창이 열려 있다는 것을 알 수 있었다. 벽을 따라 침대 같은 것이 놓여 있는 것이 눈에 들어왔다. 그것은 아주 두꺼웠고 흑단으로 만들어져 있었는데, 사방에는 높이 5척(약 1.5m) 정도 되는 가는 기둥이 역시 흑단으로 된 지붕을 받치고 있었다. 그 크기로 보아 침대처럼 보였다.

"침대겠지?"

"응."

이것이 시와이민과 내가 이 집에 들어와 처음으로 나눈 대화였다. 침대 위에 먼지는 없었다. 약간의 먼지는 있었지만…… 흑단은 차분하고도 차가운 빛을 발하고 있었다. 나는 고개를 돌려 시와이민을 바라보며 그 침대 위를 가리켰다. 침대의 두꺼운 흑단 표면에 내 손가락이 비쳤다.

시와이민이 고개를 끄덕였다.

그 침대를 제외하고 가구라고 할 수 있는 것은 말 그대로 하나도 없었다. 이야기 속에 나왔던 금비녀를 꽂은 신부 차림의 광녀는 바로 이 침대에서 썩어간 것이 아닐까? 이렇게 멋진 가구를 아직 여기에 남겨둔 것은 연민 때문이라기보다는 역시 공포 때문이었을 것이다.

침대 뒤쪽 벽에서 크고 작은 도마뱀들이 느릿느릿 움직이고 있다. 사실 이것은 특별할 것 없는 일이다. 내지*의 거미와 비슷한 것이라고 보면 된다. 단 이곳의 경우 그 넓이에 비해 도마뱀이 조금 많다는 정도이다. 6평 정도의 벽에 3, 40마리의 도마뱀이 있다.

* 일본을 가리키는 말

시와이민은 어떨지 모르지만 나는 이미 내가 본 것에 충분히 만족했다. 돌아가려고 하다가 다시 한 번 창밖의 푸른 하늘을 내다보았다. 다른 곳은 너무 우울했기 때문이다. 나는 문득 발밑을 내려다보다가 침대 바로 아래에 부채 같은 것이 있는 것을 발견했다. 살이 4, 5개 정도 펼쳐진 상태였다. 나는 몸을 숙여 그것을 주웠다. 그리고 손수건과 함께 내 주머니 속에 집어넣었다. 왜냐하면 시와이민은 어느 샌가 내게 등을 보인 채 걸어가고 있었기 때문이다.

내려올 때에는 시와이민도 나도 엄청나게 서둘렀다. 바깥쪽 입구를 통해 밖으로 나갈 때에는 지금까지 억누르고 있던 불안함이 폭발하는 것 같아 우리는 무의식적으로 걸음을 재촉했다. 그리고 침묵을 지키며 그 집을 빠져나왔다.

"시와이민, 어떤가? 유령 같은 건 없었지?"

"음……."

시와이민은 어쩔 수 없이 긍정하긴 했다.

"하지만 자네, 자네는 지금 흑단 침대 위에 있던 크고 붉은 개미를 보지 못했나? 거의 손바닥만한 크기였어. 그것이 어디서 나와서 검고 빛나는 침대 위를 기어 다니는 건지…… 아름답기도 했지만 보고 있자니 이상하게 으스스한 기분이 들어서 밖으로 나오고 싶어졌다네."

"그런 게 있었어? 난 못 봤어. 나는 도마뱀밖에 못 봤는데. 그건 자네의 시 아닌가? 환상 아냐?"

나는 시와이민이 그 침대 위에 죽어 있던 광녀를 미화하고 있다고 생각했다.

"아냐. 진짜라고. 그렇게 크고 붉은 개미는 처음 봤어."

나는 걸어가면서 아까의 부채가 생각나서 주머니에서 꺼냈다. 그런데 예상 외로 훌륭한 것이라 깜짝 놀랐다. 곤란하기도 했다.

그 여성용 부채는 살이 상아로 되어 있고 상아에 수선이 새겨져 있었는데 꽃과 봉오리 부분은 투조(透彫)*로 되어 있었다. 그것만으로도 훌륭한데 펼쳐보니 더 멋졌다. 앞에는 거의 전체적으로 빨갛고 하얀 연꽃이 그려져 있었다. 뒤집어 보니 상아로 된 살이 보였는데 부챗살 위에 한 장의 종이만 발라 놓았기 때문에 뒷면에는 살이 보였다. 그 상아 위에 금박으로 뭔가가 적혀 있었다.

"이보게."

나는 다시 한 번 부채를 앞으로 뒤집으며 시와이민을 불렀다.

"옥추풍(玉秋豐)이란 유명한 화가인가?"

"옥추풍? 들어본 적이 없는데…… 왜 그러나?"

나는 아무 말 없이 그 부채를 건넸다. 시와이민은 말할 필요도 없다. 나는 무슨 말을 해야 할지 몰랐다. 나는 원래 무뢰한이긴 하지만 훔친 것 같은 기분이 들어 견딜 수 없었다. 내가 있는 그대로 이야기하자 시와이민은 의외로 아무렇지도 않은 얼굴로 그 부채를 자세히 살피면서 걸어갔다.

"옥추풍? 대단한 사람의 그림은 아니지만 기술자의 그림도 아

---

* 금속, 목재, 도자기, 돌, 유리, 가죽 등을 뒷면까지 완전히 도려내 무늬를 나타내는 조각 세공기법

니야. 불만부지(不蔓不枝)."

그는 화찬(画賛)*을 읽었다.

"애련설(愛蓮說)** 속에 나오는 구절이야. 불만부지…… 하지만 여자 부채에 넣기에는 불길한 말 아닌가? 여자에게 있어 넝쿨도 뻗지 않고 가지도 치지 않는 것만큼 슬픈 일이 어디 있겠나? 왜 부귀다자(富貴多子)같은 말을 쓰지 않았을까? 너무 평범하다고 생각했나?"

"자고로 행복이란 평범한 것이지. 그런데 그 부귀다자란 뭔가?"

"모란이 부귀, 석류가 다자, 즉 많은 자식을 의미하지."

시와이민은 부채를 뒤집어서 그곳에 적혀 있는 글을 중얼거렸다.

"오호, 이것은 조대가(曹大家)***가 지은 여계(女誡)****의 한 구절인가? 전심장(專心章)이니까……아, 그래서 불만부지를 택한 것인가?"

의외로 부채가 시와이민의 흥미를 불러일으킨 것 같았다. 그가 글을 음미하며 이런 말을 하는 동안 나는 똑같은 부채에 대해 전혀 다른 생각을 하고 있었다.

적어도 이 부채는 최근에 만들어진 것이 아니다. 그리고 그 세련된 디자인으로 보아 부모가 사랑하는 딸이 시집을 갈 때 주는

---

* 그림의 여백에 써 넣는 시문이나 화제
** 중국 송나라의 주돈이가 지은 글. 연꽃을 군자에 비유했다.
*** 중국 후한의 여류시인 겸 재녀인 반소(班昭)를 이르는 말. 조세숙에게 출가하였으나 남편과는 일찍 사별하고 조대가라고 불렸다.
**** 반소가 여성 교육을 위해 지은 책. 총 7편으로 구성되어 있다.

물건일 것이다. 아마도 신가의 물건이 틀림없을 것이다. 그리고 그 옛날 광녀가 그 부채를 손에 쥐고 죽었을지도 모르는 일이다. 바로 그 부채다! 그리고 나는 쿠토항의 빈민가에 사는 분방하고 무지한 여자 하나를 상상해본다. 그녀는 본능이 이끄는 대로 처참한 전설이 있는 집을 두려워하지 않는다. 그리고 옛날 그 위에서 누가 어떻게 죽었는지는 까맣게 잊어버리고 그 호화로운 침대 위에서 손에 여자의 도덕에 대해 명시, 혹은 암시해놓은 이부채를 들고 있다. 그녀는 이 부채가 무엇인지도 모르고 땀에 흠뻑 젖은 그녀의 정부에게 시원한 바람을 선사한다…… 그녀는 넘쳐흐르는 생명력에 자신을 맡긴 채 모든 것을 무시한다. 그는 그 선악에 대해 이야기하려는 것이 아니다. '선악의 너머'에 대해 이야기하는 것이다.

6. 에필로그

이런 연유로 그 폐가는 다소나마 나의 흥미를 유발시켰다. 아주 잠깐이기는 했지만 무슨 일에도 그다지 흥미를 느끼지 못했던 그 무렵의 나에게는 흔치 않은 일이었다. 나는 이 이야기 전체를 통해 3명의 인물에 대해 상상해봤다. 세상의 영웅이라고도 할 수 있는 신의 조상, 광념(狂念)으로 인해 영원히 내일을 찾고 있는 여자, 야성으로 관습을 초월한 소녀. 아무튼 이런 인물들이 마구 뛰어다니는 것이 나로서는 유쾌했다. 이 인물들을 활동사진의 시나리오로 만들고 싶은 생각이 들어 나는 '죽음의 신부', '붉은 개미'와 같은 제목을 생각해보기도 했다. 하지만 그런 생각만을 할 뿐, 하지 않는달까, 할 수 없달까…… 아무튼 나는 원체 실행력이 없는 사람이기 때문에 앞서 말한 세 인물을 상상해낸 것만으로도 이상한 일이라 할 수 있다. 거기에 의미가 있을지도 모른다. 그리고 나 자신으로 말하자면 어떠한 방법으로도 세상을 정복하기는커녕 시시각각 세상의 힘에 굴복하고 방기당하기만 했다. 이렇게 아무 힘도 없는 내가 어느 정도까지는 내 마음대로 일을 관철하고 있었다. 그렇다면 그 정도의 일을 해낼 수 있는 강함은 어디서 나왔을까? 자포자기. 이 서글픈 강함이 다른 것과 다른 점은 먼저 그것이 결코 내 자신을 유쾌하게 만들지 않는다는 사실이다. 실제로 나는 매일매일 엄청나게 불쾌한 시간을 보내고 있었다. 당연히 빨리 잊어버려야 할 어떤 여자를 언제까지나 내 눈 속에 가지고 있었기 때문이었다.

일단 나는 술을 끊어야만 한다. 왜냐하면 나는 술을 마시면 유쾌해지기 때문에 술을 마시는 것이 아니다. 스스로 불쾌한 일을 하는 것은 좋지 않다. 물론 신문사 따위는 술보다 먼저 그만두고 싶을 정도이다. 그런데 그렇게 하면 결국 삶 자체가 불쾌해질 우려가 있다. 만약 그렇게 되면 삶 그 자체를 그만두는 것이 오히려 옳을지도 모른다……

그럴 주제도 못 된다고 생각할지도 모르지만, 가끔 나는 그런 생각에 빠질 때가 있었다. 그날도 딱 그런 생각에 빠져 있었다. 그때 마침 시와이민이 나를 찾아왔다.

"이보게."

시와이민이 갑자기 엄청 격앙된 목소리로 소리쳤다.

"자네, 알고 있나? 쿠토항에서 목매달아 죽은 사람에 대해?"

"뭐라고?"

가볍긴 하지만 죽음에 대해 생각하고 있던 차라 조금 묘한 기분이 들었다.

"목을 매달아 죽었다고? 왜?"

"몰랐나? 신문에도 났는데……"

"나는 신문을 보지 않네. 게다가 오늘로 나흘째 회사를 쉬고 있어."

"쿠토항에서 목매달아 죽은 사람이 있었대. 우리가 봤던 그 집 말이야. 아무도 가지 않는 그 집. 그 집에서 젊은 남자가 목을 매달아 죽었대. 신문에는 10줄 정도밖에 나오지 않았어. 지금 일을 보러 갔다가 그 소문에 대해 듣고 오는 길인데, 그 흑단 침대를 발판으로 삼아 목을 맨 모양이야. 잘 생긴 젊은 남자래. 그런데 입가에 미소를 짓고 있었다는군. 역시 우리가 들었던 그 목소리에 홀렸던 거야. 모두들 '드디어 신부가 신랑을 얻었다'고들 하더군. 그런데 역시 부패하기 시작해서 좀 냄새가 나는 상태였대. 나는 소름이 쫙 끼쳤어. 우리가 들었던 그 목소리와 붉은 개미가 생각나서 말이지."

나는 코끝에서 시체 썩는 냄새가 나는 것 같았다. 그 곰팡이 냄새나는 거실의 공기가 떠올랐던 것이다. 시와이민은 다시 그 집이 얼마나 이상한지 이야기하며 내가 가져온 부채를 버리라고 했다. 일전에는 그렇게 관심을 보이며 자기도 가지고 싶다는 말을 했으면서 말이다. 막상 내가 주려고 했을 때에는 지금처럼 기분 나빠하며 결국 필요 없다고 하기는 했지만…… 나도 시와이민에게 주려고 생각했을 정도이니 버려도 아깝다는 생각은 들지 않지만 그 이유를 인정할 수 없었다. 또 '버리라'는 말을 듣고 보니 버리기는 아까울 정도의 세공이라는 생각도 들었다. 나는 시와이민의 미신을 비웃었다.

"길거리 한 복판에서 목을 매달아 죽었는데 그 시체가 썩을 때까지 아무도 몰랐다는 정도면 모를까, 자살이나 밀회는 아무도 가지 않는 곳에서 하는 것 당연한 일 아닌가? 단, 그런 곳이 시내에 있는 것은 좋지 않지만 말이야."

나는 그 집의 내부에 대한 기억을 또렷이 떠올리며 말했다.

동시에 이 목 매달아 죽은 사람을 발견한 것에 대해 한 가지 의문이 생겨났다. 그 방 안에서 일어난 일은 누군가 그 방에 들어가지 않는 이상 발견될 리가 없다. 열려 있는 창문이 하나 있긴 했지만 그 창문으로는 푸른 하늘 이외에는 아무것도 보이지 않았다. 즉 아무도 들여다 볼 수 없는 것이다. 냄새가 사방으로 퍼졌다고 하기에는 그 집이 너무 넓다. 이런 생각을 하는 사이 나는 크게 흥미를 느끼지 못했던 이 이야기가 재미있어진다고 생각했다.

"말도 안 돼. 사람이 죽긴 했겠지. 젊고 잘 생긴 남자라고? 어떻게 잘 생겼는지 못생겼는지, 늙었는지 젊었는지 구분할 수 있단 말인가?"

"하지만 다들 그렇게 말하던 걸."

"그럼 그 사람을 발견한 건 누구지? 그곳이라면 아무데서도 보이지도 않고 누군가가 우연히 가봤을 리도 없잖은가?"

문득 나는 장소가 같다는 점에 착안하여 아무래도 이 목매달아 죽은 남자―젊고 잘생겼다고 하는 남자―와 언젠가 내가 상상했던 그 밀회가 관련이 있을 것 같다는 생각이 들었다. 그래서 나는 시와이민에게 말했다.

"언제든 좋으니 다음번에는 그 시체를 발견한 것이 어떤 사람인지 알려주게나. 그것이 만약 취안저우 출신의 젊은 여자라면 문제는 모두 해결된 거야. 언젠가 우리가 들었던 그 목소리의 주인도 알 수 있어. 그리고 이 죽음의 원인도. 정말 젊은 남자라면 그건 실연 때문일 거야. 유령에게 홀려 죽는 것보다는 실연 때문에 죽는 것이 더 일반적이지. 뭐, 둘 다 자신이 만들어낸 환영이라는 점은 같지만 말이야."

사실 나는 큰 흥미는 없었다. 그런데 시와이민이 엄청난 관심을 보였다. 그에게 뒤집어씌우는 것이 아니다. 이것은 사실이다. 사실 시와이민은 과도한 흥미를 가지고 있었다. 그리고 그것이 나에게 전염된 것이다. 시와이민은 내 생각에 동의하자마자 발견자를 알아보러 갔을 정도이다. 근처에 가서 물어보면 알 수 있을 거라고 했다.

얼마 지나지 않아 시와이민이 돌아왔다. 그러나 그 대답을 듣고 나는 타이완인들의 순진함에 다시 한 번 놀람을 금치 못했다. 그들의 말에 의하면 그것은 황(黃)이라는 곡물 도매상집 딸이―

집은 쿠토항에서 조금 떨어진 곳에 있다고 한다— 우연히 꿈에서 보았다는 남자가 죽은 젊은 남자이고, 그 꿈에서 그녀가 들어 갔다는 커다랗고 이상한 집이 쿠토항의 폐가라는 것이다. 그 암시에 따라 없어진 남자의 행방을 수소문하던 사람들이 겨우 그의 시체를 찾아냈다고 한다. 사람들은 그녀에 대해 영감을 가진 소녀라는 식으로 말하고 있다고 했다.

나는 무지한 사람들이 타인을 굳게 믿는 것에 깜짝 놀람과 동시에 그런 말로 사람들을 감쪽같이 속여 넘기려는 소녀라면 어차피 뻔뻔스러운 인간일 것이라는 생각이 들었다. 그리고 모든 것을 까발려 주겠다고 마음먹었다. 나는 아직 젊었기 때문에 인정을 알지 못했고, 생각해보면 어린 소녀가 한 바보 같은 거짓말을 동정심을 가지고 봐주지 못했던 것이다.

"자네. 이리 와서 날 좀 도와주게."

나는 부채를 주머니에 넣고 신문기자라는 직함이 적혀 있는 명함이 아직 남아 있는지 확인한 후 밖으로 나갔다. 물론 그 곡물 도매상에 가보고자 마음먹었기 때문이다. 그리고 그 딸을 만나 부채를 들이밀며 따져 물으면 모든 것이 드러나겠지만, 그 부모가 신문기자를 만나게 해줄지가 의문이다. 만나게 해준다고 해도 대화를 감시할지도 모른다. 그러면 그 사이에서 시와이민이 적당히 처리를 해주기로 계획을 세우긴 했지만 그 딸이 취안저우 말밖에 할 줄 모른다면 그걸로 끝이라고 생각했다. 그러는 사이 나는 조금 전에 생각하고 있던 것은 아무래도 좋다는 생각이 들었다. 내 스스로 아무런 쓸모도 없는 일에 흥미를 느끼는 자신이 이상하게 느껴졌다.

"귀찮다. 관두자."

그러나 시와이민은 기껏 여기까지 왔으니 가보자고 했다. 게다가 곡물 도매상은 우리가 있는 곳에서 겨우 2, 3채 떨어진 곳에 있는 집이었다. 그 다음 일은 전부 내가 생각한 대로라고 말하고 싶지만 사실은 내 상상보다 더 황당했다.

먼저 그 곡물 도매상이라는 것이 생각보다 규모가 컸다. 또 그 주인이라는 사람은 내 방문을 환영했을 정도이다. 출세한 타이완 상인들 중에는 내지인과 사귀는 것을 좋아하는 사람들이 종종 있는데, 그도 그런 것 같았다. 특히 딸에게 영감이 있다는 소문이 퍼진 오늘 신문기자가 찾아온 것이 기쁘다고 했다. 그러면서 가게 안쪽으로 들여보내 주었다.

"이리와 앉으시지요.(汝來仔請座, 니라이아친츠오)"

이렇게 외친 것은 딸이 아니고 새장 속이 아닌 방 안의 횃대 위에 있던 하얀 앵무새였다.

그러나 딸은 우리가 온 것을 보고 깜짝 놀란 듯, 내 명함을 받아든 손이 떨리고 얼굴이 창백해졌다. 그것을 감추는 것은 헛된 노력이었다. 그녀의 나이는 18살 정도로 아름답지 않다고는 할 수 없었다. 나는 아무 말 없이 그녀의 태도를 보고 있었다.

"아, 잘 오셨어요."

예상을 깨고 그녀는 일본어로, 그것도 유창하게 말했다. 나는 의자에 앉으며 말했다.

"아가씨. 취안저우 말을 아시나요?"

"아뇨!"

딸은 갑자기 이상한 질문을 한다는 듯이 나를 올려다보았는데 그 믿음이 가는 눈동자 속에 거짓은 없었다. 나는 주머니에서 부채를 꺼냈다. 그것을 반쯤 펼쳐 테이블 위에 올려놓으며 다시 물었다.

"이 부채를 아시나요?"

"어머나!"

그녀는 부채를 집어 들고 '아름다운 부채'라며 신기한 듯 부채를 바라보았다.

"당신이 그 부채를 모를 리가 없어요."

나는 시험 삼아 조금 화가 난 듯이 물어보았다.

"케케켁케케."

앵무새가 내 말에 반항하며 벼슬을 세웠다.

모두 침묵을 지키고 있는 가운데 갑자기 격렬하게 흐느끼는 소리가 났는데 그것은 앵무새 뒤에 있는 장막 뒤에서 들려오는 것이었다. 훌쩍거리는 소리와 함께 목소리가 들려왔다.

"아가씨, 전부 말씀하세요. 저는 이제 괜찮습니다. 그 대신 그 부채는 제게 주십시오."

"……"

모두 뭐라고 대답해야 할지 알 수 없었다. 시와이민과 나는 눈빛을 교환했다.

모습을 드러내지 않는 여자는 엉엉 울면서 말을 이어갔다.

"누구신지 모르겠지만 아가씨는 아무 것도 모르십니다. 차마

제 고통을 못 본 척 하지 못하셨을 뿐입니다. 다만 당신이 가져오신 그 연꽃 부채를 제게 주십시오. 그러면 모든 것을 말씀드리겠습니다."

"아뇨. 그러지 마십시오."

나는 그 목소리를 향해 대답했다.

"나는 아무것도 듣고 싶지 않습니다. 부채도 돌려드리겠습니다."

"제 것도 아닌걸요."

누군지 알 수 없는 여자는 머뭇거리며 말했다.

"하지만 제 추억이긴 합니다."

"자, 그럼……"

우리는 일어났다. 나는 테이블 위의 부채를 한 번 들었다가 다시 내려놓았다. "이 부채는 저기 있는 분에게 드리세요. 누군지는 모르지만 당신이 잘 위로해주세요. 나는 이 일을 신문에 쓰거나 하지는 않겠습니다."

"감사합니다. 감사합니다."

황의 딸의 눈에 눈물이 넘쳐흘렀다.

○ ○ ○

며칠 만에 회사에 나가보니 동료 한 명이 경찰서에서 물고 온 기사 중에 곡물 도매상 황씨의 노비인 17살 되는 소녀가 내지인과 결혼하는 것이 싫어 다량의 양귀비를 먹고 죽었다는 기사가 있었다. 그녀는 어려서 고아가 되었는데 그녀를 데리고 온 이웃

집 사람의 손에서 자랐다고 한다. 이 기사를 쓴 남자는 타이완인이 내지인과 결혼하는 것을 싫어한다는 데 초점을 맞추어 그것이 괘씸하다는 식의 기사를 쓰고 있었다. 그 폐가의 밀회의 여인, 이상한 인연으로 목소리를 두 번씩이나 들었으면서 끝내 그 모습은 볼 수 없었던 그 소녀. 지금 생각하면 그녀는 내가 상상한 인물과 아주 다른 사람일지도 모른다.

어머니

_____

사토 하루오

그 남자는 마치 선인(仙人)과 같은 '신성한 더러움'을 가지고 있었습니다. 모든 손가락의 손톱이 길게 자라 있었습니다. 그런 사람이 끊임없이 나에게 백공작 새끼를 사라고 하니, 저는 옛날 이야기 같은 그날 밤의 공기가 묘하게 마음에 들어버렸던 것입니다. 그래서 나는 그만 그런 비싼 것도 살 수 있다는 뉘앙스의 말을 해버렸습니다. 그러나 다행히도 그 쪽의 가격과 내가 부르는 가격이 배 이상이나 차이가 났기 때문에 그야말로 흥정도 뭣도 되지 않고 끝나버렸습니다. 그래서 그 이야기는 허사가 되어버렸습니다만, 조류상의 거간꾼을 하고 있는 이 선인은 나에게 새를 팔 생각을 완전히 접지는 않은 듯, 일주일쯤 후에 이번에는 앵무새를 사라고 찾아왔습니다.

선인은 처음 이 새를 가지고 와서 이렇게 소개했습니다. 이 새는 말하는 것이 완벽하다. 그 발음은 명확하고 미묘하다. 게다가 뭔지는 모르겠지만 긴 말을 하기도 한다. 노래는 '하토포포 하토포포' 밖에는 부르지 못하지만 가락이 자연스러운 것을 보면 이 새는 아주 유망하다. 아직 3살밖에 되지 않은 어린 새이기 때문에 훈련을 시키기만 하면 동요 하나쯤은 완벽하게 부를 것이다. 이 새의 이름은 '로라'라고. 그리고 이 '선인'은 우리 집 하녀에게 비스켓을 사오게 하여 그것을 새에게 보여주면서 말하는 것입니다.

"로라야."

그러자 앵무새는 몸을 꿈틀거리고 그 둥글고 커다란 부리를 가슴 쪽으로 가져가면서(마치 교태를 부리는 것처럼) "로라야"라고 했습니다. 그것은 나에게는 34, 5세 정도의 점잖은 부인의 목소리처럼 느껴졌습니다.

선인의 말에 의하면 그 앵무새는 수컷이라고 하는데, 그 목소리와 행동 때문인지 나는 그것이 아무래도 여자 같다는 생각이 들었습니다. 긴타로(우리 집에서 키우고 있는 강아지의 이름입니다)는 커다란 새장을 빙글빙글 돌면서 짖었습니다. 로라는 그 광폭함에 조금도 놀라지 않고, 자신도 개 짖는 소리를 따라하며 응전했습니다. 긴타로가 펄쩍 뛰어 새장에 얼굴을 들이밀자 로라는 돌연 너무나도 그로테스크한 부리로 그에 맞섰기 때문에 긴타로는 깜짝 놀라 뒷걸음질을 쳤습니다. 로라는 긴타로가 낭패스러워하는 것을 보고 갑자기

"호호호호."

웃기 시작했습니다. 수탉이 새벽을 알리는 것처럼 위를 올려다보며 의기양양하게 춤을 추었습니다. 그리고 빙글 아래쪽으로

몸의 방향을 바꾸어 다시 꼬리를 부채처럼 펴고 춤을 추고는 또 다시 회전을 했습니다.

"재미있죠?"

선인이 내 눈을 보고 기회를 놓치지 않고 말합니다.

이렇게 조금 무리하게 떠맡겨진 형국이었습니다. 게다가 꽤 비쌌습니다. 저는 조금 후회했습니다. 아내는 이런 내 마음을 알아차리고, 또 부추김을 당해 충동구매를 했다며 기분 나빠했습니다. 그러나 나는 새를 소개한 선인이 겉보기에는 조금 때가 탄 것 같지만 영혼까지 때가 낀 사람이라고는 생각하지 않았고, 이 노란모자 잉꼬라는 종류가 일반적으로 질이 좋은 새라는 사실도 알고 있었기 때문에 하루 반나절까지는 낙담하지 않았습니다. 오히려 내 다른 경험으로 보아 '좋은 새란 똑똑한 새라는 것, 또 그것들의 똑똑함이란 결국 신경질에 다름 아니라는 것, 그렇기 때문에 그런 새들은 환경의 변화로 인해 일시적으로 울지 않거나 하는 일이 자주 있다는 것, 아무튼 머지않아 재미있어질 것'이라고 스스로를 위로했습니다. 어쨌든 로라는 나에게는 익숙하지 않은 듯, 내가 말을 시켜보려 해도 아무 대답도 하지 않았습니다. 단지 때때로 긴타로나 조지가 짖을 때, 개 소리를 흉내 내는 정도였습니다.

다음 날 아침, 마누라의 말에 의하면 로라는 내가 자고 있을 때 닭이 '구구구구' 하는 것 같은 소리와 사람이 닭을 부르는 '쉬쉬쉬쉬'라는 외침을 흉내 냈다고 합니다.

"그리고 뭔가 알 수 없는 말을 했어요."

오시게(우리 집 하녀의 이름)가 말합니다.

"알 수 없는 말이라니, 일본 말이 아닌가?"

"아뇨. 일본 말이에요. 〈나는……이다〉라고 하는데, 그 가운데 말이 뭔지 모르겠어요."

"그리고 어머니, 어머니라고 했잖아."

"예. 그렇게 말했어요. 작은 소녀의 목소리였어요."

"분명히 그렇게 말한 거야?"

"글쎄요. 잘 모르겠어요."

마누라와 오시게는 번갈아 가며 아침을 먹고 있는 나에게 이런 설명을 해주었습니다.

식사를 마치고 나는 사과 조각을 들고 2층으로 올라가 그것을 보여주며 겨우 "로라야"라는 말을 하게 했습니다. 그리고 그날은 하루 종일 외출을 했습니다. 저녁에 돌아오니 우리집 서생인 하세가와(長谷川)가 내 얼굴을 보자마자 이렇게 보고했습니다.

"오셨어요? 앵무새는 오타케 씨, 오타케 씨*라고만 했어요."

이렇게 집 전체가 여러 가지로 로라의 동작과 말에 주의를 기울이는 동안, 로라가 어린 아이의 울음을 흉내 내는 것에 더할 나위 없이 능하다는 사실을 모두가 발견하게 되었습니다. 그 외에 로라가 비교적 많은 말을 알고 있다는 것도 알게 되었습니다. 나는 메모장에 로라가 하는 말을 하나씩 적어 보았습니다.

---

* 일본에서 앵무새에게 말을 가르칠 때 가장 일반적으로 가르치는 말

- 로라

- 어머니 : 이 말은 아주 많이 합니다. 말할 때마다 각각 악센트가 다릅니다. 응석부리는 목소리, 소리쳐 부르는 목소리, 또 명령하는 것 같을 때도 있습니다. 어머니라고 하고 나서 울 때도 있습니다. 또 3번 정도 여러 가지 다른 목소리로 어머니라고 말한 후 웃기도 합니다.

- 하토포포 하토포포 : 이 말만은 아주 잘 합니다. '하토포포 하토포'라고 잘라먹는 일도 있습니다. 아주 어설픈 휘파람으로 이 동요의 곡조를 흉내 내기도 합니다.

- 로로 : 아무래도 '로라'의 사투리 같습니다. 가장 어린 아이의 목소리입니다.

- 오타케 씨

- 아가야

- 아, 여기도 있었네

- 아, 거기에도 떨어져 있다

- 아줌마

- 그렇군

- 나 화낸다

- 나 얌전하게 기다려요('되었어요'라고 들리기도 합니다만)

이런 말들은 전부 5살에서 8살 정도의 소녀를 연상시키는 목소리입니다. 이 외에도 '아!'라는 감탄사를 가끔씩 외칩니다. 이런 말들은 상당히 분명하게 말합니다.

- 쉬쉬쉬쉬 : 닭을 부르는 소리입니다. 혹은 어린 아이에게 오줌을 누일 때 엄마가 하는 말입니다.
- 구구구구 : 닭이 병아리, 혹은 암컷을 부르는 소리입니다.
- 멍멍멍멍 : 개(강아지겠죠)가 짖는 소리입니다.
- 웃는 소리
- 그리고 갓난아이(라기보다는 서너 살 정도의 아이)가 우는 흉내
- 또 음정을 무시한 엉터리 노래 : 이것은 꽤 길게 불러 대는데 의미는 고사하고 음도 곡조도 즉흥적인 것으로, 도저히 알아들을 수 없습니다.

  그 외에 더 있을지도 모르지만 대개는 이 정도입니다. 그리고 이 중에서 그 무엇보다 훌륭하고 능숙한 것은 어린아이의 울음소리 흉내입니다. 이것은 마치 진짜 같습니다. 사실 지금도 저는 옆집 아이의 울음소리와 로라의 울음소리를 구분하지 못할 때가 있습니다.

  로라는 오시게를 좋아하는 것 같습니다. 오시게가 2층에 올라가기만 하면 꼭 소리를 지르거나 우는 흉내를 냅니다. 로라는 우리 가족 중에서는 오시게를 가장 좋아하는 것 같습니다. 그러나 딱히 오시게가 밥을 주는 것도 아닙니다. 밥은 나나 하세가와가 줍니다. 그런데도 로라는 남자와는 전혀 친해지지 않습니다. 아내나 오시게 등에게는 새장 옆으로 목을 빼고 머리를 쓰다듬게 하고는 좋아하면서, 남자가 그러려고 하면 도망가 버립

니다. 아예 새장 옆으로 목을 빼지도 않습니다. 로라가 이렇게 남자와 조금도 친해지지 않는 것은 분명 이전 주인이 여자였기 때문이겠죠.

"로라."

이 점잔빼는 목소리의 주인공은 전 주인의 목소리임에 틀림없습니다. 약간 살이 찌고 턱이 쏙 들어간 사람이 애써 상냥하게 말하는 목소리와 비슷합니다. 로라는 여자 중에서는 아내보다 오시게를 더 좋아하는데 아내는 말랐고 오시게는 살이 쪘습니다.

그리고 또 로라는 그 무엇보다 동네 아이들이 말을 걸어주는 것을 좋아합니다. 그들이 우리집 2층 창가 밑으로 와서 뭔가 한마디를 하면 로라는 여러 가지 말을 합니다. ─그렇습니다. 계속해서 로라가 여러 가지 말을 하도록 만든 것은 동네 아이들이었습니다. 로라는 분명 아이들을 상대하며 자랐을 것입니다. 이것은 로라가 더듬거리며 말하는 것을 봐도 알 수 있습니다. 그리고 보니 남자를 싫어하는 로라는 남자 목소리를 전혀 내지 않습니다. ─아무래도 남자가 없는 집에서 살았을 거라는 생각이 듭니다.

개 짖는 소리, 그 뿐만이 아니라 긴타로가 로라에게 도전했을 때에 웅대하던 모습을 보면 로라는 작은 개와는 이미 충분히 친해져 있습니다. 아마도 전에 로라를 키우던 집에도 개가 있었을 것입니다.

로라는 또한 닭을 부르는 것을 알고 있습니다. 또 닭이 '구구 구구' 우는 소리도 기억하고 있습니다.

닭이 있고, 작은 개가 있고 34, 5세 정도의 통통한 부인이 몇 명의 아이를 키우고 있다. 아이는? 아이는 몇 명일까? 도쿄 근교의 한적한 어느 곳일 것입니다. 그리고 그 집에 남자는 없습니다. 그러나 시끌벅적한 가정입니다. 로라는 웃는 것을 알고 있습니다. 자주 웃습니다. 음정을 무시한 엉터리 노래를 부르고는 신이 나서 떠듭니다.

"어-머니."

"어머-니."

"어머니-."

"호호호호."

이런 것을 듣고 있자면 나는 세 명의 딸이 엄마와 함께 로라의 새장을 둘러싸고 제각각 다른 어조로 로라에게 '어머니'라는 말을 하게 하고는 깔깔대는 툇마루의 광경을 상상할 수 있는 것입니다.

그러나 이 집에는 어머니만 있고 아버지는 없습니다. 아버지는 없지만 아기가 있는 것입니다.

3살이나 기껏해야 4살 정도의 '아가야'로, 이 아이가 때때로 울음을 터뜨리는 것입니다.

내가 이처럼 전에 로라를 기르던 가정에 대해 공상하며 로라를 사랑하고 있는 사이, 나의 아내는 로라의 더듬거리는 말을 알아듣고 해석하려고 노력하고 있었습니다. 로라가 똑같이 '어머니'라고 말할 때에도 어리광을 부리는 것과 조금 기분이 나쁜 것과 또 턱으로 명령하는 것 같은 말투 등, 여러 가지 종류가 있다고 그녀는 말합니다. 어린아이가 우는 흉내를 내는 것이나 나오는 대로 노래를 부르는 것 등이 그녀를 아주 기쁘게 했습니다. 이처럼 처음에는 그런 새 따위를 샀다고 불평을 했던 주제에, 벌써 그런 일은 싹 잊어버린 것 같습니다.(그녀, 나의 아내는 아이가 없습니다. 가끔씩 그것이 쓸쓸하다는 말을 할 때가 있습니다)

즉, 로라가 띄엄띄엄 하는 말은 우리에게 하나의 가정을 생각나게 했고, 나의 아내에게는 아이들의 생활을 생각나게 한 것입니다.

기분이 좋은 로라가 커다란 새장 속에서 그로테스크한 발과 부리로 돌아다니며 새장의 천정에 매달려 "나 얌전하게 기다려." 라고 상냥한 여자 아이의 목소리로 말할 때에는 그 어울리지 않는 모습과 말이 나를 웃게 만듭니다.

나는 로라를 사랑하고 언제나 생각하기 때문에 나도 먹이를 줍니다. 로라는 비스킷이니 사과니 바나나니 아마낫토(甘納豆)* 등을 좋아합니다. 그런 것들을 주는 사이, 나는 로라의 새로운 버릇을 하나 발견했습니다. 로라는 내가 손에 먹을 것을 들고 먹이를 줄 때, 전에 준 것은 바닥에 버리고 내가 들고 있는 것을 다시 요구하는 것입니다. 그리고 내가 준 마지막 먹이를 먹은 후에는 새장 바닥으로 내려가 자기가 좀 전에 버렸던 것을 주워 와서 그것을 먹기 시작하는 것입니다. 나는 생각을 해봤습니다. 로라

* 팥, 강낭콩, 누에콩 등을 삶아서 달게 졸여 설탕에 버무린 과자

는 먹이를 다 먹기도 전에 다음 먹이를 주려고 하는 주인과 살았던 것입니다. 그것은 분명히 어린 아이들이 하는 행동으로, 하나가 아니라 아마도 세 명의 아이가 동시에 새장을 둘러싸고 서로 질세라 로라에게 먹이를 주었을 것입니다.

"아, 아직 있어."

"거기에도 떨어져 있어."

로라가 이 말을 익힌 것은 분명 이렇게 어린 주인들이 먹이를 줄 때였을 것입니다.

로라의 말은 단 하나 '로라야'라고 말할 때를 제외하고는 억지로 가르친 것 같은 말이 거의 없기 때문에 그만큼 자유롭고 활기찬 어조를 띠고 있는 것입니다. 그렇기 때문에 우리가 많은 공상을 하도록 만들고, 또 어떤 기회에 그 말을 익혔을지 상상하게 하는 것입니다.

"로로야."

이것은 겨우 이 말만을 할 수 있을 정도의 어린 아이의 말투입니다. 이것은 분명 '아가야'의 목소리이겠지요. '아가야'는 '어머니'에게 안겨 로라의 옆에 와서 '로로야'를 반복했을 것입니다.

로라는 이른 아침 시간과 오후 3시 무렵에 가장 활발하게 말을 합니다. 이것은 학교나 유치원에 다니는 아이들이 등교하기 전과 돌아온 후에 해당하는 시간입니다.(원래 어떤 새건 아침과 이 무렵의 오후 시간에 잘 재잘거리기는 합니다만) 그 외에 로라는 오후 9시나 10시 쯤 누가 계단이라도 올라가기라도 하면 그 발소리를 듣고 "어머니, 앙앙 — 앙앙 — " 이렇게 갑자기 우는 일이 가끔 있습니다. 그것이 어린 아기가 눈을 떠서 어머니를 부르는 목소리와 흡사해 나도 모르게 "아가야, 울 필요 없단다."라고 말하지 않고는 못 배길 정도입니다.

나는 또 이렇게 상상해봅니다. 어머니가 있고 아이들이 있는 집. 아이는 두세 명, 그 중 하나는 겨우 말을 할 수 있는 나이일 것입니다. 이 어머니는 아무리 생각해도 미망인은 아닙니다. 미망인이라고 한다면 남편을 잃은 지 얼마 되지 않은 미망인이지만 이 사람의 웃음소리, 또 아이들에게는 얼마 전 가장을 잃은 집의 그늘은 전혀 보이지 않습니다. 또 만약 얼마 전에 남편을 잃었다고 한다면 로라는 그 남편의, 즉 남자 목소리를 조금은 말해도 될 것이고, 남자 목소리를 내지 않는다고는 해도 조금 더 남자에게 익숙할 것입니다. '로라야'라는 우아한 목소리의 부인은 분명 미망인은 아닐 것입니다. 단, 이 사람의 남편은 분명 평소에는 집에 없는 사람인 것입니다. 선원! 외국에 나가는 배를 타는 고급 선원이라 집을 비운다! 문득 떠 오른 나의 직감에 나는 아주 만족했습니다. 그 사람은 40세 전후여야만 합니다. 선장은 아닐지도 모르지만 사무장 정도는 될 것입니다. 아무튼 가족들은 유복하게 생활하고 있는 것입니다. 아이들은 항상 간식으로 과자와 과일을 충분히 먹고 있습니다. 로라는 언제나 아이들이 나누어 주는 것을 먹습니다. 강아지와 닭과 앵무새로 무료함을 달래는 아이들과 부인은 항상 남편과 아버지가 돌아오기를 기다리고 있는 것입니다. 아, 그렇다!

"나 얌전하게 기다려."

아이들은 아버지에게 이렇게 말하는 것입니다. 아이들은 자신들이 아버지에게 자주 하는 이 말을 자신들의 친구인 앵무새에게 가르친 것입니다.

가끔씩 집에 돌아오는 아버지는 아이들을 사랑하고 부인을 사랑하느라 바빠 앵무새 따위는 상대하지 않습니다. 오히려 아빠가 집에 돌아오면 모두들 로라에게 무심해지는 것이죠. 이렇게 해서 로라는 아버지에게 익숙해질 여유도 없으며 또 좋아하지도 않는 것입니다.

또 그 남편이 외국 항로의 선원이라고 한다면 이 앵무새가 '짹짹이' 같은 흔한 이름이 아니라 로라라는 외국풍 이름을 가지고 있는 이유도 확실해집니다. 외국에서 그런 이름을 가지고 있던 새를 남편이 직접 자신의 배에 실어 집에 선물로 가지고 온 것입니다.

"이 새의 이름은 로라야."

"아, 그래요? 귀엽네요. 로라야."

그때, 이 남편과 아내는 이런 이야기를 했을 것이라고 나는 생각합니다. 그렇다고는 해도 '로라'는 아주 어릴 때에 일본에 왔을 것입니다. 이름은 외국풍이지만 로라는 외국어를 전혀 하지 못합니다. 그리고 '로라야'라는 말투까지도 완벽한 일본식 발음입니다.

그래도 로라가 '마마'라고 하지 않고 '어머니'라고 하는 것이 나는 더할 수 없이 기쁩니다. 무릇 나는 요즘 우리나라의 수준 있는 가정에서 부모를 '파파', '마마'라고 부르게 하는 것에 절대 반대입니다. 지금까지 우리나라 문학가 중에서도 나와 같은 의견을 발표한 사람도 있습니다만, 나는 그들 중 그 누구보다도 더 맹렬하게 반대합니다. 비위에 거슬린다든가 불쾌하다든가 하는 미적지근한 문제가 아닙니다.

우리 자신이 어릴 때 하던 그 그리운 '어머니' '아버지'라는 말을 버리고 무엇이 좋아서, 무슨 이유로 그 아이들에게 '마마', '파파'라는 말을 하도록 해야 하는 것일까요? 나는 도저히 납득이 가지 않습니다. 말을 버리는 것은 마음을 버리는 것입니다. 나는 어릴 적 내가 부모님에게 가지고 있던 똑같은 마음을 우리 아이들도 가졌으면 합니다.

나에게는 아이가 하나도 없지만 만약 있었다면, 그리고 만약 아이가 마마, 파파라는 단순한 말투를 좋아한다면 나는 차라리 '엄마', '아빠'라고 부르게 하는 편이 낫다고까지 생각합니다. 나는 센티멘털리스트일지도 모릅니다. 그러나 인간이 센티멘털하다는 것이 왜 고약한 것입니까? 아이들이 생애 최초의 기회에 가장 감동적으로 외치고, 그리고 그때문에 평생 가장 깊은 인상을 가지고 살 첫 번째 말을 외국어로 외친다는 것은 정말이지 용납하기 어려운 일이라고 말하고 싶습니다. 타이완에서는 타이완 국적의 어린이들에게 초등학교에서 그 나라말을 사용하는 것을 엄격하게 금지하고 이를 어겼을 경우 때로는 매를 드는 일까지 있다고 하는데, 그 정도로 국민과 국어와의 권위를 알고 있는 위정자라면 왜 오늘날 중산층 이상의 일본인 아이들이 '마마', '파파'라고 부르는 것을 엄격하게 금지하고 처벌하지 않는 것일까요? 나는 이런 생각까지도 해봅니다.

나는 로라와 좋은 아이들이 좋은 말을 배워 '어머니'라는 말을, 게다가 여러 가지 감정을 담아 부르는 것이 기쁩니다. 그리고 남편은 외항선 선원이기 때문에 자연스럽게 외국의 공기도 많이 익혔을 텐데, 그 부인이 아이들에게 자신을 '어머니'라고 부르게 하는 사실을 떠올리면 이 부인과 그 가정에 대해 왠지 모를 그리움이 느껴집니다.

매일 듣고 있으면 로라는 아기 흉내 내는 것을 가장 좋아하는 것 같고, 또 잘 합니다. 우는 흉내, 나오는 대로 부르는 제멋대로인 노래도. 로라는 분명 다른 아이들보다 아기와 함께 있는 시간이 많았기 때문일 것입니다. 다른 아이들은 이미 컸기 때문에 앞서 말했듯이 학교에 가고 집에는 하루의 반 정도밖에 머무르지 않았겠지요.

이렇게 2주 정도가 지난 무렵 그 조류상의 거간꾼을 하고 있는 선인이 다시 우리 집을 찾아 왔습니다. 이번에는 푸른 백조 새끼를 사지 않겠냐는 것이었습니다. 그 아름다운 이름의 새는 어떤 새냐고 물어보자 선인도 잘 모르는 것 같았습니다. 어쨌든 아직 새끼이기 때문에 잘 모르지만 푸른 백조라는 것이 있을 것 같지 않습니다. 블루(blue)라는 것은 아무래도 회색을 말하는 것으로 블루 스완이라는 것은 어쩌면 그냥 백조인 것 같습니다. 비록 아무리 진귀한 새라 해도 나도 그렇게 자주 새를 살 수는 없기 때문에 그 이야기에는 크게 상대하지 않았습니다.

"요전의 새는 어땠습니까?"

선인은 전에 넘긴 새, 즉 로라에게 내가 만족하고 있지 않다고 생각했는지도 모릅니다.

"로라 말인가? 재미있는 새지."

"말을 잘 하나요?"

"응. 여러 가지 말을 하지."

"그것 잘 됐군요."

"하지만 종잡을 수 없는 말을 해. 또 단편적인 말만 해. 아무래도 말을 잘 모르는 것 같은데 그건 새 잘못이 아니라 선생님의 잘못인 것 같아. 아기의 말을 배운 거지. 그렇기 때문에 의미는 알 수 없지만 감정은 꽤나 풍부해."

나는 로라에 대한 나의 관찰과 공상과 애정을 선인에게 들려주었습니다. 로라가 눈에는 보이지 않지만 마음으로는 확실히 알 수 있는 좋은 가족을 나의 이웃으로 만들어주고, 또 내 아내에게는 어느 정도 아이를 생각나게 하여 그녀의 모성을 만족시켜주고 있음을 설명한 것입니다.

"주입된 것이 아니라 자연스럽게 혼자 여러 가지 말을 배우는 새라면 좋은 새입지요. 똑똑한 새입니다. 게다가 그 가족과 꽤 오래, 적어도 2, 3년은 같이 했겠지요. 그래서 울고 웃고 할 때에는 새도 그런 감정을 느껴서 그것이 나타나는 것 아닐까요?"

"뭐, 그런 것까지는 모르겠지만……"

나는 선인의 질문에 이렇게 대답했습니다.

"그러나 어쨌든 듣는 쪽은 그런 감정을 느끼며 듣게 되지. 그런데 자네, 로라는 지금까지 가게 앞에 자주 놓여 있던 새 아닌가?"

"그런 일은 없습니다. 아 맞다. 말씀드리려다가 잊어버렸는데, 그 새의 발톱이나 부리가 굉장히 길었습니다. 저건 뭔가 나무 조각 같은 것을 물려주는 것이 좋죠. 이것만 봐도 알 수 있듯이 소중하게 키웠지만 그다지 관리는 잘 해주지 않았다는 거죠. 저 새는 말씀하신 것처럼 여자와 아이들이 있는 집에서 키운 거죠. 또 가게 앞에 놓여 있지 않았다는 증거죠. 가게에 반년이나 있었다면 가게에서는 부리를 촛불로 태워주겠죠. 너무 많이 길었으니……"

"당신 손톱도,"

내가 웃으면 말했습니다.

"촛불로 정리하면 어떨까?"

"이건 길면 안 되는 건가요?"

선인은 선인답게 넋 나간 얼굴을 하고 담배를 들고 있는 자신의 손가락을 응시하고 있었습니다.

나는 이렇게 일상적인 이야기를 끝내고 최근의 내 공상에 대해 계속해서 선인에게 이야기를 했습니다.

마지막으로 남아 있는 의문은 즉, 이렇게 귀엽고, 또 친해진 로라를 왜 엄마가 팔아버렸을까? 하는 점입니다. 선인에게 물어보니 판 것이 아니라 다른 새와 바꿔갔다고 합니다. 그렇다면 더

더욱, 딱히 새를 키우는 것에 질린 것도 아니고, 또 돈으로 바꿀 필요가 있었던 것도 아닙니다. 이렇게 나의 상상은 한층 더 확실성을 갖게 되었습니다.

나는 생각합니다. 내 공상 속의 부인은 분명 귀여운 아이를 잃은 것입니다. 그것은 '아가야'임에 틀림없습니다. 로라가 밤에 갑자기 잠꼬대처럼 목청을 높여 "어머니. 앙앙! 앙앙!" 하며 울 때, 부인은 잃어버린 소중한 아이가 생각나 견딜 수 없었을 것입니다. 이 이외에 이 부인이 남편의 좋은 선물이며, 또 자신의 귀여운 딸들의 좋은 친구를 다른 사람 손에 넘길 이유를 나는 생각해낼 수 없습니다. 진짜 아기와 똑같은 로라의 울음소리를 들으면 분명 누구나 나와 같은 생각을 할 것입니다.

나는 나의 상상을 믿습니다. 그리고 적어도 외로운 부인이 남편이 없는 사이에 아이를 죽게 한 것이 아니었으면 좋겠다고 염려할 뿐입니다.

로라가 우리 집에 온 지 벌써 2달이 되었습니다. 그리고 그녀는(나는 아무래도 로라가 여자 아이라고 느껴집니다) 내가 긴타로나 조지를 부를 때의 휘파람을 멋지게 흉내낼 수 있게 되었습니다. 나는 로라를 사랑합니다. 그리고 로라도 차츰차츰 나를 따릅니다. 단, 내가 가끔 걱정하는 문제는 로라가 완전히 우리 집에 익숙해질 무렵, 우리 집에는 아이가 없기 때문에 로라가 아이 흉내 내는 것을 잊어버릴지도 모른다는 점입니다. 또 그 무렵이 되면 내가 상상하는 외로운 부인은 세월과 함께 사랑하는 아이를 잃은 슬픔이 조금씩 옅어짐과 동시에 그 아이와 함께한 그리운 추억 때문에 그 아이와 똑같은 목소리를 내는 로라를 만나고 싶어 하지는 않을까 하는 것입니다. 게다가 로라는 우리 집에서 완전히 다른 로라가 되어가고 있습니다.

무기력한 기록

사토 하루오

자선 데이(Day)

하층사회―가장 밑바닥 세계. 이런 말은 이제 단순히 추상적인 표현이 아니다. 문자 그대로 구체적인 형태로 실현되었다. 지하 300m에 위치한 인간사회의 최하층 주택가(이것도 주택이라고 부를 수 있다면 말이다!).

그는 이곳에 온 지 며칠 만에 눈을 떴다. 이런 세계에서도 아침이라는 사실을 알 수 있다는 것이 이상할 뿐이다.

라디오 소리는 계속해서 선명하게 들려왔다. 그러나 그런 것은 살기 위해 아무런 필요도 없는 것이다. 필요한 것은 공기이다. 그리고 햇빛이다. 그에 비하면 식용 가스 등은 훨씬 나중에 줘도 괜찮다.(약 10세기 전에 그 내용은 알 수 없지만 『너무 빠른 매장(埋葬)』이라는 제목으로 이런 인간생활의 비참함을 예언했던 소설가가 있었다. 또 같은 시기에 '더 많은 빛을!'이라고 말하며 죽은 시인이 있다고 전해진다.[*] 아마 그들은 천민문학의 선구자였음에 틀림없다!) 여기서 햇빛은 도저히 기대할 수 없었지만 공기와 식용 가스는 가장 작은 은화 하나만 있으면 자동 계량기에서 살 수도 있었다. 그러나 그는 은화는커녕 동화 한 닢도 없었다. 어떻게 하면 그것을 손에 넣을 수 있는지조차 몰랐다. 그는 이 사회의 생활양식에 대해서는 조금도 이해하지 못한 상태였다. 그 정도로 이곳에 온지 얼마 지나지 않았다. 게다가 그가 아무리 소리를 질러봐도 아무것도 들리지 않았다.(라디오 소리는 이렇게 잘 울려 퍼지고 있는데도 불구하고 이건 또 무슨 괴이한 일인가?) 그래서 그는 아무 질문도 할 수 없었다. 아마 여기서 문자는 통용되지 않는 것 같다. 아무도 모르는 것이 확실하다. 비록 다들 알고 있다고 해도 일단 그것을 쓸 수 있는, 또는 읽을 수 있는 빛이 없었다.

원하는 것은 공기와 빛이다. 만약 그가 여태까지 여기서 자랐다고 한다면 그는 자연스럽게 이곳에 익숙해졌을지도 모른다, 하지만 지금 그는 급격한 변화를 겪고 있다. 그는 자각했다. 이런 생활을 30시간 이상 계속한다면 분명 죽을 것이라고…… 그가 살고 있던 비밀의 세계가 이곳의 생활에 비하면 얼마나 행복했는지 통감하지 않을 수 없었다. 그런데 그 행복한 비밀의 세계의 창조자였던 사람, 그리고 그에게 있어서 생애 유일한 지인인 그 노인은 그 이후 어떻게 되었을까? 그는 그것이 마음에 걸렸다. 그가 라디오에 귀를 기울이고 있는 것은 달리 할 일이 없

---

[*] 『너무 빠른 매장』은 에드가 앨런 포의 작품이며, '더 많은 빛을!'이라고 말하며 죽은 시인은 괴테이다.

었기 때문이기도 하지만 한편으로는 어쩌면 그 노인의 소식을 들을 수 있을지도 모른다고 생각했기 때문이기도 하다.

자신의 목소리가 울림을 잃은 만큼 이 공간 속에 울려 퍼지고 있는 목소리를 듣고 있으면 화가 났다. 그러나 라디오는 끊임 없이 울려 퍼지고 있었다. 어제 하루 인간 세계에서 있었던 일을 모두 이야기하려는 것 같다. 딱히 누군가가 그것을 듣고 싶어 틀어놓은 것은 아니지만 이 소리는 어둠과 함께 이 계급 세계에서 허용된 유일한 것이었다. 그것은 사회교육에 필요하다고 인정된 매일 매일의 뉴스 종류이다. 오락과 관련된 모든 방송은 지하 10층 이하부터 서서히 사라져 이 최하층 주택에는 전혀 아무것도 들리지 않았다. 왜냐하면 사회도덕은 모두가 명심해두어야 하는 필수사항이었지만 오락은 절대 그럴 필요가 없기 때문이다. 아니 모든 인간이 동시에 평등하게 그것을 맛볼 수 있다면 오락이 가지는 매력의 질과 양이 반감된다는 이유로 오락 방송이 하층사회에 전달되는 것을 완전히 차단하고 있었다. 때문에 그가 듣고 있는 라디오는 아무런 재미도 없는 것이었다. 예를 들어 시의원인 모씨가 뇌물을 거부했다는 이유로 고발당했다. 이 시의원은 일반시민에게 불이익이 되는 의결에 찬성해 자신이 이익을 취하는 것이 미안해 뇌물을 거부했다고 하는데, 이는 사회 풍습에 반하고 시의원의 특권을 모멸하는 것이라는 것이 고발자의 의견이다. 피고를 동정하는 사람들은 일단 피고의 정신 상태를 감정해볼 필요가 있다고 주장한다고 운운하는, 이러한 보도는 그에게 있어 아무런 흥미도 없는 문제였다. 라디오는 이 보도를 끝으로 끝나버렸고 혹시나 하는 생각에 듣고 있던 그는 지인의 처벌에 대해서는 아무것도 들을 수 없었다.

그러나 그는 자신의 귀를 의심하고 싶을 정도의 뉴스를 들었다. 라디오 소리가 울려 퍼진다.

"오늘은 ××××축하 1주년 기념으로(그는 이 말의 의미를 잘 알 수 없었다) 자선 데이(Day)입니다. 상류사회 사람들은 특별히 반나절의 산책을 할애하여 평상시 공기와 햇빛에 결핍을 느끼고 있는 하층사회 사람들을 위해 자동차 원형 광장을 제공할 것입니다. 오늘 오후 모든 육상 교통 기관이 정지하니 탈것을 소유하지 않은 계급의 사람들도 위험을 느끼지 않고 거리를 통행할 수 있습니다……"

그는 이제야 처음으로 신음소리를 냈다. 아니, 그 뿐만이 아니었다. 너무 기쁜 나머지 스스로를 망각하고 낸 함성이 사방에서 들려왔다. 이웃 통(집도 방도 아니었으니) 속에 살고 있는 남자들의 소리였다. 그리고 그 소리에 묻혀 소중한 라디오 소리는 잘 들리지 않게 되었다.

그는 결심하고 기어 올라갔다.(일어서는 것은 불가능했다. 이 주택가에서는 1m 이상의 높이는 사치라는 이유 때문에 모든 천정이 1m도 되지 않았다) 여기저기서 일어나 기어 올라가는 낌새가 느껴졌다. 어느 샌가 그는 밀치락달치락하면서 기어가는 사람들의 흐름 속으로 빨려 들어갔다.

지상으로

엄청나게 거대한 원통이 하나 우뚝 솟아 있었다. 상부의 바닥은 원 모양의 눈부신 빛이었다. 하지만 그 빛은 하부의 바닥까지는 도달하지 않아 아래는 암흑이었다. 상부의 광명은 곧 지상이다. 그리고 이 원통의 중심에는 그곳에 이르기 위한 사다리가, 뭔가 아주 커다란 완구와도 같은 하나의 엄청나게 긴 나선형 사다리가 빛의 원 쪽으로 빙글빙글빙글빙글 이어져 있었다.(이것이 하층 세계에서 지상으로 올라가는 유일한 통로였다. 지상에서는 입체 궤도가 자동차나 엘리베이터가 되어 궤도 비행을 한다. 그러나 이러한 교통기관은 지하 15층 이하까지는 연결되어 있지 않기 때문에 그 이하의 낮은 계급 사람들이 위로 올라가기 위해서는 이 나선형 계단을 올라가는 방법밖에는 없었다)

위를 올려다보자 눈이 빙글빙글 돌았다. 아니, 사실 통행 정리를 위해 입구에서 졸도한 사람들에게 적절한 처치를 하는데, 그런 사람이 얼마나 많은지 알 수 없었다.(적절한 처치라는 것은 시체를 재빨리 치우는 것을 말하는데, 역사가가 말하는 바에 따르면 이러한 설비는 먼 옛날 모나코 왕국의 도박장 건설 현장에서 발달한 것이라 한다) 평상시 일광이나 공기, 식용 가스나 음료 가스 등 모든 영양분이 결핍되어 있는 사람들이, 이렇게 많은 사람들 속에서, 그것도 이런 자극적인 구조를 올려다보면 기절하는 것이 당연했다.

그는 유혹을 느꼈음에도 두 번 다시 위를 올려다보지 않도록 노력하면서 그가 계단 위로 올라가는 순서가 올 때까지 그저 주위에서 밀치락달치락 하는 사람들에 주의했다. 최하층 사회의 사람들은 모두 그와 같이 말을 못하는지, 그렇지 않으면 극도의 긴장 때문인지 단 한마디도 하지 않았다. 물을 끼얹은듯한 이 무리의 침묵은 끔찍했다. 그의 순서가 왔다. 계단을 지키는 사람이 그가 올라가는 것을 허가했다. 그가 계단에 발을 딛고 2, 3발자국 올라갔을 때 그는 뒤에서 올라오는 인간이 중얼거리는 것을 들었다.

"아아, 살아 있었다는 기억 중에 하나, 햇빛이라는 것이 충분히……"

그는 사람이 말을 한다는 것을 희한하게 생각하고 뒤를 돌아보았다. 그것은 그의 바로 뒤에서 올라오던 사람의 말이었다. 게다가 그가 그 사실을 안 순간, 그 사람은 미처 햇빛 한 줄기도 쬐지 못하고 이미 계단에서 미끄러져 적절한 처치에 취해지고 있었다. 아마 너무나 기쁜 나머지 깜빡하고 발을 헛디뎠을 것이다. 그는 몸을 떨며 다시 한 번 계단 손잡이를 꼭 붙잡고 주의 깊게 발을 내디뎠다.

엄청난 기세로 바람을 일으키며 추락하는 자가 있었다. 역시 계단을 올라가던 중 힘이 떨어졌을 것이다. 그의 비명 소리가 원통 안에 울려 퍼졌다. 이와 같은 추락자들이 몇 명이고 계속해서 소리를 지르며 계단 밖으로 떨어졌다. 다행스러운 것은 어떤 장치를 해놓았는지 추락자들은 절대 계단을 건드리지 않고 계단 밖으로 떨어졌다. 아래를 내려다보니 이런 일은 일상다반사인 듯, 이 계단 주위는 추락자들을 자동으로 재빨리 처치하도록 되어 있는 것 같았다.(그가 예상한 대로였다. 어떤 일에 있어서건 완전한 통계를 내는 것은 문명국의 정책으로, 결코 소홀히 해서는 안 되는 일이니 말이다)

처음에는 추락자를 볼 때마다 다리가 후들거리고 그 자신도 떨어질 것 같았지만 어느 샌가 그런 것에 익숙해져갔다. 그는 이제 거의 다 올라왔을 거라고 생각하며 위를 올려다보았다. 그러나 아직 3분의 1도 올라가지 못한 것을 알고 그는 한숨을 쉬며 이런 극도의 피로 속에서 '과연 무사히 지상에 올라갈 수 있을까?'라고 생각했다. 그는 위태로워 떨어질 것 같았다.

그의 생애

(이마에 땀을 흘리며 나선형 계단을 올라가고 있는 그가 무사히 지상에 올라갈 수 있을까?)[아니, 무사히 올라갈 것이다. 그렇지 않으면 이 이야기는 더 이상 이어지지 않을 테니] 그가 이 단조로운, 그러나 극도로 긴장한 상태에서 목숨을 걸고 일을 하고 있는 사이 우리는 그의 과거에 대해 알아보도록 하자.

그의 생애는—적어도 2분의 1 이상을 그 자신도 알지 못했다. 그것은 절대 무리가 아니다. 이곳에는 개인이 개인의 경험을 존중하고 그것을 기억하는 습관이 없을 뿐더러 그 무렵 그는 아주 어렸던 것 같다.

어느 날 그는 매우 눈부신 빛 속에서 눈을 떴다. 모든 것이 지금까지 경험한 적이 없을 정도로 쾌적한 상태였다. 그리고 그의 주위에는 5, 6명의 어른이 잠들어 있었는데, 단 한 사람, 한 번도 본 적 없는 노인이 그의 베개 맡에 쭈그려 앉아 있었다.

그가 쾌적하다고 생각한 것은 한 번도 먹어보지 못한 것이 그의 입으로 흘러 들어왔기 때문이었던 것 같다.(오직 식용 가스만 마셨던 그는 그때까지 물이라는 것을 알지 못했다) 그가 있는 곳은 구석구석까지 빛으로 가득 차 있었다. 그곳에서 그는 알지 못하는 노인과 대화를 나누는 사이 갑작스런 이 변화의 이유를 조금씩 이해할 수 있게 되었다. 노인이 말하길, 그는 도로에서 자살을 했다고 했다. 교통기관에 치이는 것을 총괄해서 자살이라고 부르는데, 자살자인 그는 적절한 처치에 의해 교통정리차에 실려 지하도에 버려진 것이다.

"나도 그 중의 한 명이야."

노인이 말했다.

"오늘날 사회에서는 유료 산책로 이외의 도로에서 탈 것을 타지 않고 보행하는 인간은 모두 자살 희망자로 간주하고 있어. 무리도 아니지. 아무리 주의를 기울인다 해도 도로에서는 차에 치이지 않고 3m도 걸을 수 없어. 그것을 알면서도 도로로 나가는 것은 그 결심이 어떻든 간에 자살 희망자임에 틀림없지. 그리고 이곳에는 매일 무수한 소위 자살 수행자가 운반되어 오지. 물론 그 중에는 너처럼 단순히 기절한 사람도 꽤 있어. 나는 그 사람들을 데리고 와서 정성스레 돌보지. 하지만 아무도 만족스러울 정도로 회복되지 않았어. 이미 너무나 쇠약해져 있는 사람들이었던 거지. 여기 있는 사람들도 힘들게 데리고 왔는데 다 틀렸어."

이렇게 말하면서 그 노인은 그를 안아 일으켜 한 쪽 구석으로 옮겨 눕히고 그도 예전에 맛 본 적이 있는 식용 가스 파이프를 그의 입에 물려주었다. 그리고 다른 사람들은 한 사람씩 안아 아래로 던져버렸다. 그때마다 지하 쪽에서 뭔가를 빨아들이는 것 같은 고오-하는 소리가 울려 퍼졌다. 자고 있다고 생각했던 사람들은 모두 죽어 있었던 것 같다.

이 노인은 모든 것이 이상했다. 제일 먼저 왜 이런 곳에서 혼자 살고 있는지, 그것을 알 수 없었다. 그리고 이 노인은 모르는 것이 없다. 그들은 다음과 같은 문답을 했다.

"네가 있던 곳은 암흑이었니?"

"아뇨, 조금은 빛이 있었어요. 희미하게."

"너는 부인이라는 것을 본 적이 있니?"

"부인이라는 게 뭔가요? 아저씨."

"모르는구나. 그럼 본 적이 없겠군. 당연히 엄마도 모르겠지. 부인은 지하 10층 이하에는 살지 않아. 좋은 직업이 있으니까. 그럼 너, 어땠니? 공기는 매일 마셨어?"

"아뇨. 가끔씩요. 엄청 맛있었어요."

"음. 그럼 이것저것 종합해서 생각해보면 네가 살고 있던 곳은 아마 지하 30층 부근이었을 거야. 나는 지상 1층에서 19층까지는 모르지만 그 외의 곳에 대해서는 다 알고 있거든. 하하하하."

이유는 알 수 없었지만 노인은 한참동안 큰 소리로 웃었다.

"하지만 너는 분명 꽤 좋은 출신일 거야. 사실 출산세가 엄청나게 높거든. 그것을 여유롭게 지불할 수 있는 건 지하 20층까지야. 그 이하의 계급은 그저 사회세를 내고 아이를 버릴 수밖에 없는 세상이니. 지하 30층에 아이를 버리기 위해 지불하는 사회세도 싼 건 아니야. 네 엄마가 그 돈을 낼 수 있는 사람이었다고 하면 너는 꽤 좋은 출신이라는 것을 알 수 있지."

노인은 그 외에도 여러 가지 이야기를 했다. 그로서는 이해하기 힘든 이야기들뿐이었다. 그 후 몇 년 간 이 노인은 그의 수양아버지가 되었다. 노인은 그를 정성껏 키웠다. 그가 성장함에 따라 이 노인이 어떤 사람인지 조금씩 알아가게 되었다. 행려병자 혹은 도로 자살자의 시신을 지하로 운반하는 입구 한 구석에 위치한 아무도 모르는 이 세계를 혼자 창조한 노인은 그 자신의 말에 따르면 시신 속에서 새로운 세계를 꿈꾸는 사람이었다. 추방된 이 반양신(半羊神)은 이런 곳에서 홀로 피리를 불고 있었다. 간단하게 말하면 이 노인은 인간에게는 영혼이 있다는 생각을 가지고 있었다. 하지만 그가 존재하고 있다고 믿는 영혼이라는 것은 지금까지 그 어떤 훌륭한 해부학자도 인체 속에서 발견하지 못한 것이다. 이처럼 눈에 보이지도 않는 것을 믿고 있다는 사실, 이것이 오늘날 이 노인이 어떤 계급에서도 생존할 수 없는 근본적인 원인인 것 같다. 그는 수백 개가 넘게 존재하는 이 사회의 다양한 계급에서 한 계단 한 계단씩 아래로 떨어졌다. 오늘날 이 사회의 어떤 계급에도 그의 행동을 이해해줄 사람은 존재하지 않는다. 때문에 아무도 그를 상대해주지 않았다. 그래서 그는 자신과 같은 생각을 가진 사람은 이 별 이외의 세계에 있을 거라고 생각했다. 아마도 화성 근처에서는 이 생각이 통용되고, 그곳에는 다른 문명에 의해 만들어진 세계가 존재할지도 모른다고 생각하고 있었다. 그는 지금도 열심히 화성과의 통신을 계획하고 있었다.

"원래 나는 역사학자란다. 그래서 20세기와 21세기 같은 옛날 일에 흥미를 가지고 있어. 정말이지 재미있는 시대지. 당시에는 새로운 연금술이 유행했어. 이 세계라는 입체를 뒤집어 세워보면 인생은 모두 광명에 찬 것, 황금이 된다는 사상인 거지. 그래서 세계는 심하게 동요하기 시작했어. 그 결과, 한바탕 혼란이 지나가고 어찌어찌하여 겨우 세계를 뒤집게 됐어. 그 후 점점 안정이 되고 새로운 세계가 생겨났는데 그게 바로 지금의 세상인 거야. 내가 20세기에 흥미를 가지고 있는 것은 그 무렵 극도로 발달했던 그 당시의 상태가 묘하게도 지금의 세계와 많이 닮아 있기 때문이야. 아직 젊고 지상 20층에 살고 있을 무렵, 나는 이 연구를 발표했지. 그래서 나는 그 학자 사회에서 추방된 거란다. 그 이후에는 내가 무슨 말을 할 때마다 사람들은 못들은 척하며 고개를 돌리더군. 나는 20층을 버려야만 했어. 또, 빛과 공기는 계급 고하를 막론하고 건강상 모든 인간에게 필요하다고 설명한 뒤, '고대에는 인류가 거의 평등하게 빛과 공기를 향유할 수 있었다, 이런 의미에서 근대의 문명은 저주받아야 한다'는 설을 발표했을 때 나는 21층 사회에서 추방되었어. 내가 무슨 일에 있어서건 시대의 상식을 따르지 않고 모든 일에 특별한 생각을 가지고 있는 '탁월개인(卓越個人)'이라는 사실 때문에 사람들이 나를 배척하기 시작한 거야."

노인은 소리 높여 웃으면서 말했다.

"너는 아직 어리니 말해도 모를 거야. 앞으로 차차 내 생각에 대해 들려주도록 하지."

이런 식으로 노인은 때로는 자신에 관한 이야기를 하기도 하고 때로는 소년을 교육시키기도 했다. 밤이 되면 노인은 작은 기계를 조립했다. 만약 이곳에 충분한 안테나를 설치할 수 있을 정도의 공간만 있었다면 화성과 교신하는 라디오는 필시 작동했을 것이다. 그러나 이 비밀 지하굴에는 그런 공간적 여유가 없었다. 노인은 이러한 현실을 탄식하면서 연구에 몰두하고 있는 것이었다.

두 사람이 살고 있는 이 작은 세계에는 빛도 잘 들어왔고 공기나 먹을 것도 부족하지 않았다. 적당한 온도도 유지되었다. 노인은 그런 것에 대해서는 한 마디도 하지 않았다. 소년 또한 처음에는 이것을 이상하고도 감사하게 생각했지만 어느 샌가 인간의 당연한 권리로 생각하게 되었다.

어느 날 갑자기 몇 명의 사람이 — 평소와 달리 시체가 아닌 살아 있는 사람이 — 아무도 모르는 곳으로 들어왔다. 그들은 경찰이라는 것이었다. 십 수 년간이라는 오랜 기간에 걸쳐 빛, 공기, 식음료 가스, 그리고 아주 귀중한 식수 등과 같은 것이 어디론가 새나가고 있다는 사실이 드러났다. 그 양을 조사해보니 딱 한 명의 인간이 필요로 하는 분량이라는 것, 게다가 몇 년 전부터 그것이 두 사람 분량으로 늘어났다는 것을 알게 된 것이다. 정부가 그것들이 사용된 구역을 작게 나누어 조사해본 결과 경찰들이 결국 이곳에 들이닥치게 된 것이다. 그리하여 경찰들은 미증유의 대담무쌍한 범죄자라는 말과 함께 노인과 소년을 체포했다.(소년이 신선처럼 생각하고 있던 사람은 도둑이었다) 너무나 과학적이고 교묘한 방법으로 행해진 이 범죄는 소년이 하기에는 불가능했고, 노인이 혼자 모든 것을 책임졌기 때문에 소년은 곧 석방되었다. 방면되기 전 소년은 경관으로부터 '과거의 기억을 잃는 것이 나은가? 목소리를 잃는 것이 나은가?'라는 질문을 받았다. 이 어려운 질문을 받은 소년은 잠시 고민한 후 목소리를 잃는 것이 낫다고 대답했다. 왜냐하면 소년은 그 노인의 존경할만한 인품과 은혜를 잊고 싶지 않았기 때문이다. 법관은 그에게 한 잔의 무색 무미한 액체를 건네주었다. 그가 그것을 마시자 말을 할 수 없게 되어버렸다. 그리고 그는 경관에게 이끌려 지하 최하층 사회에 오게 된 것이다.

그 후 그의 수양아버지였던 노인은 소식이 묘연해졌다.

가상기관(街上奇觀)

양쪽으로 늘어선 극단적인 고층 건축물을 올려다보자 원근법에 의해 마치 하나의 점으로 귀결되는 것처럼 보였다. 그것은 마치 지금이라도 막 좌우에서 무너져내릴 것 같았다. 그런 직선이 위를 향해 뻗어 있는 동시에 평면적으로 앞으로도 뻗어 있는데 좌우의 평행선 또한 하나의 점으로 귀결되듯 멀리 이어져 있었다. 이처럼 딱딱하고 냉혹한 거대한 입체용기화(立體用器畵)와 같은 풍경은 모두 종횡무진으로 엉망진창으로 불규칙하게 크고 작은 형태로 구획되어 독살스럽게 울긋불긋 칠해져 있었다. 그것은 극도로 강렬한 색채의 번개가 건축물의 광대한 벽면에 부딪혀 그 흔적으로 색채의 단편을 남기고 간 것 같았다. 두통을 유발시키는 각각의 색깔의 벽 위에 가장 불쾌한 느낌을 주는 색으로 여러 가지 글자가 적혀 있었다. 그것은 이성으로 이해할 수 있기는커녕 추측도 불가능한 문구였다. 어떤 곳에는 '수천 엔이 단돈 일엔!'이라는 이상한 계산법이 적혀 있었다. 그보다 훨씬 더 큰 구획 속에는 무슨 말인지는 모르지만 다음과 같은 전대미문의 선언이 적혀 있었다.

'우리 가게에 있는 가장 조악한 상품을 구매해 스스로 성금을 내는 것은 사회의 정의를 중시하는 시민이 잊어서는 안 되는 의무이다. 왜냐하면 우리 상품은 무지의 행복과 무반성의 미덕을 적당히 배합한 것이다. 위대하도다!『속악(俗惡)』이라는 대정신! 장관도 장군도 박사도 이 절묘한 배합을 찬미하고 보증한다.'

눈에 들어오는 문구치고 어느 것 하나 이상하지 않은 것이 없었다.

겨우 지상으로 기어 올라온 그는 일단 지상의 이러한 기이한 풍경을 보고 선의 교착과 색의 분열로 인한 육체적 공포를 느꼈다. 그러나 벽 위에 있는 이상한 문구들을 읽었을 때에는 자신이 미친 것이 아닐까 하는 불안에 사로잡혔다. 그는 하늘이라는 것의 색을 보고 싶어 위를 올려다보았지만 우뚝 솟아 넘어질 것 같은 집들 사이로 손바닥만 하게 보이는 하늘의 색은 벽면의 독살스러움에 기운을 잃고 그저 둔탁하게 빛나고 있을 뿐이었다. 그리고 그렇게 높은 곳을 올려다보고 있자니 현기증이 나 쓰러질 것 같았다.

어느 샌가 그는 군중들 사이에 섞여 어딘지도 모를 곳으로 가고 있었다. 군중들은 마치 깊은 도랑의 바닥과도 같은 이 거리를, 그러면서 썰물에 쓸려나가는 진흙이나 쓰레기처럼 일정한 방향으로 이동하고 있었다. 그들은 사람들이 말하는 햇빛이라는 고마운 것의 은혜를 입기 위해 열심히 뛰고 싶은 마음이었다. 그러나 기력을 잃은 그들은 겨우 걷는 것이 고작이었다. 그 중에는 이미 죽어 있는 사람도 있었다. 죽어 있는 채로 살아 있는 사람들 틈에 끼어 있었기 때문에 움직이고 있는 사람도 있었다. 우리의 주인공은 이 군중들 속에서 더 이상 뭐가 뭔지 제대로 의식하지도 못하는 상태가 되었다. 어떤 특별한 장치가 되어 있는지, 벽 위의 비이성적인 문구들은 보지 않으려 해도 보였다. 그는 문구가 눈으로 들어오는 것을 막기 위해 눈을 감고 고개를 숙이고 있었다. 그는 이제 자신이 가고 있는 곳을 망각했다. 언제까지 이렇게 걸어가야 하는지는 모르지만 아마도 계속 이렇게 걸어가다가 죽을 거라고 생각했다.

갑자기 들려오는 사람들의 함성 소리에 놀라 그는 눈을 떴다. 눈앞에는 커다란 광장이 있고 광장의 중심은 색깔이 변하고 있었다. 그것은 태양의 빛이 직접 닿고 있는 곳이 분명했다. 그는 그것을 보았다. 이상하게도 식욕이 느껴졌다. 이 광장은 사방팔방 여러 도로와 이어져 있어(아마 이 광장을 중심으로 방사선형으로 도로가 나 있는 듯하다) 그 하나하나의 길―높은 건축물과 건축물 아랫부분에 있는 움푹 팬 곳의 틈새―로부터 검은 군중들이 한꺼번에 이 광장을 향해 모여들고 있었다(그들도 모두 식욕을 느끼고 있을까?)

광장은 눈 깜빡할 사이에 무수한 인간들로 가득 찼다.

어느 샌가 그의 몸에도 빛이 닿는 것이 느껴졌다. 정오의 태양이 하늘 한 가운데에 위치해 있었다. 그는 손으로 빛을 떠서 먹어 보았다. 빛에서는 향기가 났다. 몸 전체가 따뜻해졌다. 취기를 느꼈다. 여기서도 역시 많은 사람들이 죽었다. 그들은 현기증을 일으키고 일찍이 경험해본 적이 없는 이 쾌감 때문에 중독된 사람들인 것 같았다. 그들은 도취된 상태에서 태양을 찬미하면서 죽어갔다.

장수풍뎅이 모양을 한 비행기가 한 대가 나타나자 군중들은 웅성거렸다. 비행기는 아래로 내려와 착륙할 것처럼 보였다. 군중은 불안해하면서도 이 감사한 장소에서 한 발자국도 움직이려 하지 않았다. 그러나 비행기는 군중의 머리 위를 천천히 돌면서 무수한 종이쪽지를 뿌리고는 다시 어딘가로 사라졌다. 그는 그의 어깨 위로 팔랑팔랑 떨어진 반짝거리는 종이를 주워 읽어보았다.

'제군은 과연 행복한가?'라고 적혀 있었다. 아무래도 선전 삐라인 것 같다.

구세의 복음

그가 읽은 것은 그야말로 경탄할만한 선전문이었다.

처음에는 일단 식물의 행복에 대해 역설했다. 식물은 공기도 햇빛도 먹을 것도 걱정할 필요가 없는 종족이라는 것에 대해 설명하고 있었다. 그리고 다음에는 그 식물이라는 것이 어떤 것인지를 설명했다.(왜냐하면 신성한 종족인 식물은 수 세기 전부터 그러한 경향을 나타내고 있었는데, 이미 2, 3세기 전에 모두 이 지상을 버리고 그 모습을 감추어버렸기 때문이다) 그 설명에 의하면 식물과 인간의 간단한 차이는 단 세 가지이다. 첫 번째는 모양. 두 번째는 발언능력의 유무. 세 번째는 자기 의지로 움직일 수 있는가 없는가. 그저 이러한 차이에 불과하다. 만약 생명의 길고 짧음을 논한다면 식물의 생명은 거의 무한이라 할 수 있어 인간 따위와는 비교도 할 수 없다. 그리고 식물의 형태가 얼마나 훌륭한 것인가는 옛 문헌에 명료하게 나타나 있다. 그러면 남아 있는 유일한 문제는 발언능력 혹은 자유의지에 의한 운동능력, 두 가지이다.

'이 점은 제군의 심사숙고를 기다려야 한다.'라고 하고 있다. 이 선전문을 쓴 자는 천민이 최하층 주택구의 높이 1m, 폭 3분의 1m, 너비 1m 반인 곳에서 자신의 자유의지로 운동할 수 있다고 생각하고 있는 것 같은데, 이는 웃기는 일이다.

그런데 무엇 때문에 식물의 행복을 역설하고 또 인간과 비교하려 하는 것인지에 대해 생각하다보니 문장은 홀연히 다음과 같은 결론을 내리고 있었다.

'충분한 햇빛, 신선한 공기, 끝없는 영양분 섭취! 그리고 무한한 수명! 이것을 원하는 자는 식물이 되고자 희망하라! 이것이야 말로 실로 제군의 행복이며 또 제군이 식물이 됨으로써 오늘날 과잉 인구를 조절하고, 또 오늘날 무의미한 제군의 존재에 비해 제군이 인간의 호흡에 필요한 가스를 생산하는 자로 갱생하는 일은 인간 사회에 공헌할 수 있다는 점에서도 훨씬 훌륭한 일이다……'

선전문의 마지막 부분에는 따로 설명이 붙어 있었다. 설명에 따르면 어떤 의학자가 간단하면서도 절대 고통이 없는 방법으로 인간을 식물로 변화시키는 수술을 발명했는데 정부는 올해 자선 데이의 제2계획으로 지망자들을 식물로 변화시켜준다고 했다고 한다. 그리고 가장 마지막 줄에는 다음과 같은 내용이 적혀 있었다.

'또 당일, 수술장에는 다수 귀부인들이 참석해 피수술자는 그 귀부인들을 볼 수 있는 영광을 얻을 수 있다.'

모두 똑같이 그것을 읽고 있던 군중들은 내용을 전부 다 읽은 듯 서로 무언가를 속삭이고 있었다. 감탄하는 소리가 흘러나왔다.(어느 부분에서 감탄했는지는 모르지만) 그는 선전문을 다시 한 번 읽고 또 다시 읽고 나서 결심이라고는 할 수 없는 결심으로 식물이 되기를 지망하기로 했다. 결코 식물이 되고 싶었던 것은 아니었다. 그러나 그는 죽고 싶지는 않았다. 그리고 지금처럼 인간의 모습을 가지고 있으면 10시간도 지나기 전에 죽을 것임에 틀림없다. 죽은 사람에게 운동이 가능할 것인가? 발언 능력만 해도 그에게는 더 이상 존재하지 않는다.

"나도 그 식물인지 뭔지가 되기로 하지. 정말 여기 적혀 있는 대로 행복할지 어떨지는 모르지만. 어쨌든 지금의 나보다 비참한 존재는 없을 테니 말이야. 해보면 역시 이게 사실일 거야."

"그렇고말고."

그의 주위에는 이런 대화를 나누고 있는 이들도 있었다.

오후 4시가 되었다. 식물이 되기를 원치 않는 인간들이 이곳을 떠나야만 하는 시간이었다. 그러나 거의 대부분의 사람들이 이곳에서 움직이려 하지 않았다. 100명 정도의 경관들이 와서 이 많은 사람들을 정리했다. 몇 대의 커다란 차에 사람들을 태웠다. 자동차는 전등불이 켜지기 시작한 거리를 얼마간 달리다가 갑자기 공간질주를 시작했다. 자동차 안에 있던 공무원이 모두에게 다음과 같은 주의를 주었다.

"너희들은 지금 실험실로 가고 있는데 그 전에 일단 주의를 주고자 한다. 이 연구는 90% 정도는 성공했지만 완벽하다고는 말하기 힘들다. 가끔 동물이라고도 식물이라고도 판명하기 힘든 것이 되기도 한다. 그렇다고는 해도 지금의 당신들처럼 비참하고 무의미한 존재는 아니다. 즉, 확실히 지금보다는 행복해질 수 있으니 이 점은 설명서대로 안심해도 좋다. 불충분한 연구라는 것은 동일한 수술방법을 사용했음에도 불구하고 그 결과가 같은 식물이 되지 않는다는 것이다. 이것은 피수술자, 즉 당신들의 성질 같은 것과도 밀접한 관계가 있는 듯하다. 먼저 이것을 알아둘 필요가 있다. 또 가능한 각각 당신들이 희망하는 식물로 만들어주고자 한다. 그래서 지금 카드를 한 장씩 나누어 주겠다. 어차피 너희들에게는 이름 같은 것은 없으니 이 카드 번호가 시험실에서는 너희들의 이름이 된다. 잘 기억해 둬라. 그리고 그 카드의 각 항목을 입력하도록."

그는 No.1928이었다.

드디어 식물로

그들은 커다란 건물 내부를 올라갔다 내려갔다 했다. 그리고 마지막으로 캄캄하고 조그만 방 안에 들어갔다. 그들이 들어가자 방 안은 꽉 찼다. 정신 상태는 점점 몽롱해졌다.(이미 변형수술의 준비 단계에 들어와 있는 것이다)

무슨 이유인지 No.1928은 맨 처음으로 호명되었다. 그리고 그는 바깥의 햇빛 속으로 끌려 나갔다. 그가 서 있는 주위에는 한 쪽 면에 좌석이 말발굽 모양으로 배치되어 있었고 뒤로 갈수록 한 단씩 높아졌다. 그곳은 사람으로 가득 차 있었다.(콜로세움과 비슷하다) 그가 그곳으로 끌려갔을 때 앞쪽의 강단 위에서는 어떤 사람이 당당하게 말을 하고 있었다.

"……때문에 이 수술은 이렇게 사회정책상 엄청나게 유익한 것임과 동시에 기술적으로도 아주 흥미로운 것이기 때문에 특별히 여러분들을 초대해 공개하는 것입니다. 또 제작된 식물 중에 애완용으로 가치가 있는 것은 경매에 붙일 것입니다. 아무쪼록 잘 부탁드립니다."

사람들은 큰 갈채를 보내는 것 같았는데 그의 귀에는 아주 먼 곳에서 들려오는 소리처럼 느껴졌다. 첫 번째 사람이 강단에서 내려오자 다른 남자가 나타났다. 이 남자는 그―지금부터 수술을 받으려는 No.1928―를 사람들에게 소개했다.

"카드 기입 내용은 지금 보시는 바와 같습니다."

남자는 이렇게 말하고 뒤를 돌아보았다. 그러자 거기에는 그의 필체와 똑같은 글자가 확대되어 백주 공간에 또렷하게 떠올라 있었다. 남자는 말을 이었다.

"이것은 이번 응모자들 중에 가장 특색 있는 것이기 때문에 첫 수술자로 선택한 것입니다. 읽어보셔도 이해하기 어려울지도 모릅니다. 일단 No.1928은 모든 천민사회 인간이 그렇듯이 이름은 물론 나이에 대한 자각이 없기 때문에 우리는 15세 정도로 추정하고 있습니다. 희망 항목 아래에는 사랑받고 싶다는 너무나도 난해한 문구가 있습니다. 사실 이 말은 우리는 이해할 수 없는 말이기 때문에 언어학적인 측면에서 말씀드리자면 20세기 정도까지는 사용된 적이 있는 듯합니다. 그러나 그 이후에는 완전히 소멸되었습니다. 그런 말을 이 소년이 어떻게 알고 있는지가 의문입니다. 그러나 하층계급에는 종종 우리의 상상을 뛰어넘는 엉뚱하고 야비한 말이 존재합니다. 아무튼 소멸되었다가 부활한 비속어 연구는 우리의 전문 분야가 아닙니다. '사랑'이라는 말의 본래의 의미는 18, 9세기 무렵까지는 심리학적 표제였던 것 같습니다만, 그 후에는 우리 의학계에서 다루는 테마가 되었습니다. 간단하게 말씀드리자면 사랑이란 심장의 박약에서 오는 병적 마취의 작용이기 때문에 환자는 다소 중독성 도취를 느끼며, 격렬한 경우에는 생명을 위협할 위험을 동반합니다. 이전 사회에서는 이 유행병이 비정상적으로 유행했고 때로는 인공적으로 이 병을 유도하기까지 했다고 합니다. 이런 말도 안 되는 희망을 품고 있는 자는 어떤 식물이 될 것인지, 우리 모두의 흥미를 유발합니다. 그리고 지금까지 가장 즐거웠던 경험 항목에는 따뜻하고 향기롭고 하얀 인간과 비슷한 것에 안기는 꿈을 꾼 것이라고 적었습니다. 이것도 완전히 이해할 수는 없지만 하층 사회에서 부인이라는 것을 실제로 볼 수 있는 기회는 거의 전무하기 때문에, 이것은 부인을 암시하는 것이고 아마도 이성에게 안기는 꿈을 꾼 것 같습니다."

부인의 웃음소리 같은 교성이 여기저기서 터져 나왔다. 이 교성을 듣고 있는 사이 No.1928은 돌연 인간의 정서의 마지막 불꽃이 번쩍이는 것 같은 느낌이 들었다. 그는 웃음소리가 나는 곳을 찾아 주위를 둘러보았다. 지금까지는 몰랐는데, 좌석에는 한 번도 본 적이 없는 종류의 인간들이 잔뜩 앉아 있었다. 그리고 그것은 그가 지금까지 가끔씩 꿈속에서 본 적이 있는 종류의 인간, 부인들이었다. 그는 부끄러운 생각이 들어 눈을 감았지만 수술자는 그런 것에는 아랑곳하지 않고 그의 옷을 벗기기 시작했다. 그리고 허리에 가벼운 통증을 느끼게 하는 주사를 놓고 그를 조금 더 높은 단 위에 올려놓았다. 좌석 쪽에 앉아 있는 부인들의 오페라 안경이 일제히 그를 향했다. 그는 점점 고개를 떨궜다. 그때 그가 올라가 있는 둥근 바닥이 회전하기 시작했다. 속도가 점점 빨라진다고 생각할 때 갑자기 멈추었다. 그는 다시 바닥으로 내려왔다. 그의 발이 땅에 닿는다고 느낀 순간 그는 땅속으로 쑥 빨려 들어갔고 동시에 그의 목이 자신의 가슴 속으로 들어가버린 느낌이 들었다.

"어쩌면 나는 사기꾼에게 속아 죽는 것이 아닐까?"

그러나 다음 순간 그는 상쾌한 공기를 느끼고 유쾌하게 호흡을 했다. 지금까지 느끼던 부끄러움, 괴로움 같은 느낌은 없어져버렸다. 그의 팔은 완전히 딱딱해져 신선한 청색을 띠고 있었고 손가락은 점점 편평해져서 얇게 변했다. 팔 뿐만이 아니었다. 전신이 파랗게 변했고 손가락이 변하듯이 몸의 모든 부분이 변하고 있었다. 사실 그의 몸은 반 이상 지면 속으로 들어갔는지, 신장은 3분의 1 정도로 줄었다. 그것보다 더 놀라운 것은 그저 느낌뿐만이 아니라 자신의 목이 실제로 어딘가로 사라져버렸다는 사실이다. 그런데 어디에 시각이 있는지 바깥이 선명하게, 지금까지 몽롱했던 상태보다 몇 배나 더 선명하게 보였다.

"선생님, 멋지게 성공했습니다."

조수가 말하자 선생님은 아무 말 없이 고개를 끄덕였다. 그 말을 듣고 그 자신도 안심할 수 있었다. 또 다른 한 교수가 옆으로 다가왔다. 그는 No.1928을 응시하다가 '장미과에 속하는 식물'이라고 감정했다. 그것이 어떤 것인지 자각할 수 없었지만 그는 확실히 행복감을 느꼈다.

이 때 제2의 피수술자가 나타났다. 그들은 이 피수술자를 가리켜 번외라고 했다. 이 번외를 본 순간 장미는 자신이 낼 수 있는 가장 큰 소리를 질렀다. 번외라는 것은 지하 별세계에서 그를 교육시킨 노인이었기 때문이다. 그의 목소리는 그 자신에게는 확실하게 들렸지만 그 누구도 응답해주지 않았다. 그는 식물의 말이 인간에게는 통하지 않는다는 사실을 알게 되었다. 그리하여 소리 지르는 것을 그만두고 아무 말 없이 그저 깊은 감회에 잠겨 있었다. 이 노인은 사형에 처해지는 대신 변형을 당하게 된 것이다. 때문에 어떤 희망도 말할 수 없고, 보통의 주사약이 아닌 특별한 주사약을 사용하는 것이었다. 그는 식물계에 있어 가장 비참한 상태인 이끼류가 되어야만 했다. '이끼류는 태양도 접하지 못하고, 건강하지 못한 장소로부터 영원히 이동할 수 없다. 그것은 식물 세계에 있어 최하층 계급이다'라고 선언하고 있었다. 불쌍한 노인은 아무런 항변도 하지 않고 또 낙담하거나 슬픈 모습도 없이 수술자들이 하는 대로 자신을 맡겼다.

그는 알몸이 되어 회전대 위에 올라갔다가 땅으로 내려왔다. 바로 그때였다. 장미는 돌연 엄청난 불안감에 휩싸여 비틀거림을 느꼈다. 자신의 하반신이 묻혀 있는 지면이 부스스 솟아오르는 일이 벌어졌기 때문이다. 놀란 것은 장미뿐만이 아니었다. 주위에서 구경하던 사람들도 모두 울며불며 일어났고 수술자는 위엄도 내팽개치고 그 자리에 주저앉아 망연자실하고 있었다. 이 야단 속에서 땅을 진동시키며 뿌리를 내린 기괴한 생물은 하늘을 향해 두 팔을 높이 쳐들었고, 그 두 팔의 곳곳에서 새로운 팔이 생겨나 눈 깜빡할 사이에 수 천 개의 팔이 생겨났다. 그 생물의 손가락에서 가장 맹렬한 화염과 같은 아름다운 초록이 흘러나와 시시각각으로 높고 넓게 퍼져나가는 것을 멈추려 하지 않았다. 거대한 마물은 바람을 불러일으켰다. 그리고 그 신선한 잎이 내는 소리는 사락사락 울려 퍼졌다. 그것은 식물들의 언어로는 큰 웃음이었다.(장미는 오랜만에 자신의 수양아버지의 즐거운 웃음소리를 들었다. 그리고 공포는 사라졌다)

이 사건 이후 그가 어떻게 되었는지는 알지 못한다. 왜냐하면 장미는 곧 다른 장소로 옮겨졌기 때문이다.

행복한 창

자신을 산 사람이 중류 이상의 부인이라는 것을 장미는 본능적으로 알 수 있었다. 그리고 환희했다. 그녀는 장미를 화분째로 꽁꽁 싸버렸다. 그의 시야는 완전히 가려졌다. 그 후 장미는 그녀의 팔에 안겼다.(볼 수는 없었지만 그는 모든 것을 느낄 수 있었다) 그는 그녀와 함께 활주하고 비행하고 위로 올라갔다. 모든 것이 꿈같이 좋았지만 단 하나 힘들었던 것은 탈것이 끊임없이 불쾌한 소리를 낸다는 점이었다. 인간의 세계라는 것이 얼마나 시끄러운 것인지 그는 장미가 되어 처음으로 깨달았다.(삐걱거리는 음향의 아름다움을 느끼지 못한다면 이 시대의 음악을 이해할 수 없을 것이다. 이를 가는 소리의 쾌감만큼 심오한 것은 없다! 그가 타고 있는 것이 음악을 연주하고 있다는 것을 장미는 몰랐던 것이다)

움직임이 멈췄다. 장미는 탁자 위에 놓였다. 그를 덮고 있던 것이 제거되었다. 너무나 밝은 전등불 아래 노출되었다. 장미는 변형을 위해 알몸이 되었을 때 사방에서 그를 향하던 귀부인들의 오페라 안경을 떠올리고 얼굴이 빨개졌다. 그를 이곳으로 데리고 온 젊은 여자 외에도 남자 한 명이 더 있었는데 그들은 장미를 내려다보면서 이야기했다.

"경매는 어땠어?"

"뭐 경매라고 할 것까지도 없어. 사려는 건 나 혼자였어."

"그렇게 인기가 없나? 그러면 일부러 사왔는데 별 도움 안 되는 것 아냐?"

"괜찮아. 그 점은 괜찮아. 모두 이런 이상한 것에 흥미를 가지고 있으니까. 딱히 쓸데가 없으니까 사겠다는 말을 안 하는 거지. 그런데 이걸 키우는 건 꽤 사치스런 일이더라. 적어도 30분은 햇볕을 쬐어줘야 한대."

이 대화를 듣고 장미는 자존심에 상처를 입었다.

그날 밤 장미는 창 밖에 놓여졌다. 여기가 지상 몇 십 층인지는 모르지만 그는 아래를 내려다보며 몸을 떨었다. 창은 젊은 여자의 거처와 연결되어 있었다. 이슥한 밤에 아름답고 젊은 남자가 그녀의 방을 방문했다. 너무나 이상했다. 어디선가 몰래 그녀의 방으로 숨어들었다. 그는 목소리를 낮추지도 않고 이것저것 이야기를 하고 또 여러 가지 행동을 했다. 장미는 부끄러워서 제대로 쳐다볼 수 없었다. 때문에 여기서 그것을 이야기하는 것은 불가능하다. 젊은 남자는 한 시간 정도 그곳에 있다가 마치 사라

지듯 방을 나갔다. 끊임없이 예의 그 삐걱대는 음향이 흘러나오고 있고, 게다가 이곳의 밤은 태양의 빛보다도 밝았다. 하늘에는 커다란 서치라이트 같은 것이 빛나고 있고, 그 위에는 **무기력 시**(のんしゃらん市)라고 적혀 있었다.(공간철도를 위한 표시일 것이다. 이 문자는 때로는 붉게, 때로는 푸르게 변하며 신호를 보내고 있었다) 장미는 눈부심과 소란스러움 때문에 도저히 잠을 잘 수 없었다. 소란스러움이 잦아들고 눈부심이 사라져 꾸벅꾸벅 졸기 시작했다. 이렇게 장미의 첫날밤이 지나갔다.

아침 해가 머리 위로 쏟아져 내려 그는 눈을 뜰 수밖에 없었다. 햇빛은 직사광선이 아니었다. 몇 개의 반사경에 굴절되어 겨우 이곳에 도달하는 것 같았다. 그러나 이러한 빛이라도 그의 붉은 봉우리에 영양분을 공급해주었다. 30분 정도 빛을 쬔 후에는 더 이상 빛을 쬘 수 없었다.(특별히 그를 위해 햇빛을 구입하고 있다는 것을 안 것은 훨씬 나중의 일이었다) 그는 햇빛이 사라진 창 위에서 과거에 대해 생각하고, 또 이번 변화에 대해 생각하고, 분명이 가게의 간판이 된다는 말을 들었는데 '대체 여기는 무슨 가게일까?'라는 가벼운 불안감에 휩싸였다. 밤에 잠을 잘 수 없는 것도 참 곤혹스럽다는 생각을 했다. 그러나 인간이었던 때를 생각하면 지금은 정말 엄청난 행복이 아닌가? 그렇다. 그렇게 생각하자. 그는 이런 불평조차 과분하다고 생각했다. 장미 자신은 깨닫지 못했지만, 단 하룻밤 사이에 그는 이 계급의 공기 세례를 받고 꽤 호사스러운 기분에 젖어 있었던 것이다.

장미는 창문에서 커다란 유리 상자 안으로 옮겨졌다. 주위에는 그와 비슷한 여러 종류의 꽃들이 목이 잘린 채로 접시 위에 뒹굴고 있었다. 꽃가게의 쇼윈도인 것 같았다. 유리 위에는 '사람은 가스만으로는 살 수 없다'라고 적혀 있었는데, 그는 유리 안쪽에서 좌우가 뒤집힌 글자를 읽을 수 있었다. 쇼윈도 밖으로 지나가던 사람들이 신기한 듯 멈춰 서서 모두 손가락으로 그를 가리켰다. 뭔가 말을 하고 있는 것 같은데 유리가 있어 아무것도 들리지 않았다. 그는 사람들이 멈춰 서서 자신을 보는 것이 만족스러웠다. 가게 주인은 그 이상으로 만족스러운 것 같았다. 장미는 지겨운 나머지 자신을 구경하는 사람들을 구경했다. 그는 이 계급의 인간을 처음으로 찬찬히 볼 수 있었는데 그들은 모두 분간이 가지 않을 정도로 똑같은 얼굴을 하고 있었다. 복장도 여자와 남자의 구별은 가지만 그 외에는 모두 똑같았다. 뭔가 정해진 제복이 있는 것 같았다. 그러나 2, 3일 후 그는 곧 자신의 관찰이 틀렸다는 것을 알게 된다.(그가 아무도 모르는 지하의 별세계에 살 때 노인이 해준 이야기가 문득 생각난 것이다) 역시 사람들은 같은 복장이었다. 그런데 그것은 매일의 유행에 따라 바뀌고 있었다. 그렇다. 유행은 매일매일 변했던 것이다. 라디오의 저녁 방송에서 다음 날 유행에 대해 보도한다. 그 전날의 유행은 한 단계 낮은 계급의 유행이 되었다. 사람들은 딱 하루 입은 헌 옷을 다음 세계에 팔고 다음 세계에서도 매일 새로운, 즉 한 단계 높은 상류 사회에서 온 헌 옷을 입었다. 정부는 유행세를 징수하고 유행부는 헌옷의 전매청을 경영했다. 이것은 사회 경제상 입안된 것이라고 하는데 계급이 낮으면 낮을수록 싼 값에 옷을 구입할 수 있도록 하기 위한 취지라고 한다. 그러나 무엇보다 먼저 정부 직영의 헌옷 전매청이 매일 매일 거두어들이는 수익은 엄청난 것이었다. 사람들은 유행에 지배되지 않을 수 없었다. 유행에 따르지 않는—유행을 따를 능력이 없는— 인간은 풍속을 해친다는 이유로 사교계로부터 추방되었다. 때문에 이 유행 제복을 저주하며 착용한 옷과 함께 하층계급으로 떨어지는 사람들의 비극은 매일 끊이지 않았다.

비극이라고 한다면 장미가 놓여 있는 이 가게는 아무래도 꽃가게가 아니라 과자가게인 것 같다는 것이다. 손님은 꽤 많았다. 단, 너무나 이상한 것은 손님이 오면 가게 여자가 반드시 먼저 이렇게 묻는 것이었다.

"비극으로 할까요? 희극으로 할까요?"

그리고 손님의 주문에 따라 각각의 상자를 꺼내고 손님은 그 중에서 선택을 했다. 장미는 이해하기 어려웠다. 그러나 매일 관찰하다보니 장미가 이해할 수 없는 것은 한두 가지가 아니었다. 이 가게에 있는 두 명의 여자와 한 명의 남자. 이들이 어떤 관계일까? 아무리 주의 깊게 관찰해봐도 알 수 없었다. 결국 일단 남자는 이 집의 주인이고, 여자 하나는 그의 딸이고, 또 한 명의 여자는 점원일 거라고 결론을 냈다. 또 매주 한 번씩 꼭 밤이 되면 딸의 방을 찾아오는 남자도 의문점 중의 하나였는데, 비록 몰래 오긴 하지만 아무래도 딸의 남편 같았다.(이것이 영상과 음성, 거기에 촉감까지 조합해 전송된 환영이고, 최근 정부가 산아제한의 가장 확실한 방법으로서 장려하고 있는 방법이라는 것을 장미는 아직 알지 못했다) 그리고 장미는 남편이 있는 여자는 좋아하지 않았기 때문에 이 여자가 아닌 점원을 사랑하기로 했다. 그는 늘 이 여자의 배려로 창문이나 쇼윈도에 놓이는 사이 자연스레 이런 감정을 품게 되었다고 생각했다. 그는 굉장히 외로움을 많이 타는 성격이었기 때문에.

예술의 극치

창문 옆에 있는 책상에 앉아 이 집에 사는 두 여자는 한 권의 책을 들여다보며 "좋다!" "어머, 너무 멋지잖아!" 등등 감탄사를 연발하고 있었다. 장미는 직감적으로 그녀들이 시집을 읽고 있다고 생각했다. 그리고 이런 이상한 사회에도 예술이 있다는 것을 알고 기쁨을 느꼈다. 그래서 세로로 철한 그 작은 책을 들여다보니 그것은 맙소사(!) 모의(模擬) 지폐의 도안집이 아닌가? 게다가 그녀들이 책을 덮은 뒤 보니 표지에는 『현대문예대전집』 제8권이라고 씌어 있었다. 그녀들은 책을 덮고 잠시 문예론에 대한 이야기를 나누었다. 그들은 뺨을 발갛게 물들이고 눈을 반짝거렸다. 한 쪽은 리얼리스틱한 예술을, 다른 한 쪽은 로맨틱한 것을 좋아하는 것 같았다. 백 엔 정도의 것이 더 많은 실감을 준다는 의견에 대해, 한 쪽은 만 엔짜리 지폐 같은 것이 상상력을 풍부하게 만들고 생명력을 충실하게 해준다고 역설했다. 그러자 리얼리즘 신자는 거대한 액면가를 테마로 한 것도 좋지만, 그런 것은 아무래도 실제 백만 엔 등과 같은 관념에 동반되는 만큼의 장엄한 권위를 표현하지 못해 공허한 느낌이 든다고 반박했다.

당시의 문예로 말하자면, '어떻게 돈을 벌까?' 혹은 '만약 당신이 백만장자라면?'처럼 근대 문화의 유일한 생활 표제를 문자로 표현하는 방법은 이미 1세기 전에 한물 가버렸다. 오늘날에는 모든 정기간행물과 단행본, 그리고 1엔 전집이 유행하고 있다.(지금 두 여자가 애독하고 있는 것도 그 중의 하나이다 ─ '수 천 엔이 단돈 일 엔'이라는 선전은 바로 이 선전이었던 것이다) 이와 같은 표제에 대해 더욱 직접적인 효과를 호소하는 수법으로써, 최근에는 거의 모든 책이 모의지폐 도안집이 되어버렸다. 그 중에는 과도한 박진감 때문에 사람의 마음을 동요시킨다는 이유로 발매가 금지된 것도 있었다. 사람들은 그것을 읽으며 인생이 풍요로워지는 것을 느꼈다. 인생의 목적을 알고 삶의 보람을 느꼈다. 여러 가지 공상을 하며 인생을 광명이라고 느꼈다. 그리하여 사람들은 이런 종류의 예술을 정신적 예술이라 부르고 또 하나의 감각적 예술과 구분했다.

얼마 지나지 않아 장미는 알게 되었는데, 그가 장식되어 있는 이 가게는 실은 꽃가게도 과자가게도 아닌 감각파 예술가의 갤러리였다. 게다가 주인이라는 사람은 이 사회에서는 꽤나 권위 있는 예술가였다. 정신파 예술의 발달을 위해 일시적으로 쇠퇴했던 감각파 예술을 개척한 인물이 바로 그였다. 장미는 그가 자신의 집을 방문한 후배에게 이런 말을 하는 것을 들었다.

"색이라든가 향이라든가 그런 것을 아무리 강렬히 써봐도 더 이상 아무도 아무것도 느끼지 못해. 그런 것에 만족했던 건 옛날 애기지. 예를 들어 이 장미 말이야(자신을 가리키자 장미는 모멸감을 느꼈다) 이런 바보 같은 것을 보며 좋아했던 고대의 인간들은 참 웃긴 거지. 그리고 이런 꽃 같은 것을 먹을 수 있도록 연구한 것은 전 시대의 천재가 한 일이야. 사실 인간은 가스만으로는 진정한 미각을 만족시킬 수 없어. 고형체를 씹어보고 싶다는 것은 뿌리 깊은 욕망이야. 이 점을 발견해서 색과 향을 결합시킨 고형체에 그 색과 향이 연상되는 맛을 연구한 것은 정말이지 일대 진보였어. 하지만 그것만으로는 '고대의 과자'와 다름없는 것으로, 여자와 아이들을 위한 예술이 될지는 몰라도 일반 사람들의 요구에 부응하기에는 부족하지. 그런 걸 누가 계속 좋아하겠어? 그래서 얼토당토않은 정신과 예술에 오히려 신비하고 고상한 운치가 있다고 해서 일반 예술적 유행이 그쪽으로 옮겨간 거야. 사실 그 파의 예술이 실제로 진보하기도 했으니까. 지폐 그 자체의 정서를 직접 눈으로 보게 하고, 그 용도를 보는 사람의 자유의지에 맡긴다는 수법이 시대의 풍조를 잘 읽은 거지. 그 단순하고 직접적인 면이 아주 좋아. 그런데 근대 예술에서 우리가 한 일이라고 한다면, 이건 자네도 인정해주듯이, 강렬한 육체적 자극의 창조야. 우리가 제작한 것을 먹으면 하염없이 웃는 사람도 있고 눈물을 흘리는 사람도 있어. 금방이라도 죽을 것 같은 고통의 감각을 불러일으켜 죽는다는 희귀한 감각을 맛보면서도 한편으로는 이건 예술의 작용이니 절대 진짜로 죽지는 않는다는 안심은 사라지지 않지. 즉 내 덕분에 사람들은 그때의 기분에 맞춰 무수한 육체적 감각을 마음대로 만들어낼 수 있어. 교감신경이나 미주신경 등에 적절한 자극을 주는 것은 가장 통속적인 제작이야. 요컨대 우리는 색채나 형태, 미각의 예술 속에 문학적 요소를 도입한 거야. 우리의 예술은 지폐도안 같은 천박한 것과 근본적으로 달라. 모든 종류의 전통적 예술에 종합해서 첨가한 거야. 우리는 사실 지금까지 왜 예술가들이 예술 속에 약물학을 도입하는 것을 거부했는지 이상해서 견딜 수가 없어. 하지만 태고부터 알코올의 예술적 가치는 알려져 있었고, 미신에 휩싸인 19세기, 20세기에도 아편이나 코카인 등의 예술적 용법은 알고 있었던 거야. 약물학의 가장 계몽적인 시대에 있어서도. 게다가 그것을 자각하지도 못했어. 이는 곧 예술을 형이상학적인 것으로 믿고 있었기 때문이야. 그래서 나는 자네에게 하나의 테마를 주고 싶은데, 어때? 사람들에게 천민이 된 것 같은 감각을 일시적으로 느끼게 하는 방법을 연구해볼 생각 없나? 상류사회의 인간들에게 이런 희망을 맛보게 하면 분명 유행할 걸세."

이야기를 엿들은 장미는 무슨 말인지 전혀 알 수 없었다. 그러나 이상하게도 엄청 화가 났다. 무엇을 보건 무엇을 듣건 이해되지 않는 것들뿐이라 처음 그가 느꼈던 행복감은 점점 흐려져만 갔다. 단, 시끄럽거나 눈이 부신 것에는 자연스레 익숙해져 잠은 잘 잘 수 있었다. 게다가 매일 아침 태양은 점점 더 따뜻해졌다. 햇볕을 쬐며 꾸벅꾸벅 조는 것이 그의 유일한 행복이었다. 그러나 그의 꿈속에서는 그와 같은 종류의, 더 이상 탐스러울 수 없는 것이 나타나 그에게 말을 거는 것이었다.

"너는 달이라는 것을 알고 있니?"

"너는 별이라는 것을 알고 있니?"

"너는 무지개를 알고 있니?"

"새들을, 나이팅게일을 알고 있니?"

"검은 흙의 향기는?"

"샘물의 지저귐은?"

"밤의 이슬은?"

"소녀의 입맞춤은?"

그는 이런 질문에 단 하나도 대답할 수 없었다. 그리하여 '이런 어려운 질문을 하는 너는 누구인가?'라고 되물으면 상대는 이렇게 말했다.

"나는 너의 선조야. 1800년대의 장미지."

이렇게 말하고 그 당시 꽃의 생활에 대해 이야기하기 시작했다. 꿈에서 깨면 장미는 몸을 떨었다. 햇빛은 사라지고 그는 유리 상자 안으로 옮겨졌다. 공기는 생기가 없었다. 사람들은 즐거운 여름의 열기를 싫어해서 이 좋은 계절에 알프스 정상의 공기를 몇 리터 섞어버리는 것이다. 장미는 꿈속에서 들은 선조의 말을 떠올리고 자신의 주위를 돌아보며 스스로 죄수 같다고 느끼기 시작했다. 그 꿈은 그가 매일 30분간 햇볕을 쬘 때마다 나타났다. 꿈을 깬 후의 그의 현실을 비웃기 위해. 꽃은 모두 3분의 1 정도 피다가 시들어버렸다. 아아, 병이다.

새로운 공포

어느 날 한 무리의 여자들이 흥분해서 가게 안으로 들어왔다. 주인과 두 여자들은 입을 모아 품절이라고 사과하면서 열정에 찬 많은 손님들을 돌려보냈다. 그리고 황망히 문을 닫고 금일 휴업이라는 팻말을 내걸었다. 가게 사람들, 특히 주인은 낭패한 표정으로 울적해했다. 장미에게는 이러한 이상한 광경이 무슨 의미인지 잘 알 수 없었지만, 들어보니 이런 것이었다. 이 도시에 이상하고 무시무시한 병이 발생하여 이유도 모른 채 같은 증상으로 갑자기 죽어버린 젊은 여자가 오늘 반나절만에 900명 이상에 이르렀다. 이렇게 신기한 소문이 퍼져나가자 강렬한 신종 전율을 한 시라도 빨리 느껴보고 싶다고 하여 부인들이 이렇게 수선스럽게 예술가의 집으로 몰려들고 있는 것이다. 그러나 유명한 육체실감의 제작자인 그 가게 주인도 이 신기한 느낌을 여실히 표현하는 것은 준비하지 못했던 것이다. 그는 자신의 명성을 실추시키지 않도록 가게 문을 닫았는데, 이 기이한 병이 지금 막 세계에 퍼지기 시작했다 점을 감안할 때, 이것을 요구하는 사람들이 무리라고 하지 않을 수 없다.

밤이 되어 장미는 창 밖에서 자고 있었다. 갑자기 어딘가 가까운 곳에서 인간의 탄식 소리가 들렸는데 다음 순간 다소 인간의 악센트와는 조금 다른 식물어로 이렇게 말하고 있는 것이 있음을 알아차렸다.

"우리는 완전히 속았다."

장미는 눈을 뜨고 주위를 둘러보았다. 그 모습은 어디에도 보이지 않았다.

"누구세요? 누가 나에게 말을 걸었나요?"

그러자 아주 가까운 벽 쪽에서 소리가 났다.

"대체 너는 누구냐?"

"나는 장미과에 속하는 식물이야."

"그럼 너도 최근 인간에서 변한 거구나."

"그래."

"그래서 너는 과연 행복한가?"

"……"

장미는 대답 대신 되물었다.

"그런데 너는 어때?"

"먼저 너부터 말해봐."

"저요? 저야 뭐, 행복하지 않을 건 없지만……"

장미는 애매하게 말했다. 그는 상대가 자신과 마찬가지로 식물로 변한 인간이라는 것을 알고 왠지 불행하다는 고백을 하고 싶지 않았다.

"뭐, 우리도 행복하지 않을 건 없지. 공기도 있고, 어쨌든 햇빛도 있어. 게다가 식물은 말을 할 수 없다고 했지만 이렇게 말도 할 수 있어. 게다가 날 수도 있어."

"날 수 있다고? 식물인데 날 수 있다고?"

"그래."

상대는 토해내듯 말했다.

"나는 가능하다."

"대체 어디 있나요?"

"벽에 붙어 있어."

장미는 이제 와서 처음으로 지금까지 완전히 잊고 있던 그 원형 광장의 군중들을 생각해내고, 그때 자기 이외의 다른 인간들이 어떻게 되었는지 알 수 있는 기회를 얻었다. 진짜 식물이 된 것은 장미 자신과 잣나무―처형된 그의 수양아버지―뿐인 듯했다. 다른 무수한 사람들은 모두 그저 한 장의 두꺼운 나뭇잎 같은 것이 되어버렸다고 한다! 그리고 그들은 어제까지는 잣나무에 기생하며 살고 있었다.

"그 잣나무는 어떻게 됐어? 그는 내 아버지라 할 수 있는 분이야."

"안타깝게도 잘려버렸어. 밑동부터 말이야."

장미는 놀라 슬퍼했다.

"어째서? 또!"

"몰라. 그 사람은 매일 이곳의 공기는 나쁘다, 지면은 인간들 때문에 딱딱해졌다. 등불이 너무 밝아서 밤이 되어도 별이 보이지 않는다, 이런 말을 하며 불평을 했지. 하지만 어딘가에서 별의 소리가 들린다고 하며 가끔씩 웃곤 했었는데 갑자기 인간이 와서 뿌리의 흙을 파버린 거야. 도저히 뿌리를 파낼 수 없다는 것을 알고 이번에는 밑동부터 잘라버리기 시작했어. 어떻게 돼도 괜찮아, 나는 몇 번이고 싹을 틔울 수 있으니까. 그 사람은 이렇게 말하면서 잘려나갔어. 무시무시한 전기톱이었어. 곤란해진

건 우리야. 수많은 우리들은 그 사람이 들이마시는 것으로 살아왔어. 우리는 벌써 오늘부터 목이 말라 견딜 수가 없어. 우리는 인간의 피를 빨려고 결심했어. 목이 말라. 또 우리는 변형될 때 봐두었던 귀부인인지 뭔지 하는 사람의 피부를 조금이라도 느끼고 싶어. 히-히-히-히-"

이 목소리는 기분 나쁘고 천박한 인간의 것과 비슷했다.

밤이 깊어갔다. 장미는 잠을 잘 수 없었다. 오랫동안 떠오르지 않았던 지하굴의 노인을, 커다란 잣나무가 된 사람에 대해 생각하고 있었던 것이다. 또 자신은 그저 하나의 식물이라는 생각을 하니 더할 수 없이 쓸쓸했다. 날이 밝았다. 아침 해가 그의 머리 위로 떠올랐다. 그때 어디선가 직경 1인치 정도의 둥근 나뭇잎이 팔랑팔랑 날아와 그의 화분 옆에서 멈추었다.

"여기서 좀 쉬게 해줘."

이 이상한 식물의 단면에는 흡착판과 같은 것이 있는 것 같았다. 때문에 화분에 착 달라붙어 있었다. 장미는 가수면 상태로 늘 꾸던 꿈을 꾸고 있었다. 햇빛의 홍수. 청춘. 산들바람. 새가 와서 노래했다. 달과 별은 태양과 함께 하늘에 있었다. 무지개가 뜨고 그 속에서 나비가 내려왔다. 샘물이 지저귄다―목이 마른 자는 이것을 마시면 된다. 소녀(이 소녀는 가게의 점원이었다)가 만개한 그에게 입을 맞추었다. 꿈은 사라졌다. 해가 지자 그녀는 여느 날처럼 그를 유리감옥인 쇼윈도에 넣기 위해 그가 있는 창문 옆으로 왔다. 장미는 확실히 잠에서 깨어났다. 어젯밤의 이상한 흡혈식물이 생각나 어떻게든 인간의 말을 기억해내 그녀에게 경고하려고 허둥댔지만 이미 때는 늦었다. 그녀는 갑자기 바닥으로 쓰러졌다. 그날의 유행 때문에 완전히 드러나 있던 오른쪽 가슴이 뭔가에 의해 도려내지고 전신은 점점 보라색으로 변해갔다.

너무 놀란 나머지 그녀는 장미 화분을 창문 밖으로 내던졌다. 장미는 굴러 떨어졌다. 주위에 바람을 일으키며 엄청난 기세로 떨어지면서 소리를 지르고 이런 세상에서는 오래살 수 없다고 느꼈다. 그 후 정신이 아득해졌다.

이상하도다

고다 로한

1

죽었습니다. 죽었습니다. 수수하고 말이 없던 버틀러는 죽었습니다. 그 아름답고 젊은 부인을 지니고 있던 버틀러는 죽었습니다. 그 죽음이 조금 이상하다는 소문, 그저께 밤부터 열병을 앓다가 오늘 괴롭게 세상을 떠났습니다. 의사도 그렇게 빨리 죽을 거라고는 생각하지 않았습니다. 아, 인간의 생명은 얼마나 연약한가! 이슬을 머금은 로잘린의 꽃 같은 얼굴도 시들었고, 울며불며 화장지로 가는데 의사인 그랜드가 사망 증명서를 만들어주지 못하겠다고 난리 법석. 아무래도 무슨 사정이 있는 것 같다고 탐정 던컨이 말하니, 아! 방심할 수 없는 무서운 세상. 그대도 주의하시게. 윌리엄도 나가보고 찰스도 탐문을 하고 오라는 서장, 헨리 브라이트의 지시. '알겠습니다' 하고 뛰어나간 윌슨이 이윽고 돌아와, 의사는 3리 정도 떨어진 곳에 사는데 부부 모두 신실한 사람, 마을에서 좋은 사람이라고 평판이 높은 남자로 의심할 바 없고, 젊은 부인이야말로 이상하다고 보고하니, 찰스는 아니, 아니, 저 아름다운 여인은 얼굴만 아름다운 것이 아니다. 죽은 남편 옆에 앉아 열심히 기도하는 모습, 목이 쉴 때까지 흐느끼며 하염없는 흐르는 눈물, 옆에서 듣는 사람마저 슬픔에 젖어 신을 믿지 않는 자신도 저절로 '아멘'을 외칠 정도인데, 도무지 납득이 가지 않는 의사의 행동, 이라고 한다. 뭐가 뭔지 알 수 없는데, 생각에 빠져 고개를 갸웃하고 있다가 던컨이 말한다. 너무나 이상하도다! 버틀러라는 남자. 태어나서 조금 전까지 누구와 한 번 싸운 적도 없고, 누가 머리를 때려도 자신을 때린 상대방의 손이 아프지 않을까 걱정할 정도의 성품, 도박도 하지 않고, 술도 마시지 않고, 원한을 살 일이 없는 품행, 게다가 몸도 건강했다는 말을 듣고 서장은 잠시 생각에 잠겼다가 묻는다. 로잘린은 몇 살이지? 지금 한창인 23세. 버틀러는 산에 걸린 얼마 남지 않은 달그림자, 58세라고 한다. 두 사람의 혼례는 작년 봄, 여자의 신원보증인은 샤일록 백작. 버틀러는 사람과의 교류 자체를 싫어해서 평생 사람을 만난 것이라고는 일요일마다 교회당에 가는 것 뿐. 단, 한 달에 2, 3번 정도 찾아가는 백작이 있는데, 백작의 나이는 37세. 용모가 수려하고 언설도 뛰어나다. 음, 그런가? 공교롭게도 열병이 난 그날 찾아 왔는가? 그럼 하인도 왔는가? 무슨 일로? 음, 그 하인은 직접 로잘린을 만나고 돌아갔는가? 좋아, 좋아, 그걸로 됐어. 버틀러의 집에 일하는 자는 없는가, 루시라는 하녀가 있다. 좋아, 좋아, 그러면 루시를 데리고 오너라. 이렇게 명령을 하니 수사를 위한 것이라고는 하지만 경찰서의 수하도 아닌 사람을 귀찮게 할 수밖에 없다.

2

아아, 용서해 주십시오. 나쁜 일을 한 것은 단 한 번, 시장에 가던 저녁, 등대 아래 가스 등불도 비치지 않는 곳에 떨어져 있던 아름다운 '나이프'를 주워 신고하지 않은 것뿐입니다. 그것도 지금 드리겠습니다. 루시가 우는 얼굴로 말한다. 이는 서장보다도 고귀한 양심의 가책으로 고백한 것, 참으로 귀여운 아이이다. 아니, 아니, 네 마음이 정직하다는 것은 그 말만 들어도 알 수 있다, 하나만 더 솔직히 말하면 상을 주겠다, 브라이트가 그녀를 어르고 달래니 그녀는 고개를 들고, 무엇을 솔직히 말하라는 것입니까? 장을 보고 돈을 슬쩍 한 일도 없고, 부엌의 음식을 먹지도 않았다라고 진지하게 대답한다. 의심의 눈빛을 감추고 버틀러가 아프기 시작할 때의 상황을 정직하게 이야기하기만 하면 된다라고 하니, 그런 일로 상을 줍니까?라고 묻는 의아해하는 얼굴. 아, 내가 나빴다, 너는 당연히 정직하게 말해줄 텐데, 상을 나중에 줄 필요가 없다며 반짝반짝 빛나는 것을 코앞에서 흔드니 우물쭈물하면서 어젯밤…… 루시, 그러니까 2월 7일 말이지? 예, 그 2월 7일 밤, 버틀러 님은 성서를 읽다가 눈물을 흘리며 기도를 하면서 밤이 깊을 때까지 잠을 자지 않으니, 마님이 추운 밤에 잠을 자지 않는 것은 나이든 사람의 몸에 좋지 않다, 잠자리에 드시라고 하는데도 불구하고 당신도, 루시도 그냥 자라, 나는 오늘 밤 아직 잠을 잘 수 없다고 하시니, 어쩔 수 없이 마님도 저도 자리에 누웠습니다. 그 후 석탄도 다 타버려 난로불도 꺼지고 돌로 지은 집이라 엄청 추웠습니다. 새벽 무렵 어슴푸레 잠이 들었다가 눈을 떴는데 얼굴색이 아주 좋지 않고 어제 낮부터 열이 났다고 하는 루시의 말. 그날 밤 왜 버틀러가 잠을 자지 못했느냐는 질문에 웬일인지 버틀러는 그 날마다 잠을 자지 않았다는 한다. 이유는 모르지만 저는 3년 전부터 이 집에서 일을 하고 있는데, 확실히 작년에도, 재작년에도 2월 7일 밤, 버틀러 님이 잠을 잘 잔 적은 없는 것 같습니다. 그 후 열이 점점 심해졌고 의사와 백작님이 왔을 때에는 헛소리까지 하시다가 밤이 되니 더 심해지고, 오늘 아침에는 약을 드시자마자 괴로워하다가 결국 정이 깊은 주인님과 이별을 고하게 되었습니다. 마님도 광란할 정도로 슬퍼한 나머지 그 의사의 약을 먹지 않았으면 이렇게는 되지 않았다고 혼잣말을 하셨는데, 운 나쁘게도 그 말이 의사의 귀에 들어가 병자의 사망 증명서를 써주지 않겠다고 합니다. 자신의 약을 먹고 죽었다고 하는데 이는 명예와 관련이 있는 일, 약이 좋았는지 나빴는지 다른 의사에게 물어보라, 그에 대한 합의가 없으면 사망 증명서를 써주지 않겠다라는 말도 틀린 말은 아니지만, 마님이 나쁜 뜻으로 한 말이 아니라고 변명을 해도 고개를 저으며 완고하게 같은 말만 반복합니다. 현명한 여자도 같이 사는 남편이 죽으면 쓰러지게 마련인데, 하물며 나이도 젊은 우리 마님, 의사의 황소고집 때문에 슬픔 속에서 힘든 싸움, 의사 선생님이 너무 심한 것 같아 우리도 그가 미워졌다며 눈물을 머금은 소녀의 답변. 거짓말 같지는 않지만, 브라이트가 빈틈없이 그 미운 의사는 누가 불러 왔는가?라고 묻자 루시는 창백해진 얼굴로 부들부들 떨며 아무 말도 하지 못하는데, 그것을 바라보며 조금도 겁낼 것 없다, 정직한 소녀는 신도 보호해주고 사람들도 귀여워해주는 법, 무엇이든 정직하게 말하기만 하면 된다. 네가 불러서 왔느냐?라고 묻자, 어쩔 수 없이 예, 제가 불러서 왔습니다라고 눈물을 흘리며 대답한다. 괜찮다, 괜찮다, 너에게는 죄가 없다, 그러면 백작도 네가 불러서 왔는가? 그때의 상황을 자세히 솔직하게 말하기만 하면 너는 이제 돌아갈 수 있다라고 상냥하게 말하자 힘을 얻어 아니요, 백작님은 제가 불러서 온 것이 아닙니다. 그냥 우연히 오셨다가 버틀러 님이 열병에 걸린 것을 보고 깜짝 놀란 모습, 계속해서 마님과 의사에게 상태를 물으셨는데 의사가 돌아간 후, 열병의 헛소리는 다른 사람이 들으면 좋지 않으니 밖으로 새어나가지 않도록 주의하라고 당부하고 돌아가셨다가 저녁 무렵 다시 일부러 문병을 오셨습니다. 정말로 자상하시고 좋은 분입니다라고 하니, 브라이트는 고개를 갸웃하고 잠시 생각을 하다가 "옳거니!"라고 박수를 치고서는, 어떤 헛소리를 했는가?라고 묻는다. 루시는 웃으면서 헛소리이기 때문에 정확히는 알 수 없지만 "퀴클리"라는 말은 알아들을 수 있었습니다라고 대답했다.

3

자, 영장이 나왔다. 의사 그랜드와 미망인 로잘린, 그리고 샤일록 백작을 불러 오너라. 심상치 않은 모살 혐의, 하지만 백작은 귀족원의 의원이 되려는 사람, 정중히 모셔라, 의심되는 물건은 모두 가져오라는 서장의 명령에 잠시 후 세 사람이 경관에게 끌려온다. 그 모습을 보니 로잘린은 아름답기는 하지만 난잡함은 없어 보이고 울어서 부은 눈꺼풀 안으로 그 가볍지 않은 품행이 엿보인다. 그랜드는 용모 단정하여 사람을 두려워하지 않고, 하늘도 두려워하지 않고, 나는 스스로를 믿는다는 풍채. 백작은 귀족으로 자란 자신감과 사리분별을 갖추고 있는 인품이다. 브라이트는 먼저 의사를 향해 그대는 그대가 맡은 병자의 죽음에 사망 증명서 쓰는 것을 거부했는가? 틀림없이 무슨 사정이 있겠지만 버틀러 일가의 말에 의하면 버틀러는 그대가 준 약을 먹고 괴로워하기 시작해 결국에는 죽음에 이르렀다고 하니 먼저 이 일에 대해 설명해주어야 한다라고 했다. 그랜드는 제가 사용한 약이 버틀러를 죽게 한 것이 결코 아니고, 또 버틀러의 병도 그렇게 갑자기 죽을 것이 아닌데 이해할 수 없는 급사를 했기에 증명서를 만들지 않았습니다. 제가 준 약이 의심스럽다면 로잘린의 집에 아직 약이 남아 있으니, 화학사나 의사에게 그것을 확인해보라고 하십시오. 자, 그러면 그대는 결백해질 것이다. 그런데 지금 이해할 수 없는 급사라고 한 것은 무슨 의미인가? 그렇다면 만의 하나 중독이라고도 의심할 수 있는가? 그렇습니다.

그대가 준 약의 중독인가? 아니, 말도 안 됩니다. 다른 사람이 준 약의 중독을 의심할 수 있습니다. 음…… 독살도 의심할 수 있겠군. 확실히 그렇다고는 할 수 없지만 이해하기 힘든 급사란 즉 이런 의미입니다. 이렇게 문답을 하는 사이 백작은 조각상처럼 꼼짝도 하지 않고, 로잘린의 얼굴은 붉으락푸르락, 결국은 아름다운 눈썹을 치뜨고 눈을 희번덕거리며 우리 남편을 독살했다니 용서할 수 없다, 우리 남편은 그랜드가 준 약 이외에는 어떤 약도 먹지 않았다. 그랜드가 대꾸하길, 그럼 나를 의심하는 것인가? 아무리 그 말이 맞다 해도 반드시 그렇다고도 할 수 없고, 원래 여자가 의약 방면에 약하다고는 해도 그쪽의 착각일지도 모른다. 이렇게까지 의심을 당하니 의사의 체통이 말이 아니다, 나에 대한 의심은 나중에 해도 늦지 않으니 먼저 내 약을 시험해 보도록 서장님께 부탁드립니다라며 화를 낸다. 당신이 준 약은 이것인가? 브라이트가 내민 병을 보자 그랜드는 급히 고개를 흔들며 아니, 아니 그 이상한 병은 무엇입니까? 제가 준 약은 종이에 싼 가루약입니다. 그러면 이것인가? 예, 그렇습니다. 화학사에게 분석을 부탁하고 의사에게 제 처방이 옳았는지 틀렸는지 물어보십시오. 그런데 이상한 것은 지금 이 병. 조용히 알아보라. 당신에게는 볼 일은 끝났으니 돌아가도 좋다. 돌아가라고 하니 돌아가겠으나, 저에게 혐의는 없는 것입니까? 혐의가 사라진 것은 아니지만 심문은 끝났으니 돌아가라. 그랜드 의사는 이 말을 듣고 어쩔 수 없다는 불평스러운 얼굴로 돌아갔다. 브라이트는 로잘린을 향해 이 병을 본 적이 있느냐? 그것은 백작이 남편

병문안을 올 때 가지고 온 병입니다. 상자에 넣어 둔 이 150달러는 무엇이냐? 그것도 역시 병문안을 온 백작으로부터 받은 것입니다. 뭐라고? 병문안? 병문안을 오는데 이렇게 많은 돈을 가지고 오는 것은 상식 밖의 일이다. 백작은 모두가 아는 대단한 자선가입니다. 재차 거절했지만 강하게 받으라 하시니 호의를 무시하는 것도 좋지 않아 받아둔 것입니다. 이 큰 돈과 병은 백작으로부터 직접 받았는가? 아니요. 하인이 전해주었습니다. 이 병속에 있는 것은 무엇이라고 생각하는가? 백작이 보낸 하인이 말하기로는 열이 나는 사람은 목이 마르는 법, 그 목마름을 없애주는 음료라고 하여 그렇게 알고 있습니다. 그대는 백작이 의심스럽지 않은가?라고 부추겨 봐도 변함없는 태도로, 말도 안 됩니다, 존귀한 백작님을 어찌 의심할 수 있겠습니까?라는 로잘린의 대답. 병자는 그 외에 무엇을 먹었는가. 그 외에는 아무 것도 먹지 않았으나, 이 병 안의 음료는 마셨습니다. 그렇다면 의사의 약이 의심스러운 만큼 이 병 안의 것도 의심스럽다라는 서장의 말이 끝나기도 전에 백작은 급히 내가 준 이 병의 음료가 의심스럽다고 하는 것인가?라고 묻는다. 서장은 그렇습니다. 의사가 준 약도 수상하고, 이 병 안의 것도 이상합니다라고 대답하면서 아무렇지도 않은 얼굴로 백작의 얼굴색을 살피니, 백작은 브라이트님은 확실히 의심스러운가?라고 묻는다. 처음부터 의심스러웠습니다라는 브라이트의 대답을 듣자마자 열화와 같이 화를 내고 나는 새처럼 몸을 날려 브라이트가 손에 들고 있던 병을 빼앗아 뚜껑을 열고 꿀꺽꿀꺽 마시고는 그 병을 뒤쪽 벽에 던져버렸다. 그러고는 위풍당당한 태도로 백작이 말하길, 나는 이 세상에 태어나서 길이 아닌 길을 걸은 적이 없고 정리(正理)를 따르고 의를 행하며 자선을 베풀었는데 공교롭게도 심상치 않은 모살에 대해 귀하로부터 이러한 치욕을 당한 일, 그야말로 분노가 이를 데 없고, 의심하시는 병 안의 것을 내가 이렇게 마셨는데, 이래도 나를 의심하신다면 상대가 되기에는 부족하지만 결투를 신청할 수밖에 없습니다. 이 말을 듣자 브라이트는 단 위에서 뛰어 내려와 몸을 납작 엎드리고, 백작님 용서해주십시오, 저도 눈이 있는데 왜 옳고 그른 것을 모르겠습니까? 화를 내시는 것은 송구스럽습니다만, 백작님에게 한 치의 의심도 없는 것을 확인하기 위해 그랬습니다. 지금은 조금의 의심도 없습니다. 이미 스스로 병 안의 것을 눈앞에서 마시고도 아무렇지도 않으니, 의심할 바가 없습니다. 돌아가셔도 좋습니다. 압류했던 4개의 손궤도 곧 돌려드리겠습니다라고 사과한다. 백작은 의심이 풀렸으니 그걸로 됐다, 귀하도 참 힘드시겠다, 그럼 나는 돌아가겠다라며 그 자리를 떠난다. 이제는 의심할 사람도 없는 버틀러의 죽음. 참으로 이상하도다.

4

찰스는 압류했던 상자를 백작의 집에 돌려주고, 던컨은 백작의 집에 잠입해 백작의 거동에 주시하라. 백작이 설사약이나 토

하는 약을 사용해 독을 없앨지도 모르고, 의사가 출입할지도 모른다. 화급한 브라이트의 지시에 두 사람은 질풍과 같이 자리를 떠나자, 다시 로잘린을 구류해둘 수는 없으니 돌려보내라, 버틀러의 시체는 세 명의 의사가 검시하여 독살이 확실하다면 매장하는 것이 좋겠다고 명령한다. 알겠습니다라고 대답한 윌리엄이 밖으로 나가다가 돌아보며 이것은 제가 찾아낸 편지입니다 하고 꺼내는 한 장의 종이. 브라이트는 제대로 보지도 않고 '포켓'에 넣고 복사본이지? 그렇습니다, 진짜는 제자리에 돌려놓았습니다. 그리고 이것은 찰스가 찾아낸 편지입니다, 브라이트는 그것 역시 받아 '포켓'에 넣었다. 해는 이미 완전히 져서 저녁 무렵이 되었다. 브라이트는 관사로 돌아가 30분 정도 체조를 하며 몸을 움직이고, 포도주 3잔으로 마음을 편하게 하고, 식사를 하고 기분 좋게 잠자리에 들었다. 비전문가가 보기에는 이상할 수도 있지만 이렇게 이상한 사건을 판단하기 위해서는 공기도 맑고 마음도 안정되는 새벽이 좋다. 내일을 위해 깊은 주의를 기울이는 것이다. 닭이 울고 별이 드문드문 해질 때 차가운 물로 입을 헹구고 몸을 씻고 한 잔의 커피로 남아 있는 꿈을 깨고 경찰서로 가 단정히 의자에 앉아 두 눈을 부릅뜨니 책상 위에 몇 통의 편지가 놓여 있다. 조용히 열어보니 다음과 같이 적혀 있었다.

  백작은 토하는 약이나 설사약 같은 것은 사용하지 않고 의사가 출입하지도 않았습니다. 로잘린 집에 갔던 하인은 말을 잘못했다는 이유로 쫓겨났습니다. 한밤중 잠자리에 들기 전, 상자를 여닫는 소리가 나고 백작이 마침내 한 마디 했는데, 그 한 마디는 '브라이트는 바보다'였습니다. 또 백작에 대해서는 당분간 이곳에 남아 탐색해야 할 실마리가 있습니다. 기쁜 일이 아닐 수 없습니다.

- 던컨

로잘린의 슬픔은 진실이라 의심할 바 없고, 진작부터 품행도 정직하여 견고합니다. 하녀는 평범한 소녀이고, 의사 그랜드는 자신이 준 약을 의심하는 것에 대해 분노하는 모습으로 보아 이들 인물에 대해서는 의심할 바 없습니다. 버틀러는 7년 전에 이곳으로 이사를 왔는데, 예전 일이 의심스러워 버틀러의 고향에 대해 물어본 바, 그곳에 가서 조사해볼 필요가 있어 출발합니다.

- 찰스

-버틀러는 재산도 직업도 없는데 생활은 곤궁해 보이지 않는 점
-2월 7일이라는 날은 뭔가 사연이 있는 날이라는 것
-버틀러는 자신의 고향에 살 때의 일을 조금도 입 밖에 내지 않고, 무슨 이유에서인지 이곳에 이사 오기 전에 전처와 헤어진 것
-백작과는 주종관계로 이곳으로 오기 전부터 그런 관계였다고 생각되는 점
-전처는 행방불명인데 수개월 전 늙고 가난한 여자 한 명이 버틀러를 만나 결국 얼마간의 위자료를 받아간 점 (아마도 전처인가?)
-처음에 버틀러 집에서 일하던 하인도 버틀러가 잠꼬대로 '퀴클리'라고 외친 것을 3번 정도 들었다고 하는데 '퀴클리'라는 인명

이나 지명은 이 근처에는 없다는 점(아마도 전처의 이름인가?)

이와 같은 점으로 추측해볼 때 2월 7일은 전처, 혹은 퀴클리라는 사람과 관련된 사정이 있는 날이고, 그 원인은 7년 전 백작과 관련 있는 일에서 찾을 수 있다고 사료되기 때문에 어디인지는 모르지만 전처를 찾기 떠납니다.

- 윌리엄

의뢰하신 병의 파편에 붙어 있는 유독물을 검사해보니 희염산(稀鹽酸) '레모나드'이고 독극물은 없었습니다.

- 화학 분석소

의뢰하신 가루약을 검사해보니 감홍(염화제일 수은) 15그램, 유당 15그램으로 열이 나는 환자에게 처음 사용하기에는 가장 적절하고 유행하는 신요법에 틀림없으며 부적절한 성분은 조금도 없습니다.

- 관립의원

편지를 모두 읽고 보니 이상하다. 먹은 것은 모두 독이 없는데 3명의 의사가 모두 버틀러를 죽음에 이르게 한 것은 중독이라고 말하니 참으로 이상하다. 내 남편의 원수를 잡아달라며 울부짖는 로잘린이 독을 먹었다고 할 수도 없다. 7년 전의 원인은 차치하고라도 이번 사망의 원인을 알 수 없다고 생각하다가, 곧 뭔가를 깨닫고 편지를 쓴 후 벨을 울려 하인에게 이 편지에 대한 답장을 받아오라고 한다. 그리고 또 어제 받은 편지를 꺼내 보았다.

저로 인해 당신의 소중한 보석을 분실한 데 대해서는 매월 150달러 씩, 반드시 제가 죽을 때까지 보상해 드리겠습니다.

- 버틀러 님께 백작 샤일록이

저의 소중한 보물을 잃어버린 것에 대해 그 보상으로 매달 150달러 씩 주겠다는 취지의 계약서를 주셨으니 이후에는 절대 문제를 일으키지 않겠습니다.

- 백작 샤일록님께 버틀러가

참으로 이상한 계약서이다. 잃어버린 보물이 어느 정도의 것인지는 모르지만 7년 전부터 매월 150달러 씩이라고 하면 총 12,000달러가 된다. 고개를 갸웃거리는데 하인이 가져온 답장.

질문하신대로 감홍과 염산류를 합치면 화학작용을 일으켜 독이 됩니다.

- 화학 분석소

질문하신대로 감홍과 염산류를 동시에 먹으면 뱃속에서 화학작용을 일으켜 죽게 됩니다.

- 관립의원

편지를 읽으니 그 백작이 참으로 수상하다.

5

한 번 간 사람은 그리워도 돌아오지 않고, 흐르는 눈물은 닦아도 그치지 않으니 원한은 헛되고 헛되도다. 버틀러의 장례식이 오늘이라, 젊은 미망인의 가냘픈 몸을 도와 옆집 사람, 앞집 사람의 지시로 모든 것이 정리되었고 드디어 큰스님의 독경, 고맙기는 하지만 극락인지 지옥인지 아무도 모르는 곳으로 남편을 보내는 애달픔. 하물며 독살이라는 소문, 원수도 알지 못하고 이유도 알지 못한다. 부처님은 차치하고 저 아름다운 로잘린의 가슴에는 망령된 고집의 구름이 걷히지 않으며 뺨에는 비탄의 비가 쏟아진다. 장례식에는 샤일록 백작, 경찰서장인 브라이트, 의사인 그랜드까지 참석했으니 적어도 명예스럽다고는 할 수 있을 것이다. 로잘린은 눈을 감고 입으로는 '아멘'이라고 해도 마음속으로는 이상하다고 한탄할 것이다. 이상하도다, 이상하도다라는 사람들의 소문도 무리는 아니어서 이 일은 사방팔방으로 퍼져 당시의 화젯거리가 되었다.

2리 정도 떨어진 어느 산 아래 마을 변두리, 차가운 봄바람에 몸을 맡기고 말라비틀어진 나뭇가지로 모닥불을 피우는 거지도 날이 따뜻해지니 주제 넘는 이야기를 한다. 어떤 이가 아무리 백작이라 해도 들판의 난로는 가지지 못할 거라고 하자, 그 얘기를 들으니 생각나는데, 모모(某某) 백작이라는 사람이 버틀러라는 남자를 독살했다는 혐의를 받아 경찰서장에게 닦달을 당했다는 이야기. 옆에서 이 이야기를 듣고 있던 노파가 그 버틀러라는 남자는 어디 사는 사람이냐고 묻자, 웃으면서 동쪽 멀리 떨어진 곳에 살며 미망인이 엄청 젊고 예쁘다고 한다. 그렇다면 혹시 백작의 이름은 샤일록이 아닌가? 하고 묻는 노파의 말. 오오! 맞다. 경찰은 그 샤일록이 혹시 버틀러를 독살한 것이 아닌가라고 의심을 했었는데, 예상은 어긋났다는 풍문. 할머니가 아는 사람이냐고 묻자 아니라고 대답하는데 아무래도 뭔가를 숨기는 듯한 태도. 두 거지의 의심을 여담으로 얼버무리고 고개를 돌리는데 이것 참 이상하도다. 또 한 거지가 일어나 노파를 붙잡는 것도 참으로 이상하도다.

6

포나라는 사람을 데리고 돌아와 브라이트 앞에서 선 윌리엄. 수개월 전 버틀러의 집을 방문해 얼마간의 돈을 받아간 사람이야말로 중요한 단서라 생각하고 거지로 변장하고 여행하던 중, 운 좋게 이 노파를 만나 퀴클리가 무슨 뜻인지 확실히 알게 되었습니다. 이봐, 포나, 숨기는 것 없이 말씀드리는 것이 좋다고 하니, 포나는 눈물을 흘리며, 이렇게 부끄러운 모습으로 영락한 것도 버틀러 때문이니, 그가 밉다고 생각했지만 이미 죽었으니 원망도 없다. 예전에는 그 사람과 둘이 살면서 샤일록 백작이 소유한 별장의 화원을 지키며 살았는데, 가난하기는 했지만 부부 금실이 좋고, 주고받는 말에 장미의 가시가 없는 것은 아니었지만 퀴클리라는 아이까지 있어 화목하게 살면서 손 안의 보석, 꽃의 장래를 기대하며 예쁜 백합이 돼라고 키웠다. 포나에게는 과분한 아이라는 말을 들어도 딸이 칭찬을 받는 것이 기뻤고, 종두에 걸릴까 노심초사, 치열이 나빠질까 유치(乳齒)를 빼는데도 노심초사, 혹여 피부가 거칠어질까 비누도 쓰지 못하게 하면서 결국 18살의 봄을 맞이했을 때, 아아! 생각하니 가슴 아픈 일, 퀴클리가 그 백작의 눈에 들어 가끔 그 집에 불려가 '오르간'이나 '피아노' 등 미숙한 기술을 칭찬받고 그때마다 막대한 선물을 받아오니 감사하기는 했지만, 어느 날 밤, 비까지 오는데 밤늦게 돌아와 얼굴색이 하얗게 질린 퀴클리. 무슨 일이냐고 물어도 대답도 하지 않고 잠자리에 들었는데, 그 다음날 아침 부부가 일어나보니 매미의 빈 허물 뿐, 어이가 없어 말도 나오지 않는데 이 집 딸이 물에 빠졌다고 마을 사람들이 가지고 온 시체, 눈물이 앞을 가리고 안타까워라! 밤사이 폭풍에 색도 향기도 잃은 꽃을 껴안고 이불로 덮어 감추려고 하는데 손에 닿는 한 장의 편지. 포나는 지금도 항상 가지고 있습니다라고 말하며 품속에서 편지를 꺼낸다.

세상을 먼저 떠나는 불효의 죄가 얼마나 무거운지는 잘 알고 있지만, 그렇다고 해서 의미도 없이 살아가는 것은 불명예스러운 일이라고 생각한 나머지 물에 빠졌습니다. 어머니 아버지는 모르시겠지만 피터라는 사람을 찾아가면 제가 붉은 보석 반지를 몸에서 떼지 않고 죽은 이유를 알 수 있으실 겁니다. 가엾게 여겨 주십시오. 보시는 '사파이어' 반지는 회향해 주시기 바랍니다. 다른 한 통의 편지를 아버지가 백작에게 전달하시면 어머니 아버지 모두 노후의 생활은 괜찮을 겁니다. 하고 싶은 말이 산처럼 많지만 아쉬운 붓을 놓겠습니다.

어머니 아버지, 이렇게 되는 것도 모두 신의 뜻이라 생각하고 잊어버리십시오. 너무 슬퍼하지 마시길…… 두 분의 건강을 기도드립니다.

- 2월 7일 밤 퀴클리

편지의 내용을 보니 점점 더 이상한데, 브라이트가 더욱 침착하게 그 다음은 어떻게 되었는지 물으니, 노파는 더 심하게 울면서 우리 부부는 이 편지를 읽어도 사정을 알 수가 없었다, 내가 또 다른 편지를 열어보면 자세한 경위를 알 수 있을 거라고 했지만 남편은 이를 거부하고 백작에게 그 편지를 가지고 갔고 그때부터 매월 큰돈을 받기로 했다는 것이 이상하다, 딸이 왜 죽었는지 남편에게 물어봐도 애매하게 모른다는 말뿐. 계속 물으니 화를 내고 결국은 수 없이 다투다가 결국은 헤어지자는 이야기. 그리고 지금의 이 내 처지. 정처 없이 헤매다가 수개월 전에 이곳으로 와서 우연히 해후했을 때, 남편은 내 모습을 보고 눈물을 흘리며 30달러를 주고는 다시는 이곳으로 오지 말라고 부탁했다. 생각해보면 만나자마자 이별, 딸뿐만이 아니라 남편까지 미심쩍은 죽음을 당했다며 몸을 떨며 우는 포나를 위로하면서 피터라는 남자에게 물어 보았는가?라고 묻는 브라이트. 포나는 그를 찾지 못해 '사파이어' 반지가 어떤 의미인지는 모르지만 어쨌든 딸은 붉은 보석 반지를 끼고 있었습니다라고 대답했다. 노파 덕분에 대부분의 궁금증이 풀렸지만 또 하나의 궁금증이 솟아오른다. 찰스가 돌아와도 알 수가 없다. 참으로 이상하도다.

7

한 달이 꿈처럼 지나갔으나 아무것도 알 수 없다. 버틀러의 죽음이 백작의 계략 때문인지 약의 혼합 때문인지조차 확실치 않은 흐린 하늘, 달빛도 선명치 않은 한밤중, 브라이트가 아무 생각 없이 어떤 절의 매장지 한쪽, 나무가 무성한 숲의 어두운 곳을 지나갈 때, 구름 사이로 때마침 개 짖는 소리가 멀리서 들려오니, 음침하게 기분이 나쁘고 소름이 끼쳐 모골이 송연해진다. 바람도 비릿하여 심난한데, 뒤를 돌아보니 오래된 석탑 그늘에 시커먼 것이 쓸쓸히 서 있다. 희미하고 창백한 새로운 대리석 묘표를 들여다보며 이름을 확인하는 모습, 그 모습을 보고 깜짝 놀라는 순간, 소근 소근 들리는 속삭임, 그대로 뛰쳐나가고 싶지만 직업상 그렇게 하지도 못하고 두려움을 참고 자세히 보니 백금침을 무색케 할 정도의 긴 머리를 흩날리며, 목불(木佛)처럼 뼈가 앙상하고, 원숭이처럼 긴 팔을 뻗어 지금 막 파낸 관을 열려고 하는 번들거리는 눈빛, 사람을 먹는 할머니 이야기는 옛날이야기가 아니구나. 한숨을 돌리고 들어보니, 독을 먹고 죽은 시체에는 혼백이 오랫동안 머물러 원한이 풀릴 때까지 몸이 썩지 않는다고 한다, 나도 한때는 당신의 아내, 비록 헤어졌지만 한 때 아이까지 낳았던 사이, 독살이라는 말을 듣고도 원수를 갚지 못하고 이유도 알지 못한다. 그냥 놔두는 것이 맞는 일이지만 독살인지 그렇지 않은지 그 여부를 알려고 하니 용서해달라고 하고 주먹을 들어 정을 내리친다. 이미 약해질 대로 약해진 썩은 관은 사방으로 쪼개지고 도깨비불이 번쩍하며 일어난 버틀러의 모습. 눈은 움푹 들어가 살이 떨어지고 입 주위의 피도 아직 생생한데 이상하게 쉰 목소리로 이렇게 말한다. 잘 와주었소, 뒤돌아 생각해보니 7년 전, 우리 딸 퀴클리가 그 백작 놈에게 평생 씻을 수 없는 수치를 당하고 사랑하는 사람과 함께할 수 없는 원한에 분노하여 결국에는 죽게 되었지. 백작은 사랑스런 딸의 원수. 화가 났지만 증오하는 백작의 죄를 모른척하는 대신 아이를 잃은 부부를 돌보아 달라는 딸의 상냥한 편지. 양쪽을 모두 이롭게 하는 딸아이의 슬기로움. 원한은 끝이 없지만 매달 150달러를 준다고 하니 딸의 일에 대해서는 입을 다물고 이사도 했는데, 원망스럽도다, 백작놈! 만약 내가 열에 들며 중요한 말을 해버리면 명예를 잃어 상원 의원이 되려는 찰나 방해가 될까봐, 법망을 피할 수 있는 방법을 궁리하여 의사가 준 약과 함께 먹으면 금세 뱃속에서 독이 되어버리는 음료를 주어 나를 죽였다. 아아, 원통하도다, 원통하도다. 나는 백작의 계략에 의해 죽은 것이지만 백작이 준 것은 독이 아니니 재판을 받더라도 백작은 무죄가 되고 오히려 그를 고소한 사람은 백작을 모함한 벌을 받게 될 것이다. 아아, 원통하도다, 원통하도다. 딸도 죽임을 당하고 나 또한 죽임을 당했지만 원한을 풀 방도가 없도다. 의지가 되지 못하는 세상의 법률은 가치가 없으니 원통하기 짝이 없도다. 회한이 깊어 황천에 떠도는 내 영혼은 잠들지 못할 것이다.

8

너무나 무서워 아무 말도 하지 못하고 있다가 고개를 돌리니 저 쪽에 앉아 있던 노파 포나가, 왜 이렇게 심하게 가위에 눌리셨습니까?라고 물으며 친절하게 서장을 돌본다. 그렇다면 꿈이었나? 의지할 수 없는 법률을 모시는 사람들의 세계로 돌아왔는가? 눈을 떠도 무시무시하고 망연한데, 몸을 일으켜 옷을 추스르고 잠시 하녀로 두었던 포나를 데리고 빈민원으로 가는 브라이트의 마음이야말로 이상하도다. 그 후 아무 일 없이 3일이 지나갔는데 유령의 말이 진실이라고 해도 증거는 될 수 없고, 하물며 피곤해서 꾼 꿈에 불과하다. 하지만 결국에는 결단을 내려야 한다는 생각에 로잘린, 의사, 백작에게 각각 한 통씩의 편지를 보냈다. 편지의 내용은 이러하다. 버틀러의 죽음에 대해서는 수사에 최선을 다했지만 모두 모살자가 아님이 판명되어 우연한 사고라는 것이 분명해졌고, 각위를 의심했던 것은 오히려 이쪽의 잘못이니 실례를 무릅쓰고 각위의 결백함을 증명하는 바입니다. 이리하여 세상의 떠들썩한 소문도 없어지고 헨리 브라이트의 경솔함을 비웃는 소문만이 무성하게 되었다. 백작은 약을 마신 것에 대해 정직하고 용맹한 행동이라는 칭송을 받고 인기를 얻어 선거에도 이겼다. 원하던 귀족원에도 들어가니 떠오르는 아침 해처럼 기세 등등. 그 온화함이 여러 사람에게 미쳐 자선가로서의 명예도 드높고, 여기저기의 아가씨와 미망인들이 그를 사모하게 되었다. 그러나 세상의 법은 피할 수 있어도 하늘의 법을 어찌 피할 수 있을까? 가벼운 감기 기운으로 몸져누웠는데 머리를 들지 못할 정도로 점점 약해져, 별다른 아픔은 없는데 약도 듣지 않고 열흘 만에 완전히 쇠약해져 불안하게 누워 있는데, 잠들지 못한 채 이것저것 옛날 일이 떠오르는 한밤중 들려오는 목소리, 네 이놈, 샤일록!

9

장미꽃도 시든 후에는 향기가 없고, 사람의 형체도 썩으면 유령이 된다는 것은 알고 있지만 요즘 들어 매일 밤 네 이놈, 샤일록!이라고 외치는 것은 분명 버틀러의 목소리, 백작님이라고 원망하는 것은 퀴클리의 음성. 모습이 보이지 않는 것은 다행이지만 신경증에 걸리는 것은 안타깝도다. 그렇다고는 해도 계속해서 들리는 목소리 이상하도다. 오늘은 총애하는 하인 티니를 옆에 두고 있는데, 밤 12시 넘어 원망스럽습니다, 샤일록 님……네 이놈, 샤일록!하는 소리에 깜짝 놀라 정신을 차리고 티니를 보니 아무렇지도 않은 얼굴. 무슨 소리가 들리지 않았는가?라고 묻자 아니요라고 대답하니 이상하도다. 그것은 유령이 아니라 마음속의 번뇌라는 것을 깨달았지만 하룻밤에 세 번씩이나 괴롭힘을 당하니 건장한 남자도 견디기 힘들다. 의사가 광천냉욕(鑛泉冷浴)이 좋을 거라고 권하자 백작이 같이 동행해달라고 부탁하지만 의사는 고개를 저으며, 저는 손을 뗄 수 없는 환자가 있으니 그랜드라는 의사를 데리고 가십시오, 이 늙은이의 친구인데 의술에도 능하고 친절한 남자입니다하고 대답했다. 좀 꺼림칙하긴 하지만 그렇게 하기로 결정했다. 시끄러운 것은 좋지 않다는 의사의 지시에 따라 결국 티니와 요리하는 사람까지 총 4명이 어느 산중으로 들어가 광천욕 치료를 시작했다. 이곳은 도시와는 달리 모든 것이 쓸쓸하고 쥐죽은 듯 고요한 2시 무렵, 램프의 불빛이 갑자기 어두워지니 충복 티니가 심지를 돋우어 잠시 밝아졌지만 불빛은 다시 사라지듯 몽롱해진다. 예의 네 이놈, 샤일록! 원망스럽습니다, 샤일록 님……이라는 목소리가 들리니 백작은 일어나 앉아 눈을 크게 뜨는데, 코앞에 나타난 퀴클리의 모습. 헝클어진 머리와 물에 젖은 옷, 그리고 그녀 옆에 서 있던 입가에 피도 채 마르지 않은 모습의 버틀러가 원망에 찬 얼굴로 엄청난 기세로 달려들자 백작은 베개 맡의 약병을 집어 들고 던졌다.

10

숙소의 종업원이 깜짝 놀라 달려와서, 이상한 소리가 났는데 어찌된 일인가요? 창문은 약 범벅이 되어 산산조각이 나 있다. 티니는 의아해 하는 종업원을 내버려둘 수 없어, 앞서 말한 대로 주인님은 정신병이니 걱정할 필요 없다, 훼손된 물건은 배상하겠다고 인사를 하고 수습했지만, 이날부터 매일 밤 눈 앞에 이들의 모습이 나타나니 샤일록의 괴로움은 점점 심해진다. 그랜드도 치료를 포기한 듯, 정신은 온전한데 보면 볼수록 이상하다. 스스로 신의 벌인가라고 책망할 때도 있어, 원래의 상태로 돌아가도 백작으로 거들먹거리며 행동하는 것도 부끄럽고, 의원이며 명예도 모두 필요 없는 것이라는 것을 깨달았다. 벽을 통해 충성스러운 티니가 눈물 흘리며 열심히 자신의 평안을 기도하는 목소리를 들으면 하늘의 길을 배반했던 옛날을 후회하고, 신에게도 버림받는가?라며 이를 악물기도 하지만, 유령은 매일 나타나하룻밤에 2, 3번 덮치니 악인이지만 가엾도. 어느 날 종업원이 백작의 상태를 물으며, 이 마을 깊은 산 속 늘 흰 구름이 떠 있고 선금(仙禽)이 지저귀는 높은 봉우리의 동굴에 좌선을 하고 오관(五官)의 욕망을 억눌러 관념의 눈을 뜬 사람이 있다. 그는 한권의 성경을 외우고, 솔바람에 마음을 맑게 하고, 계곡물에 귀를 깨끗이 하며 사람을 상대하지 않고, 오로지 신을 스승으로, 주인으로 모시고 소중한 목숨을 바쳐 수행하는 수행자 키라는 분이다. 도력이 아주 훌륭하시지만 산 아래로는 내려오지 않는데, 약

10년 전 어떤 후작님, 이 분도 백작과 마찬가지로 정신병 때문에 아무런 치료법이 없는 상황일 때, 가마를 타고 산의 중턱쯤까지 올라가 열심히 빌자 수행자가 표표히 내려와 자신의 죄를 적은 자백서와 후작을 원망하는 사람들의 물건을 받았다. 그리고 그것을 태우고 하늘을 향해 기도를 올렸는데, 그 후 후작은 마음이 상쾌해져 결국 평안을 되찾고 무사히 집에 돌아가셨다는 경사스러운 일이 있었다. 그런데 지금은 그것도 여의치 않은 것이 사냥꾼이나 나무꾼도 키 수행자를 볼 수 없다고 한다. 탄식하며 이 이야기를 듣고 있던 샤일록이 티니에게 힘들겠지만 안내하는 사람을 사서 산 속으로 들어가 키라 행자의 행방을 알아오라고 부탁한다. 높은 백작님이 하찮은 자신에게 정중하게 부탁하니 측은한 마음이 들어 티니는 곧 길을 떠났는데, 특히 그날 밤 유령이 4, 5번이나 백작을 덮쳐 괴롭기 짝이 없었다. 다음날 아침, 티니가 돌아와 말하기를, 넝쿨을 붙잡고 기어 올라가 겨우 만나기는 했지만 키 수행자는 당치도 않다는 듯, 샤일록이 교만한 마음을 버리지 않으면 도저히 도울 수 없다, 죄를 후회하여 진심이 되면 스스로 자백서를 만들고 자신을 원망하는 사람의 물건을 지참하여 정직한 마음으로 산 중턱까지 오라고 했다고 한다. 전날 밤의 고통을 생각하니 더 이상 참을 수 없고, 키 법사의 혜안에 간이 철렁할 정도로 깜짝 놀라, 샤일록은 힘없이 손에 펜을 들고 자백서를 썼다. 여윈 몸을 가마에 태우고 티니를 따라 점점 위로 올라가니 하늘을 향해 뻗은 송백 나무 바람 소리 요란하고 물이 넘쳐흐르는 계곡의 모습, 어마어마하다. 올려다보니 우뚝 솟은 바위 산, 반쯤 구름에 가려져 있고 구슬픈 새소리 들리니 샤일록은 이 세상에서 다시 태어난 것 같아 감사함이 몸에 사무치고 아무 이유 없이 두 눈에 눈물이 차오른다. 이윽고 가마에서 내려 비척비척 땅을 밟고 고개를 숙이고 일심으로 키 수행자님 구해주십시오라고 기도하니 티니를 비롯한 다른 사람들은 옆에 있는 바위 그늘에서 쉬고 있다. 10분도 지나지 않아 샤일록은 고개를 들라는 지엄한 목소리를 듣고 몸을 일으키려 하지만 병으로 지친 몸은 마음대로 되지 않고 겨우 목만 움직여 쭈뼛거리며 올려다보니, 흰 수염이 가슴을 덮고 눈빛이 맑으며 소매가 넓은 넉넉한 삼베옷을 걸친 모습. 신의 하인과도 같은 모습에 끊임없이 몸을 떠는 샤일록의 모습을 보고 키 수행자는 너는 여기서 다시 태어나야 한다, 지금까지의 더러운 행동을 버리고 깨끗한 몸으로 다시 태어나야 한다, 자백서를 하늘에 바쳐야 한다라고 말했다. 샤일록으로부터 자백서와 한 통의 편지를 받은 키 수행자는 이것들을 재빨리 손바닥 위에 올려놓고 주문을 외우고 천화(天火)로 이를 태우니 담담히 타오른다. 백작이 깊은 감명을 받고 엎드려 비는 사이 가끔씩 들려오는 수행자의 기도 소리, 그 존귀함이여! 이윽고 올려다보니 어느새 수행자는 온데간데없고 놀랍게도 어디선가 샤일록은 다시 태어나야 한다는 목소리만이 울려 퍼진다.

11

다시 태어나야 한다는 한 마디만이 귓가에 남아 그 감사함을 잊을 수 없다. 그 후로는 유령도 나오지 않고 딱히 아픈 곳도 없으며, 그랜드가 조제해준 약의 힘으로 점점 살이 붙어 원래의 모습을 회복했다. 그리하여 도시로 돌아가 찬란한 몸이 되어 친한 벗, 아는 사람들을 초대하여 축하연을 베풀고, 티니와 요리사에게까지 상금을 주고 '피아노' 소리 울려 퍼지던 그날 밤, 바로 구인되어 3일 만에 사형이 선고되니 세상은 참으로 무상하다. 이 사건에 관련된 사람에게 사정을 물어보니 요리사를 비롯해 숙소의 종업원, 키 수행자는 모두 탐정이고, 의사인 그랜드도 몰래 의뢰를 받고 힘을 합친 것이었다. 버틀러, 퀴클리와 음성이 비슷하다고 포나가 인정한 빈민의 남녀를 잠입시켜 이상한 소리를 내게 하고, 기름에 물을 섞어 밤에 불이 어두워지게 하고, 환등기를 이용해 벽에 이상한 그림자가 나타나게 했다. 키 행자의 속임수에 놀아난 것도 약 때문이었다. 자필로 버틀러를 죽였다는 자백서가 있으니 변호사도 할 말이 없고, 특히 퀴클리의 유서도 키 행자의 손에 있으니 두 개의 죄가 동시에 성립하는구나! 아, 무서운 샤일록의 교묘함, 독을 이용하지 않고 독살을 시켰다. 아아, 무서운 브라이트의 지혜, 법률에 없는 법률로 죄를 벌했다. 듣는 사람들의 혀를 내두르게 하는 것은 이뿐만이 아니다. 충복 티니는 탐정 던컨이었던 것이었다. 이렇게 이상한 것들이 모두 명백해진 후 그랜드는 브라이트를 방문하여 퀴클리의 유서를 연다.

이렇게 글을 남깁니다. 저는 당신으로 인해 세상에 대한 희망을 잃고 커다란 수치를 당해 이렇게 몸을 버립니다. 이렇게 해서 제 마음의 결백함을 어떤 사람에게 보여주는 것 외에는 아무런 미련도 없습니다. 당신의 행동이 정말 원망스럽기는 하지만 필경 저를 깊게 생각하신 나머지 그런 것이라고, 당신이 나쁘다고만은 생각하지 않으니 부디 올바른 마음으로 앞으로 번영하시기를 빌겠습니다. 의지할 데 없는 부모님이 저를 잃고 노후가 어려워질 것을 생각하면 당신이 더욱 더 미워지지만 아무쪼록 부모님에게 상응하는 도움을 주셨으면 합니다. 그렇게만 해주신다면 저는 더 이상 당신을 원망하지 않고 오히려 당신에게 감사할 것입니다. 또 부모님께도 당신의 소행에 대해서 입을 열지 말라고 해두었으니 당신 스스로를 위해서도, 제 부모님을 위해서도 잘 생각해 주십시오. 하고 싶은 말은 많지만 일단은 글을 마칩니다.

2월 7일 퀴클리

샤일록 백작 님

아버지 입회하에 개봉해 주십시오.

이것을 읽고 우는 남자가 이상해 자세히 보니, 아, 그랬구나! 그랜드의 손가락에서는 붉은 사파이어가 반짝이고 있었다.

각양각색의 추리소설들의 향연

　이 책은 고다 로한, 오카모토 기도, 사토 하루오의 추리소설들을 싣고 있다. 시기적으로 볼 때에는 1889년에서 1930년대 후반에 이르기까지의 작품이 망라되어 있으며, 오카모토 기도의 본격적인 체포물에서 사토 하루오의 비교적 추리적 요소가 희박한 환상소설에 이르기까지 내용과 형식면에 있어서도 참으로 다양한 양상을 보여주고 있다. 〈일본 추리소설 시리즈〉 1권이 번역, 번안 추리소설 위주의 작품, 즉 일본에 추리소설이 미처 정착되기 전의 작품들이었다면 이 책에는 일본 최초의 체포물을 시도한 오카모토 기도의 작품을 비롯해 추리소설 창작의 여명기에 발표된 작품들이 실려 있다. 또한 순문학 작가로 잘 알려져 있는 사토 하루오의 작품을 다수 수록함으로서 일본 추리소설사의 태동기 작품들이 수록되어 있는 1권과 순문학 작가에 의한 예술적 경향의 탐정소설이 수록된 3권 사이에서 가교 역할을 할 수 있도록 구성되어 있다는 점에서 흥미롭다.

먼저 고다 로한의 작품 「이상하도다(あやしなや)」는 1889년 10월 『미야코노하나(都の花)』에 발표된 작품이다. 고다 로한은 오자키 고요(尾崎紅葉)와 함께 고요와 로한의 시대(紅露時代)를 구축했을 정도로 한 시대를 풍미했던 작가로서 의고전주의(擬古典主義)의 대표 작가이고 한문학과 일본고전, 그리고 종교에도 정통했다. 그러한 고다 로한이 추리소설을 썼다는 것은 우리에게 익숙지 않은 사실이다. 작품은 '버틀러'라는 노인의 급작스런 죽음을 맞는 것으로 시작된다. '버틀러'가 죽기 전에 먹은 것이라곤 의사 '그랜드'가 처방한 약과 백작 '샤일록'이 준 병에 든 음료수가 전부이다. 서장인 '헨리 브라이트'는 각각은 아무런 해가 없는 두 물체가 몸 안에 동시에 들어가면 사람을 죽음에 이르게 한다는 사실을 알아내고 그의 죽음이 살인임을 밝혀낸 후 범인인 '샤일록'을 회개시키고 죗값을 치르게 한다. 특수한 의학적 지식을 이용해 사건을 풀어나간다는 점에서 전형적인 초기 탐정 소설의 요소를 지니고 있으며 권선징악적인 요소도 뚜렷하다 할 수 있다.

그러나 여기서 주목할 것은 이것이 고다 로한의 창작이라는 점이다. 등장인물들의 이름이 모두 서양이름이고, 작품의 무대 또한 서양이라는 점에서 당시 대부분의 추리소설이 그러하듯 번역 혹은 번안 작품이 아닐까라는 생각이 들지만 그렇지 않다. 당시, 즉 메이지 시대 일본에서 읽히던 대부분의 추리소설이 서양의 추리소설을 번역·번안했다는 점을 감안할 때, 당시 문단에서 인정을 받던 고다 로한이 추리소설을 썼다는 것은 흥미로운 사실이다. 더군다나 이 이 작품이 발표된 1889년은 고다 로한이 그의 대표작인 「쓰유단단(露団々)」을 발표하여 야마다 비묘(山田美妙)의 격찬을 받았고, 또 같은 해 「풍류불(風流佛)」을 발표하기도 했다. 이처럼 가장 왕성한 작품 활동을 하면서 추리 탐정적 요소가 가득한 이 작품을 창작했다는 것은 그가 순문학자이면서도 추리소설에 얼마나 깊은 애정을 가지고 있었는지를 보여주는 대목이며 고다 로한의 다양한 문학적 시도를 엿볼 수 있다. 참고로 1889년은 '일본 탐정소설의 효시'로 평가되는 구로이와 루이코(黑岩淚香)의 「세 가닥의 머리카락」이 발표된 해이기도 하다.

오카모토 기도의 작품들은 권선징악적 요소가 강한 옛날 이야기풍의 이야기들이 대부분이다. 그러나 「단발머리 소녀」와 「오후미의 혼」이 수록되어 있는 『한시치 체포록』은 일본 최초의 체포물이라는 점에서 그 의미가 크다 할 수 있다. 1917년부터 잡지 『문예구락부(文芸俱楽部)』(博文館)에 연재를 시작해 일시 중단되었다가 1934년에서 1937까지는 잡지 「고단구락부(講談俱楽部)」(講談社)를 중심으로 총 68작품이 발표되었다. 이 작품이 성공을 거둠으로써 이후 시대소설과 탐정소설을 융합한 '체포물'이라는 형식이 정착되었고 그 명맥은 노무라 고도(野村胡堂), 요코미조 세이시(橫溝正史), 조 마사유키(城昌幸) 등에게 이어지고 있다. 최근 영화로 제작되어 이슈가 된 「화차(火車)」의 작가

인 미야베 미유키(宮部 みゆき)는 '시대물을 쓰기 전에는 반드시 『한시치 체포록』을 읽는다. 책이 망가질 정도로 읽고 또 읽은, 성전 같은 작품이다'라고 했다. 이처럼 오카모토 기도의 작품들은 오늘날까지도 그 명맥이 이어져 내려오고 있다. 또한 그는 『세계괴담 명작집(世界怪談名作集)』, 『중국괴이 소설집(支那怪奇小説集)』을 편역하는 등 중국 및 서양의 괴담에 커다란 관심을 가지고 해박한 지식을 가지고 있었으며 이러한 지식들이 그의 다양한 작품세계를 구축하고 있다.

이 책에 수록된 오카모토 기도의 세 작품 중 「단발머리 소녀」와 「오후미의 혼」은 『한시치 체포록』에 수록되었던 작품들이고 「맹인의 강」은 『청와당 괴담(青蛙堂鬼談)』에 수록된 작품이다. 먼저 「오후미의 혼」(1917)은 무사의 집안에서 태어나 명망 있는 젊은 무사와 결혼한 여동생이 이혼을 하겠다며 찾아오는 것으로 시작된다. 역시 무사인 그녀의 오빠가 자초지종을 묻자 밤마다 오후미라는 여인의 혼이 나타나 자신과 자신의 딸을 괴롭힌다는 이야기를 털어놓는다. 이에 그녀의 집으로 가 조사를 해보지만 아무것도 나오지 않고 결국 한시치의 도움을 받아 그녀가 다니던 절의 승려가 꾸며낸 일이라는 것을 밝혀낸다는 내용이다. 물에 젖은 여자 귀신이 나타난다는 것이 초자연적인 괴담 같아 보이지만 결국 인간의 욕정이 만들어낸 사건이다. 「단발머리 소녀」(1935)는 예전부터 단발뱀을 보면 죽는다는 전설로부터 시작하고 있다. 콜레라가 창궐하던 1858년, 무시무시한 콜레라에 걸리지 않기를 바라며 건강을 기원하러 간 세 여인은 단발뱀의 화신으로 생각되는 어린 소녀를 목격하게 된다. 이에 대한 공포로 건강을 잃은 오소데. 그리고 계속되는 의문의 죽음. 그러나 사실 이 모든 것은 돈을 노린 무리가 전설을 이용해 꾸민 연극으로 이들 무리 또한 돈 앞에서 추악한 속내를 드러내며 서로를 죽였다는 사실이 드러나게 된다. 이 역시 겉으로는 초자연적인 현상으로 보이지만 결국은 인간의 탐욕이 만들어낸 것이었다. 한시치(半七) 부자가 이 사건을 해결했음은 물론이다. 이처럼 오카모토 기도는 모든 재앙이 인간의 탐욕과 욕정, 질투에 기인한다는 인간 세상에 대한 번득이는 통찰력을 보여주고 있다. 이 외에도 눈에 보이듯 에도시대를 고증했다는 점, 당시의 사회 문제를 적확하게 지적하고 있다는 점에서도 커다란 가치를 지닌다.

「맹인의 강」(1925)은 『청와당 괴담(青蛙堂鬼談)』에 수록된 작품이다. 12편의 작품으로 구성된 이 시리즈는 주로 『고락(苦樂)』이라는 잡지에 발표된 작품들이며 작가의 나이 52세에서 53세에 씌인 원숙기의 작품들이라 할 수 있는데 기괴성과 미스터리적인 요소가 강하다는 점이 이 시리즈의 특징이다. 하루도 빼지 않고 도네가와강가에 나와 누군가를 찾아 헤매는 맹인의 과거와 그의 죽음, 그리고 그의 눈을 멀게 한 무사의 이해할 수 없는 죽음……『한시치 체포록』의 경우 한시치 부자가 사건의 내막과 인과관계를 속 시원하게 밝혀주는 것과 비교할 때 이 작품은 조금 더 미스터리한 색채가 강한 결말을 보여주고 있다.

마지막으로 사토 하루오의 작품들은 흔히 상상할 수 있는 추리, 탐정물과는 조금 차이가 있어 추리소설이라고 하기에는 다소 이질감을 느낄 수도 있을 것이다. 사토 하루오는 『전원의 우울』 등으로 알려진 대문호이다. 그러나 그는 상당히 많은 양의 미스터리 작품을 창작했던 숨겨진 '탐정작가'였다. 로망의 논리를 갖춘 그의 작품은 데뷔 전의 요코미조 세이시(橫溝正史), 에도가와 란포(江戶川亂步)에 영향을 미쳐 일본에 탐정소설 작가가 나올 수 있는 기반을 만드는 데 공헌을 했다. 실제로 란포는 아쿠다가와 류노스케, 다니자키 준이치로, 사토 하루오를 '일본 탐정소설 중흥의 조상'이라고 했을 정도이다. 이어 란포는 사토 하루오에 대해 다음과 같이 언급하고 있다.

> 다니자키, 아쿠타가와, 사토를 살펴보면 사토 하루오가 가장 순탐정소설에 가까운 작품을 쓰고 있다. 탐정소설 풍의 작품이라고 하면 앞서 말한 『중앙공론』 증간호에 실었던 「지문」이 최초인데 이 작품은 탐정소설이라고 할 수 있고 「여계선기담」, 「어머니」, 「불의 침대」 등도 거의 순탐정소설이다. 여기에 사토 하루오의 특징이 있다. 그는 탐정소설을 다른 작가들처럼 경멸하지 않고 의도적으로 쓰는 경우가 있는 것 같다. 전후(戰後)에 발표한 「불의 침대」 같은 작품도 열심히 조사한 후 쓴 범죄추리 이야기로, 그 무엇보다 범죄추리에 힘을 실은 것만 봐도 알 수 있다.
>
> -『日本推理小說大系 I-明治·大正集』(東都書房, 1960, 12)

이에 이 책에는 사토 하루오가 쓴 미스터리적 요소가 강한 작품들 중 순탐정 소설이라는 평가를 받는 「지문」, 「여계선기담」,

「어머니」, 「불의 침대」에 「무기력한 기록」을 더해 총 5편의 작품을 수록하였다.

'내 불행한 친구의 일생에 관한 기괴한 이야기'라는 부제가 붙어 있는 「지문」은 1918년 『중앙공론』 '비밀과 해방호(秘密と解放号)'의 「예술적 탐정소설: 신탐정소설(芸術的探偵小説:新探偵小説)」 창작란에 게재되었다. 아쿠타가와 류노스케의 「개화의 살인」, 다니자키 준이치로의 「두 예술가의 이야기(二人の芸術家の話)」, 사토미 돈(里見弴)의 「형사의 집(刑事の家)」 등도 함께 실려 있다. '나'의 내레이션을 통해 전개되는 이 작품은 란포가 지적한 대로 탐정소설풍의 작품이다. '나'의 친구가 과거에 겪었던 아편 중독과 그 중독에서 벗어나기 위해 일본에 오게 되는 경위, 그리고 나가사키 아편굴에서 있었던 일 등이 생생하게 그려져 있다. 그리고 자신이 사람을 죽였을지도 모른다는 환영에 괴로워하던 K가 결국 나가사키의 옛 아편굴 자리까지 찾아가 자신의 결백함을 스스로 밝혀내는 과정이 기괴하고 환상적인 분위기 속에서 논리적으로 펼쳐진다. 나의 친구 K는 스스로 용의자인 동시에 범죄를 파헤쳐 들어가는 탐정 역할을 하며 1인 2역을 소화해내고 있다.

「여계선기담」은 타이완 주재 기자의 내레이션 형식으로 전개되고 있다. 전반부는 그들이 찾아갔던 안핑항의 풍경에 대한 묘사가 주를 이루고 있다. 그러다가 우연히 들어간 쿠토항의 빈집에서 정체를 알 수 없는 목소리를 듣게 되고 어느 노파로부터 그 목소리에 얽힌 이야기를 듣게 되는데, 그 목소리가 귀신의 목소

리라는 데 의문을 품은 주인공은 다시 한 번 그 집으로 향하게
된다. 그리고 그 집에서 이 작품의 제목이기도 한 '여계선'을 손
에 넣게 되고 이를 매개로 그 집에서 실제 목을 맨 남자와 그를
사랑했던 여인을 알아낸다. 이 작품 역시 「지문」의 경우와 마찬
가지로 본격적인 탐정이 등장하지는 않지만 주인공이 내레이션
과 사건을 해결하는 탐정 역할을 겸하고 있어 순수한 추리를 맛
보기에 더할 나위 없이 좋은 작품이라 할 수 있다.

「어머니」에 대해 사토 하루오 스스로 "나는 범죄도 탐정도 그
행위로서 좋아하지 않기 때문에 범죄소설, 탐정소설을 쓰는 것
을 좋아하지 않는다. 그러나 범죄나 탐정 없이 추리소설을 구성
하는 것이 절대 불가능한 것은 아니지만 무리이고 어렵다. 나
의 추리소설은 비교적 범죄나 탐정적인 요소를 줄이고 그 사이
에 순수한 추리만을 즐길 수 있는 것이면 좋겠다고 생각했다.
「어머니」는 이러한 생각을 가지고 쓴 작품이다"(『光の帶』講談社,
1964, 2)라고 밝히고 있다.

작가 자신도 스스로 밝히고 있듯이 이러한 작가의 생각이 고
스란히 드러나 있는 작품이 바로 「어머니」이다. 주인공은 선인
(仙人) 분위기의 조류상으로부터 앵무새 한 마리를 구입하게 된
다. 그리고 그 앵무새의 동작과 앵무새가 쓰는 단어, 톤 등을 근
거로 이 집에 오기 전의 앵무새에 대한 추리가 시작된다. 그리
고 어떤 가정에서 자랐는지, 그 가정의 가족 구성원은 어땠는지
에 대한 추리가 꼬리에 꼬리를 물면서 마지막에는 그곳에서 어
떤 일이 일어났는지에 대한 추리로 끝을 맺는다. 그야말로 범죄

와 탐정 없이 추리만을 즐기고자 하는 작가의 의도가 고스란히 반영된 작품이라 할 수 있을 것이다.

「무기력한 기록」은 '변격 소설'의 느낌이 강한 작품이다. '변격 소설'이란 무엇인가?

> 소위 본격 소설과 변격이라는 것은 전혀 다른 맛을 가진 것이다. 본격 탐정소설이라는 것은 이른바 범죄조사 소설이며 그에 알맞은 수수께끼와 트릭을 배치하여 독자에게 추리를 즐기게 해주는 것이며 어떤 면에 있어서는 문학으로서 유치하고 천편일률적인 것이다. 그에 비해 변격은 이른바 다분히 탐정 취미를 포함하고 있으면 되는 것이다. 때문에 소재가 자유롭고 트릭의 유무는 문제가 되지 않는다. 좀 더 문학적으로 표현하는 것이 가능하다. 둘 사이에 공통점이 있다고 한다면 탐정 취미가 포함되어 있다는 점 정도이다.
>
> - 甲賀三郎「探偵小說管見(一)」(ぷろふいる, 1935, 1)

우리가 흔히 생각하는 추리탐정 소설은 위에서 말하는 본격 탐정소설에 국한되어 있는 경우가 많다. 그러나 본격 탐정소설의 한계, 즉 천편일률적인 구성과 소재를 뛰어 넘은 것이 변격 소설이라 할 수 있다. 사토 하루오는 탐정소설, 범죄문학, 기이소설, 환상소설을 모두 합쳐 탐정소설이라고 명명하며 탐정소설의 범위를 확대하고 있다. 「무기력한 기록」은 미래에 대한 상상을 그린 작품으로 이러한 광범위한 탐정소설의 범주에 넣을 수 있는 작품이다. 세계가 한 번 뒤집어진 후, 모든 인간을 계급화하고 의식주를 철저히 통제하는 미래 사회. 주인공 소년은 낮은 천정의 어둠 속에서 눈을 뜬다. 그러나 그는 목소리를 잃고 말을 할 수 없는 상태이다. 지하에 있는 사람들이 지상으로 올라올 수 있는 자선 데이. 그러나 쉽게 지상으로 올라갈 수 있는 것은 아니다. 기나긴 나선형 계단을 올라가는 도중 많은 사람들이 떨어지고 떨어진 이들은 마치 쓰레기처럼 '처리'된다. 그러나 무사히 지상으로 올라왔다고 해서 모든 것이 해결되지는 않는다. 그들은 인간을 식물화하는 프로젝트에 사용되고 결국은 그 식물들이 모종의 반란을 일으키게 된다. 1929년에 쓰여진 작품이지만 여러 가지 면에서 현대 사회와 적확하게 맞아떨어져 있다. 특히 작품 속에 등장하는 '속악에 대한 찬양' '뇌물을 거부한 정치인의 구속'과 같은 에피소드는 현대 사회를 비꼬고 있어 작품을 읽는 내내 마치 조지 오웰의 디스토피아 소설을 읽는 듯한 느낌을 지울 수 없다.

이에 비해 「불의 침대」에는 범죄와 경찰, 탐정이 등장한다. 고사리를 캐러 간 노인에 의해 발견된 끔찍한 사체, 그리고 그 사체를 둘러싼 경찰의 조사, 치정에 의한 살인일지도 모른다는 자극적인 신문 기사 등이 등장하지만 역시 그 내면에는 인간에 대한 따뜻한 통찰이 흐르고 있으며 문학자로서의 감성이 드러나 있다고 할 수 있다.

〈일본 추리소설 시리즈〉 2권에는 이처럼 다양한 시대, 기발한 내용, 독특한 형식의 작품들이 수록되어 있다. 에도 시대를 배경으로 한 일본 최초의 체포물이 우리를 먼 옛날로 데려다 주는가 하면 고다 로한이라는 대문호의 주옥같은 문장들이 우리를 추리의 세계로 데려다 준다. 또 사토 하루오의 자유롭고 환상적인 작품들은 얼마나 우리를 흥분시키는가! 이처럼 다양하고 흥미로운 작품들을 소개할 수 있는 기회를 얻게 된 것에 너무나 감사하며 판에 박힌 추리소설이 아닌 다양한 상상력이 만들어낸 추리탐정 소설을 만끽하시기를……

오카모토 기도(岡本綺堂)

1872년   (1세) 도쿄 다카나와(高輪)에서 출생. 아버지는 원래 도쿠가와 막부
의 하급 무사였다가 유신 후 영국 공사관에서 근무했다.

1873년   (2세) 공사관의 이전과 함께 고지마치(麴町)로 이사. 이 무렵부터 아
버지에게서는 한시를, 숙부와 공사관 유학생들로부터는 영어를 배
우게 된다. 이후 도쿄부 보통 중학교(현재의 도쿄도립 히비야 고등학
교) 입학. 재학 중 극작가를 지망하게 된다.

1890년   (9세) 도쿄 일일신문(東京日日新聞)에 입사.(이후 24년간 신문기자로 근
무한다.)

1891년   (20세) 도쿄 일일신문에 소설 「다카마쓰성(高松城)」을 발표.

1896년   (25세) 『가부키신보(歌舞伎新報)』에 처녀희곡 「자신전(紫宸殿)」을 발표.

1902년   (31세) 「고가네 범고래 소문의 높은 파도(金鯱噂高浪)」가 가부키좌
(歌舞伎座)에서 상연되고 이후 「유신전후(維新前後)」(1908), 「슈젠지
이야기(修禅寺物語)」(1911) 등이 성공을 거두며 신가부키를 대표하
는 극작가가 된다.

1913년   (42세) 작품 활동에 전념하여 신문연재 장편소설, 탐정물, 스릴러물
을 다수 집필한다.

1916년   (45세) 「묵염(墨染)」과 「에기누(絵絹)」를 두 개의 신문에 동시 연재.
이 해, 셜록 홈즈의 영향을 받아 일본 최초의 체포물인 「한시치 체포

록(半七捕物帳)」집필을 시작한다. 또한『세계괴담 명작집(世界怪談名作集)』,『중국괴이 소설집(支那怪奇小説集)』을 편역한다.

1918년　(47세) 구미를 방문, 작품이 변했다는 평가를 받는다.

1923년　(52세) 9월 1일 관동대지진으로 고지마치의 자택과 장서(일기)를 잃고 다음해 햐쿠닌초(百人町)로 거처를 옮긴다.

1930년　(59세) 후진 양성을 위해 월간지『무대(舞台)』를 간행한다.

1937년　(66세) 연극계에서는 처음으로 예술원회원이 된다. 마지막 소설 작품인「호랑이(虎)」발표.(희곡은 1938년까지 계속 발표했다.)

1939년　(68세) 메구로(目黒)에서 폐렴으로 사망.

사토 하루오(佐藤春夫)

1892년　(1세) 와카야마현(和歌山県) 신구시(新宮市) 후나마치(船町)에서 출생.

1898년　(7세) 신구 보통 소학교(新宮第一尋常小学校) 입학

1904년　(13세) 와카야마현립 신구중학교(新宮中学校)에 입학. 재학 중『묘조(明星)』에「바람(風)」이라는 제목으로 투고한 단카가 이시카와 다쿠보쿠(石川啄木)에게 뽑히게 된다.

1909년　(18세)『스바루(すばる)』창간호에 단카를 발표. 이쿠다 조코(生田長江), 요사노 히로시(与謝野寛), 이시이 하쿠테이(石井柏亭) 등과 사귀게 되고, 동맹 휴교 사건의 주모자라는 이유로 무기정학에 처해진다.

1910년　(19세) 와카야마현립 신구 중학교 졸업. 졸업 후 상경하여 이쿠다 조코에게 사사. 요사노 히로시의 신시사(新詩社)에 들어간다. 이곳에서 동인인 호리구치 다이가쿠(堀口大學)를 알게 되고 그와 함께 구제(旧制) 제일고등학교(第一高等学校)에 입학하려 하였으나 도중에 그만두고 게이오기주쿠(慶応義塾) 대학 문학부 예과에 입학하게 된다.

1913년　(22세)『흑요(黒曜)』의 동인이 되어 평론 활동을 시작한다. 9월에는 대학을 중퇴하고 잡지『우리들(我等)』의 창간 발기인이 된다. 12월에는 여배우 가와지 우타코(川路歌子)와 동거를 시작했고 오스기 사카에(大杉栄)와 친교를 맺으면서 산문시를 쓰기 시작하는 한편 그림에도 힘써 제2회 이과전(二科展)에 입선한다.

1914년　(23세)『스페인 개의 집(西班牙犬の家)』발표.

1917년　(26세) 가나가와현(神奈川県) 쓰쓰키군(都筑郡) (현재의 요코하마시(横浜市))으로 이사해 전원생활을 시작한다. 『병든 장미(病める薔薇)』의 집필을 시작하고 이듬 해(1918), 이를 『흑조(黒潮)』에 발표한다. 이 해에 아쿠타가와 류노스케, 다니자키 준이치로와 인연을 맺는다.

1919년　(28세) 『전원의 우울(田園の憂鬱)』을 완성하여 『중외(中外)』에 발표한다. 8월에서 12월까지 3회에 걸쳐 『개조(改造)』에 「아름다운 거리(美しい町)」를 게재하고 방대한 양의 평론을 발표하는 등 신진 작가로서의 입지를 확립하게 된다.

1920년　(29세) 극도의 신경쇠약으로 인해 귀향한다. 6월에서 10월에 걸쳐 중국과 타이완을 여행한다.

1921년　(30세) 처녀시집 『순정시집(殉情詩集)』 간행하고 『신청년(新青年)』 등에 다수의 추리소설을 발표한다. 『부인공론(婦人公論)』에 「도시의 우울(都会の憂鬱)」을 연재하기 시작하였으며 중국 문학에 경도되어 장기여행을 계획했지만 관동 대지진 등으로 인해 중지된다.

1923년　(32세) 시집 『나의 1922년(我が一九二二年)』 간행.(「꽁치의 노래(秋刀魚の歌)」 수록)

1925년　(34세) 「여계선기담(女誡扇綺譚)」 발표.

1926년　(35세) 4월, 3년 동안 2편씩의 장편을 쓰기로 약속하고 기쿠치 간(菊池寛), 우노 고지(宇野浩二), 등과 함께 호치신문사(報知新聞社) 객원 기자가 되어 중국을 여행한다. 「창 열리다(窓展く)」, 「어머니(オカアサン)」 발표.

1927년　(36세) 도쿄 세키구치초(현재의 분쿄구(文京区) 세키구치(関口))로 이사. 7월, 중국여행 중 아쿠타가와 류노스케의 부고를 듣고 귀국해 『아쿠타가와 류노스케 전집(芥川龍之介全集)』 편찬에 참여한다.

1929년　(38세) 번역시집 『차진집(車塵集)』 간행.

1930년　(39세) 다니자키 준이치로의 전 부인인 지요(千代)와 결혼. 다니자키와 지요가 이혼한 후, 세 사람의 이름으로 된 초대장을 보낸 것이 「부인양도사건」이라는 제목으로 신문에 보도되어 충격적인 반향을 불러 일으켰다.

1931년　(40세) 잡지 『고동다만(古東多万)』을 창간하고 편찬 책임자가 된다. 시집 『마녀(魔女)』 발표.

1932년　(41세) 장남 마사야(方哉) 탄생.

| 1935년 | (44세) 아쿠타가와상의 전형(銓衡) 위원이 되고 8월에는 다자이 오사무(太宰治)를 알게 된다. |

1935년 (44세) 아쿠타가와상의 전형(銓衡) 위원이 되고 8월에는 다자이 오사무(太宰治)를 알게 된다.

1938년 (47세) 문예춘추사 특파원으로 화베이(華北)로 향한다. 9월에는 문학자 종군해군반의 일원으로서 중국으로 떠난다.

1948년 (57세) 예술원회원이 된다.

1953년 (62세) 제4회 요미우리 문학상(読売文学賞)(시가상)수상.

1954년 (63세)『아키코만다라(晶子曼陀羅)』발표.

1955년 (64세) 제6회 요미우리 문학상(소설상) 수상.

1957년 (66세) 신구(新宮)를 무대로『개구쟁이 시대(わんぱく時代)』발표.

1960년 (69세) 제20회 문화훈장 수상.

1964년 (73세) 자택에서 자서전 녹음 중 사망.

고다 로한(幸田露伴)

1867년 (1세) 8월 22일 에도 시타야 삼마이바시요코초(三枚橋横町, 현재의 다이토구)에서 출생. 태어날 때부터 병약하여 어린 시절 몇 번이나 사경을 헤맨다.

1868년 (2세) 아사쿠사(浅草) 스와초(諏訪町)로 이사.

1875년 (9세) 도쿄 사범학교 부속 소학교(현재 쓰쿠바대학(つくば大學) 부속 소학교)에 입학.

1878년 (12세) 도쿄부 제일중학(第一中学)(현 도립 히비야(日比谷) 고교)에 입학. 동급생으로는 오자키 고요(尾崎紅葉), 우에다 가즈토시(上田萬年),가노 고키치(狩野亨吉) 등이 있다.(후에 가정 형편상 중퇴)

1880년 (14세) 도쿄 영학교(東京英学校)(현재의 아오야마가쿠인대학(青山学院大学))에 진학(중도 퇴학))

1982년 (16세) 급비생(給費生)으로 체신성(逓信省) 전신수기학교(電信修技学校)에 들어간다. 졸업 후 관직인 전신기사로 홋카이도(北海道) 요이치(余市)에 부임한다. 쓰보우치 쇼요(坪内逍遥)의『소설신수(小説神髄)』,『당세서생기질(当世書生気質)』등을 읽고 문학에 대한 뜻을 품게 된다.

1887년 (21세) 일을 그만두고 도쿄로 돌아온다. 홋카이도에서 도쿄로 오는 과정을 그린 것이『돗칸기행(突貫紀行)』이다. 도쿄로 돌아온 후에는 아버지의 지물포 아이아이도(愛々堂)에서 일하는 한편 이하라 사이카쿠(井原西鶴)를 애독한다.

1889년 (23세) 아와시마 간케쓰(淡島寒月)의 소개로 『미야코노하나(都の花)』에 「쓰유단단(露団々)」을 발표하여 야마다 비묘(山田美妙)의 격찬을 받는다. 이 해 『풍류불(風流佛)』도 발표.

1890년 (24세) 소설 「연외연(緣外緣)」 발표

1893년 (27세) 『오중탑(五重塔)』 등의 작품을 발표하며 작가로서의 위치를 확립한다.

1894년 (28세) 장티푸스에 걸려 죽음의 고비를 넘긴다.

1895년 (29세) 야마무로 기미코(山室幾美子)와 결혼.

1896년 (30세) 『수염남자(ひげ男)』 발표.

1897년 (31세) 『신 하고로모모노가타리(新羽衣物語)』 발표.

1899년 (33세) 당시로서는 획기적인 도시론인 『일국의 수도(一国の首都)』 발표.

1902년 (36세) 『물의 도쿄(水の東京)』 발표.

1904년 (38세) 몇 번이나 중단되었던 「하늘을 치는 파도(天うつ浪)」의 집필을 그만둔다. 이 이후 주로 사전(史伝) 집필이나 고전의 평역 등에 관심을 가지게 된다. 이러한 사전 작품으로는 「요리토모(頼朝)」, 「타이라노 마사카도(平将門)」, 「카모 우지사토(蒲生氏郷)」 등이 있다.

1907년 (41세) 당의 전기소설(伝奇小説) 「유선굴(遊仙窟)」이 만요슈에 많은 영향을 끼쳤음을 논한 『유선굴(遊仙窟)』을 발표.

1908년 (42세) 교토제국대학(京都帝國大学) 문과대학 국문학 강좌의 강사가 된다.

1910년 (44세) 교토제국대학 문과대학 강사직을 그만둔다.

1911년 (45세) 문학박사 학위를 수여받는다.(주요업적은 『유선굴』)

1919년 (53세) 얼마간 작품 활동을 하지 않다가 『유정기(幽情記)』(1915년 ~1917년 사이의 작품을 수록한 단편집), 『운명(運命)』을 발표하여 큰 호평을 받으며 부활한다.

1920년 (54세) 이 해 『마쓰오 바쇼 칠부작(松尾芭蕉七部作)』의 주석 작업을 시작한다. 17년 후인 1947년에 평역을 완성시킨다.

1929년 (63세) 「눈털기(雪たたき)」 발표.

1937년 (71세) 4월28일 제1회 문화훈장을 수여받고 제국 예술원회원이 된다.

1947년 (81세) 7월 30일 지바현(千葉県) 이치카와시(市川市)에서 사망.

⊙ 옮긴이 **신주혜**

고려대학교에서 일본 근현대 문학을 전공했다. 주요 논문으로는 「나가이 가후(永井荷風) 문학연구-소외와 공간을 중심으로」(2008, 고려대학교 대학원 박사논문)가 있으며, 『식민지 일본어문학론』(공역), 『조선 속 일본의 에로경성 조감도(공간편)』(공편역), 『온돌야화』(공역) 외 다수의 번역이 있다.

단발머리 소녀

초판 1쇄 펴낸날 2018년 12월 26일

지은이 오카모토 기도 · 사토 하루오 · 고다 로한
펴낸이 이상규
편집인 김훈태
디자인 엄혜리
마케팅 김선곤

펴낸곳 이상미디어
등록번호 209-06-98501
등록일자 2008. 09. 30
주소 서울시 성북구 정릉동 667-1 4층
대표전화 02-913-8888
팩스 02-913-7711
e-mail leesangbooks@gmail.com

ISBN 979-11-5893-075-2 04830
       979-11-5893-073-8 (세트)